대하소설

주 원 장(1)

(朱元璋)

오함 원작 정철 저작

지성문화사

차   례

시대의 알

시대가 크게 바뀌려 하고 있었다. 사람들이 그것을 모를 뿐이다. 천하 곳곳에 교룡(蛟龍)이 숨어 용트림을 하고 있었다. 사람들이 그것을 보지 못할 뿐이다. 인간 누구나가 사상과 행동에 규준을 갖지 못하고 갈팡질팡하는 시대 —— 난세(亂世).

몽고족 압제 아래 자존심 많은 한족은 소리 없이 신음했다. 압제가 심할수록 지식인은 무력에 굴종했고 오히려 무지몽매한 자들 중에서 시대의 야심가들이 고개를 들먹거리고 있었다.

"이놈아! 네가 설마 혼자 송아지를 한 마리 다 먹어 치우지는 않았을 테지? 누구누구 함께 먹었느냐?"

우락부락하게 생긴 사나이가 두 사람, 아직도 어린 소년을 개 패듯이 몽둥이로 때렸다. 소년은 땅바닥을 데굴데굴 구르며 매를 피하고 있었다.

"지독한 녀석이다. 아까부터 같은 소리만 하고 있어."

사나이 한 명이 대막대기를 높이 쳐들었다.

"아이고, 아이고."

소년은 매가 떨어지기 전부터 금방 숨넘어 갈 듯 비명을 질렀다. 아무리 잽싼 몸놀림이라도 서너 번에 한 번은 몽둥이로 얻어맞는다. 또 약게 매를 피하는 것만이 능사가 아님을 소년을 알고 있는 것 같다.

상대에게 적당히 맞아 주어 지치게 할 일이지, 약을 올려선 안된다. 화가 나면 죽어라고 때릴 것이 분명했다.

"난 먹지 않았어요! 소란 놈이 바위 틈에 끼어 꼬리를 아무리 잡아

당겨도 나오지 않았을 뿐이에요."

"그래도 이놈이 거짓말이야!"

펙! 대막대기가 소년의 엉덩이에서 둔탁한 소리를 냈다. 소년은 얼굴과 가슴을 보호하며 몸을 바짝 오그리고 있어 마치 거북 새끼 같았다. 그러나 엉덩이와 허리 언저리는 벌써 피투성이였다.

이 소년은 성이 주씨(朱氏), 이름은 중팔(重八). 집이 가난하여 마을 부잣집의 목동살이를 한다.

이 때 10살. 생김새부터가 예사 아이와는 달랐다. 키는 컸지만 비쩍 말랐고 살갗이 검붉었으며 광대뼈가 튀어나왔다.

코는 주먹이 하나 얼굴 가운데 올라앉은 것처럼 컸고 귀도 커서 귓바퀴가 길게 늘어졌다. 그것은 장차 대단한 정력(精力)과 강운(強運)을 나타내는 상(相)이었다.

또 아랫턱이 넓적한 게 축 늘어졌고 이마가 볼록하게 솟은 모습은 비상한 두뇌와 고집이 세다는 것을 말해 준다. 그리고 눈썹은 짙고 굵었지만 눈은 가늘게 찢어졌다. 이것은 성격이 각박하다는 증거로 의심도 많으리라.

얼굴이 제멋대로 생겨 언밸런스한 것이 추악을 지나쳐 험상궂었다. 그런데 이상하게도 아이들이 따랐다.

이날도 중팔은 주인집 소떼를 지키고 있었는데, 그곳에 아이들이 모여들었다. 탕화(湯和), 서달(徐達), 주덕흥(周德興)과 같은 동네 개구쟁이들이다.

"중팔아, 함께 놀자."

"소떼는 멋대로 내버려 두어도 괜찮아. 안 그래?"

"그래, 무슨 놀이를 할까!"

목동이 소를 돌보지 않는다는 게 벌써 주인에게 야단맞을 짓이었다.

"어제의 군사 놀이도 재미있었어. 그것을 하며 놀자."

중팔은 잠시 생각하더니 말했다.

"새로운 놀이가 아니면 재미없어. 너희들 내가 시키는 대로 하겠니?"

"무슨 놀이인데?"

아이들은 기대로 벌써 얼굴을 빛내고 있다. 중팔은 새로운 놀이를 고안하는 천재였다. 아이들이 따르는 이유도 어쩌면 이런 데 있는 것 같았다.

"천자님 놀이야."

"천자?"

아이들은 마른 침을 꿀꺽 삼켰다. 겁먹은 얼굴이 되며 둘레를 가만히 둘러보았다. 물론 벌판에 이들의 말을 엿듣는 사람이 있을 리 없었다. 하늘엔 아지랑이가 아른거렸고 풀밭에선 소들이 한가롭게 풀을 뜯고 있었다.

이윽고 탕화가 물었다.

"괜찮겠어?"

탕화는 중팔보다 한두 살 손위로 뚱뚱한 아이였다. 아버지는 소금
등짐장수로 현성(縣城)에도 자주 드나들고 있었다.

"뭐가?"

중팔은 태연했다.

"현성엔 눈이 파란 색목인(色目人)이 원님으로 있대. 말 한마디 잘
못했다가 붙잡혀 가서 거꾸로 매달리고 부젓가락으로 단근질을 당하
고……."

"음, 탕화의 말도 옳아. 몽고인들은 우릴 사람으로 여기지 않지. 그
들은 야만인으로 갓난애를 찜하여 먹는대. 충신 문천상(文天祥)의 염
통도 콩팥도 술안주로 먹었대."

이것은 주덕흥의 말이었다.

중국 역사는 은(殷)·주(周)·진(秦)·한(漢)으로 이어진다.

유방(劉邦)이 비로소 한족의 제국을 세웠던 것이다. 이어 삼국시대
를 거쳐 사마염(司馬炎)이 진(晉)을 세웠지만 이 왕조는 단명했다. 그
리하여 남북조(南北朝)와 5호(五胡) 16국 시대가 되며 한족들은 이민
족의 지배를 받았다. 그리고 수(隋), 당(唐). 중국인은 이를 한족의
왕조라고 하지만 수의 양견(楊堅)이나 당의 이연(李淵)도 사실은 선비
(鮮卑)였다.

당이 멸망하자 5호 16국이 난립하고 960년 조광윤(趙匡胤)이 참으
로 오랜만에 한족의 나라 송(宋)을 세웠다. 하지만 송도 거란족의 요
(遼), 여진족의 금(金)의 세력에 밀려 양자강 이남으로 쫓겨나 남송(南
宋)이라 했다(1127).

그러나 이윽고 몽고 고원에 징기스칸이 나타났고, 그의 손자 쿠빌라
이 때 금과 남송이 차례로 멸망되어 원(元)이 들어섰다(1271).

문천상은 남송의 유신으로 충신·열사의 거울이라고 일컬어진다. 그
는 과거에 장원 급제한 선비였지만 강인한 정신력의 소유자였다. 기울
어져 가는 나라를 붙들려고 의병을 일으켜 원군과 싸웠고 포로가 되었
다. 남송은 1279년 지금의 홍콩 가까운 애산(厓山)이란 곳에서 멸망했
지만, 문천상은 망국의 한을 씹었던 것이다.

쿠빌라이는 문천상의 재주를 아끼며 그에게 귀순을 권했고 강온(强穩) 두 가지 방법을 썼다. 회유와 투옥. 원은 강대한 제국을 지배하기 위해 유능한 행정 관리가 필요했던 것이다.

하지만 문천상은 결코 굴복하지 않았다. 습기가 가득한 지하 뇌옥에 2년 남짓 감금되면서도 지조를 지키는 유명한 정기가(正氣歌)를 남겼다.

정기가는 60줄이나 되는 장시(長詩)이다.

그는 신 아닌 인간으로 난세·망국을 만나고 그것을 초월할 수 없는 심정을 노래했다.

유유한 하늘은 그 무한성 때문에 오히려 그를 슬프게 만들었다. 끝이 없다는데, 그도 문득 불안을 느끼는 일이 있었다. 그럴 때는 그는 책을 펼쳤다.

옛날의 성인·철인은 하루하루 먼 존재가 되어가고 있다. 그렇지만 그들이 남긴 전형(典刑) 법칙은 옛날부터 전해진다. 그것이 책에 쓰여져 있었다.

책을 펼치면 시원한 바람이 불어오는 느낌마저 든다. 예로부터 전해지는, 정기의 숨결로 넘친 인간의 길이 자기의 얼굴을 비추어 준다. 이제와서 슬퍼할 게 없다는 생각이 그에게 용기를 주었다.

1282년 12월, 쿠빌라이는 마지막으로 문천상을 불러 설득했다. 그러나 그는 오로지 죽음을 청할 뿐이었다. 처형은 다음날 집행되었고, 향년 47살이었다.

"핫핫핫."

중팔은 웃었다.

"왜 웃니? 무섭지도 않니!"

"그들은 우리의 원수야. 그리고 그들은 황제라고 하고 있어. 우리가 옛날부터의 천자놀이를 하는데 뭐가 잘못이니?"

탕화는 아직도 고개를 갸우뚱한다. 하지만 중팔의 의견이 그렇다면 그렇게 믿을 수밖에 없었다. 탕화는 어려서부터 자기 주장이 없었던 것이다. 자기 의견을 내놓더라도 금방 철회하는 버릇이 있었다.

"천자놀이는 어떻게 하지?"

서달이 물었다.

서달은 중팔보다 나이가 아래다. 키가 작달막하고 몸이 날래었다.

"나는 천자고 너희들은 내 신하가 되는 거야. 서달, 너에겐 장군을 시켜 주겠다."

서달은 이 말에 손뼉을 치며 기뻐했다. 그러자 탕화는 시무룩해졌다. 서달은 아버지가 없고 어머니가 술장사를 하며 웃음을 팔고 있다는 소문이 있었기 때문이다.

"나는?"

"너야."

중팔은 조금 생각하더니 말했다.

"몸이 뚱뚱하니까 대신을 시켜 주마."

"정말이야? 덕흥은 무엇을 시켜 주지?"

탕화도 기뻐하며 늘 제법 유식한 말을 하는 주덕흥의 걱정까지 해준다.

주덕흥은 사대부(士大夫)집 아들로 아버지가 글방 훈장질을 한 일이 있었다. 옛날 같았으면 중팔이나 서달과 어울려 놀지도 않았을 것이다.

"그것은 나중에 천자가 알아서 할 일이야. 그것보다 식을 준비하자."

"식?"

탕화가 다시 물었다.

"그렇지, 천자는 즉위식을 올려야 해. 너는 서달과 둘이서 이곳에 흙으로 단을 쌓아라. 천자님이 앉으실 옥좌다."

탕화와 서달은 시키는 대로 했다. 흙을 그러모으는 것이라 힘이 드는 일이었다.

중팔은 그동안 주덕흥을 시켜 종려 잎사귀를 따오도록 했다. 잎사귀를 잘게 찢어 수염을 만들어 붙였다. 이윽고 제법 높직한 단이 쌓여졌다.

중팔은 단 위 옥좌에 앉자 거드름을 피웠다.

"너희들은 이제부터 절을 하는 거다. 신하가 천자께 올리는 절이
다."

"잠깐!"

이때 뜻밖에도 주덕홍이 한마디 했다.

"너희들은 천자의 즉위식을 어떻게 하는지 알아? 우선 천자라면 머
리에 관을 써야 해. 그리고 신하는 천자께 아홉 번 절하는 거야."

"관?"

이번에는 중팔이 물을 차례였다. 가난뱅이 농사꾼의 아들로 목동인
그도 거기까지는 미처 알지 못했다. 그러나 주덕홍은 사대부집 아들이
라 그런 것을 알고 있었다.

"가만 있어."

어디론가 뛰어가더니 널빤지 조각을 하나 주워 왔다.

"이것을 머리에 얹도록 해. 평천관(平天冠)이라고 하지."

덕홍이 말하자 중팔은 기분이 좋아 고개를 끄덕였다.

"좋아, 너는 지금부터 내 호위대장이다. 내 옆에 서 있어라."

"네."

탕화와 서달은 중팔에게 절을 했다. 덕홍도 덩달아 절을 받아 가며
싱글벙글했다.

아이들은 단순한 놀이에도 곧잘 열중한다. 싫증도 금방 내는 법이지
만.

"절을 끝내면 어떻게 하지?"

중팔이 묻자 덕홍이 대답했다.

"신하들은 천자의 만세를 불러야 합니다."

"음, 만세를 불러라!"

탕화와 서달은 목청껏 외쳤다.

"천자님 만세, 중팔 만세!"

이윽고 탕화가 먼저 땅에 털버덕 주저앉으며 말했다.

"아, 배가 고프다. 하다 못해 밀국수라도 한 그릇 먹고 싶다."

무리도 아니었다. 탕화는 단을 만들고 절을 했을 뿐만 아니라 목청껏 외치다 보니 기운이 빠졌다. 서달도 맞장구쳤다.

"나는 이왕이면 고기를 실컷 먹고 싶어. 장군이라면 그럴 수 있을 게 아냐."

중팔로선 아픈 말이었다. 그는 덕흥을 돌아다보았다. 이럴 때 어떻게 하면 좋으냐는 눈빛이었다.

"폐하, 즉위식은 아직 끝나지 않았습니다. 폐하로서는 신하에게 두 가지 일을 하셔야 합니다."

"음."

"한 가지는 상을 내리시는 것입니다. 신하로 공 있는 자가 있다면 벼슬을 높여 주십시오. 또 한 가지는 신하에게 잔치를 베푸셔야 합니다."

중팔은 고개를 끄덕였다. 공이 있는 자라면 오늘의 천자놀이를 이만큼 격식 있게 진행시켜 준 주덕흥이다.

"주덕흥은 벼슬을 높여 예부상서에 임명하겠다."

탕화가 입을 비쭉했지만 말로는 나타내지 않았다. 그 대신 연신 배가 고프다며 먹는 타령이었다.

중팔은 첫 번째 문제는 쉽게 해결했지만 두 번째 문제 해결은 쉽지 않았다. 그래서 덕흥을 흘끗 쳐다보았지만 그는 딴 곳을 쳐다보며 지혜를 빌려 주지 않는다.

(괘씸한 녀석, 쓸데없는 말을 지껄여 나를 난처하게 만든다. 그러나 여기서 신하들을 만족시켜 주지 못한다면 천자의 자격이 없다. 골목대장이 못 된다.)

중팔은 입술을 깨물었다. 그의 눈앞에 소들의 모습이 보였다.

"그리고 고기는 눈앞에 있다. 그런데 그것을 먹지 않고 무엇을 먹지?"

이들은 고기를 여간해서 구경하지 못했다. 1년에 한 번, 정월에 돼지의 비계를 맛보면 행운이다.

"고기가 어디 있지?"

탕화의 말에 서달도 주덕흥도 눈이 둥그래지며 중팔을 쳐다보았다.

"소가 있어. 덕흥아, 너는 저기 가서 송아지를 끌고 오너라."

"폐하, 저는 예부상서입니다. 그런 일은 장군이 할 일입니다."

서달은 시키는 대로 송아지를 끌고 왔다. 중팔은 돌을 집어 들어 소의 급소인, 송아지의 이마 중심을 때렸다. 송아지는 쓰러지며 네 다리를 가늘게 떨었다.

중팔이 장도칼을 꺼내 쇠가죽을 벗기기 시작했다. 탕화도 서달도 덕흥도 그를 도왔다.

아이들은 정신없이 구운 고기를 뜯어먹었다. 고기가 설익고 재와 검정이 묻었지만 굶주린 개처럼 먹었다. 꿀꺽 제대로 씹지도 않고 삼켰다.

이윽고 그들도 배가 불렀다. 아무리 송아지라곤 하나 소년 넷으로는 반의 반도 먹지 못했다.

탕화가 맨 먼저 울음 섞인 목소리로 말했다.

"우리 아버지가 이 일을 알면 난 맞아 죽어. 송아지 값을 물어 주어야 할 테니까."

그 두려움은 서달도 주덕흥도 마찬가지였다. 중팔도 겁이 났지만 입으로는 딴소리를 했다.

"걱정 마라. 너희들은 잠자코 있으면 돼. 책임은 내가 지겠다."

중팔은 남은 고기를 개울가 모래 속에 파묻어 뼈다귀와 피 같은 것을 깨끗이 없애 버렸다. 그리고 쇠꼬리만은 바위 틈에 끼워 놓았다.

"소란 놈이 바위 틈에 끼여 아무리 잡아당겨도 나오지 않았어요."

이렇게 변명할 속셈인데 역시 어린애의 지혜였다.

쿠빌라이는 중국식으로 말해 원의 세조다. 세조와 고려의 관계를 알아둘 필요가 있다.

금나라 지배 아래 있던 거란족 야율유가(耶律留哥)가 반란을 일으켰고, 자기네 부족들 내분으로 쫓겨났었다. 야율유가는 몽고의 힘을 빌어 거란족을 무찔렀다. 도망친 이들은 압록강을 넘어 고려에 침입, 갖은 만행을 일삼았다. 이때 고려는 몽고와 야율유가의 힘을 빌어 도둑들을 섬멸했다(1218).

이것이 고려와 몽고의 첫 접촉으로, 징기스칸은 조공을 요구했다. 고려인은 그들의 요구가 너무나도 엄청나 몽고의 징수관인 저고여(著古與)를 죽여 버렸다.

징기스칸이 죽고 태종 오고타이가 서자 몽고에선 이 보복으로 군대를 보냈다. 고려인은 적을 맞아 힘껏 싸웠지만 압도적인 몽고군 공격을 견뎌 내지 못해 화친을 청했다. 몽고는 고려에 72명의 다루가치(達噜花赤)를 두고 가혹한 착취를 하였다(1231).

고려는 도읍을 강화섬으로 옮기고 다루가치를 모조리 죽여 버렸으며 30년에 걸친 항전에 들어갔다(1232).

이 천도는 몽고에 대한 선전 포고와 같았고 고려는 거듭 몽고군의 침략을 받았다. 국토가 유린되고 많은 사람들이 약탈과 살육의 제물이 되었다. 적은 풀 한 포기 남겨 두지 않는다는 것이 몽고의 법이었다.

그 뒤 오고타이의 죽음과 황후 섭정의 5년(1241~1246), 정종(定宗─쿠유크)의 죽음(1248), 그리고 그 후의 3년에 걸친 칸 계승 싸움이 벌어져 고려는 얼마쯤 숨을 돌렸다. 하지만 헌종(憲宗─몽게)이 칸이 되자 다시 대군을 보내 왔다(1254). 이때 고려의 피해는 말할 수 없이 컸고 남녀 20만의 고려인이 몽고에 끌려갔던 것이다.

몽고의 요구는 ①조공을 바칠 것 ②국왕의 출륙(出陸＝강화섬에서 육지로 나옴) ③국왕 또는 태자의 입조(入朝)였다.

이때 고려는 유경(柳璥)이 권신 최의(崔竩)를 죽여 왕정이 복고되고 태자 전(倎)이 몽고에 입조했다(1259). 전이 입조할 때 몽고의 헌종은 남송을 치기 위해 사천성에 있었다. 고려의 태자는 그를 만나러 먼 여행을 했는데 도중 몽게의 사망 소식을 들었다. 몽고의 칸(황제)은 대개 일찍 죽는데 폭주(暴酒)와 지나친 여색 때문이었다.

이 무렵 쿠빌라이는 칸의 명령으로 악주(鄂州＝武昌)에서 남송군과 싸우고 있었는데 역시 칸이 죽었다는 소식을 듣고 군을 돌려 북상중이었다. 후계자 싸움에 뛰어들기 위해서였다. 그런 쿠빌라이가 고려 태자 왕전과 양양(襄陽)에서 마주쳤다. 쿠빌라이는 크게 기뻐하며 외쳤다.

"고려는 만리 밖의 나라로 당태종도 친정했지만 이를 정복하지 못했다. 이제 그 세자가 스스로 와서 입조했다. 이것은 하늘의 뜻이다!"

이래서 고려와 몽고는 관계가 개선되었다. 고려왕 고종(高宗)이 죽자 전은 귀국하여 원종(元宗)이 되었다(1260).

쿠빌라이는 1264년 칸이 되고 연경(燕京)을 도읍으로 정하여 대도(大都)라 불렀다. 이때 몽고는 고려에 대해 왕의 입조를 요구했다. 무신파(武臣派)인 김준(金俊)이 이를 강력히 반대했다.

"우리 고려는 왕건 태조께서 나라를 세우신 지 346년, 왕께서 몸소 입조한 예는 한 번도 없었습니다. 단호히 거절하십시오. 몽고가 트집을 잡는다면 국교를 끊고 싸울 뿐입니다."

하지만 원종은 이를 듣지 않았다.

한편 쿠빌라이는 왜국 토벌을 계획하고 있었다. 고려의 권신(權臣) 김준은 이를 반대했지만, 쿠빌라이는 시중(侍中) 이장용(李藏用)을 연경에 호출하여 1천 척의 전함 건조와 병력 동원을 명했다. 이어 김준은 임연(林衍)에 의해 암살되고, 원종이 폐위되었다가 몽고의 도움으로 다시 복위하는 사건이 있었다. 최탄(崔坦)이라는 자가 서북면에서 반란을 일으키고 원에 항복하여 동녕부(東寧府)가 두어진 것도 이때의 일이다. 또 삼별초(三別抄)의 난도 일어났다.

본디 고려의 무신파는 몽고에 적개심을 품고 있었다. 그래서 고려는 강도(江都)에 조정을 두고 개경(開京)엔 형식적인 조정을 두어 몽고의 추궁을 피하고 있었던 것이다. 원종은 이런 불안을 해소시키기 위해 몽고의 공주를 맞아 왕실과 국가의 보존을 꾀했다. 삼별초의 난은 그것을 반대하여 일어난 것이다.

삼별초는 진도와 탐라로 옮겨 항쟁했고 결국 진압되었지만(1273), 이 때문에 쿠빌라이의 왜국 공격이 지연되었다. 그리고 두 차례에 걸친 왜국 공격은 태풍으로 실패했고, 실제적인 피해는 고려가 가장 많이 입었었다(제1차 왜국 공격은 1274년, 제2차는 1281년).

중팔은 끝끝내 버티었다. 마침내 사나이 하나가 씹어 뱉듯이 말했다.

"정말 끈질긴 놈이다! 이런 놈은 캄캄한 헛간에 가두고 굶어 죽게 내버려 둘 수밖에 없어."

"그게 좋겠네."

그들은 때리는 데도 어지간히 지쳤던 것이다. 중팔을 헛간쪽으로 질질 끌고 갔다. 사나이들은 장영감 머슴이었다.

중팔은 온몸이 아팠다. 그가 피투성이가 되면서도 버틸 수 있었던 것은 부하에 대한 약속과 그들의 기대를 저버리지 않는다는 생각에서였다.

그러나 캄캄한 광 속에 갇히고 보니 불안하기도 했다.

(날이 밝으면 어떻게 될까? 이 집에서 쫓겨나겠지.)

그것은 이미 각오하고 있었다. 문제는 그 다음이었다.

(욕심 많은 주인 영감이 송아지 값을 기어코 받아 내겠지. 아버지가 그것을 치를 수 있을까?)

중팔, 뒷날의 명태조 주원은 원의 천력(天曆) 원년(1328) 9월 18일에 태어났다. 육십갑자로 무진생, 용띠다.

따라서 뒷날 분식된 출생 신화에는 용에 관계되는 신화가 만들어졌다.

아버지는 주오사(朱五四)였고 어머니는 진이양(陳二孃)이었다. 주오사는 평생을 유랑(流浪)으로 보냈다.

먼저 사주(泗州=江蘇省) 우이(盱眙)에서 태어났는데 영벽(靈壁)으로 옮겼고 다시 홍현(紅縣)으로 옮겼다. 50살이 되어 회하(淮河) 유역의 종리(鍾離)로 옮겼다.

항산(恒産)이 없으면 항심(恒心)이 없다. 이는 맹자(孟子)의 말로 일정한 재산이 없으면 일정한 마음 또한 없다는 뜻이다.

하나 주오사가 결코 참을성이 적었던 것은 아니었다. 그는 지주의 땅을 소작하며 여기저기 옮겨 살았던 것인데 아무리 부지런히 일하고 노력해도 생활이 되지 않았다. 게다가 자식은 주렁주렁 달렸다. 다른 오락도 취미도 없었던 오사는 마누라와 밭을 부지런히 갈았고 남은 재산이란 자식들뿐이었다.

주오사는 6남매를 두었다. 큰딸은 왕칠일(王七一)이란 자에게 시집보냈고 작은딸은 우이에 사는 이정(李貞)에게 출가했다. 큰아들은 주중오(朱重五)로 이미 장가들어 자식이 둘 있었다. 차남인 중륙(重六)도 아들이 하나 있었고 중칠(重七)은 남의 집 데릴사위로 들어갔다. 중팔은 막내로 아직 어린아이였다.

진씨는 꿈에 신에게서 약을 받았다. 약은 둥근 것이 빛을 내뿜었다. 그것을 삼키자 온몸이 따뜻해지며 향기가 풍겼고 임신이 되었다.

회화 서쪽 호주(濠洲)에 종리(鍾離)가 있었는데 동향(東鄕)과 서향(西鄕)의 두 고을로 나누어져 있었다. 그 동향에 황각사(皇覺寺)라는 절이 있고 주지 이름은 담운(曇雲)이라 했다. 속명은 고빈(高彬)이다.

그날은 저녁 때부터 눈이 펑펑 내렸고 바람도 불어 고빈은 일찌감치 잠자리에 들었다. 두꺼운 이불을 덮고도 추워 몸이 떨렸고 잠이 들락말락했다. 그런 고빈에게 가람신이 꿈속에서 외쳤다.

"지금 산문에 진명(眞命)의 천자가 있다. 어서 구하지 않고 무엇을 하고 있느냐!"

깜짝 놀라 잠에서 깨어난 고빈은 고개를 갸웃했다. 그러자 동승이 하나 뛰어들어 수선을 떨었다.

"주지님, 큰일 났습니다. 지금 산문에 불이 나서 주위가 환합니다."

"뭣이, 불이라고!"

고빈은 허둥지둥 승려들을 데리고 산문으로 뛰어갔다. 그러나 불길은 보이지 않고 산문 추녀 밑에 걸인인 듯싶은 두 남녀가 추위에 떨며 꼭 끌어안고 있었다.

"여보시오! 당신은 누구인데 이곳에 왔습니까?"

"네, 저는 사주 땅 구이에 사는 주덕원(朱德遠)이라 합지요. 고향에서 화적떼를 만나 재산을 모두 잃고 사위를 찾아 길을 나섰다가 큰 눈을 만나 이렇듯 절의 산문 추녀를 빌렸습니다. 더욱이 아내가 임신중이라 꼼짝도 할 수 없습니다. 자비심으로 저희들을 이곳에 있도록 해 주십시오."

"당신은 사대부요?"

"아닙니다. 땅이나 파먹고 사는 농사꾼입니다."

"자식은?"

"5남매로 딸 둘은 이미 출가했습니다. 그리고 아들 3형제가 있는데 이름은 주진(朱鎭), 주당(朱鐺), 주쇠(朱釗)라고 합니다. 화적을 만났을 때 뿔뿔이 흩어져 지금 어디 있는지도 모릅니다."

고빈은 생각했다. 주덕원은 흔히 볼 수 있는 유리개걸(流離丐乞)로 용모도 빼어난 데가 없다. 그렇다면 천명을 받은 천자란 이자의 아내가 임신하고 있는 태아일까?

"당신이 찾는 사위는 무엇을 하오?"

"그는 거적을 치고 짚신을 삼아 팔며 근근이 살고 있습니다."

"그렇다면 자기네 식구 입에 풀칠하기도 힘들겠군. 내 이곳에 집을 하나 얻어 줄 테니 차라리 여기서 사시구료."

뜻밖인 고빈의 말에 주오사(덕원)는 지옥에서 부처님을 만난 듯 합장 배례했다. 고빈은 동향인 유대수(劉大秀)란 자의 오두막을 하나 주선해 주었고 밭도 한 뙈기 소작하도록 해주었다.

진씨는 이윽고 해산달이 되어 아들을 낳았다. 그날 밤 황룡이 지붕을 덮었고 서기가 하늘로 뻗쳤다. 마을 사람들은 멀리서 이것을 보고 외쳤다.

"저것은 불길이 아닌가! 주오사의 집에 불이 났구나."

그러나 주오사에게 아들이 태어났음을 알고 수군거렸다.

"참 이상한 일이야!"

고빈 화상도 자기 꿈이 차츰 들어맞는 것을 보고 마음속으로 신음했다. 그는 주오사에게 말했다.

"당신의 아들은 귀하게 태어났소. 부처님이 꿈에 말씀하셨는데 이름은 원룡(元龍), 자를 연서(延瑞)라고 하시오."

주덕원은 기뻐하고 집에 돌아왔다. 그러나 아이가 차츰 자라면서 누구도 원룡이라 부르지 않았다. 가난하고 무식한 농민들은 이름도 쉽게 지어 부른다. 주덕원이 처음 이 고장에 왔을 때 마을 사람이 물었었다.

"당신 이름은 무엇이고 형제는 몇이나 되오?"

"네, 5형제의 넷째로 덕원이라고 하지요."

"그렇다면 부르기 쉽도록 주오사라고 하시구료."

이것과 마찬가지로 천명을 타고났다는 이 아이도 중팔이로 불렸다. 뿔뿔이 흩어졌던 주오사의 세 아들도 집을 찾아 모여들었기 때문에 아버지부터 계산하여 여덟 번째 사나이라는 뜻이다.

주오사의 생활은 영 가난을 벗어나지 못했다.

(좀더 나은 곳은 없을까?)

그래서 일가족이 동향에서 이번엔 서향으로 옮겼고 이 마을 고장촌(孤莊村)에 살게 되었던 것이다.

(내일은 내일이다. 내일 죽더라도 잠이나 자 두자.)

중팔은 예측할 수도 없는 앞일에 대해 오래 끙끙 앓아 가며 점쳐 보려고도 하지 않았다.

그래서 어둠 속을 더듬거려 간신히 짚단을 찾아서 깔고 누웠다. 그리고 잠이 들었다.

꿈속에서 누군가 부른다.

"중팔아, 중팔아!"

중팔은 얕은 잠이 들어 금방 그 소리를 알아들었다.

"누구냐?"

"나야, 서달이야."

헛간의 높은 창문으로 달빛이 흘러들고 있다. 그믐이라 늦게 달이 떠오른 것이다.

서달의 목소리는 헛간 한구석에서 들렸다. 중팔은 재빨리 그리로 기어가며 확인하듯 물었다.

"네가 어쩐 일로?"

"널 구해 주러 왔어. 지금 벽에 구멍을 뚫고 있으니 빠져 나와."

"그렇지만……."

중팔도 도망칠 생각을 하지 않았던 것은 아니다. 허술한 구조의 헛간이어서 조금 노력하면 도망치지 못할 것도 없었다.

하지만 도망쳐 봤댔자 좁은 동네이다. 오히려 아버지가 더 시달릴 것이고, 정식으로 관에 고발될지도 모른다.

중팔은 망설였다. 서달이 자기를 구하러 온 것은 눈물이 날 만큼 고마웠지만 선뜻 응하지 못했다.

"그리고 너 배고프지? 이것은 내가 집에서 훔쳐 온 달걀이야. 먹어."

서달의 고사리 같은 손이 조그맣게 뚫린 구멍으로 들이밀어졌다.

"고맙다."

중팔은 달걀을 받았다.

"고맙긴! 고마운 것은 우리야. 넌 우리들을 위해 끝끝내 입을 열지 않았잖아."

"그렇긴 하지만 역시 고마워. 너밖에 날 생각해 주는 아이는 없어."

"아냐! 덕흥이도 함께 왔어. 그리고 이 계책을 꾸며 낸 것도 덕흥이야."

"덕흥이가?"

"응. 그는 지금 망을 보고 있어. 빨리 나오도록 해."

중팔은 콧등이 시큰해졌다. 친구란 역시 좋다.

"그렇지만 난 여기 그대로 있겠어. 여기를 빠져 나가도 또 잡힐 게 아냐?"

"그것도 걱정하지 말라구. 덕흥이가 모든 계책을 세우고 있다니까."

"계책? 무슨 계책인데?"

서달은 대답하지 않았다. 다만 이렇게 말했을 뿐이다.

"우선 나오기나 해. 덕흥이가 설명해 줄 거야."

중팔은 더는 주저하지 않았다. 달걀을 깨서 목구멍에 흘려 넣고 쇠붙이 따위를 찾아내어 안에서 벽을 허물기 시작했다. 그가 기어나갈

구멍은 잠깐 사이에 뚫렸다.

세 소년은 서달의 집을 향해 뛰었다. 도중에 덕홍은 자기 집에 가버렸고 중팔과 서달만이 달빛이 흐릿한 밤길을 뛰었다.

"대체 덕홍의 계책이 뭐지?"

"우리 집에 가보면 알아."

중팔은 도중 몇 번이나 물었지만 서달의 대답은 한결같았다. 이윽고 서달의 집이 보였다. 불이 어둠 속에 반짝이고 있다.

"아직도 불이 켜져 있구나."

"쉿, 조용히 해. 그리고 가까이 가서 문 틈으로 들여다봐. 그러면 덕홍이의 계책이 무엇인지 알 수 있을 거야."

중팔은 발소리를 죽여 가며 불빛이 환하게 비치는 창가로 다가갔다.

서달의 집은 마을 어귀에 다른 집들과는 외따로 있었다. 서달의 어머니가 과부로 술장사를 하고 있기 때문이다. 중팔은 손가락에 침을 발라 창구멍을 뚫고 들여다보았다.

처음에는 어떤 광경인지 이해가 되지 않았다. 정면에 침상이 보이고 발가벗은 남녀가 기묘한 짓을 하고 있다.

서달의 어머니는 침상에 상반신이 걸쳐져 있어 희번드르한 두 다리만이 보인다. 그런 여체를 덮어 누르듯 털북숭이 거한이 포개져 있다.

사내는 엉덩이와 허리를 연신 움직였다. 차마 볼 수 없는 광경이었다. 그래서일까? 여자가 울고 있다.

중팔은 창구멍에서 눈을 떼었다. 바로 뒤에 서달이 와 있었다.

"지금 너의 어머니가 울고 있는데 왜 그러니?"

"울고 있는 게 아냐!"

서달은 내뱉듯이 대꾸했다. 그는 중팔보다 남녀에 대해 아는 것이 많은 것 같다.

"우는 것이 아니라고?"

"그래, 어른들이 좋아하는 소리야. 난 그런 소리를 벌써 여러 번 들었어."

중팔은 이해가 되지 않아 다시 창구멍으로 눈을 가져 갔다.

사내가 서달 어머니의 두 다리를 어깨에 메고 엉덩이를 바싹 붙이고 있었다. 몸이 뒤틀린 그녀의 얼굴이 보였다. 눈썹 사이에 주름살이 깊게 패어 있다. 고통스러운 신음소리를 더욱 크게 낸다. 사내의 숨소리도 매우 거칠었다.

이윽고 사내는 여인의 다리를 내려놓자 탁자로 걸어갔다. 병의 술인지 물인지 벌컥벌컥 마신다.

여인은 그 모습을 그대로 드러낸 채 꼼짝도 하지 않았다. 젖가슴이 불룩했고 젖꽃판이 유난히도 거무스름했지만 젖꼭지가 빨딱 일어서 있다. 침상 아래로 늘여뜨려진 허벅다리 사이 시커먼 거웃과 석류가 물러 터진 것만 같은 것이 있었다.

중팔은 급히 눈을 떼며 중얼거렸다.

"이상해, 조금 전까지 너의 어머니는 울고 있었는데, 지금은 축 늘어져 있어. 혹시 죽은 게 아닐까?"

"아니야, 잠깐 힘이 빠져 있는 거야. 그것보다 사내를 잘 봐. 덕흥의 꾀도 바로 그것이었어."

중팔은 그렇지 않아도 호기심이 우러나 있었다. 그가 창구멍으로 들여다보았을 때 사내는 침상 앞에 돌아와 있었다.

"자, 그만 일어나."

"난 뼈까지 녹은 것 같아요. 일으켜 주시겠어요?"

여자는 눈을 뜨고 요염하게 웃었다. 사내는 그런 여인을 거칠게 일으켜 준다.

"어머나! 당신 것은 아직도 성이 나 있네요."

우뚝 서 있는 사내 앞에 여인은 무릎 꿇고 열심히 고개짓 했다. 쩍쩍 개가 물을 마시는 것 같은 소리가 들렸다. 이윽고 사내는 늑대 같은 소리를 내며 여체를 번쩍 들어올렸다. 여인은 사내로부터 떨어지지 않으려고 두 팔과 두 다리로 사내의 몸을 감았다. 그것은 마치 나무줄기에 달라붙은 딱다구리 같았다.

사내는 그런 자세로 방안을 곰처럼 어슬렁거렸다. 그때 중팔은 사내의 얼굴을 똑바로 볼 수 있었다. 유리처럼 파란 눈이었다.

그런 눈으로 자기를 노려보는 것만 같아 중팔은 창구멍에서 눈을 떼었다.

소맷자락을 잡아끌며 서달이 물었다.

"보았니?"

"응, 눈이 새파랬어."

"색목인이야. 우리 어머니에게 홀딱 빠져 있지. 네가 우리 집에 있으면 욕심 많은 장영감도 꼼짝 못할 게 아냐. 그래도 뭐라고 한다면 현성의 색목인한테 봐달라면 돼."

서달은 자기 말에 자기가 흥분하고 있었다. 중팔도 고개를 끄덕였다.

"덕홍이가 그렇게 말하던?"

"응, 그렇지만 내 생각도 들어 있어."

색목인(色目人)

중팔은 12살이 되었다. 서달의 어머니 정부(情夫)인 색목인 덕분에 송아지의 일건은 무사히 해결되었다. 그리고 다시 장영감의 목동이 되었다. 인간에게 갑자기 큰 행운이 찾아드는 수도 있지만 가난한 집에 태어난 그가 당장 할 수 있는 일이란 남의 집 머슴살이 밖에 없었다.

"에이, 빌어먹을!"

중팔은 공연히 화가 나서 가지고 있던 지팡이로 소의 엉덩이를 힘껏 후려갈겼다. 소는 놀라 후닥닥 달아나 버렸다.

"사람으로 태어나 밤낮 이 짓만 할까."

그는 풀밭에 쭈그리고 앉았다. 화를 내니 배가 더 고팠다. 봄날의 태양은 아직도 중천이었고 종달새가 높게 날고 있었다.

"이녀석아, 현성의 색목인 나리 부탁이 있어서 너를 용서한다. 하지만 그냥은 안돼. 앞으로 3년 동안 네녀석에게 점심을 먹이지 않겠다. 제 값으로 따진다면 10년은 굶겨야 하겠지만 특별히 봐 주는 것이야."

장영감의 그 소리가 지금도 귀에 쟁쟁했다. 그러나 중팔이 공연히 화를 내고 있는 까닭은 그뿐만도 아니었다. 주덕흥이 이사 간다는 소문을 들었기 때문이다.

"중팔아, 그런 데서 무엇을 생각하고 있니?"

홀끗 보았더니 주덕흥, 그리고 탕화와 서달의 모습이 눈앞에 보였다. 이 밖에 요즘 새로이 중팔의 부하가 된 유제(劉濟), 유의(劉義) 형제의 모습도 보였다. 이들은 아버지가 이 고장에 처음 왔을 때 신세를 졌다는 유대수의 아들이다.

"우리 함께 놀자. 무슨 재미있는 놀이가 없을까?"

조금 낙천적인 데가 있는 탕화의 말이다. 중팔은 그 말을 무시하고 덕홍을 말끄러미 쳐다보다가 불쑥 말했다.

"너 이사 간다면서? 안 가면 안되니?"

덕홍은 희미하게 웃었다.

"우린 여기서 더 살 수가 없어. 우리 아버진 너희들 부모님처럼 농사도 장사도 할 줄 몰라. 그렇다고 글방을 차리고 아이들에게 가르칠 수도 없으니까 이사라도 갈 밖에."

중팔은 팔짱끼고 눈을 감았다. 먹고 살 수가 없어 떠난다는데 그로서도 할 말이 없었다. 서달이 물었다.

"글방을 열면 되잖아. 그러면 배울 아이들이 있을 텐데……."

"안돼. 만일 그랬다가는 현성의 색목인한테 잡혀 가 목이 잘릴걸."

본디 몽고족은 부족 단위의 집단 생활을 하던 유목민이라 가계(家系)에 대한 자존심이 여간 강하지 않았다. 타 부족에 대한 차별과 적에 대한 복수심이 남달랐다.

쿠빌라이는 원을 세우자 지배층으로 몽고인을 최상위, 그 다음을 색목인으로 정했다. 색목은 '갖가지'란 뜻. 몽고족 이외의 유목인, 서역인(西域人), 마르코 폴로 같은 유럽인도 포함되었다.

그 아래 계층이 한인(漢人)들로 금나라 지배 아래 있던 장강 이북의 중국인인데 한자(漢子)라고 불린다. 여기에는 고려인, 여진족, 거란족도 포함되었다.

최하층은 남송 유민으로, 이들은 만자(蠻子)라 불리웠다.

색목인이 원에서 특별히 우대받은 까닭은 그들이 가진 경제적 능력 때문이었다. 그리고 그들이라면 전통적인 중국 문화에 물들지 않는다고 믿었다. 고려인 등이 중용(重用)되지 않는 까닭은 한(漢) 문화권 민족으로 인정된 데 있다.

색목인 관료의 대표는 아프마트(何合馬)였다.

'칸이 그의 말이라면 무엇이든지 들어 주는 신임이라, 무슨 일이건 그를 거슬리는 자는 하나도 없었다. 신분이 아무리 높고 세력이 아무리 큰 인물이라도 그에게만은 두려움을 품었다. 따라서 누구이든 그 죄가 죽음에 해당된다고 아프마트가 상주하면 끝장이었다. 아무리 본인이 결백을 주장하여도 그것은 칸의 귀에 들어가지 않는다. 왜냐 하면 아프마트의 뜻을 거슬리는 일은 누구도 감히 하지 않아, 무죄 변명에 가담할 사람을 도저히 발견할 수가 없었기 때문이다. 아프마트는 무고한 사람들을 수없이 죽였다. 그뿐만도 아니다. 일단 그 미모에 반했다면 어떤 일이 있어도 여인을 자기 것으로 만들었다.'

마르코 폴로의 「동방견문록」 중의 한 구절이다.

아프마트는 이란 사람으로 회교도였다. 그는 젊어 몽고족 온기라트 부족의 우두머리 아르티의 노예였다.

아르티의 딸 차빌이 쿠빌라이에게 시집올 때 잉신(伴臣)으로 따라와

두각을 나타냈다. 차빌이 황후가 되자 황실의 서무와 재정을 도맡는 책임자가 되어 권력을 휘둘렀다.

그는 제철업을 일으키고 염세(鹽稅)를 높였으며 천하의 호적을 조사하는 한편, 약이나 차에 이르기까지 국가의 전매 또는 과세로 세입을 획기적으로 늘렸다.

국고도 풍부해졌지만 그의 개인 재산도 늘었다. 뇌물을 바치는 자가 문전성시(門前盛市)를 이루었던 것이다.

아프마트의 정책은 중상주의(重商主義)였다. 이것은 중국의 전통적인 정책과는 어긋나는 것이다. 국민의 대부분이 농민들이니 만큼 농본주의(農本主義)가 정치의 핵심이었다. 때문에 그는 그를 증오하는 한인에게 암살되었다(1282).

그 뒤 상가(桑哥)라는 자가 실권을 한 손에 쥐고 증세를 단행하여 쿠빌라이의 전쟁 비용을 염출했다. 상가는 라마승 출신으로 위구르인이다. 증세와 압정으로 회화, 장강 유역의 사람들이 특히 시달렸다.

"몽고인은 우리 강남인을 만자라고 하지만 오히려 그들이 야만이야."

"왜 그러지?"

이번에는 탕화가 물었다. 색목인의 욕이 한참 나왔기 때문에 서달은 기가 죽어 있었다.

"그들은 짐승만도 못해. 아버지가 죽게 되면 무슨 재산처럼 첩들도 물려받아 자기의 첩으로 삼는대."

덕흥은 흥분해 있었다. 아직 소년이지만 누구보다도 몽고인을 증오하고 있었다.

"그들은 집에 손님이 찾아오면 자기 아내를 잠자리에 들여보낸대. 길에서 강간을 당해도 여자가 사내의 얼굴을 똑바로 쳐다보지 않고 외면만 한다면 그만이래. 몸은 더럽혀져도 마음은 주지 않았으니까 괜찮다는 거지. 그런 그들이 개짐승과 다를 게 뭐가 있어."

몽고인은 강남인을 다시 10등분하였다. ①관(官＝중앙 관서의 벼슬아치) ②리(吏＝지방 관아의 구실아치) ③승(僧) ④도(道＝도사) ⑤의

(醫) ⑥ 공(工＝관에 딸린 기술자) ⑦ 장(匠＝가내 수공업자) ⑧ 창(娼＝창녀) ⑨ 유(儒＝사대부) ⑩ 개(丐＝걸인). 유학자는 놀랍게도 창녀보다 아래였고 걸인보다 조금 나을 정도였다.

쿠빌라이는 과거 제도를 폐지해 버렸다. 과거는 당나라 중기에 시작된 것으로 누구라도 학문을 닦으면 정치의 중핵부로 진출할 수 있는 제도였다. 송나라는 과거에 급제한 사대부들이 국정을 좌우했었다. 그런 과거가 없어졌다.

사대부로 인생 목표가 없어졌다 해도 지나친 말이 아니다. 사대부의 아들로 주덕홍이 분개하는 것도 무리는 아니었다.

중팔이 비로소 눈을 뜨고 물었다.

"그래, 어디로 이사 가니?"

"임안(臨安)이래."

임안은 얼마 전까지 남송의 도읍이었고 지금의 항주(杭州)이다. '위로 천당이 있고 아래로 소항(蘇杭)이 있다.' 이 말은 소주(蘇州)와 항주는 지상의 천국이란 뜻이다.

'소(沼) 호(湖)가 영글면 천하가 넉넉하다'는 속담도 있었다. 소주와 호주(湖州＝태호 남안 일대)의 풍년이 들면 그것으로 중국 전역의 식량을 댈 수 있어 굶을 염려는 없다는 말이다.

이모작의 고장으로 농업 기술도 발달돼 있었다. 농업 외에 직물업도 활발했다.

이 지방엔 황도파(黃道婆)의 전설이 있다. 남송 말부터 원나라 초기에 걸쳐 실제로 살았던 여인의 이름이다.

그녀는 종으로 학대받다가 주인집을 탈출하여 뱃길로 해남도(海南島)에 갔다. 이때 해남도는 품질 좋은 목화가 생산되고 방직업도 발달돼 있었다.

그녀는 해남도에서 30년이나 살았는데 여족(黎族)에게서 길쌈을 배웠다. 이윽고 소주에 돌아왔는데 그때 해남도의 목화와 방직법을 전했다. 특히 베틀을 발로 밟는 방식을 고안하여 능률을 올렸고 소주의 직물업을 비약적으로 발전시켰다.

소주는 제지업으로도 이름났었다. 분전지(粉箋紙＝彩箋)는 갖가지 색깔의 것이 있어 아름답기가 꽃과 같다고 일컬어졌다. 우수한 종이가 생산되면 인쇄술도 발달한다. 문인이나 화가들이 모여들어 산업뿐 아니라 문화의 중심지가 되어 있었다.

하지만 12살의 소년 중팔이 그런 것을 알 까닭이 없다.

"그러니? 그곳에 가면 무슨 할 일이라도 있겠니?"

"응, 아버지 친구 분으로 왕실보(王實甫)라는 분이 계신대. 그분이 오라고 해서 가는 거야."

덕흥은 어딘지 먼 하늘을 보고 있었다. 내일이면 이곳을 떠나가야 할 임안의 하늘을 머리 속에 떠올리는 모양이었다.

처음에 과거 제도가 없어졌을 때 독서인들은 강렬한 충격을 받았다. 대부분의 지식인은 무엇을 해야 좋을지 눈앞이 캄캄했었다. 그러나 살아가자면 무엇인가 해야만 한다.

관한경(關漢卿), 마치원(馬致遠), 그리고 왕실보. 이들은 희곡 작가로 이름을 남긴다. 그 전에도 연극 대본이 없었던 것은 아니다. 그러나 그 대본은 치졸한 것이었다. 일류 문인은 연극 대본 따위는 쓰지 않았다.

중국 문학의 정통은 어디까지나 시문(詩文)이고 역사 서술이었다. 어느 것이나 사실을 옮기는 것으로 픽션은 경시되었다. 당나라 때 전기(傳奇)라는 픽션 장르가 있긴 했지만, 그것은 단편이 주된 것이고 작자도 그것을 여기(餘技)로 생각했다.

그때까지의 중국에선 문인이 곧 관료였다. 관료가 되기 위해서는 사서오경을 연구하고 시를 짓고 미문(美文)을 작성하지 않으면 안된다.

만일 과거 제도가 없어지지 않았다면 관한경 등이 희곡을 썼을 일도 없었으리라.

희곡뿐만 아니라 소설도 원의 시대적 배경이 없었다면 발전하지 못했을 것이다. 오늘날 전해지는 「삼국지 연의」「수호지」「서유기」등도 이 무렵 완성된 형태로 등장했던 것이다.

중팔이 결론을 짓듯이 말했다.

"어딜 가건 우리는 서로 잊지 말자. 마음만 변하지 않는다면 또 만날 수 있을 거야."

"맞았어. 우린 천 리 밖에 떨어져 살더라도 한 형제처럼 잊지 말자."

이것은 나중 이야기지만 주덕홍의 아버지는 왕실보의 조수로 그의 작품을 도왔던 것이다. 왕실보는 「서상기(西廂記)」를 남겼다. 이것은 명작으로 지금까지도 상연되고 있다.

아이들은 주덕홍을 둘러싸고 언제까지나 헤어질 줄을 몰랐다. 그때 느닷없는 호통소리가 들렸다.

"야, 이놈아! 소가 보리밭을 다 뜯어먹도록 뭘하고 있느냐?"

주인집 머슴이었다. 아이들은 그 호통소리에 모두 도망쳤다. 중팔만이 우뚝 서 있었다. 목동으로 또 한 번 큰 실수를 저질렀던 것이다.

"이녀석은 때려도 소용이 없어. 어찌나 고집이 센지 쇠꼬리 사건 때도 때리는 내 손이 오히려 아팠거든."

투덜대며 사나이 하나가 중팔의 뒷덜미를 잡자 광 속에 가두어 버렸다. 장영감 머슴이었다.

"거기서 하루쯤 굶어 봐. 영감님의 처벌은 내일 아침에 있을 것이다."

긴 봄날 점심도 굶은 중팔이었다. 저녁도 안 준다. 그는 어둡기를 기다렸다가 벽을 뚫고 밖으로 나왔다. 그리고 곧장 형님 중오의 집으로 달려갔다. 배가 고파 더 참을 수가 없었던 것이다.

문을 두드리자 중오가 얼굴을 내밀었다. 중팔을 보더니 얼굴부터 찌푸렸다.

"무엇 때문에 왔지? 보나마나 또 말썽을 일으켰구나."

"형님, 배가 고파 죽겠어요. 아침에 시래기 죽 한 그릇 먹었을 뿐, 지금껏 아무것도 먹지 못했어요."

"그것이 나하고 무슨 상관이 있단 말이냐. 어서 장영감 집으로 돌아가!"

중오는 매정하게도 문을 닫으려고 했다. 중팔은 재빨리 발 하나를 문 틈으로 디밀어 넣으며 애원했다.

"형님, 제발 부탁입니다. 먹다 남은 것이라도 있으면 좀 주세요."

"한 번 안된다면 안되는 거야. 집에는 네 조카가 둘이나 있어서 너에게 줄 음식이 없다."

그때 안에서 졸린 듯한 목소리로 형수 도씨(陶氏)가 물었다.

"여보, 누가 왔어요?"

"아무것도 아니니 당신은 잠이나 자요!"

그러나 중팔은 목청껏 외쳤다.

"아주머니, 접니다. 중팔이에요."

"어머나, 도련님이 어쩐 일이죠?"

하며 신을 찍찍 끌며 걸어오는 소리가 들렸다. 중오는 중팔을 무섭게 노려보았다. 이윽고 나타난 형수는 허연 젖가슴을 드러내고 아이에게 젖을 물리고 있었다.

"안녕하세요, 아주머니."

서달의 어머니 나체를 본 뒤로부터 그는 여체에 대해 호기심을 품었었다. 그러나 형수의 젖가슴이 웬지 눈부셔 애써 눈길을 피했다.

"어머나, 왜 들어오지 않고 그런 데 서 계셔요?"

"이녀석이 밥을 달라는 거야."

"가엾게도! 한창 자랄 나이의 도련님인데 얼마나 배가 고프겠어요."

중오는 마지못해 문을 가로막았던 몸을 비켜 주었다. 형수는 밤화장을 하고 있었다. 분내인지 젖내인지 달착지근한 냄새가 중팔의 코를 찔렀다.

형수는 생글생글 웃으며 안았던 아이를 중팔에게 건네 준다.

"준비할 동안 이 아이를 봐주세요."

"네."

아이를 받는 순간 형수의 부드러운 팔이 중팔의 몸에 닿았다. 아무렇지도 않은 듯 있었으나 중팔은 신경이 집중되었다.

이윽고 중팔은 형수가 차려 준 식사를 게눈 감추듯이 먹어 치웠다. 정말 오랜만에 배불리 먹은 느낌이었다.

식사를 마치자 기다렸다는 듯이 중오가 말했다.

"이제 먹었으니 돌아가라. 밤도 늦어 그만 자야겠다."

"모처럼 왔는데 자고 가라고 하셔요."

"방은 하나뿐이야. 침상도 하나뿐이고……."

"우린 침상에서 자고 도련님은 아이들과 바닥에서 자면 되잖아요. 그래도 형제인데 당신은 공연한 일로 화를 내시면 안돼요."

중오는 시무룩하여 대꾸도 않고 먼저 침상에 누워 버렸다. 형수 도씨는 무안해 하는 중팔에게 생긋 웃었다.

"형님은 늘 저렇답니다. 매일 하는 일이 고되기 때문일 거여요."

"잘 알겠습니다, 고맙습니다."

중팔은 어린 두 조카와 나란히 누웠다. 눈은 감았지만 잠이 오지 않았다. 형수의 친절이 가슴에 와 닿는 느낌이었고 눈꺼풀 속에 박꽃 같은 그 얼굴이 떠올랐다.

그러나 형 생각을 하자 우울했다. 어째서 형이 자기를 재워 주려고 하지 않는지 이해가 되지 않았다.

침상에서 형의 목소리가 들렸다.

"잠들었을까?"

"누구 말이어요?"

"중팔 녀석 말이야. 당신이 쓸데없이 그녀석을 붙들었기 때문에 난 짜증이 날 정도야."

"호호호, 당신도! 아직 어린애여요. 벌써 잠들고도 남았을 거여요."

"그렇다면 안심이군."

잠시 끼득거리는 소리가 들렸고 이야기는 없었다.

"간지러워요."

"차라리 거치장스러우니 모두 벗어요. 나도 벗을 테니까."

또 한동안 끼득대는 소리가 이어졌다. 중팔은 눈을 떴다. 그리고 침상 쪽을 가만히 살폈다. 침상이 높아서 잘 보이지 않았다. 그의 자리는 바로 침상 옆이기 때문에 구체적인 것은 하나도 알 수 없었다.

중팔은 몸을 일으켰다. 대담하게 침상 옆에 다가가 그들의 애희(愛戱)를 관찰했다. 소년의 호기심이었다.

중오는 형수의 젖가슴을 만지작거리고 있었다. 서달 어머니 것보다는 젖꽃판이 크게 비쳤다.

형수는 눈을 감고 콧숨을 쌕쌕 내뿜고 있었다. 콧잔등엔 땀방울이 맺혀 있었고 빨간 입술은 반쯤 벌려져 있었다.

이윽고 중오는 한 손을 뻗쳐 형수의 어깨로 가져 갔는데 도씨는 남편의 품에 스르르 안겼다. 중오는 동시에 한 손을 아래로 미끄러뜨리고 있었다.

"벌써 흠뻑 젖어 있어."

"부끄러워요."

형수는 그러면서 중오의 입술을 미친 듯이 빨았다. 중오는 열심히 혀를 놀리고 있었다. 중오의 우람한 가슴 아래 형수의 젖가슴이 눌려 낮은 비명을 지른다.

이윽고 중오는 상반신을 일으켰다. 흡족한 듯 아내의 얼굴과 그 가슴을 굽어 보고 있었다. 아내의 육체가 사랑스러워 견딜 수 없다는 태도이다.

그리고 한 팔로 상반신을 지탱하면서 손바닥으로 오른쪽 유방을 떠받쳤다. 가까이 보니 둥근 유방이었다. 그것을 손바닥으로 떠받친 채 손가락으로 젖꼭지를 집는다. 어린애를 둘 씩 낳은 젖꼭지로는 여겨지지 않을 만큼 작았다. 젖꽃판도 갈색으로 착색(着色)이 되지 않은 연분홍 빛깔 그대로였다. 이윽고 중오는 다섯 손가락을 모두 폈다. 농사일로 손마디가 굵고 꺼칠꺼칠한 살갗이었다. 그 억센 손가락으로 유방을 싸 안듯이 했는데 워낙 희기 때문에 빨갛게 자국이 났다.

형수는 그런 사내의 손길이 기쁜 모양이다. 여전히 눈을 감은 채 쌕쌕거렸다. 다음 순간,

"음."

하며 상반신을 위로 밀어올렸다. 중팔은 몰랐지만 그녀의 하복부에 위치한 남편의 손이 강한 자극을 주었던 것이다.

"싫어, 싫어."

동시에 그녀는 심하게 고개를 흔들었다. 그러나 중오는 숨돌릴 겨를을 주지 않았다. 허리를 깊숙이 들이밀며 힘을 주었다.

"아!"

비로소 형수의 입에서 낮은 신음소리가 새어 나왔다. 그리고 몸을 비틀며 가슴을 발딱 젖혔다. 얼굴도 일그러졌고 입술도 가늘게 떨렸다. 형수의 흰 살결이 속부터 물들 듯 빨개졌다.

중오는 허리를 더욱 바짝 들이밀고 있었다. 그리고 마구 밀어붙였다.

"싫어, 싫어."

형수는 계속 중오에게서 도망치려고 상반신을 밀어올렸다. 그러자 중오는 깊이 쐐기를 박듯이 형수의 움직임을 덮어 눌렀다. 그것은 마치 무슨 투쟁 같았다. 달아나려는 여자와 그렇게 하지 못하게 하는 사내. 형수는 몸을 자꾸만 위로 밀어올렸는데 마침내 머리가 베개에서 떨어졌고 머리카락이 펼쳐졌다. 무의식적으로, 자기 몸 속에서 사내가 움직이는 것을 막으려는 몸짓이었다.

얼마쯤 시간이 흘렀다. 중오의 숨결은 턱에 닿았고 버티고 있던 상체를 무너뜨렸다. 중오도 도씨도 온몸을 가늘게 경련시키고 있었다. 중오는 기진맥진한 듯이 고개를 떨구고 있었는데 형수는 그런 사내를 더욱 힘껏 끌어안았다.

사내 밑에서 도씨가 비로소 눈을 떴다. 그 순간 호기심 어린 중팔의 눈길과 마주쳤다. 그 순간 중팔의 눈은 몹시 놀란 빛을 띠었다. 그런데 뜻밖에도 형수는 중팔에게 눈을 찡긋해 보였다.

중팔의 이날 밤 경험은 강렬한 자극이었다. 그는 자리에 돌아와 누웠지만 입술이 바작바작 타들어왔고 가슴이 마구 뛰었다.

이날 밤 훔쳐 본 일은 서달 어머니의 정사(情事)를 엿본 것과는 비교도 되지 않았다. 바로 가까이서 남녀의 거친 숨결을 피부로 느끼고 행동 하나하나를 지켜 보고 살 부딪치는 소리까지 들었던 것이다.

더욱이 그에게 궁금한 것이 있었다.

(형수는 어째서 나를 보고 눈을 찡긋했을까!)

아무리 생각해도 해답은 떠오르지 않았다. 그러다가 가까스로 잠이 들었다. 그는 꿈을 꾸었다. 형수 도씨가 그를 품고 있는 꿈이었다. 중오 형이 처음에 그랬었던 것처럼 자기가 형수의 젖가슴을 만지작거리고 있었다.

꿈속이었으나 말없이 포근했고 따뜻했다. 몸에 짜릿한 쾌감을 느꼈고, 달착지근한 젖냄새마저 풍기는 것 같았다.

(아아…….)

중팔은 몸을 부스럭거렸다. 그럴수록 상대는 자기를 힘껏 끌어안아 주었다. 그때 잠이 깼다. 방안이 환했다. 햇빛이 비쳐 들고 있었다.

그런데 자기가 여인의 드러난 젖가슴에 안겨 있었다.

(이것도 꿈일까?)

눈을 감았다가 다시 떴다. 여전히 눈앞에 흰 젖가슴이 있었고 여체의 몸내가 코에 물씬하게 느껴졌다.

중팔은 또 다른 감각을 느끼고 있었다. 일찍이 경험하지 못한 감각. 도씨의 손이 그의 하복부에서 힘을 주었다 늦추었다 하고 있었다. 중팔은 하복부의 일부분이 아플 만큼 팽창되는 것을 느꼈다. 등골도 오싹 떨려온다.

"어머나, 도련님. 잘도 주무시더군요."

도씨는 요염하게 웃었다.

붉게 입술연지를 발라 더욱 그렇게 보였다. 중팔은 대꾸 대신 갑자기 부끄러운 느낌이 들어 몸을 빼려고 했다. 그리고,

(큰일났다!)

싶은 생각이 들었다.

그는 목동으로서 새벽에 소떼를 외양간에서 데리고 나가야 했다.

그것이 생각나서 여자의 포옹에서 빠져 나오려 했던 것인데 도씨는
더욱 힘껏 끌어안으며 놓아 주지를·않았다.

"아주머니, 전 소떼를 돌봐야 해요. 그리고……."

소년의 마음으로도 형수와 이렇게 끌어안고 있으면 형님이 좋아하지
않을 거라고 생각했다. 어째서 좋아하지 않는지 그것까지는 모른다.

"도련님, 걱정할 것 없어요. 지금 우리는 이렇게 단둘만이 있는 거
여요."

"네 ?"

"형님은 동네에 끔찍한 일이 생겨 아침 일찍 불려갔어요. 그러니까
쉽게 돌아오지 않을 거여요."

그 말을 듣자 왜 그런지 안심이 되었다. 그러면서 궁금증도 생겼다.

"무슨 일이 있었나요 ?"

"호호호, 새벽부터 황각사 종이 시끄럽게 울렸어요. 나도 자세히는
모르지만 간밤에 화적들이 나타나 장영감네 식구들을 전부 죽였다나
봐요."

"정말인가요 ?"

중팔은 몸을 움찔 떨었다.

"정말이죠. 그러니까 도련님도 이제 소떼 같은 것을 돌보지 않아도
돼요."

그러면서 형수는 상반신을 일으켜 중팔의 얼굴을 들여다보며 그의
귀에 뜨거운 입김을 뿜었다.

"그런데도 여기서 빠져 나가 구경을 가시겠어요 ? 나하고 함께 있기
가 싫어요 ?"

눈을 들여다보며 생글생글 웃고 있었다. 중팔은 고개를 세게 흔들었
다.

구경은 가고 싶다. 그러나 그보다 더 강한 힘이 소년의 마음을 끌었
다.

"오, 착한 도련님. 벌써 힘도 있네요."

그녀는 몸을 쓰러뜨리면서 중팔의 사내를 잡고 있는 손에 힘을 주었

다.

한참만에야 중팔은 도씨로부터 풀려났다. 그는 조반도 먹지 않고 밖으로 뛰어나갔다. 형수의 말을 확인하기 위해서였다.

중팔은 자기 눈을 의심했다. 어제까지 솟아 있던 장영감의 집이 잿더미로 변해 있었다. 아직도 연기가 군데군데 피어 오르고 있었는데, 어른들의 모습은 별로 보이지 않았다.

다만 탕화, 서달과 몇몇 아이들이 보인다. 탕화가 먼저 중팔을 발견하고 외쳤다.

"넌 어디 갔다 이제 오니? 우리는 네가 불에 타 죽은 줄로만 알고 있었어."

"왜?"

중팔은 애써 침착을 되찾으며 물었다.

"어제 낮, 소가 보리밭을 망쳤다고 머슴한테 끌려갔지 않아."

"응, 별일 없어. 그런데 장영감이 죽었다는 게 정말이니?"

"정말이야. 내가 왔을 때 어른들이 목 잘린 영감의 시체를 땅바닥에 뉘어 두고 떠들고 있었어. 목이 안 보인다고 말이야."

탕화의 말에 서달이 보충 설명했다.

"그러나 목은 금방 찾았지. 개가 물고 다니는 것을 알려 주었어."

중팔은 후회하고 있었다. 형수는 자기 쪽에서 벌렁 쓰러져 다리를 크게 벌리며 중팔을 배 위에 올려 놓았었다. 그러나 소년은 별로 감격스럽지도 않았다. 오히려 형수에게 꼭 안겨서 젖을 만지작거리는 것보다도 재미가 없었다.

그런 일 때문에 탕화나 서달보다 자기가 뒤져 있다는 느낌이 들었던 것이다.

중팔은 조심스럽게 물었다.

"그럼, 사람들이 많이 죽었겠구나?"

"아냐, 죽은 것은 장영감과 그 아들뿐이야."

"남은 사람들은? 식구가 많았는데……."

중팔이 알기로는 장영감은 대식구였다. 늙은 마누라 외에도 젊은 첩이 둘이나 있었다. 또 아들도 첩이 있었다. 그 밖에 머슴이 대여섯은 있었다.

"도둑들이 모두 끌고 갔을 거야. 머슴들에겐 곡식이나 기명 따위를 지우고 소떼도 모조리 끌고 가버렸어. 여자들도."

서달의 설명에 탕화가 중얼거렸다.

"여자들은 뭣 때문에 끌고 갔을까?"

중팔은 멍청이 같은 탕화 말에 비로소 우월감을 느꼈다. 탕화는 자기보다도 나이가 많은데 아직 아무것도 모른다.

"여자는 써먹을 데가 있어서야."

"써먹을 데? 밥하고 빨래하는 데 말이니?"

"밤에 데리고 자는 일도 있지."

서달은 시큰둥한 태도였다.

중팔은 그러고 보니 여자는 정말 알 수 없다고 생각되었다.

형수인 도씨가 이렇게 물었던 것이다.

"어때요, 도련님. 기분 좋았어요?"

중팔은 대답할 수가 없었다. 조금도 기분 좋을 것이 없었다. 형수의 배 위에 올려지고 난 뒤 어떻게 지나갔는지도 기억되지 않을 정도였다.

"도련님은 이제 우리 집에서 함께 살아요. 장영감도 죽고 했으니까."

당장은 갈 데가 없다. 부모님이 있었지만 그들은 더욱 어려운 형편이다. 그렇다면 이 집 밖에는 없는데 중오 형님이 받아 줄까?

도씨는 혼자 지껄이고 있었다.

"그러나 도련님, 세상에는 나쁜 여자도 많아요. 여자라면 다 여자가 아니어요. 정말로 도련님을 위하고 생각하는 여자는 많지 않을 거여요. 그러니까 꼬리를 친다고 아무 여자한테나 덤벼 들었다가는 신세를 망치고 만다구요. 안 그래요, 도련님?"

중팔은 가만히 있을 수만도 없어 고개를 까딱거렸다.

장영감이 도둑에게 피살된 것이 사실이라면 우선은 이 형수의 비위를 맞추는 것이 이롭다고 판단된 것이다.

"그래야만 착한 도련님이죠. 그런데 도련님?"

도씨가 갑자기 은근한 목소리를 말했다. 그녀의 손이 다시 뻗쳐 와 중팔의 것을 쥐었다.

"여자의 부끄러운 곳을 보고 싶겠죠? 이것은 형님에게도 안 보여 주었는데 착한 도련님에게만은 살짝 보여 주겠어요."

중팔은 또 고개를 끄덕였다. 여자와의 첫경험이 무미한 것만은 틀림없었지만 호기심마저 사그라든 것은 아니었다. 여체의 신비에 대한 막연한 동경심 같은 것이었다.

"그럼 되었어요. 부엌에 가서 함지에 물을 떠오도록 하셔요."

도씨는 비둘기처럼 구구구 웃더니 중팔의 볼기를 찰싹 때렸다.

중팔은 공상에서 깨어난 듯 말했다.

"그래서 사람들이 모두 시체를 묻으러 갔구나. 어쩐지 어른들 모습이 하나도 보이지 않는다 싶었지."

그때 탕화가 수상쩍다는 듯이 물었다.

"그런데 넌 그동안 어디 가 있었니?"

탕화로선 그 점이 몹시 궁금했던 모양이다. 서달도 같은 생각인지 빤히 그를 쳐다보았다.

"광에 갇혀 있다가 배가 고파 벽을 뚫고 집에 갔었어. 그것이 이제 생각하니 천행이었어."

"집에?"

"그래. 좋은 생각이 떠올랐다. 너희들, 집에 가서 괭이건 호미건 가져와!"

"무엇하려고?"

"보물을 찾는 거야. 잿더미를 헤치고 땅을 파 보면 혹시 장영감이 숨겨 둔 돈궤라도 나올지 몰라!"

"정말이다."

탕화와 서달은 눈을 빛내며 자기 집을 향해 뛰어갔다. 중팔은 돌에 걸터앉아 턱을 받치고 생각에 잠겼다.

함지에 물을 떠오게 한 도씨는 자기 몸을 소년에게 씻도록 하면서
말했던 것이다.

"남자들은 여자의 몸을 보물광처럼 생각해요. 도련님도 이 다음에
어른이 되면 그것을 알 수 있을 거여요."

그리고 도씨는 혼자서 웃었다. 중팔로선 여자의 곳집이 괴물처럼 느
껴졌다. 그러나 어쩌면 그것이 사실인지도 모른다고 돌려 생각했다.
그 증거로 자기 형님 중오가 이 형수에게 빠져 있지 않은가. 그리고
색목인도 서달의 어머니에게 홀딱 빠져 흐물흐물 녹아 있었다.

아이들이 씨근벌떡거리며 뛰어왔다.

"어디를 파면 되지?"

탕화의 눈빛이 빨개져 있었다.

"넓은 집터를 무턱대고 팔 수는 없지 않아."

그때 중팔은 무엇인가 보이는 느낌이었다. 인간이란 그럴 듯한 미끼
를 던져 주면 죽자사자 덤벼드는 법이다. 더욱이 그 던져진 미끼가 그
인간으로 하여금 타당하다고 느껴질 때는 더욱 그랬다.

"너는 장영감 집에서 살았기 때문에 어디쯤 돈 항아리를 묻어 두었
는지 알 게 아냐?"

"음, 저기 거멓게 그을린 대추나무가 있지. 그 근처가 영감의 **안방**
이었어."

탕화와 서달은 중팔의 말을 끝까지 듣지 않았다. 그들은 그곳으로
뛰어가 열심히 괭이로 잿더미를 파내기 시작했다.

중팔은 그것을 바라보며 앉아 있었다. 그리고 소년에게 자기의 몸을
씻기며 손가락 하나 움직이지 않았던 형수를 생각했다.

원(元)

전쟁이란 집단의 생명과 운명을 거는 냉혹한 도박이지만, 인류가 있는 한 끊이지 않는 숙명을 지닌 것일까?

고려의 원종이 죽고 태자 심(諶)이 보위를 이었는데 이가 충렬왕(忠烈王)이다. 충렬왕 즉위 초에 고려는 바람 앞에 등불 같은 위기를 맞고 있었다. 쿠빌라이는 이때 왜국 정벌을 계획하고 전함 9백 척 건조를 명해 왔다. 배의 건조는 낮과 밤을 가리지 않고 강행되었다. 몽고는 그 감독으로 홍다구(洪茶丘)라는 자를 보냈다. 그는 고려인을 가차없이 탄압하고 배 건조를 재촉하며 갖은 횡포를 다 부렸다.

"그놈은 제 아비와 마찬가지로 고려인이면서 몽고의 앞잡이다. 놈의 피를 빨고 살을 씹어 먹어도 시원치 않다."

사람들은 홍다구를 저주하고 증오했다. 그 아버지인 홍복원(洪福源)은 서북면의 변경을 지키는 진장(鎭將)이었는데 1231년 살례탑(撒禮塔)이 처음으로 고려에 침입할 때 맨 먼저 투항하여 길잡이가 되었던 자이다. 그 뒤 홍복원은 몽고에서 중용되었지만 왕족인 영녕공(永寧公) 순(綧)의 고발로 처형되었다.

아들 다구가 고려인이면서 고려에 대해 가혹했던 것은 이런 개인적 원한이 있었기 때문이다. 어쨌든 충렬왕을 비롯한 고려의 관민(官民)은 왜국 정벌에 대해 적극적이 아니었다. 특히 무신의 대부분은 몽고에 대해 깊은 적개심을 품었다. 몽고는 고려의 자비령(慈悲嶺) 이북의 동녕부와 탐라를 직할 영지로 삼고 있어 원한이 뼈에 사무쳐 있었다.

충렬왕이 왕위에 오른 지 한 달 남짓 지난 10월(음력) 제1차 왜국

정벌의 군이 출발했다. 총대장은 몽고인으로 흔도(忻都)였고 고려군의 총수는 김방경(金方慶), 병력 2만 5천이었다.

애당초 겨울철의 원정은 무리였다. 하지만 밀집 군단의 돌격, 함성 과 요란한 북소리, 석화(石火) 등등 왜인이 보지 못한 무기에 밀려 왜 군도 후퇴를 거듭했다.

다만 조그만 섬나라이고 강이 많아 기마 집단의 전투는 할 수 없었 다. 게다가 지형 지물(地形地物)을 알 수 없었고 밤의 어둠을 틈탄 왜 군의 야습이 있었다. 겁을 먹은 몽고 장수는 야습을 피하기 위해 밤에 배로 철수하자고 했고, 고려의 장군들은 속공을 계속하여 결전하자고 주장했다.

흔도의 의견은 배로 철수했다가 공격하는 소극 전법이었다. 그때 때 아닌 태풍이 불었다.

태풍으로 배가 잇따라 침몰했고 익사자도 많이 생겨 철퇴하지 않을 수 없었다(1274).

쿠빌라이는 이 실패에도 왜국 정벌을 단념하지 않았다. 더욱이 원은 별로 손해가 없었던 것이다. 배는 전부 고려에서 만들었고 참가 병력도 대부분이 고려병이었다. 왜국 원정으로 막대한 피해를 입은 것은 고려였다.

그런데 몽고는 자꾸 무리한 요구를 해왔다. 충렬왕은 고민했다.

"내가 몽고인처럼 개체(開剃＝앞머리를 면도로 밀어 버림)하고 몽고 황녀를 비로 맞았는데 이렇듯 자꾸 무리한 요구를 해올 수 있겠는가!"

"그들의 횡포는 어제 오늘에 시작된 것이 아닙니다. 하오나 요구를 따를 수밖에 없습니다."

"음."

왕은 입술을 깨물었다.

오랜 기록을 보면 당나라는 신라에 대해 잣과 매(사냥용)를 조공할 것을 요구했다. 이것이 고려의 특산물이었던 것이다. 그런데 원은 고려에 대해 처녀를 바치라고 요구해 왔다. 이 때문에 딸 가진 부모들이 공황을 일으켜 조혼(早婚)의 풍습이 생겼다.

충렬왕은 고민 끝에 원나라에 적극 협력하기로 방침을 바꾸었다. 쿠빌라이의 왜국 정벌 계획이 확고한 이상 강요되기 앞서 자청하여 협력하고 이득을 얻겠다고 마음먹었던 것이다.

충렬왕 5년(1279), 원은 전번과 마찬가지로 고려에 대해 전함 9백 척의 건조를 명했다. 그 해 남송이 완전 멸망했기 때문에 쿠빌라이는 강남 지방의 강회(江淮), 호남(湖南), 강서(江西), 복건(福建)에도 전함 6백 척의 건조를 명했다.

본디 몽고족은 육전에 능했지만 수전엔 약했다. 듀쏭(Dohsson)의 「몽고사」를 보면 징기스칸이 유언으로 네 아들에게 12만 9천의 군대를 나누어 주었다고 기록돼 있다. 거짓말 같은 기록이다. 그 12만 9.

천의 군사를 거느리고 역사상 전무후무한 대판도를 차지했던 것이다.

여름날의 비구름처럼 홀연히 지평선에 나타나는 검은 기마 집단. 그것이 창검을 번뜩이고 질풍처럼 돌진해 오면 세계의 어느 민족도 그 앞에 적수가 되지 못했다.

다만 남송이 여러 해를 두고 버틸 수 있었던 것은 강남의 숱한 하천과 견고한 성벽을 가진 도시가 있었던 까닭이다. 또 고려가 강화섬에 들어가 30년 동안 항전한 것도 육지와의 좁은 갯벌을 그들이 건너지 못했기 때문이다.

충렬왕 6년 쿠빌라이는 개경에 왜국 정벌을 위한 정동행성(征東行省)을 두었다. 이때 왕은 몽고에 적극적인 요구를 했다. 고려 장병을 원군과 똑같은 대우를 해줄 것, 고려에 적의를 품는 홍다구의 권한을 제한할 것 등이었다. 쿠빌라이는 충렬왕의 희망을 거의 받아들였고 부마국왕(駙馬國王) 칭호와 정동행성의 중서좌승(中書左丞)에 임명했다. 전보다는 격상(格上)이었다.

제2차 왜국 원정 함대는 충렬왕 7년(1281) 5월에 합포(合浦=馬山)를 출발했다. 고려군 도원수는 김방경, 몽고측은 흔도와 홍다구가 지휘를 맡았다. 병력은 4만이었다.

이 밖에 강남군 10만이 있었는데 이들과는 이키섬에서 6월 15일 합류하기로 되어 있었다.

동로군(東路軍=고려·원 연합군)은 먼저 쓰시마에 상륙하여 왜적을 소탕했고 6월 6일에는 하카다만에 이르렀다. 그런데 강남군은 약속 날짜에 대어 오질 못했고 6월 말에 이르러서야 연락이 되었다. 이리하여 7월 27일 모든 준비를 갖추고 작전을 개시했으며 압도적인 상황 아래 상륙을 준비했다. 이때 또 태풍이 불었던 것이다.

엄청난 태풍으로 전함이 차례로 침몰했고 익사자가 속출했다.

'열 가운데 살아 돌아온 자는 하나 둘이었다.'

「원사」의 기록이다. 「고려사」는 고려군의 생환자를 1만 9천 3백 97명으로 적었다. 이때의 피해는 강남군이 더 컸다. 왜냐 하면 강남군의 배는 모두 3천 5백 척이나 되었지만 동로군의 전함보다 훨씬 소형이었다.

왜군은 이때다 싶어 공격을 가했다. 왜국 기록에 의하면 포로가 되었다기보다 배가 침몰하여 육지에 떠밀린 것이다.

왜군은 포로 가운데 강남인만 살려 주어 노예로 삼았다. 왜국과 남송은 전부터 교역을 하고 왕래가 있었다. 그 밖의 포로인 고려인, 몽고족, 여진족, 한인은 모두 살해되었다.

쿠빌라이는 두 번이나 원정에 실패했지만 결코 단념하지 않았다. 벌써 그 이듬해 전함 건조를 고려에 다시 명했고 충렬왕을 정동행성의 좌승상에 임명했다. 그러나 강남에서 반란이 잇따라 일어나 쿠빌라이도 그 계획을 보류하지 않을 수 없었다.

한편 충렬왕의 의도는 어느 정도 성공했다고 믿어진다. 충렬왕 16년(1290) 3월, 동녕부가 폐지되고 그 땅이 고려에 반환되었던 것이다. 그런데 이 해 11월, 원나라 반도(叛徒) 내안(乃顔)의 무리 합단(哈丹)이 수만의 무리를 이끌고 동북면에 침입했다. 그들은 쌍성(雙成＝永興)을 함락시켰고 왕이 강화로 파천하는 일이 생겼다.

사막의 유목민 몽고족은 주색에 빠지기 잘하고 또한 권력 다툼에는 형제의 살상도 서슴지 않는다는 혈통의 족속들이었다. 이것은 칭기스칸이 죽은 뒤 후계자 다툼에서 이미 증명된 일이다. 몽고족에서 칭기스칸 다음으로 영걸인 쿠빌라이도 피비린내 나는 형제 싸움을 벌인 뒤 칸이 되었다.

몽고족은 관습으로 아들이 성년에 이르면 가축과 재물을 나누어 주어 분가시켰다. 그리고 '부뚜막을 맡는 여주인'인 본처(本妻)의 권리가 컸고, 종가의 재산은 정처가 낳은 막내아들이 상속했던 것이다.

왜냐 하면 칭기스칸은 쥬치(Djoutchi), 차가타이(Tchagatai), 오고타이(Ogotai＝窩闊台), 투루이(Touloui＝拖雷)의 네 아들이 있었지만 그 재보의 대부분과 12만 9천의 군대 가운데 10만 1천을 투루이에게 물려 주었던 것이다. 쥬치를 비롯한 세 아들에겐 각각 4천의 군대를 주었고 그 나머지는 생모, 동생들에게 나누어 주었다. 그리고 칭기스칸은 아들들에게 당부했다.

"비록 잘못이 있더라도 부장(部將)을 처벌하지 말라. 너희들은 아직 어리지만 부장은 높은 공이 있는 사람들이기 때문이다. 정 처벌할 필요가 있거든 짐과 의논하라. 짐이 만일 이 세상에 없다면 형제가 서로 의논해라. 그런 뒤 법을 좇아 처단하라. 범죄는 절대로 증거가 없어선 안된다. 유죄인으로 스스로 자백케 하고, 또 형벌이 적법(適法)임을 알려 주어야 한다. 분노·격앙에 내맡겨 이를 처단해선 안된다."

칭기스칸이 죽은 뒤 케르란 강가의 대숙영지에서 쿠릴타이(Couriltai =총회의)가 열렸다. 이 쿠릴타이에는 각 공자 및 모든 장군들이 모였다. 칭기스칸의 큰 텐트에서 각 공자를 맞은 것은 투루이였고, 그는 새로운 칸이 추대되기까지 감국(監國)으로 위촉되어 있었다.

쿠릴타이의 첫 3일간은 대연회가 밤낮을 가리지 않고 이어졌다. 몽고인들의 술은 그저 물처럼 퍼마신다는 정도를 넘어 술부대에 흠뻑 목욕을 한다고나 할까. 엉망이 되도록 만취하고, 겨우 정신이 들었다 하면 처첩과 희롱하고 고기를 먹으며 또 마셨다.

칭기스칸의 다섯째 동생으로 지위도 낮고 가난한 자가 있었다. 그도 쿠릴타이에 100명의 처첩을 데리고 참가했었다. 그보다 세력 있는 공자라면 그 몇 갑절인 수백 명의 처첩이 있고 이것은 그들의 가축인 양이나 말처럼 재산으로 여겨졌다.

3일의 연락(宴樂)이 지나가 칸 추대의 토의가 비로소 시작되었다. 대부분의 공자나 장군은 투루이를 추대할 움직임이었다. 이때 야율초재(耶律楚材)가 몽고족 분열을 막기 위해 오고타이에게 표를 모아 주어 칸으로 추대했다.

야율초재는 색목인은 아니었다. 그는 요(遼) 왕조를 세운 거란족 야율씨의 자손으로, 그 조상이 여진족의 금 왕조에 항복하여 정부의 고관이 되었다. 야율초재의 대에 이르러 금이 멸망하자 몽고를 섬기게 되었던 것이다.

몽고족은 정복한 민족을 씨도 남기지 않을 만큼 대학살하고 문화를 파괴했다. 그런 몽고족에게 문명의 가치를 참을성 있게 일깨워 준 것

이 야율초재이다. 이 때문에 얼마나 많은 인명과 문화가 살아 남았는지 모른다. 칭기스칸도 살아 있을 때 그를 절대 신임했다.

"하늘이 우리 가문에 주신 인물이다. 모든 것을 맡겨라."

입버릇처럼 말했다.

오고타이는 사양했다.

"투루이야말로 적임자다. 그는 줄곧 아버지 슬하에 있으면서 그 언행을 배웠고 훈계를 받은 자이다."

그러나 일단 결정되면 열광적으로 이를 지지하는 몽고족이었다. 그들은 사양하는 오고타이에게 외쳤다.

"그대를 택하여 후계자로 삼은 사람은 칭기스칸이다. 어찌 칸의 뜻을 어기겠는가!"

오고타이는 사양하기를 40일 동안 하였고, 41일째 되는 날 형 차가타이와 숙부 우쥬킨(Udjukin)의 인도를 받으며 옥좌에 올랐다. 투루이가 그 앞에 무릎 꿇고서 잔을 올렸고, 동시에 천막의 안팎에 모인 사람들은 모두 모자를 벗고 칼끝을 어깨에 걸치고 아홉 번 오고타이에게 무릎을 꿇었다.

이어 새로운 칸은 모든 무리를 이끌고 천막 밖에 나가 세 번 무릎 꿇고 절하며 태양을 우러렀다. 이때 대천막 주변에 모인 군중들이 모두 이를 따라 태양을 예배했다.

황제는 천막에 들어오자 대연회를 베풀었다. 공자들은 옥좌의 오른쪽에 앉았고 공주들은 왼쪽에 자리 잡았는데 어린 남녀 노예들이 이들에게 술과 안주를 날랐다.

이윽고 각 공자가 번갈아 오고타이에게 술잔을 올리며 충성의 맹세를 했다.

"우리들은 칸의 자손으로, 풀숲에 던져도 암소가 이를 먹지 않고 기름에 섞더라도 개가 물어가지 않는 한 덩어리 고기가 있는 한, 다른 집 공자를 칸으로 추대하지 않음을 맹세합니다."

괴상한 맹세였다. 요컨대 오고타이의 자자손손을 칸으로 받들며 충성하겠다는 다짐이었다.

오고타이는 아시아 각지에서 약탈한 아버지 칸의 재보를 공자와 장군들에게 골고루 나누어 주었다. 또 미녀 40명을 선발하여 비단옷을 입히고 금은으로 장식케 한 다음 칭기스칸의 무덤에 생매장했다. 죽음의 세계에서 칸을 모시라는 뜻이었다.

오고타이는 야율초재의 건의로 질서 있는 정치를 하려고 힘썼다. 법을 정하고 관리의 위계를 정하는 한편 각 공자의 특권을 명확히 규정했다. 또 정복지에서의 몽고 부장이 쥔 무한정한 권력을 제한했다. 예를 들어 몽고 장교로 죄인이 있을 때에는 그 가족까지 모두 처형했다. 그것을 일정한 심리를 거치게 하여 함부로 죽이지 못하게 했던 것이다.

오고타이의 업적으로는 금의 정복이 있다. 이 전쟁에서 투루이의 활약이 단연 돋보였다. 그런데 투루이는 1232년 40살로 전진에서 병사했다.

투루이는 네 아들을 남겼다. 몽게(Mangou), 쿠빌라이(Coubilai), 후라그(Houlagou), 그리고 아리보가(Ari Boga＝阿里不哥)이다.

오고타이는 중국에서 돌아오자 새로이 캐라코룸에 도읍을 건설하고 쿠릴타이를 소집했다. 그리고 고려와 남송 공격에 대한 의논이 있었다. 오고타이는 몽고군이 고려, 남송, 러시아, 폴란드, 헝가리를 침략하고 있을 때 캐라코룸의 화려한 궁전에서 세계 각국의 미녀와 재보에 둘러싸여 환락을 일삼고 있었다.

오고타이는 술을 너무 좋아했기 때문에 어렸을 때 칭기스칸의 꾸지람을 자주 받았었다. 칸이 된 다음에는 형인 차가타이가 곧잘 충고했다. 오고타이는 이 형님을 존경하고 있었기 때문에 그 충고에 공공연히 반대하지 않았다.

차가타이는 특별히 똑똑한 장교 하나를 선발하여 칸의 음주량을 제한하고 도가 넘치도록 마시면 말리도록 했다.

"대왕님, 그 이상 잡수시면 건강에 해롭습니다."

"알았다. 그렇지만 한 잔만 더 먹자."

칸이 말하자 그 장교도 더 말리지는 못했다. 야율초재는 지나친 칸의 폭주를 염려하고 충고했다.

"칸이시여, 이 철구(鐵口＝술병)를 보십시오. 시퍼렇게 녹이 슬고 구멍까지 뚫려 있지 않습니까?"

"음, 그렇군. 그런데 이것이 어쨌다는 것이오?"

"이 철구는 술을 담았던 그릇입니다. 쇠붙이도 이러한데 사람의 오장인들 견딜 수 있겠습니까?"

오고타이는 이 말에 놀랐지만 폭음하는 버릇은 끝내 고치지 못했다. 그는 사냥을 갔다가 돌아오는 길에 쓰러졌고 마침내 56살로 죽었다 (1241).

오고타이는 죽었을 때 4명의 황후와 60명의 비가 있었다. 그 첫 황후는 메르키트부 출신으로 투라키나(Tourakina)였다. 이때 사람들은 칭기스칸의 네 아들 가운데 단 하나의 생존자인 차가타이를 주목했다. 차가타이는 성격이 방정(方正)하고 매우 근엄했다. 특히 그는 법을 엄중히 지킨다는 정평이 있었다.

그의 영지 안에 많은 회교도가 있다. 이들에게 가장 고통스러운 것은 목을 따서 죽인 짐승의 고기를 먹는 자와 낮 동안에 물에 들어가 목욕하는 자는 칭기스칸의 법에 의해 처형된다는 것이었다. 회교도는 이를 여러 번 진정했지만 폐지되지 않았다.

차가타이는 자기에 대해서도 엄했다. 하루는 그가 오고타이와 술을 마셨다.

"칸이시여, 술이 좀 취한 것 같소. 머리도 식힐 겸 말달리기 경주를 합시다."

"그것 좋겠군요, 형님."

이들은 말달리기를 겨루었는데 차가타이가 이겼다.

이날 밤 자기 천막에 돌아오자 차가타이는 깊이 반성했다.

"칸에게 감히 경주를 청하고, 더욱이 칸을 이겼다는 것은 신하로서 불충이다."

차가타이는 밤새도록 한잠도 이루지 못하고 곰곰이 생각했다. 그는 새벽이 되자 자기 부하를 모두 이끌고 오고타이의 궁전을 찾아갔다.

오고타이는 부하들의 보고를 받자 불안에 떨었다.

(혹시 형님이 나를 공격하려는 것이 아닐까?)

그러나 차가타이는 사자를 보내 공손히 전하게 했다.

"칸에게 감히 경주를 청하고 이를 이겼음은 신하로서 무례일 뿐 아니라 큰 죄입니다. 칸께서는 아무쪼록 이 죄인에게 장형(杖刑)은 물론 사형이라도 내리십시오. 기꺼이 복종하겠습니다."

이런 차가타이였기 때문에 누구나 그를 존경했고 차대(次代)의 칸은 그가 틀림없다고 믿었다. 그러나 그는 황후 투라키나를 섭정으로 추대했고 칸의 자리를 극력 사양했다.

처음에 오고타이가 죽자 도읍 부근의 도로는 모두 봉쇄되고 누구도 바깥 출입이 금지되었다. 칸의 사망이 알려져 나라 안에 혼란이 일어날까 겁냈기 때문이다.

오고타이는 처음에 셋째 아들 곡출(曲出)을 가장 사랑하여 태자로 책봉했었는데 그는 전투중 궁중에서 사망했다. 그래서 곡출의 장자 시라문(Schiramoun=朱烈門)이 칸의 총애를 받으며 궁중에서 양육되고 있어 장차 칸의 지위를 잇는다고 기대되었다.

그러나 섭정인 황후 투라키나는 오고타이의 맏아들인 쿠유크(Couy-ouc)를 칸에 앉히려고 마음먹었다.

쿠유크는 이때 다른 공자들과 더불어 러시아, 폴란드, 헝가리 등지를 공격하고 귀국 도중 아버지의 죽음을 알았다. 그리하여 쿠릴타이가 소집되었는데 회의는 1246년까지 성립되지 않았다.

쥬치의 아들 바투(Batou=拔都)가 섭정황후나 쿠유크에게 적의를 갖고 있었기 때문이다. 바투는 일족의 장자로, 황후는 그 참석을 간절히 부탁했지만 끝내 오지 않았다. 이런 곡절을 겪은 뒤 쿠유크가 칸에 선출되었다(1246). 이 자리에 로마 교황이 파견한 2명의 선교사가 참석했었다. 몽고는 종교에 대해 비교적 너그러워 회교도, 기독교도, 로마교도 마찬가지로 보호하였다.

쿠유크는 겨우 2년만에 43살로 죽었다. 그는 칸으로 있는 동안 심한 류머티즘에 걸려 있었고, 그러면서도 지나친 음주와 여색으로 명을 재촉했던 것이다. 따라서 정치는 승상인 진해(鎭海)와 카다크에게 위임하고 있었지만 이들이 기독교도여서 기독교가 급속히 퍼지게 된 것이다.

쿠유크가 죽자 전례에 따라 교통이 봉쇄되고 각 공자에게 급한 파발마가 달려갔다. 이보다 앞서 바투는 자기의 영지인 볼가 강 기슭을 떠나 쿠유크에게 충성을 표시하려고 오고 있었다.

바투는 중간에서 이 소식을 듣자 군대를 멈추고 아락탁(Alactac)이란 곳에 쿠릴타이를 소집했다.

그런데 오고타이계 공자들은 회의 참석을 거부했다. 쿠릴타이는 마땅히 몽고인의 옛땅에서 열어야 한다는 이유였다. 그러면서 캐라코룸의 총독 테무르(Temour)를 그들 대표로 참석시켰다. 바투가 소집한 회의엔 쥬치의 후손과 투루이의 공자들이 주류를 이루었다. 테무르가 발언했다.

"우린 오고타이가 즉위할 때 맹세했다. 그의 자손에 갓난아이 하나라도 남아 있다면 칭기스칸 가문의 다른 일족을 추대하지 않는다고!"

그러자 쿠빌라이가 반박했다.

"그것은 그렇다. 하지만 그대들은 이미 율법을 깨고 오고타이의 뜻마저도 어기지 않았던가! 첫째로 그대들은 칭기스칸의 율법을 무시하여 알타로운(Altaloun＝칭기스칸의 공주)을 사형에 처했다. 종족 회의 심리가 아니고선 종족을 처벌하지 못한다. 둘째로 그대들은 시라문을 후계자로 삼은 오고타이의 뜻을 어겨 쿠유크를 칸에 추대했다."

쿠빌라이의 이 주장은 오고타이 계통에서 칸의 자리를 뺏겠다는 속셈이었다. 바투는 결단을 내려 투루이 계통의 몽게를 추대했다.

처음에 칭기스칸은 군대의 대부분을 투루이에게 주었다. 투루이가 죽자 그 군대는 몽게, 쿠빌라이, 아리보가, 그리고 모가(Moga)에게 분배되어 있어 세력이 막강했다.

이 결정에 시라문, 나구(Nagou) 등이 바투에게 사자를 보내어 몽게의 칸 선임은 무효라고 주장했다. 그 주요 이유로 몽고족의 옛땅이 아닌 곳에서 쿠릴타이가 열렸다는 것이었다.

이 분쟁은 1년을 끌었고, 타협과 협상으로 몽게는 정식으로 칸이 되었다(1251). 여러 공자는 항례대로 칼끝을 어깨에 걸치고 칸에게 아홉 번 무릎 꿇는 배례를 올렸다. 군사들과 백성들이 환성을 올리는 가운데 몽게는 선언했다.

"너희들은 실컷 마시고 즐겨라. 오늘부터 40일 동안 백성들은 그 하던 일을 중지하며 서로의 원한을 잊고 오로지 환락을 즐기도록 하라."

그래서 먹고 마시는데 매일 마소가 3백 필, 양이 5천 마리, 포도주와 마유주(馬乳酒) 2천 수레가 소비되었다.

즐겁게 마시고 있는 참인데 장교 하나가 뛰어들어오며 외쳤다.

"모반입니다, 모반입니다!"

사람들은 술잔을 떨어뜨렸고 바보가 된 것처럼 입을 딱 벌렸다. 몽게가 꾸짖었다.

"무슨 일이 있었는지 차근차근 말해 보아라!"

"네, 저는 나귀가 한 마리 없어져 일대의 병사를 거느리고 수색중 병사가 호위하고 있는 여러 대의 짐수레를 발견했습니다. 저는 처음에 쿠릴타이를 위한 식량 수송 차량인 줄로만 알았지요. 그러나 수레가 몹시 무거워 보여 검문해 보았더니 무기가 가득 실려 있었습니다."

장내가 소란해졌다. 여자들의 비명도 들렸다. 몽게는 그들을 큰소리로 꾸짖고 나서,

"그래서?"

매섭게 다그쳤다.

"네, 저는 심문했지요. 목적지가 어디냐? 누구의 지시로 무기를 나르느냐? 그랬더니 시라문, 나구, 호자 등 공자의 수하 병졸로 사람들이 모두 술에 취해 있을 때 이곳을 공격할 준비를 하고 있다고 자백했습니다."

"알았다!"

몽게는 침착히 말하고 무장 가운데 수석인 망가사르를 시켜 오고타이의 집안의 세 공자를 체포하도록 했다.

세 공자는 완강히 모반을 부인했지만 그 부하 장교들을 고문하자 음모를 자백했다. 몽게는 이들 처리에 고뇌했다. 그 일족과 장군들은 단호히 처형하라는 의견이었지만 그는 망설였다.

그때 몽게의 눈길이 장막 한구석에 있는 에르바제라는 인물에게 쏠렸다. 그는 회교도로 현명한 인물이었다.

"장로시여. 그대는 어째서 한마디도 발언하지 않소?"

"군명(君命)이시라면 이와 비슷한 옛일을 하나 예로 들겠습니다."

"어서 말해 보시오!"

"옛날 페르시아를 정복한 알렉산더 대왕이 장차 인도 진격을 계획하자 휘하 장교 다수가 이 명령을 거역했을 뿐 아니라 자립하려는 자까지 생겼습니다. 알렉산더는 그들의 전장에서의 공적을 생각하고 어떤 처단을 해야 좋을지 망설였습니다. 그래서 그는 아리스토텔레스에게 사자를 보내어 자문을 구했습니다. 그러자 아리스토텔레스는 사자와 더불어 정원을 산책하며 뿌리 깊은 큰 나무를 뽑게 하고 그 자리에 어린 나무를 심게 하는 것이었습니다. 사자는 아무런 회답도 듣지 못하고 돌아왔지만 알렉산더는 사자의 보고를 자세히 듣더니 아리스토텔레스의 뜻을 알았습니다. 장교들을 사형에 처하고 그 자리를 그들의 자식들로 채웠던 것입니다."

몽게는 마침내 결단을 내려 70명에 이르는 장군을 처형했다. 에르바제(터키인)는 그 공로로 중국에서의 몽고령 총통에 임명되었다. 이어 몽게는 나구와 호자의 생모 오골 가이미시(Ogoul Gaimisch＝쿠유크의 비)와 시라문의 생모를 장군 망가사르에게 넘겼다.

망가사르는 이 여인들을 발가벗겨 모욕을 주었다. 가이미시는 외쳤다.

"너는 하늘도 무섭지 않느냐? 칸 이외는 누구도 내 몸을 보지 못했는데 감히 발가벗기다니!"

그러나 망가사르는 비웃었고, 두 여자가 요술로 몽게의 수명을 단축하려 했다는 죄목으로 유죄를 선언했다. 그리하여 그녀들은 멍석에 말려 강물에 던져졌다. 이때 가이미시 황후를 보필했던 진해와 카다크도 처형되었다.

몽게는 처음에 시라문 등 세 공자의 죄를 묻지 않았다. 그들의 군대와 처첩을 몰수하여 자기 부하에게 나누어 주었고, 그 뒤 시라문을 물에 빠뜨려 익사케 했던 것이다. 오고타이의 서자로 합단(Cadan＝哈丹)과 메릭(Melik＝蔑里)만은 군대를 거느리고 와서 충성을 맹세했기 때문에 그대로 두었을 뿐 아니라 오고타이의 큰 천막 하나와 그의 첩 하나를 상으로 주었다.

몽게는 쿠빌라이를 대사막 남장 영토의 총통에 임명했다. 금의 옛 영토이다. 쿠빌라이는 요추(姚樞)라는 한인을 승상으로 등용하여 행정을 정비했다. 쿠빌라이는 몽게의 명령으로 1252년 운남(雲南＝大顔)을 공격했다. 이어 티벳를 공격하여 이를 정복했다.

쿠빌라이는 요추의 건의를 좇아 재래의 몽고병처럼 무차별 학살을 하지 않았다. 한인들 사이에서 쿠빌라이의 인기가 높아지고 있었는데 몽게는 그것을 의심했다.

"쿠빌라이가 칸의 자리를 엿보고 있을지도 모른다."

몽게는 감찰관을 보내어 철저한 감사를 실시케 했으며 조그만 트집을 잡아 쿠빌라이의 부하를 처형하는 한편 동생을 소환했다(1257).

쿠빌라이는 우울해 하며 소환에 응할 것인가 고뇌했다. 요추가 건의했다.

"대왕은 황제의 첫째가는 신하고 의심을 받을수록 모범을 보이셔야합니다. 만일 가족을 전부 데리고 귀국하신다면 형님의 의심도 풀리시고 전보다 더 신임할 것입니다."

쿠빌라이는 결단을 내렸다. 요추의 의견대로 실행하자 몽게는 의심을 풀고 동생을 포옹하며 오랜만에 만나는 기쁨으로 눈물까지 흘렸다.

몽게는 1259년 52살로 죽었다. 남송을 공격하며 사천성 중경(重慶) 근처까지 진출했는데 이질(痢疾)에 걸려 죽었다.

그는 성격이 꿋꿋하고 결단력이 있으며 술도 별로 마시지 않았다. 사치도 즐기지 않았고 그의 후비에게까지 검소한 생활을 하도록 엄명했다.

이 무렵 쿠빌라이는 무창(武昌)을 공격하고 있었다. 그는 몽게가 죽었다는 소식을 듣자 남송의 승상 가사도(賈似道)와 화의를 맺고 급거 군을 돌렸다. 동생 아리보가(阿里不哥)가 제위를 찬탈하려 한다는 정보를 들었기 때문이다.

쿠빌라이는 신속히 행동하여 쿠릴타이에서 칸으로 추대되었다. 동생 후라그(旭烈兀)는 멀리 페르시아에 있어 총회의에 참석하지 못했지만 배다른 동생 모가(莫哥), 오고타이의 서자 합단(哈丹) 등의 적극적 옹립으로 칸이 되었던 것이다.

물론 아리보가도 가만히 있었던 것은 아니다. 쿠빌라이를 반대하는 공자들과 제휴하여 군을 일으켜 수년에 걸쳐 대항해 싸웠으나 결국 항복했다.

쿠빌라이는 칸이 되자 연경을 대도(大道)라 하여 겨울 동안 이곳에 머물러 있었고, 개평(開平)을 상도(上道)라 하여 여름철 도읍으로 삼았다.

또 그는 불교를 국교로 정했다. 몽고말로 불교는 라마(喇嘛)인데 한인들은 이를 화상(和尙)이라 불렀다. 쿠빌라이는 제국내 불교 관장(管長)으로 티벳 출신의 라마승을 임명했고 이가 중국식으로 파스파〔八思巴〕라 불린 파크바(Pakba)였다. 파크바는 라마교의 성자라는 뜻이다. 파스파는 처음으로 몽고 문자를 제정했고 중국의 고전을 몽고말로 번역하는 데도 힘썼다. 쿠빌라이는 이 밖에 중국식의 종묘를 세워 칭기스칸 등 역대의 칸과 그 왕후들을 제사했고 연호도 정했으며 나라 이름을 원(元)이라고 정했던 것이다(1271).

남송 공격은 아리보가의 반란으로 몇 년 늦추어졌다. 남송과의 전투는 양양과 번성(樊城)의 공방전이 가장 치열했다. 원군은 몇 차례의 포위·공격이 실패하자 페르시아로부터 기술 도입한 대포로 성벽을 부수고 함락시켰다.

마침내 쿠빌라이는 남송을 멸망시키고자 20만의 대군을 편성했고 사천택(史天澤)과 페엔(Peyen＝伯顔)에게 지휘권을 맡겼다. 사천택은 1275년 초 진정(眞定)에서 병사하였는데 죽기 전 쿠빌라이에게 상서를 올렸다.

"원병이 장강을 건너더라도 약탈은 금하고 무고한 사람을 살육하지 않도록 해주십시오."

사천택은 남송을 공격하는 데 공을 세웠지만 한인 출신 장군이었던 것이다.

페엔은 쿠빌라이의 황제 즉위를 축하하기 위하여 페르시아를 정복한 후라그가 사신으로 보냈던 자이다. 키가 컸고 용모가 웅위(雄偉)하였다. 쿠빌라이는 그 인물에 반하여 장군으로 삼았고 사천택이 죽자 원군의 총사령관에 임명했다.

성각(性覺)

   인간의 운명은 자기의 의지와는 관계없는 방향으로 흐르는 수가 많다.

   중팔은 14살이 되었다. 12살 때 그가 목동으로 일하던 마을 부자 장영감이 도둑에게 피살되자 어쩔 수 없이 형 중오의 집에 있게 되었다. 중오는 중팔이 자기 집에 있는 것을 싫어 했지만 아내 도씨가 우기자 입을 다물고 말았다.

   "당신은 동기간의 우애도 없단 말이어요? 주인집이 없어져 갈 곳 없는 동생도 받아 주지 않는다면 동네 사람들이 뭐라고 하겠어요?"

   중오는 아내에게 찍 소리도 못한다. 그는 묵묵히 소처럼 일했다. 아침 일찍 집을 나가 저녁 캄캄할 때나 돌아온다. 그리고 밤의 잠자리에서 아내를 품는 것이 단 하나의 낙인 듯싶었다.

   중팔은 그런 형수가 처음엔 고마웠다. 그나마 형수의 친절이 아니면 지붕 아래 방안에서 잠을 자고 밥도 얻어먹을 수 없다고 생각되었기 때문이다.

   그런데 차츰 날짜가 지나면서 형수 도씨는 참으로 이상한 여자라고 생각되었다. 형 중오는 죽어라고 일하며 품팔이를 하고 있는데 그녀는 손끝 하나 까딱하지 않는다. 집에서 늘 낮잠이나 자고 어쩌다가 일어나 있을 때에는 화장하는 데 시간을 보낸다.

   "여자는 예뻐야 하지요. 그리고 제가 화장하는 것도 다 누구 때문이어요? 당신 때문이잖아요. 하루종일 일하여 고단하신 당신이라도 예쁘게 화장한 내 얼굴을 보면 피로가 풀릴 게 아녀요?"

중오도 아내의 이 말에는 더 대꾸할 말이 없었다.

"그렇지만……."

"그렇지만 뭐지요?"

"당신의 연지를 사오려면 며칠 품삯이 날라가 버려."

"어머나! 그것이 그렇게 아까워요? 나에게 명주옷이라도 사주었다면 살인나겠네요."

연지는 이때만 하여도 값비싼 것이었다. 연지로 사용하는 고급 안료(顔料)는 교지(交趾＝월남)에서 수입되고 있었다. 그렇기 때문에 중오 같은 농부가 한 줌의 안료를 사려 해도 며칠치 품삯이 달아났다.

어느 날 중오가 종이에 싼 봉지를 도씨 앞에 내놓았다. 도씨는 종이를 펴보고 물었다.

"이것이 뭐지요?"

"꽃씨야."

"누가 꽃씨인 줄 몰라서 묻는 거여요? 대체 이것을 어떻게 하란 말이지요?"

"잇꽃의 씨야. 그 꽃을 심고 꽃이 피게 되면 꽃가루를 낼 수가 있어. 그것으로 연지를 만들 수가 있다구."

중오로선 고심하여 구한 꽃씨였다. 하도 연지 값이 많이 들어 약종상에 가서 점원에게 술까지 사먹이며 알아내서 구한 꽃씨였다.

"싫어요! 난 흙만 만져도 손이 터져 싫어요."

도씨는 날카롭게 소리지르고 중팔에게 그 꽃씨를 뿌리고 가꾸라고 했다. 하지만 꽃씨는 제대로 싹트지 않았고 어쩌다가 난 것도 말라 죽었다.

중오와 형수 사이엔 아이가 둘 있었다. 남매였다. 위는 딸로 이름은 대낭(大娘)이고, 아래는 아들로 이름은 문정(文正)이다(물론 아명은 그것이 아니었을 것이다. 편의상 문정이라고 불러 둔다).

중팔이 이 집에 왔을 때 그가 하는 일이란 조카 문정을 업어 주는 것이었다. 형수의 친절도 어쩌면 그 때문이었을지 모른다. 앞에서도 말했던 것처럼 형수는 자기만 아는 여자라 자식 건사도 귀찮았으리라. 그러나 모성애(母性愛)만은 남다른 것 같았다.

딸인 대낭에 대해선 도무지 무관심했다. 제멋대로 버려 둔다. 울게 되면 형수는 오히려 꼬집는다. 따라서 서너 살밖에 되지 않은 대낭은 넓적다리나 엉덩이가 시퍼렇게 멍들어 있었다. 요즘에는 울다가도 어머니가 옆에 다가오면 대낭도 울음을 뚝 그쳤다.

그런데 문정이가 울게 되면 얼른 안아 올려 젖을 물리든가 중팔에게 업혀 준다. 그래서 중팔은 거의 하루종일 문정을 업어 주어야만 했다.

석 달쯤 그런 생활이 계속되자 중팔도 꾀를 내었다.

아침식사를 끝내면 곧장 집에서 나가 버린다.

"도련님, 어딜 가세요?"

"나무하러 가겠어요."

펑계를 대고 집에서 나오면 탕화나 서달과 놀 기회가 생긴다. 나무도 부하들인 이들을 시키면 되는 것이다.

"나무는 어제 한 것이 남아 있어요. 그것보다 이리 좀 와요."

형수는 아침 화장을 하고 있었다. 그녀는 화장하는 데 솜씨가 있다. 분 대신 쌀가루를 곱게 빻은 것을 물에 풀어 바른다. 그것을 얼굴에만 바르는 것이 아니고 어깨와 목언저리에도 발랐다.

"여기 목 뒤와 어깨를 발라 줘요."

중팔은 시키는 대로 붓에 미분(米粉)을 찍어 발랐다. 형수는 눈썹을 그려 가며 말했다.

"분칠은 골고루 칠해야 해요. 한 번 바르고 덧바를 때 고루 퍼지도록 말이죠."

거울 속에서의 그녀는 바쁘다. 눈썹을 파랑·검정·초록색 안료로 그려 나간다. 물론 날마다 색깔이 달라진다.

눈썹 모양도 꼬리가 약간 치켜 올라간 것은 아미(蛾眉)였고 꼬리가 처진 것은 수미(愁眉)였다. 또 형수는 곧잘 얼굴에 검은 점을 그려 넣었다.

때로는 이마를 노랗게 칠하는 일도 있었다.

중팔은 화장에 따라 여인의 얼굴이 놀랄 만큼 달라지는 것을 보고 넋을 잃고 있었다. 특히 입술연지를 빨갛게 칠하자 여인의 얼굴이 다른 사람처럼 달라지는 것을 알았다.

눈썹도 사람의 눈을 끌었으나 입술연지가 보다 강력하게 마음을 이끈다.

도씨는 거울 속에서 생긋 웃었다. 그녀는 화장을 열심히 하면서 소년이 자기를 넋잃고 보고 있음을 알고 있었다. 보지 않아도 마음까지 알았다. 피부로 안다고 할까, 관능(官能)이 감응된다고 할까 ── 더욱이 그녀는 남다른 색욕을 가지고 있는 여인이다.

"내 얼굴이 예뻐요?"

중팔은 고개를 끄덕였다. 그러자 도씨의 손이 별안간 뒤로 뻗쳐 왔다. 기습이다. 중팔은 얼굴이 뻘개지며 무의식적으로 엉덩이를 뒤로 내밀었다.

벌써 몇 년 전 형수에게 농락당한 일이 있었다. 그 자신은 농락임을 모르고 있었지만, 확실히 그것은 농락이었다. 그 뒤 형수는 그런 낌새를 도무지 보이지 않았다. 그녀 자신 너무나 어린애라 상대도 해주지 않았던 것인데 중팔은 가끔 그것을 아쉽게 느끼는 일이 있었다.

"왜 그러죠, 부끄러워요?"

도씨는 몸을 돌렸다.

"그동안 안아 주지 않아 화를 내고 있어요?"

중팔은 고개를 저었다. 개구쟁이인 그도 이 형수 앞에서만은 중오처럼 꼼짝 못했다.

"그러면 가만히 있어 봐요."

도씨는 그러면서 다시 손을 뻗쳐 왔다. 이번에는 정확히 목표물을 포착한다. 중팔은 자기 몸이 미묘하게 변화되는 것을 의식했다. 도씨는 그런 변화를 즐기는 눈치였다.

"어머나! 도련님은 올해 몇 살이죠?"

"14살."

"참, 그렇네요. 그럼 남자와 여자의 기쁨도 알아야 하겠네요."

중팔은 갑자기 가슴이 두근거렸다. 그리고 딴 걱정을 하기 시작했다. 이미 성징(性徵)이 나타나고 있어 그것을 형수에게 보이는 것이 부끄러웠다.

그런데 도씨는 그의 생각과는 다른 말을 꺼냈다.

"우선 나한테 가까이 와서 내 목을 안도록 해보셔요."

중팔은 시키는 대로 했다.

"남자라면 여자를 기쁘게 해주는 방법을 알아야 하죠. 그러자면 입을 맞추고 혓바닥을 빨아 주는 것이죠."

도씨는 입을 뾰족 내민다. 중팔은 마치 마력에 이끌리듯 자기의 입술을 가져 갔다. 빨간 양귀비처럼 자극적인 입술에 입술을 포갰는데 도씨가 별안간 그의 가슴을 밀어냈다.

중팔은 어리둥절했다. 자기가 무슨 잘못이라도 저지른 것처럼 여자의 눈치를 보았다.

"으슬으슬 몸이 떨려요. 감기라도 걸렸나 봐요. 도련님은 부엌에 가
서 술을 따끈하게 데워 가져 와요."

중팔은 닭쫓던 개처럼 부엌으로 갔다. 술을 데우면서 어째서 형수가
별안간 자기를 밀어냈는지 그 수수께끼를 풀려고 고개를 갸웃했다.

형수의 목소리가 들렸다.

"빨리 가져 와요! 올 때 달걀과 빈 대접도 하나 가져 와요."

밖에선 바람 소리가 들려오고 있었다. 부엌 창문으로 내다보았더니
강남 지방에서는 드물게 눈발이 날리고 있었다.

중팔이 방으로 돌아왔을 때 형수는 침상에 누워 있었다. 중팔이 쟁
반의 것을 탁자로 가져 가자 그녀는 비로소 몸을 일으켰다.

그리고 대접에 날달걀 2개를 깨뜨려 떨어뜨리고 긴 젓가락으로 휘
휘 젓고는 뜨거운 술을 조금씩 붓는다. 달걀은 반숙으로 익고 술도 흰
죽처럼 되었다. 중팔은 그것을 우두커니 보고 있었다.

"자, 됐어요."

도씨는 그것을 한 모금 마시더니,

"먹겠어요?"

하고 물었다.

중팔이 고개를 흔들자 여자는 호호 웃었다.

"이것을 먹으면 몸이 화끈화끈해지죠. 감기 같은 것 금방 달아날 거
여요."

남은 달걀술을 홀딱 마셨다. 아니 마셨다고 생각되었다.

도씨가 별안간 한 팔로 중팔의 목을 끌어안으며 입에 자기 입을 밀
어붙인 것이었다.

이번에도 기습이었다.

"으윽."

중팔은 입을 벌렸는데, 그때는 여인의 입에서 달걀술이 그의 입 속
으로 흘러들어왔다.

입술로 입술을 헤치듯이 하여 조금씩 자기 입 안의 달걀술을 흘려

넣어 준다. 중팔은 어머니 젖을 먹듯 그것을 꿀꺽꿀꺽 삼켰다.

"어때요?"

"맛있어요. 아주머니 입냄새가 났지만."

"더럽다고 생각했어?"

"아냐, 아주머니를 좋아하니까."

제법 여자의 비위를 맞출 줄 아는 중팔이었다.

"어머, 귀여워요."

도씨는 다시 입을 맞추며 요란한 소리까지 내었다.

중팔의 얼굴이 불그레 물들었다. 여자의 눈둘레도 발그스름하게 물들어 있다.

"술 마신 적 없었지요?"

"응, 처음이에요."

"아이 더워."

도씨는 침상에 쓰러지며 팔을 한껏 머리 위로 뻗쳤다. 살이 통통하게 찐 긴 무처럼 생긴 새하얀 팔뚝이었다. 겨드랑이의 검은 것이 중팔의 눈길을 끌었다.

도씨는 몸을 옆으로 돌아누우며 바지를 벗었다. 소년의 눈은 다시 그 위대한 엉덩이에 끌렸다.

그는 절로 숨이 빨라지며 입 안이 말랐다. 사춘기 가까운 중팔이다. 돌아누운 채 도씨는 말했다.

"만지고 싶죠? 내 엉덩이를 만져도 좋아요."

조심스럽게 중팔은 만졌다. 의외로 서늘한 감촉이다. 달걀술을 먹어 몸이 후끈거렸고 손바닥도 뜨거울 텐데 여자의 살갗이 싸늘하게 느껴진다.

중팔은 동산처럼 불룩한 여인의 볼기를 여기저기 옮겨 가며 만졌다. 두 언덕 사이에 골짜기가 있다. 그 골짜기 깊숙한 곳에 흰 두부와는 다른 곳이 있는 것 같았다. 중팔의 손은 무심코 그곳에 옮겨졌다. 그러자 도씨가 또 엉뚱한 명령이다.

"더워 목이 마르니 찬물을 떠다 주겠어요?"

이 여자는 언제나 중팔을 종 취급이다. 어쩌면 중팔을 자기 뜻대로 부려 먹으며 여자의 기학(嗜虐)적인 성적 쾌감을 만끽하겠다는 심리였을 것이다.

눈발은 더욱 심하게 날리고 있었다. 그러나 방안은 불이 피워져 있어 따뜻했다. 중팔은 대접에 냉수를 가득 담아 가지고 방으로 돌아왔다.

아니! 그의 발길이 딱 멈추어졌다. 형수는 반듯하게 누워 있었다. 무릎을 세우고 다리의 각도를 크게 벌리고……. 물론 처음 보는 비부(秘部)는 아니다. 이미 몇 년 전에 본 적이 있었다.

그것이 같은 비부이면서 느낌은 그때와 지금이 판이하게 달랐다.

"호호호, 뭘 놀라고 있지요?"

중팔은 마치 실에 꼬드겨지듯 다가갔다. 그는 잔뜩 긴장돼 있었다.

"먹여 주어요."

그녀는 여전히 무방비로 말한다. 대접을 입 가까이 가져 가자 날카롭게 외쳤다.

"바보, 물이 엎질러지잖아!"

"……."

"그것도 몰라? 네 입으로 먹여 달라는 거야."

"입?"

"물을 입에 품고 내 입에 옮겨 주는 거야. 내가 달걀술을 먹여 주었듯이."

"아!"

중팔은 얼굴이 빨개졌다. 부끄러움과 홍분. 이 경우의 그가 창피한 것을 느끼기 때문이다.

대접에 입을 대고는 물을 입 안 가득히 품었다. 볼을 불룩하게 부풀린 중팔은 옆으로부터 자기 얼굴을 형수 얼굴 가까이 가져 갔다. 형수는 빨간 입을 크게 벌리며 기다리고 있었다.

다음 순간 중팔의 작은 입은 왜가리의 부리 같은 여인의 큰 입에 물렸다. 문자 그대로 물어뜯듯이 달라붙는 여인의 입이었다.

중팔은 그런 입 속에 물을 쏟았다. 형수는 목젖을 울려 가며 물을 마셨다.

"으윽. 푸푸……."

갑자기 형수는 목이 메어 입 안에 가득했던 물을 토해 냈다. 중팔이 흘려 넣고 있는 물도 함께 내뿜고 말았다.

"숨이 막혀 죽는 줄 알았어."

형수는 얼굴에서 목 언저리까지 물에 적신 채 외쳤다.

"아이, 괴로워! 빨리 얼굴의 물을 핥아."

중팔은 충실한 개처럼 여인의 얼굴을 핥고 퉤 하고 침을 침상 밖으로 뱉었다.

"뱉지 말아요."

"그럼 어떻게 하지요?"

"삼켜요! 왜 더러워!"

"아니."

깨끗이 핥아 주었다.

"그리고 수건으로 닦아 줘."

형수는 웃도리마저 벗어 버렸다. 유방이 새로운 도발을 하며 드러났다.

중팔은 수건으로 목과 얼굴의 물기를 닦아 주었다. 유방 사이 깊숙한 골에도 땀이 흐르고 있어 그것도 닦았다.

"아이 시원해. 이왕이면 다리도 닦아 주겠어요?"

이날따라 형수는 요구가 더 많았다. 그러나 중팔은 독주에 취한 것처럼 눈빛이 달라져 있었다. 여인의 왕성한 요기(妖氣)에 완전히 홀려 있는 것이다.

"대접에 찬물이 남았겠지? 그 찬물에 조금씩 적신 수건을 꼭 짜서 내 다리를 식혀 가며 꼼꼼하게 닦아 줘요."

그 따위 무리한 요구를 하는 도씨의 눈 또한 기름이 타는 듯 요사스러운 빛으로 번득거리고 있었다.

"도련님도 침상에 올라와요."

"침상에?"

"그래요."

중팔은 수건을 물에 적셔 쥐어짜 들고 침상에 올라갔다.

"어떻게 하지?"

"내 발끝에 웅크려요."

"여기?"

그는 두 다리를 길게 뻗은 침상 발치께에 쪼그리고 앉았다.

"이렇게?"

"시원해. 기분이 좋아요."

중팔은 시키지 않아도 잘하고 있다. 발바닥도 땀이 나 있어 적신 찬 수건으로 싸매며 주물러 주었던 것이다.

"그래요! 그것을 꼭꼭 눌러."

"이렇게?"

"응. 기분 좋아요."

형수는 미간을 좁히고 있었다. 입이 반쯤 벌려져 있고 콧방울 언저리가 잘게 움직인다. 자못 황홀해 하는 표정으로 기분이 좋은 모양이었다.

"수건을 다시 적셔 갖고 와요."

"알았어요."

그는 침상에서 뛰어내리자 부엌에 가서 함지박에 물을 떠왔다. 옛날의 일이 생각났기 때문이다. 그 물로 수건을 빨고 꼭 쥐어짜 다시 침상으로 올라갔다.

"이번엔 허벅다리를 주물러 줘."

드디어 귀부인과 하인의 관계였다.

"이렇게?"

"좀더 위."

"종지뼈?"

"그래. 다시 빨아 갖고 와요."

바깥은 눈보라인데 방안은 덥다. 난로에 아낌없이 불을 지피고 있다.

"알았어."

다시 빨아 가지고 왔다.

그러면서 눈은 자꾸 여인의 비밀스러운 부분에 갔다. 그것은 비맞은 동백꽃 같았다. 중팔은 몸을 가늘게 떨고 있었다. 심장의 동계(動悸)가 떨게 만들고 있는 것이다.

여인의 흰 몸뚱이로부터 눈에 보이지 않는 향기가 희미하게 솟고 있다.

"잠깐 기다려."

도씨가 별안간 상반신을 일으켰다.

"가만히 그대로 앉아 있어요."

그러면서 중팔의 무릎 위에 여인의 두 다리가 걸쳐졌다. 비부가 정면으로 눈에 뛰어들었다. 중팔은 자기도 모르게 눈을 감아 버렸다.

그러자 형수의 두 손바닥이 그의 양쪽 볼을 부드럽게 잡으며 몸을 전진시켜 왔다.

"눈을 떠요!"

도씨가 엄명한다. 중팔의 두 눈이 뜨여졌다.

"이렇게 하면 어떻게 하지?"

여인의 손에 힘이 주어지며 전보다 세게 잡는다. 얼굴이 길게 찌부러졌다.

"아파."

"호호호, 용서해요. 여기라면 아프지 않겠죠?"

"응, 아프지 않아."

"기분 좋아?"

그녀는 두 손으로 소년의 허리를 끼어잡고 들어올렸다. 그리고 쓰러지며 중팔을 힘껏 끌어안았다.

"아주 목을 죄어 죽여 버릴까?"

"응."

"죽여도 기쁘겠어요?"

"기뻐. 아주머니는 날 죽이고 싶어?"

"아냐, 난 너를 먹어 버리고 싶어."

"응."

귀여운 사내를 자기의 몸 속에 살과 피로 녹여 들게 하고 싶다는 욕망과, 자기에게 친절을 베푸는 여인을 존경하고 애모하는 나머지 어떠한 고통도 잔혹도 참아 가며 봉사하고 싶다는 욕망의 일치(一致), 공명(共鳴)이 요사스러운 음악을 연주하기 시작했다.

소년은 혈관에 뜨거운 물을 주입시킨 것처럼 열병 환자 같은 전율을 나타내기 시작했다.

"무서워?"

"아냐. 무섭지는 않지만…… 겁이 나기도 해."

형수는 소리내어 웃었다.

"내가 괴물처럼 보여?"

"응, 귀신도깨비처럼 생각돼."

"그럼 무서울 테지."

"아냐!"

"말타기 놀이할까?"

"응, 해."

"도련님은 말이 되는 거야."

"아주머니가 나를 타겠어?"

"그래요! 자, 침상에서 내려가 엎드려 봐요."

형수는 자기 쪽에서 먼저 침상을 내려갔다. 중팔은 엎드렸다.

"옷 입은 말은 없으니까 나처럼 벗어."

중팔은 다시 시키는 대로 했다. 형수는 소년의 목에 자기의 빨간 띠를 고삐처럼 걸었다.

"그럼 타겠어."

고삐를 손에 잡고 여인이 소년의 등에 털썩 걸터앉았다. 소년은 단번에 찌부러졌다.

"왜 그러지?"

"무거워."

"다시 한 번. 팔과 다리에 힘을 주고 엎드려."

"응."

"이번엔 살짝 힘주지 않고 타겠어."

그녀는 소년의 어깨와 목 부분에 올라탔다. 중팔이 짚고 있는 두 손 앞에 억센 여인의 두 다리가 있었다. 형수는 부담을 덜 주려고 다리에 체중을 얼마쯤 나누어 싣고 엉덩이를 살짝 들고 있다.

"이러면 찌부러지지 않을 거야."

"응, 염려없어."

형수는 자기 체중을 조절해 가며 고삐끈으로 중팔의 볼기짝을 때렸다.

"이놈의 말아, 어서 가지 못해."

중팔은 방안을 기었다. 바닥은 흙벽돌이어서 아팠다. 무릎이 까지고 피가 났지만 소년은 오로지 봉사하겠다는 마음으로 열심이었다.

형수는 가차없다. 간간이 체중을 가해 오기 때문에 중팔은 땀을 흘렸고 숨결이 거칠어졌으며 방안을 반 바퀴도 돌지 못하고 찌부러졌다.

"괴로웠어?"

"……."

"하지만 좋았을 테지."

"응, 좋았어."

그러자 그녀는 비로소 중팔을 안고 뒹굴며 자기 배 위에 올려 주었다.

중팔은 맹수 같은 성숙한 여인의 미각을 언제까지나 잊지 못했다.

그것은 성감각(性感覺)이라 하기보다 미각(味覺)에 가까운 것이었다.

낮에는 환상, 밤에는 꿈. 아름다운 암컷의 요귀(妖鬼) 같은 그 얼굴이 늘 눈꺼풀 속에 아른거렸다. 깔깔대던 웃음소리가 귀에 쟁쟁 울리듯 남았다. 그리고 그의 혈관에는 걸쭉한 그녀의 침이 가득 들어 있는 것만 같아 밤에도 잠을 이루지 못했다.

그런데 형수는 전보다 더욱 쌀쌀해진 것 같다. 도무지 거들떠보지도 않았다. 겨울이 깊어지면서 중오가 일을 나가지 못하고 콜록거리기 때문에 형수의 신경이 날카로워져 있는 것일까?

　이 해는 유난히도 겨울비가 많았다. 따라서 집안이 음산했다. 지난 해 여름 큰 가뭄이 있었고 큰 메뚜기떼가 날아들어서 흉년이 들었다.

　그래서 중오의 날품팔이도 시원찮았고 병마저 들었던 것이다. 중오가 집에 있게 되자 형수의 외출이 잦아졌다. 어느 날 그 일 때문에 형수와 중오가 싸웠다.

　"요새 뻔질나게 어디를 쏘다니고 있는 거야?"

　"쏘다니다니요. 잠깐 볼일이 있어 나갔다 올 뿐이잖아요."

　"거짓말 마라! 난 다 알고 있어."

　"어떤 놈팽이와 놀아나고 있는 거야."

　"홍!"

　형 내외의 대화는 잠시 끊어졌다. 중팔은 그런 말다툼을 잠결에 듣고 있었다. 조금 지나자 중오가 애원하듯 말했다.

　"제발 나가지 말아 줘."

　"홍! 나가지 않으면 굶어 죽게! 그나마 우리 식구가 살 수 있는 것이 누구 덕인지 알아요?"

　"글쎄, 제발 집에 있어 줘. 그러면 내일부터라도 내가 나가 일거리를 찾아볼 테니까."

　형수는 대답이 없었다. 중팔은 그대로 잠이 들었다. 그러나 새벽에 형수의 요란한 울음소리에 잠이 깨었다. 옆에서 자고 있는 조카들도 잠이 깨어 덩달아 울고 있었다. 형수가 울면서 넋두리를 하고 있다.

　"그렇게도 고생만 하더니 어이없게도 죽었구료. 당신은 죽어 아무것도 모르겠지만 살아 있는 우리는 어떻게 하죠? 아이고 아이고!"

　(형이 죽었다!)

　중팔은 벌떡 일어났다. 이웃 사람들도 새벽부터의 곡성에 하나 둘 얼굴을 내밀고 수군거렸다. 이윽고 가족들도 달려왔다.

　장례식이 끝나자 어머니 진이양은 며느리 욕을 한바탕 해댔다.

"중팔아, 네 형은 백여우 같은 그년 때문에 죽은 거란다. 밥도 제대로 먹지 못한 서방을 들볶아 생으로 남편을 죽인 거란다."

부모가 애당초 장남 식구와 함께 살지 않는 까닭도 며느리 때문이라는 것이었다. 농사꾼 아내는 남편과 함께 열심히 들일도 하고 남편도 돌봐주어야 한다. 그런데 며느리는 집에서 빈둥거리며 낯짝에 분이나 처바르고 손가락으로 물이나 튀기고 있으니 그 남편이 오래 살 수 있겠느냐는 것이었다.

"너만은 그런 계집을 얻어선 안된다. 한번 계집을 잘못 얻게 되면 평생을 두고 고생하지. 더욱이 우리 주씨는 뼈대가 있는 집안이다. 그년 같은 화냥년을 만날까 두렵다."

어머니는 그렇게 말했지만 아들은 이미 며느리에 농락되고 있었던 것이다.

또 주씨 가계(家系)를 거슬러 올라가면, 사주(泗州) 구용(句容)에 주가항(朱家巷)이란 마을이 있는데 그곳에 주씨가 많이 살고 있었다. 주씨들은 원나라 초기 구용에서 사금을 캤다.

사금 채취는 국가에 일정액의 세금을 바치기로 되어 있었다. 이윽고 사금은 고갈되었으나 한 번 정해진 세금은 그대로 부과되었다. 그래서 주씨 중 몇몇 집은 고향에 살 수가 없어 야반도주를 했고 각지를 떠돌았다. 주오사의 집도 그 중의 하나였고 그들은 유민(流民)이었다.

"그리고 너의 외조부는 훌륭한 군인이었지. 남송의 충신 장세걸(張世傑) 장군을 끝까지 모셨다."

페엔[伯顏]은 장강을 건너 진강(鎭江), 영국(寧國), 융흥(隆興), 강음(江陰)을 차례로 함락시키고 건강에 육박했다.

이때 건강(建康=南京)을 지키던 강회초토사(江淮招討使) 왕입신(汪立信)은 친척과 친구를 초청하여 연회를 열었고 술자리가 무르익자 스스로 독약을 마셔 자결했다. 남송의 앞날에 절망했던 것이다.

이어 강남의 요충인 광덕(廣德), 상주(常州), 평강(平江)이 스스로 성문을 열고 원군에 항복했는데 장세걸이 광덕을 다시 수복했던 것이다. 장세걸은 처음에 강서의 요주(饒州)를 탈환하여 꺼져 가는 남송의 반짝이는 불빛이 되었다. 그는 여세를 몰아 광덕, 평강, 상주를 수복하고자 병을 3대로 나누어 진격했지만 평강과 상주는 끝내 탈환하지 못했다.

중팔은 외조부의 이런 숨은 이야기를 듣자 눈을 빛냈다. 소년에겐 전장에서 싸웠다는 이야기가 용감하게 들렸던 것이다.

더욱이 외조부에 대해선 중팔도 어렸을 때의 희미한 기억이 있었다. 그는 앉았을 때 흰 턱수염이 무릎까지 닿았다. 머리엔 대나무로 엮은 관(冠)을 썼고 중얼중얼 무슨 주문을 외우고 있었다.

1278년 아츄(Akchou=阿尤)는 초산(焦山) 부근에 주둔한 장세걸을 기습했다. 이때 장세걸의 많은 병선이 불탔고 다수의 부하들이 익사했다. 아츄는 이 공로로 우승상이 되었고 페엔은 좌승상이 되었다. 페엔은 곧 승리의 여세를 몰아 남송의 수도 임안으로 진격했다. 남송은 어쩔 바를 몰랐다. 섭정황태후 사씨(謝氏)는 공부시랑 유악(柳岳)을 페엔에게 보내어 화친을 청했다. 이때 페엔은 그 제의를 일축했다.

"너희들의 주인이 아직 어려 정사를 보지 못한다고 하나(남송의 공종은 이때 7살), 송 태조가 천하를 한낱 어린애인 주(周) 황제로부터 뺏은 것을 잊었느냐! 지금 천하를 어린애의 손으로 잃는 것도 천명이다."

페엔은 군을 전진시켜 가흥(嘉興)을 점령했다. 남송에선 사직을 보전코자 길왕(吉王)과 신왕(信王)을 남쪽으로 피난시켰다.

원군이 임안 성 밖에 모습을 드러내자 섭정황태후는 항복의 상징으로 국새를 페엔에게 보냈다. 그러나 여기에 반대하는 신하도 많았었다. 장세걸도 그중 한 사람으로 자기 부대를 이끌고 정해(定海)에 물러가 끝까지 싸울 것을 다짐했다. 페엔은 그에게 항복을 권고하는 사자를 보냈지만 장세걸은 적 사자를 한칼에 베어 버렸다.

한편 황태후는 문천상을 우승상에 임명하고 좌승상 오현(吳賢)과 더불어 페엔의 본진을 찾아가게 했다.

문천상은 페엔을 설득했다.

"남송이 비록 열세이나 아직도 회절민광(淮浙閩廣=강소·절강·복건·광동성)의 대부분이 평정되고 있지 않소. 차라리 강화를 맺어 우의를 도모합시다. 그러면 은 25 만 냥과 명주 25 만 필을 드리리다."

페엔은 오현을 돌려보내고 문천상은 억류했다. 문천상은 외교 관례에 벗어난 이 감금에 항의했고 끝내 탈주했던 것이다.

임안은 성문을 열고 항복했다. 임안은 그때 인구 70 만 호로 중국 최대의 도시였다. 거미줄처럼 운하가 굴착돼 있어 다리만도 1 천 2 백 개가 걸린 수도(水都)였다. 또 사원이 7 백 개나 있고 공장(工匠)도 많았는데 염공(染工)만도 3 만 명이나 되었다고 한다.

섭정황태후와 황제 공종(恭宗)은 대도(大道)로 압송되었다. 남송의 유신들은 도중에서 이들을 탈환하려고 했지만 실패했다. 쿠빌라이는 칙명을 내려 공종과 포로들을 너그럽게 대우했다. 공종에겐 영국공(瀛國公)이란 지위를 주었고 황태후 사씨와 황후 전씨(全氏)는 그대로 황후라 부르게 했다.

그런데 따라온 궁녀 중에도 망향병에 걸려 자살하는 여자가 많았다. 쿠빌라이는 화를 내어 자살한 여인 목을 베어 장대에 달도록 했다. 전황후는 이것을 보자 몸을 떨었고 눈물로 세월을 보냈다. 차빛이 이를 동정하고 쿠빌라이에게 말했다.

"폐하, 전씨가 불쌍합니다. 그녀와 궁녀들을 강남으로 돌려보내도록 하세요."

그러자 쿠빌라이는 대답했다.

"너는 여자여서 멀리 내다보지를 못한다. 전씨는 한 나라의 국모로 아직도 유민이 많다. 만일 남귀(南歸)를 들어준다면 동요가 일어날지도 모르고, 그런 소문이라도 들리면 그 몸을 보존하기 어렵다."

동정하는 것도 좋지만 여자니까 앞일을 깊이 생각하지 않는다고 쿠빌라이는 자기 황후를 꾸짖었다.

전황후는 남송의 국모로 그 유민이 있다. 강남에 돌려보내는 것은 어렵지 않다. 그렇지만 남송 유민이 저항 운동을 일으켰을 때, 혹은 그런 소문이라도 들리게 되면, 황제로 추대될 가능성이 있는 전황후를 죽이지 않으면 안된다.

진심으로 전황후를 동정한다면 오히려 보내 주지 않는 게 좋은 것이다. 때때로 찾아가 위로라도 해주라고, 쿠빌라이는 현실적 정치와 인간으로서의 사적 감정을 구별했다.

섭정황태후와 공종이 쿠빌라이에 항복하자 진의중(陳宜中), 장세걸은 익왕(길왕)을 받들었다. 익왕은 공종의 형으로 9살이었다. 탈출한 문천상이 이때 우승상 겸 추밀원사가 되어 남송군을 총지휘했다. 아츄가 이들을 공격했다. 진의중과 장세걸은 수많은 배를 준비하고 이것에 20만 명의 군대를 태우며 천주(泉州)를 향해 출범했다. 여기에는 새로운 소년 황제와 그 동생 광왕(신왕)과 궁녀들도 포함되어 있었다.

천주는 그때 중국 으뜸의 무역항으로 항구엔 인도·페르시아·아라비아의 상인들이 상품을 싣고 빈번하게 오갔다.

이때 장세걸이 천주에서 약간의 배를 징발했다. 그러자 이곳 장관이 크게 분노하고 상륙한 남송병을 모두 죽여 버렸다. 뿐더러 성문을 열고 원군에 항복해 버렸던 것이다.

황제 단종(端宗)은 광동의 혜주(惠州)까지 내려갔다. 한편 장세걸은 의병을 모집하여 천주를 포위했고 문천상도 의병을 지휘하여 원군과 싸웠다. 단종은 기항할 안전한 곳도 찾지 못한 채 바다를 방황하다가 사람도 살지 않는 작은 섬 강주(硼州)에서 죽었다. 11살이었다(1278). 비참한 남송 황제의 방황을 문천상이 노래하고 있다.

과거에 급제했지만 난세를 만나 온갖 고난을 겪고(辛苦遭逢起一經),

적과의 싸움도 뜻대로 되지 않은 채 4년이 흘렀네(干戈落落四周星),

산하는 적에 짓밟혔고 버들꽃이 바람에 날려 떠돌듯(山河破碎風漂絮),

내 몸은 동서로 물 위를 방랑하니 비맞은 부평초 같구나(身世飄搖雨打萍).

황공탄 부근에선 적에게 다급하게 쫓겨 두려웠던 일을 말했는데

(皇恐灘邊說皇恐),

영정양에선 지금의 영락된 몸을 탄식할 뿐이다(零丁洋裏嘆零丁).

예로부터 인간으로서 죽지 않은 자 누가 있었던가(人生自古誰無死),

어차피 죽을 바엔 나라 위한 붉은 마음으로 역사를 비추고 싶구나 (留取丹心照汗青).

누구나 절망하고 있었다. 받들고 충성할 황제가 죽자 사람들은 항복하기를 바랐다. 이때 육수부(陸秀夫)가 단호히 말했다.

"우리에겐 아직도 황자가 한 분 계시다. 그 분을 추대해야 한다. 옛사람은 고작 일려일성(一旅一成)으로 중흥을 한 일도 있었다. 지금 우리에겐 백관이 있고 군사가 수만이나 있다. 하늘이 송을 멸망시키실 뜻이 아니라면 우리에게도 희망이 있을 게 아닌가."

이리하여 광왕을 추대했다. 이것이 제병(帝昺)으로 육수부와 장세걸이 그 대신이 되었다.

그리하여 그들은 광동만(廣東灣)내, 애산(厓山)과 기석산(奇石山) 사이 해협으로 들어갔다. 장세걸은 섬 바위 꼭대기에 궁정을 짓고 병사의 막사도 세웠다.

쿠빌라이는 장홍범(張弘範)을 보내 이를 치게 했다. 장홍범은 적의 진지가 견고하고 또한 많은 전함들이 있음을 보고 작전을 세웠다. 즉, 작은 배에 섶을 싣고 기름을 붓고 장세걸의 함대에 부딪치도록 했던 것이다.

그러자 장세걸은 배에 진흙을 칠하고 긴 막대기를 내밀게 하여 적의 배가 와서 부딪치지 못하도록 했다. 그래서 장홍범의 화공은 실패했다.

그러자 장홍범은 함대를 동원하여 해전을 걸었다.

"그때 장세걸과 소유의(蘇有義) 장군은 닻줄을 끊고 해협을 빠져 나와 바다로 달아났다. 모두 16척이었다. 그러나 육수부는 황제의 배를 타고 있었는데 배가 커서 탈출에 실패했다. 육수부는 적에게 포위되자 먼저 처자를 바다에 던져 죽이고 자기는 어린 제병을 등에 업고는 '폐하, 남송의 황제는 죽을지언정 포로는 되지 않는 법입니다' 하며 파도에 몸을 던졌다."

어머니 이야기에 중팔은 열심히 귀를 기울이고 있었다. 그의 마음에 무엇인가 새겨졌다.

"외조부는요 ?"

"외조부께선 끝까지 장세걸 장군을 모셨다. 장군은 자기 배에 타고 있는 모후를 만나 뵙고 맹세했다. '조씨를 찾아내어 반드시 나를 잇게 하겠습니다'라고. 그러나 모후는 바다에 몸을 던졌고 수많은 궁녀도 그 뒤를 따랐다. 그래도 장군은 단념하지 않고 통킹(東京)에 가서 군사를 모집했고 돌아오다가 불행히도 태풍을 만나 물에 빠져 죽었다. 너의 외조부만은 기적적으로 살아 남아 고향에 돌아오셨는데 그때부터 도술 공부를 하셨단다."

버섯송이

중오가 죽은 뒤 중팔은 형수 집에 그대로 살았다. 중팔도 그것을 바랐지만 형수도 집에 있게 해주었다.

중팔의 눈이 요즘 이상하게 번뜩였다. 여자에 눈뜬 뒤로부터 발정(發情)한 살쾡이처럼 되어 있었던 것이다. 그러나 도씨는 이런 소년의 마음을 아는지 모르는지 도무지 상대를 해주지 않았다. 그녀로선 소년이 관심 밖이었던 것이다.

욕망은 낮은 비중으로는 결코 충족될 수 없는 것이다.

남편 중오가 살았을 때도 그랬지만 그녀의 외출은 더욱 잦아졌다. 화장도 짙어지고 가끔 술에 취해 돌아오는 일도 있었다.

그녀가 중팔을 집에 있게 한 것은 순전히 그럴 필요성이 있기 때문이었다. 중팔에게 아직 어린 대낭과 문정을 맡길 수 있다. 실컷 놀다 들어와도 중팔이 집에 있으면서 아이들을 돌봐 준다. 그리하여 중팔은 어느덧 이 집의 머슴 겸 부엌데기처럼 되어 버렸다.

그래도 어디서 어떻게 돈과 식량을 구해 오는지 식구만은 굶기지 않았다.

요즘엔 도련님이라 부르지도 않는다.

"얘야."

반말이다.

밤늦게 돌아와 아침 늦게 일어나면 부른다.

"부르셨어요?"

"응, 세숫물 떠와!"

도씨는 팔을 머리 위로 뻗치며 기지개를 켰다. 옷 앞자락이 벌어지며 흰 젖가슴이 드러났다. 중팔은 마른침을 삼켰다. 강아지처럼 그 가슴에 파고들어 젖을 빨고 싶었다.

도씨가 그런 중팔의 얼빠진 모습을 알아차리고 소리를 꽥 질렀다.

"뭘 꾸물거리고 있어! 대가리에 피도 마르지 않은 어린애가 별꼴이야."

중팔은 이런 모욕을 참았다. 또 참지 않을 수 없었다. 14살의 겨울부터 15살의 봄에 걸쳐 그의 주변에 많은 일들이 생겼다.

그 해 흉년으로 둘째 형수와 셋째 형수가 죽었다. 영양실조로 병이 나고 참으로 허무하게 죽었던 것이다. 셋째형 중칠(重七)은 이것을 비관하고 어느 날 울 뒤 대추나무에 목을 맸다.

누님들도 이때 죽었다. 큰누님은 왕칠일한테 출가했는데 가족이 모두 죽어 버려 집안마저 끊겨 버렸다. 둘째 누님은 이정(李貞)이 남편인데 매형은 아내가 죽자 아들을 데리고 어디론가 가버렸다. 걸인이 되어 어딘가 잘사는 고장을 찾아간 모양이었다.

이런 불행은 주씨 일가에만 국한된 일이 아니었다. 회하 유역 대부분의 농민들이 겪는 고난이었다.

따라서 세상 인심도 살벌했다.

"언제 죽을지 모르는 인생. 내 몸을 내가 멋대로 하는데 누가 뭐래."

언젠가 형수가 술이 잔뜩 취해 돌아와서 지껄인 말이다.

쿠빌라이는 남송을 멸망시키고 중국을 모두 차지했으나 정복의 손길을 멈추지 않았다. 이미 말한 것처럼 왜국 정벌을 시도했으나 태풍으로 실패했었다. 쿠빌라이는 1283년 운남(雲南) 서쪽 대리(大理)와 영창(永昌)국을 공격했다.

"폐하, 영창은 매우 부유한 나라라고 합니다. 주민들은 이빨에 금잎을 씌우고 있답니다."

이때부터 원에선 영창을 킨치(Kin tchi＝金齒)라 불렀고 군대를 보냈었다. 그런데 이 두 나라는 면(緬 ; 지금의 버마 일대)의 속국으로 면왕이 구원병을 보냈다. 그들은 코끼리를 부대 전면에 내세웠고 몽고군도 고전했다. 코끼리를 보고 말이 겁을 내며 뒷걸음질쳤기 때문이다.

이때 몽고군은 말을 내려 밀림에 활부대를 잠복시켰고 코끼리부대가 다가오자 일제히 화살을 쏘아 코끼리에 탄 전사들을 사살했다. 그리고 다시 말을 타고 돌격하여 면의 도읍까지 점령해 버렸다.

중팔의 외조부는 이때 원의 징병을 피하여 도사가 되었고 우이(盱眙)로 옮겨 두 딸을 낳았던 것이다. 큰딸은 계씨(季氏)를 데릴사위로 맞았고 둘째딸이 주오사에 출가하여 중팔 등을 낳은 것이다.

면과 금치국은 원의 속국이 되었다. 이때 쿠빌라이는 다시 왜국 원정을 계획했다. 아타가이(Atagai＝阿塔海)가 원정군 사령관에 임명되고 고려엔 전함 5백 척의 건조를 명했다.

하지만 조선소의 직공과 군졸들이 떼를 지어 탈주했고 해안의 마을들을 약탈하여 세상이 자못 시끄러웠다. 이런 때 통킹국이 반란을 일으켜 왜국 원정은 연기되었다.

쿠빌라이의 아들 트간(Togan=脫歡)이 토벌군 사령관이 되어 통킹을 공격했다. 몽고군이 전투에는 승리했으나 더위와 긴 장마로 병자가 잇따라 발생하여 철수하지 않을 수 없었다.

이어 쿠빌라이는 황태자 친킴(Tchingkim=眞金)이 죽자 큰 타격을 받았다(1285). 친킴은 학문에 조예가 깊었고 덕망 있는 인물이라 매우 아낌을 받았었다.

43살에 죽었는데 슬하에 세 아들이 있었다. 카마라(Camala=甘麻剌), 다라마발라(Dharamabala=荅剌麻八剌), 테무르(Temour=帖木兒)였다.

왜국 원정은 1286년 준비가 끝났는데 이부상서 유선(劉宣)의 강력한 상소로 중지되었다. 왜국이 황금국으로 알려졌으나 그 뒤의 정보로 침략할 가치가 별로 없는 나라로 판명되었기 때문이다.

또 원정 단념의 주요 이유는 북쪽에 있는 카이도(Caidou=海都)의 위협이 있는 까닭이었다. 카이도는 오고타이의 손자로 제위 상속권을 주장하며 쿠빌라이와 줄곧 적대하고 있었다.

이 무렵 카이도는 종왕(宗王) 나얀(Nayan=乃顏), 카단(Cadan=哈丹), 싱토울(Singtour=勢格都兒) 등과 동맹을 맺고 무시 못할 세력으로 자라 있었다.

나얀은 4만의 군대를 규합해 놓고 카이도가 표범과 같은 10만 병력을 이끌고 오기를 기다렸다. 쿠빌라이는 사태가 중대함을 인식하고 페엔을 시켜 카이도를 견제하게 하는 한편 친히 군을 이끌고 나얀을 치러 나갔다.

나얀의 군대는 요하(遼河) 부근에 진을 쳤다. 이때 쿠빌라이는 면국에서 보내 온 코끼리를 타고 전투를 지휘했다. 전투는 새벽부터 해가 높도록 계속되었으며 혈전이었다. 그러나 나얀은 패하여 포로가 되었고 황제 앞에 끌려갔다.

"내 너한테 섭섭하지 않게 하였는데 어찌 반역하였느냐? 몽고의 법대로 처형하리라."

몽고에선 죄인을 멍석에 말아 질식시킨다. 마치 개를 잡을 때 늘 쓰는 방법과 같았다.

나얀은 죽었으나 카단 등이 남아 있었다. 황제는 황손 테무르를 시켜 이들을 토벌케 했다. 카단은 패하여 멀리 달아났고 두만강을 건너 고려의 쌍성을 함락시켰던 것이다. 이어 원주(原州)까지 내려왔고 연기(燕岐)에서 고려와 원의 연합군에게 격파되었다(1291).

쿠빌라이는 1294년 80살로 일생을 마치었다. 그는 역사상 최대의 군주였다. 그 제국은 중국, 고려, 티벳, 통킹, 교지국(交趾國), 갠지즈 강 동쪽 인도 대부분, 남양의 여러 섬, 남지나 해로부터 드네프로 강에 이르는 대륙 북부를 차지하고 있었다.

제국 가운데 그가 직접 통치한 지방은 12개 지역으로 분할되고 중국말로 성(省)이라 일컫는 행정 조직을 했다.

하나는 여진(숙여진 포함) 지방이고, 두 번째는 고려; 세 번째는 운남, 나머지 아홉 개는 중국 본토였다. 페르시아도 후라그의 자손이 통치하여 원의 속국이었다.

황제가 죽자 쿠릴타이가 상도에 소집되었다. 그리하여 테무르가 칸이 되었다. 중국식으로 성종(成宗)이다.

테무르 시대에 별다른 일이라고 하면 두 번에 걸친 전쟁뿐이었다. 하나는 인도에서 일어난 반란을 진압한 것이었고, 또 하나는 쿠빌라이의 숙적이었던 카이도와의 싸움이었다.

카이도는 사방에서 병력을 그러모아 캐라코룸을 공격했다. 이때 테무르의 조카 하이샨(Khai schan＝海山)이 활약했다. 카이도는 싸움에 지고 도망치다가 도중 병에 걸려 죽었다(1301).

테무르는 1307년 42살에 죽었다. 한인들은 이 몽고 황제의 죽음을 애도했다. 왜냐 하면 황제는 사형 선고가 내려진 죄수에게 결재를 거부하여 집행을 금했기 때문이다.

테무르도 젊었을 때에는 폭음과 엽색으로 조부 쿠빌라이의 질책을 받았었다. 어느 때는 황손에게 장형(杖刑)을 가하기도 했다. 쿠빌라이는 손자가 술을 먹지 못하게 하려고 식탁에 입회하도록 했다. 의사들이 보아 테무르가 너무 과음한다 싶으면 가지고 있는 딱다기를 울린다. 그러면 테무르도 마지못해 식탁을 일어나는 것이었다.

"공자님, 술을 마음놓고 마실 수 있는 방법이 있습니다."

"그런 방법이 있을까? 황제께서 아신다면 나는 크게 꾸중들을 것이다."

"염려 마십시오. 목욕을 하시는 것입니다."

회교도는 욕조(浴漕)에 술을 가득 채우게 하고 그곳에 공자를 안내했다.

이런 일이 오래 계속될 리는 없다. 쿠빌라이에게 발각되었고 공자는 호된 질책을 받았다. 회교도 역시 추방되었고 이어 자객에게 암살되었다.

그런 테무르였으나 황제가 되자 사람이 달라진 것처럼 술을 끊었다. 하지만 여색만은 삼가지 않았기 때문에 일찍 죽었던 것이다.

테무르가 죽자 황후 보루간(Boulougan＝卜魯罕)이 섭정 황후가 되어 새 황제 선출까지의 공간을 채웠다.

그녀는 쿠빌라이의 손자로 망가라(Manggala＝忙哥剌)의 아들 아난다(Ananda＝阿難荅)를 황제로 추대할 생각이었다.

황후는 다라마발라(일찍 죽었음)의 아들 하이샨과 바트라(Batra＝八達)를 제위 후보자에서 제거하려고 그들 생모를 하남성 회경(懷慶)에 귀양 보냈다.

보루간은 맞동서인 다라마발라의 과부를 증오했다. 왜냐 하면 몽고 풍습으로 과부가 된 형수는 동생이 자기의 처첩으로 맞아 외로움을 달래 주어야 한다. 이는 유목민의 법이다. 보루간은 이를 질투하고 적극 방해한 일이 있었다.

이때 하이샨은 서북 변경에 있었다. 그는 맹장으로 카이도를 무찔러 용명(勇名)이 높았었다. 또 바트라는 자기 어머니와 함께 있었다.

언제나 내응자는 있는 법. 섭정황후의 음모를 안 우승상 카라하스 (Cara khass＝哈刺哈孫)는 밀사를 하이샨에게 보냈다. 또 바트라에게도 대도로 올 것을 권고했다.

아난다의 무리는 이미 즉위식을 올릴 계획을 진행시켰다. 시간이 촉박했다. 하이샨은 너무나 멀리 있어 그를 기다릴 수 없었다. 이때 바트라는 신속히 행동했다. 토라〔禿刺〕의 부대를 동원하여 대도에 진주했고 아난다의 일당인 아리보가의 아들 메릭테무르(Melik Temour＝明里帖木兒)를 체포했다.

그가 모사였던 것이다. 이어 좌승상 아고타이(Agoutai＝阿忽台)를 체포했고 사형 선고를 내렸지만 집행만은 하이샨의 도착까지 보류되었다. 섭정황후 보루간과 아난다 공자는 궁전에 감금되었다.

이때 사람들은 바트라에게 제위에 오르라고 권고했다. 그러나 그는 현명하게도 사양했다.

"황제는 형의 권리지 내 것이 아니다."

왜냐 하면 하이샨은 자기 아들이 있었으나 동생 바트라를 황태자로 삼았기 때문이다.

하이샨은 무종(武宗)이란 시호답게 과감하게 행동하여 섭정황후를 비롯한 아난다 일당을 모두 처형해 버렸다.

그는 폭군이었다. 그는 군대의 열광적 지지를 받고 있었는데 즉위식 날 1만 마리의 흰 암말 젖을 땅에 뿌리고 축하했다. 백마는 몽고인이 신성하게 여기는 것이었고, 황제의 거처인 대천막 주변은 흰 젖의 내가 흐르는 것 같았다.

하이샨은 공자의 가르침인 「효경(孝經)」을 몽고말로 번역하여 전국에 배포하고 제왕과 제관들에게 읽기를 권했다. 또 그는 라마교에 심취했다. 라마승을 시켜 불경을 몽고어로 번역시켰다.

라마승이라면 폭행한 자가 있어도 이를 처벌하지 않았다. 그대신 라마승을 때린 자가 있다면 그 손을 잘랐고, 욕한 자는 혓바닥을 뽑는다는 법률을 공포했다. 그리고 하이샨은 주색에 빠졌고 31 살에 죽었다 (1311).

동생인 바트라가 제위를 이었고 인종(仁宗)이라 한다. 바트라는 하이샨을 보필했던 대신들이 권력을 남용하고 사복을 채우는 데 급급했던 것을 바로잡았고, 그들을 숙청했다.

특히 그는 그동안 폐지되었던 과거를 제한적이나마 부활시켜 한인들의 인심을 얻었다. 물론 여기에도 강남인은 제외되었다.

바트라의 제위 계승에 불만을 품은 자가 있었다. 특히 하이샨의 장남 쿠샤나라(Couschala=和世剌)는 제위 계승권을 주장했다. 그에게 동정하는 장군도 있었으나 알타이산맥 서북지방으로 달아났다.

바트라 역시 주색만은 삼가하지 못했고 30살에 죽었다.

태자인 발라(Bala=八達)가 뒤를 이었다. 영종(英宗)이다.

이보다 앞서 바트라는 테무데르(Temouder=鐵木迭兒)를 우승상으로 등용했다.

그런데 테무데르는 권력을 남용하고 많은 사람들의 탄핵을 받아 사형을 선고받았다. 그런데 황태후가 그를 감싸고 있어 집행이 되지 않고 있었다. 테무데르는 과부인 황태후에 접근하여 정부(情夫)가 되었던 것이다.

그러다가 바트라가 세상을 떠나자 황태후는 즉시 테무데르를 복직시켰다. 발라는 테무데르를 싫어했지만 황태후를 꺼려 멋대로 부리는 횡포를 못 본 척했다. 테무데르는 자기를 탄핵한 사람들에게 복수했고 많은 사람들을 죽였다.

그가 죽자 수많은 고소장이 날아들었고 무고하게 죽은 사람들의 가족이 재심을 청구했다. 황제는 테무데르의 관작을 추탈(追奪)하는 한편 가산을 몰수했고 분묘를 파헤쳤다.

테무데르의 폭정에 가담한 자는 전전긍긍했다. 특히 양자인 택치(Tekchi=鐵矢)는 음모를 꾸몄다. 그는 어사대부로 군대 내에 세력이 있었다. 택치는 승상 배주(Baijou=拜住)가 있는 그 장막을 습격하여 죽였고 스스로 황제까지 시해했던 것이다(1323).

카마라(甘麻剌)의 아들 이쑨테무르(Yissoun Temour=也孫鐵木兒)가 추대되었다. 태정제(泰定帝)이다.

이 황제 즉위 초 대지진이 있었다. 게다가 개기월식이 있었고 큰 비가 내려 대홍수가 났다. 또 가뭄이 계속되고 메뚜기의 대군(大群)이 엄습했다.

미신이 많은 몽고인은 겁에 질렸다. 황제도 두려움을 느꼈다. 그는 신하에게 하문(下問)했다. 이때 장규(張珪)가 상서를 올렸다.

"폐하, 택치 일당이 저지른 시역에 대해 철저한 법의 처분을 내리도록 하십시오. 백성들의 피땀인 국고금은 그 가치가 몇 갑절이나 뒤진 외국인이 가져온 보석을 구입하는 데 쓰이고 있습니다. 이런 낭비를 철저히 금하셔야 합니다. 지금 궁중에는 화상, 나마, 도사 등이 부처에게 기도를 올리고 있어 그 비용이 막대합니다. 만일 이런 무리들을 궁중에서 몰아내지 않으면 하늘은 더욱 벌을 내리실 것입니다. 게다가 궁중에는 환관(宦官), 여홍(女紅=길쌈 등을 하는 여인), 태의(太醫), 음양사(陰陽師) 등 무위도식하는 자들이 너무도 많습니다. 이들을 정리하여 막대한 국고의 낭비를 막으셔야 합니다. 또 우승상 테무데르의 재직 당시 및 택치의 음모 계획 이후 저질러진 비정(秕政)을 개혁하시고 희생자의 가족들에게 응분의 배상을 하셔야 합니다. 끝으로 관동 지방의 진주 채취는 해마다 많은 인명을 잃게 하므로 이것을 금지하셔야 합니다."

황제는 자기를 옹립한 택치 일당이었으나 이들을 숙청했다. 그러나 라마승의 횡포는 금하지 못했다. 라마승이 국가의 보호를 받아 여행할 때에는 나귀를 징발할 수 있고 연도의 주민은 이들에게 숙소와 식량을 공급할 의무가 있었다. 이때 그들은 공공연히 부녀자를 요구했다. 불응하면 행패를 부리거나 겁탈했는데 지방관들은 이들을 제재할 권한이 없었다. 라마승에 대한 궁중 여인들의 신앙은 절대적이었다.

진주 채취 역시 금하지 못했다. 국고 수입이 되었을 뿐 아니라 진주가 강정제(强精劑)로 쓰였다.

이쓴데무르 역시 단명이라 36살에 죽었다(1328). 이 황제가 죽은 뒤 주원장이 태어났던 것이다. 네 아들이 있었는데 모두 어렸고 태자로 정한 아소케파(Asoukepa=阿速吉八)는 겨우 9살이었다. 이 때문에 제위 계승을 둘러싼 피비린내 나는 싸움이 벌어진다.

  도씨는 어느 날 사내를 데리고 집에 돌아왔다. 사내는 중팔을 보더
니 말했다.
  "건강한 아들이 있군 그래. 나에게 말한 당신 나이는 거짓말인가?"
  사내는 40살 가까운 매우 건방진 녀석이었다.
  "아무튼 요 귀여운 입술로 거짓말을 하면 안돼."
  사내는 중팔의 존재 따위는 무시하고 형수의 가느다란 허리를 와락
끌어안자 자기의 두꺼운 입술을 밀어붙였다.
  여자를 다루는 기술이 보통은 아닌 것 같다. 가볍게 빨며 혓바닥을
여인의 얇고 부드러운 구석구석까지 미끄러뜨렸다.
  도씨는 처음에는 중팔의 존재를 의식한 것 같았다. 그러나 그녀도
이윽고 사내 가슴을 밀어내려던 팔의 힘이 약해졌다. 잠시 뒤 충분히
발달된 유방이 사내의 가슴에 빈틈없이 밀착되고, 눈도 감고 있다.
  사내는 단순한 애무의 반복이긴 했지만 혓바닥의 영역을 넓혀 갔다.
그의 손은 아래로 미끄러뜨려졌고 잘록한 허리의 성감이 예민해 보이
는 곳을 어루만졌다. 이따금 가볍게 누르기도 한다. 도씨는 움찔 몸을
떨었다.
  "으훗훗……."
  목구멍으로 웃어 가며 적극적으로 사내 입 속에 자기 혀를 밀어넣는
다. 그들의 혓바닥은 서로 얽혔다. 그녀는 자꾸 주저앉으려 했다.
  사내는 그런 여인의 허리를 잡아주며 비로소 입술을 떼었다.
  "섭백호(葉百戶)님, 그만 침상으로 가요."
  그러고 보니 사내는 백호장(百戶長)인 듯싶다. 원의 법제(法制)는 쿠
빌라이 시대에 완성되었다. 황제의 종족이 조정의 중요직을 차지하고
이들을 보좌하는 만호장(萬戶長)이란 것이 있다. 이들은 재정을 맡고
있는 중서성(中書省)의 지휘 감독을 받아 가며 납세 징수의 임무를 수
행했고 4명의 부하를 거느렸다.
  또 군대는 몽고인과 한인으로 조직되어 일부는 성 안에 있고 일부는

촌락 사이에 배치되어 있었다.

한인은 보병이었고 중요한 직책은 몽고인 또는 색목인이 차지했다. 병사의 복무 기간은 6년이었다.

몽고인 군대는 전부 기병이었고 적당한 지역에 둔영하며 똑같은 봉급을 받았다. 군대의 장교는 관등을 나타내는 표시로 패자(牌子)가 교부되었다.

백호장에겐 은제로 무게 20온스, 천호장은 은에 도금한 것으로 무게는 같았다. 만호장은 금제로 사자의 머리가 달려 있고 36온스나 되었다.

패자에는 이런 글이 새겨져 있었다.

'신의 전권에 의해, 신이 우리 제국에 베푸신 신우(神佑)로 칸의 이름 거룩하도다. 누구이든 그 이름으로 명하는 것에 따르지 않는 자에게는 죽음이 내려지리라.'

즉, 패자만 있으면 서민에게 군림할 수 있었다. 섭백호가 교만하고 보이는 게 없었던 것도 무리는 아니었다.

"어서요!"

형수는 달콤한 목소리로 졸랐다. 얼굴이 상기되어 있다. 섭가는 여인을 번쩍 들어올려 침상으로 갔다. 중팔은 침상에서 멀찍이 떨어진 구석에 쪼그리고 앉았다.

"오늘은 천천히 즐기자."

사내는 여인의 귀에 속삭이면서 등을 쓰다듬었다.

"하지만……."

이 여자는 너무도 성감이 예민했다. 전희(前戱)가 시작되면 금방 사내를 졸랐고 마침내 제멋대로 성급하게 사내에게 올라탄다. 그래서 천천히 즐기자고 한 것이다.

"먼저 까부라져도 괜찮아."

"정말이죠?"

섭가가 고개를 끄덕이며 오른손을 뻗어 풍만한 젖가슴을 움켰다. 너무도 팽팽하고 매끄러운 감촉이다. 조금 자극했을 뿐인데 곧 딴딴해진다.

"여자는 누구라도 애벌로 두서너 차례는 오르기 마련이지."

그러면서 섭가는 우람한 몸으로 덮어 가며 형수의 여기저기에 혀끝을 놀렸다.

특히 예민한 곳에 닿을 때마다 큰 파도 작은 파도를 연상시키는 경련을 나타냈다.

여인의 손이 뻗쳐졌다.

이미 사내는 흥분되고 있었으나 자극받는 것을 피한다. 몸을 드티며 입술을 아래로 미끄러뜨렸고 오른손을 여인의 무릎에 곁들였다.

"아아……."

단숨에 도씨의 헐떡임은 높아졌다. 그리고 목구멍을 쥐어짜듯 절규했다.

그런데도 사내는 공격을 늦추지 않았다. 여기서 늦추게 되면 곧 체력을 회복한다고 알기 때문이었다.

"으응……."

여인은 울음소리를 냈다. 발은 무의식적으로 허공을 찼고 몸은 자꾸 위로 올라가려 했다.

중팔은 저러다가 형수는 죽게 되지 않나 걱정했다. 계속 숨돌릴 사이도 없이 공격하고 있는 것처럼 느껴졌다. 그러나 사내가 가슴을 드티자 놀랄 만큼 재빨리 몸을 뒤집어 공격 자세가 되었다.

사내는 만족해 하고 있었다. 자기의 눈 위에서 심하게 흔들리는 2개의 육봉(肉峰)에 눈길을 빼앗긴다. 그 순간 사내는 백기를 들고 있었다.

"어머나!"

그것을 느낀 도씨는 치밀어 오르는 정열을 억제하지 못하며 사내의 오른뺨을 아작 하고 깨물었다.

"아파! 물지 마!"

"싫어요, 움직이면 싫어요."

"바보야! 진짜로 물면 내 꼴이 뭐가 돼."

여인은 그런 말이 귀에 들리지 않는다. 그녀는 같은 말을 뇌까렸다.
"싫어요, 가만히 있어요……."

중팔은 자기가 그 방에서 어떻게 나왔는지 기억이 없었다. 아직도
해거름이었다. 그러나 그는 목화밭을 차밭이라고 착각할 만큼 제정신
이 아니었다.

눈앞에 초가집이 나타났다. 형수의 집에서 가장 가까운 왕대낭(王大
娘) 노파의 집이다. 중팔은 그 집 담을 끼고 산쪽으로 올라갔다. 그리
고 드문드문 나무들이 있는 숲에 이르렀는데 문득 눈길이 이끌렸다.

수건을 머리에 쓴 처녀가 둥근 엉덩이를 이쪽에 보이며 웅크리고 있
다. 한 손에 바구니를 잡고 한 손으로 나물이라도 캐고 있는 듯한 모
습이다.

중팔은 침을 꼴깍 삼키며 무의식적으로 다가갔다. 그러다가 놀란 것
처럼 걸음을 멈추었다. 처녀가 묘한 몸짓을 했기 때문이다. 별안간 일
어서자 아랫도리를 드러냈던 것이다. 중국 여인의 옷은 두루마기처럼
생겨 포(袍)라고 한다. 그 아랫자락을 들어올려 볼기를 드러낸 것이
다.

그렇지 않아도 흥분되어 제정신이 아닌 중팔이었다. 가슴이 자못 울
렁거렸고 얼굴이 달아올랐다. 마치 자기의 일처럼 부끄러움이 몸을 태
운다.

그러나 본능은 무섭게도 민첩하게 소년을 움직이게 했다. 거의 무의
식중에 떡갈나무 굵은 줄기 뒤에 몸을 숨겼다. 눈 하나만을 나무 줄기
가장자리로 내밀어 화살처럼 날카로운 시선을 풀숲의 처녀에게 쏘아
보냈다.

처녀는 양치류 덤불에 웅크리려다가 또 일어섰다. 낙엽이 아름답게
저녁놀에 물든 좀더 넓은 나무 아래로 나왔다.

무엇을 하려는 것인지 중팔은 짐작되었다. 일단은 양치류 풀숲에 웅
크릴 생각이었으나 뾰족한 풀잎 끝이 부드러운 부분을 찔러, 그래서
자리를 옮긴 것이리라.

봄의 저녁 햇빛이 지난해의 묵은 낙엽을 불태우듯 물들이고 있다.

오히려 알몸이었다면 그토록 관심을 끌지 않았으리라. 그러나 아랫도리만 희게 드러내고 있는 처녀의 그 모습은 요사스러운 한 마리 동물이었다.

생리적 배설은 겨우 끝났다. 처녀는 시원한 쾌감으로 몸을 떨듯이 하며 벌떡 일어섰다. 옷자락을 내리자 바구니를 들고 숲의 안쪽으로 걸어갔다.

중팔은 보았다. 처녀의 비밀을 완전히 목격했다. 그것은 이미 이 처녀의 생살권(生殺權)을 쥐었다는 확신마저 갖게 만들었다.

"좋아."

손에 침을 뱉고 덤벼들 듯 처녀의 뒤를 따랐다. 왕대낭 노파의 손녀딸로 그녀도 요즈음에 어머니를 잃은 소녀다. 나이는 중팔보다 한두살 많다.

길이라고 할 수도 없는 낙엽의 오솔길에 햇빛이 나뭇가지 사이로 비추며 황금의 물웅덩이가 생겨 있었다.

중팔은 숲속을 재빨리 돌아 처녀 앞에 나타났다.

"애리(愛里)야."

"어머!"

애리는 깜짝 놀라며 바구니를 떨어뜨렸다. 그 속에서 버섯이 몇 개 굴러나왔다.

"놀랄 것 없어. 나야, 중팔이야."

애리는 얼굴이 빨개졌다. 저녁놀 탓만도 아니었다.

"대답해 봐. 알고 있을 테지?"

"응."

중팔은 그런 애리를 느닷없이 껴안았다. 애리는 몸부림치며 두 손으로 가슴을 밀어냈다.

"싫어, 싫어."

"정말 싫어?"

중팔은 애리를 포옹한 채 당혹하고 있었다. 마음은 방금 보고 나온

사내와 형수의 행동처럼 하고 싶은데 뜻대로 되지 않는다.

"글쎄……."

"좋아."

중팔은 여자를 놓아 주자 가까운 나무 그루터기에 앉았다. 애리는 도망가지 않고 그대로 있었다.

"너도 이리 와서 앉아."

꽤나 큰 그루터기로 둘이 앉을 수 있었다.

"할머니는?"

"현성에 갔어. 오늘은 친척집에 제사가 있어 늦게 올 거야."

중팔은 다음의 화제를 찾지 못했다. 특별히 할 말도 없었다. 오히려 애리가 물었다.

"넌 무엇하러 이곳에 왔니?"

대답을 않자 애리는 중팔의 얼굴을 들여다보듯이 한다. 처녀가 내뿜는 입김이 뜨겁게 느껴졌다.

"난 알고 있어. 넌 쫓겨났지? 조금 전 문정 엄마가 현성의 낯선 사내와 함께 집으로 들어가는 것을 보았어."

중팔의 얼굴이 빨개졌다. 애리는 알고 있다. 어쩌면 애리도 지금 자기 집에서 벌어지고 있는 형수와 사내의 짓거리를 죄다 알고 있을지 모른다.

중팔은 자꾸 몸을 움실거렸다. 처녀의 장구처럼 둥글고 탄력 있는 허리가 비좁은 나무 그루터기 위에서 밀착되고 있다. 부드러운 어깨도 밀어 붙여진다. 이따금 무엇인가 지껄이며 들여다보는 입김도 처녀의 입내를 풍겼다.

더욱이 그의 눈꺼풀 속엔 애리의 비밀이 생생하게 새겨져 있는 것이다.

그는 물론 여체를 알고 있다. 하지만 한두 차례의 그 경험도 대담하고 노골적인 형수에게 희롱되었을 뿐이다. 따라서 아직은 자기쪽에서 적극적으로 새초롬한 처녀를 정복할 배짱이 없었다.

그러나 지금의 애리에게 연신 충동을 느꼈고 흥분되어 있었다.

애리가 또 물었다.

"너 문정 엄마를 좋아하고 있지?"

"아니."

"그렇지만 너는 그 여자와 잔 일은 있겠지?"

"아니야!"

중팔은 자기도 모르게 소리를 질렀지만 가슴이 뜨끔했다. 애리의 말이 맞는 것이다.

애리는 무거운 숨을 내쉬었다. 그녀의 몸이 뜨거워지는 것을 느낄 수 있었다.

"그 여자는 나쁜 여자야. 우리 할머니가 그렇게 말했어. 현성의 술집에 가서 노래도 부르고 이 사내 저 사내한테 안기고 있대. 그것도 모자라 오늘은 집까지 사내를 끌고 왔어."

애리는 단숨에 말했다. 무엇인가 의분을 느끼고 있는 모양이었다. 가슴속에 쌓였던 울화를 지금의 그 말로 터뜨린 것 같았다.

중팔도 애리와 똑같은 마음이었다. 형수가 싫었다. 형수가 사내를 데리고 집에 돌아온 순간부터 느낀 마음의 울적함이 형수와의 관계를 강하게 부인토록 만들었던 것이다.

"중팔아."

"응?"

"너 내 어깨를 안고 싶지? 안아도 좋아. 그리고 내 젖가슴을 만져."

너무도 뜻밖인 애리의 말이었다. 중팔이 애리의 어깨에 한 팔을 얹자 처녀는 그의 손을 끌어다가 자기 가슴에 대고 손바닥을 살며시 포갰다. 중팔의 손 아래 애리의 젖가슴이 따뜻했다. 마치 독립된 생물처럼 크게 숨쉬고 있었다.

"넌 몇 살이지?"

"15 살이야."

애리는 알고 있는 일을 왜 묻는 것일까? 알 수 없는 처녀의 심리다. 포갠 손에 애리는 힘을 가해 왔다. 젖가슴이 그의 손을 튕겨 왔다.

"그럼……."

별안간 목소리를 낮추며 목소리를 가늘게 뽑었다.

"여자를…… 알고 있니?"

애리의 이 질문은 남녀의 성경험을 말하는 것은 아니었다. 남녀의
사랑을 묻는 말이었다.

"너는?"

"그야 여자인걸 뭐."

"애리는 몇 살이지?"

"17살."

그들의 대화는 끊어졌다. 서로의 숨결이 뜨겁고도 크게 느껴졌다.

"그럼 나하고도 괜찮겠지?"

중팔은 애리의 젖가슴을 꽉 움켜 잡았다.

"뭐가 말이니?"

애리의 목소리는 목구멍으로 기어들어가고 있었다. 중팔은 젖가슴을
만지던 손을 뽑아 그녀의 목을 안고서 그대로 쓰러지려 했다.

벌써 해는 지고 땅거미가 찾아들고 있었다.

"어머, 싫어."

"내가 싫어?"

"싫지는 않아. 그렇지만……."

"그렇지만?"

"넌 날 버리면 싫어. 너는 보통 사람으로 태어나지를 않았대. 우리
할머니가 그렇게 말했어!"

중팔은 처음 듣는 소리였다. 그러나 중팔은 이때 딴 생각을 할 겨를
이 없었다.

"그렇다면 너네 집으로 가. 할머니도 없다고 하지 않았어."

"응."

애리는 갑자기 중팔의 목을 두 팔로 안았다. 그들은 그대로 그 자리
에 쓰러졌다.

소룡(小龍)

처음에 바트라는 형 하이샨의 뒤를 이어 황제가 되었을 때 자기의 뒤는 조카에게 물려주겠다는 약속을 했다. 하지만 이 약속은 지켜지지 않았다. 인간의 마음은 변화하기 쉽다. 타산과 감정의 파도가 미리 맺은 약속이나 결심의 둑을 넘어 소용돌이치기 때문이다. 하이샨의 아들 쿠샤라와 톱테무르(Toptemour＝圖帖睦爾)는 조정에서 추방되었고 친아들 발라에게 제위를 물려주었었다. 그리고 발라가 죽었을 때 쿠샤라는 멀리 알타이산맥 저쪽으로 달아났고 톱테무르는 강남에 있어 이쓴테무르가 어부지리를 얻어 쉽게 황제가 되었다. 그 이쓴테무르마저 상도에서 갑자기 죽었다. 황제가 죽자 황후는 섭정이 되어 대도에 사자를 보내어 옥새를 가져 오도록 했다.

그러나 대도를 지키는 얀테무르(Yan-temour＝燕鐵木兒)는 하이샨의 황자를 추대하는 파의 수령이었다.

얀테무르의 아버지는 하이샨의 부하 장군이었고 그도 어렸을 때 하이샨의 귀여움을 받은 적이 있다. 그런 의미가 있어 하이샨의 아들을 황제로 추대하리라 마음먹었다.

그는 흥성궁(興聖宮)에 대신들을 모으고 선언했다.

"다음의 황제는 마땅히 하이샨의 황자로 세워야 할 것이오. 지금 건강(建康)에 유배되고 있는 톱테무르야말로 정당한 황제가 되실 분이오."

이 제의에 반대한 대신들이 있었다. 얀테무르는 그들을 죽이고 사신을 톱테무르와 쿠샤라에게 보내어 급히 올 것을 청했다.

　한편 상도에선 섭정황후가 어린 황자 아소케파(Asoukepa＝阿速吉八)를 황제로 추대했다. 그리고 카마라의 손자 반씬(Vant-sin＝王禪)을 정승에 임명하고 우승상 토토[脫脫]의 아들 택히테무르(Tachetemour)를 군사령관에 임명했다.

　얀테무르는 이에 대항하여 자기 형님인 사툰(Satun＝撤敦)을 거용관(居庸關)에 보냈고 아들 탕키치(Tangkitchi＝唐其勢)는 고북구(古北口)에 보내 각각 지키도록 했다.

　이윽고 톱테무르가 대도에 도착했다. 얀테무르는 그에게 황제가 되라고 권했지만 형님 쿠샤라가 정당한 권리자라고 하며 사양했다.

　아무튼 제국이 둘로 갈라져 싸우게 된 것이었다. 중국 본토에서도 아소케파에 편드는 자, 이에 반대하는 자로 갈라져 싸웠다. 양군의 승

패는 일진일퇴였다. 그러다가 얀테무르의 숙부 보카테무르(Boucate-
mour)라는 인물이 상도를 공격하여 이를 점령했던 것이다.

이 와중에서 어린 황제 아소케파는 어떻게 죽었는지 모른다. 어쨌든
섭정황후를 비롯하여 아소케파에 편든 사람은 죽임을 당했거나 멀리
유배되었다.

어린 황제가 죽었다는 소식이 알려지자 중국 본토에서 얀테무르파와
싸우던 자들도 모두 항복했다. 이어 쿠샤라는 황제가 되었다(1329).

그런데 쿠샤라는 황제가 된 지 며칠만에 죽었다. 그때 사람들은 얀
테무르가 그를 독살했다고 수군거렸다. 이리하여 톱테무르가 제위에
올랐던 것이다.

톱테무르는 열렬한 라마교 신자로 많은 절을 지었다. 황제는 라마승
연진흘자사(輦眞吃剌思)를 국사로 모셨고 그와 이야기할 때에는 반드
시 무릎을 꿇었다.

황제가 그렇듯 존경하는지라 대신들도 연진흘자사에게 꿇어 엎드리
며 두 손으로 상(觴=술잔)을 올렸다.

그러면 연진흘자사는 자못 거드름피며 받아 마셨다.

이때 국자제주(國字祭酒)로 있던 인물이 라마승의 불손한 태도에 화
가 치밀어 벌떡 일어나며 외쳤다.

"당신은 불제자로 천하 승려의 으뜸이다. 또한 나는 공맹의 무리로
천하 선비의 으뜸이다. 그러니 우리가 서로 상을 주고받는 게 어떻겠
는가?"

이렇듯 라마승은 황제의 존경을 받고 있었는데 아난다의 아들 유엘
테무르를 황제에 추대하려는 음모를 꾸몄다. 이 음모가 발각되어 가
담자들이 처형되었지만 라마교에 대한 황제의 신앙은 변하지 않았다.

유교에도 이해심을 보였다. 공자와 그 제자들을 제사지내도록 해주
었다.

한림원에 명하여 「몽고사」를 편집케 했다. 하루는 황제가 한림원에
납시어 사관들과 담화를 나누었다.

이때 톱테무르는 자기에게 사관들이 어떻게 썼는지 알고 싶었다. 그

리하여 치세의 실록을 깊이 간직한 비고(秘庫)를 열라고 명했다.

이때 여사성(呂思誠)이 엎드려 아뢰었다.

"황공하오나 국사원은 선악을 가리지 않고 폐하와 여러 왕족 및 대신들의 행적을 엄정히 기록하는 곳입니다. 그것이 신성한 의무이므로 예로부터 어떤 제왕이라도 국조 실록의 비고(秘庫)를 연 적은 없습니다. 하물며 당대의 치세 기록은 더욱 안되는 일입니다."

이 간언을 듣자 황제는 그 이상 고집하지 않았다. 톱테무르는 정치를 얀테무르에게 일임하고 자기는 술과 여자들 속에 파묻혀 살다가 29살에 죽었다(1332).

톱테무르는 유언으로 쿠샤라의 황자를 세우라고 했다. 그러나 얀테무르는 황후 포타첼리(Poutachli＝不答失里)에게 톱테무르의 황자를 세우라고 권했다.

거기에는 까닭이 있었다. 톱테무르는 얀테무르를 겁내서였는지 아니면 너무도 신임해서였는지 자기의 친자식은 얀테무르의 양자로 주어 기르게 하고, 얀테무르의 아들 얀테코사(Yangtekousa＝燕帖古思)를 궁중에 데려다가 친자식처럼 길렀다.

황자를 세우라는 것은 자기 자신을 황제로 세우자는 말이나 같다.

포타첼리는 이 제의를 받아들이지 않았다. 황제의 유언대로 쿠샤라의 둘째아들로 고작 7살인 아이를 황제로 추대했다. 이 황제는 겨우 석 달만에 죽었다. 영종(寧宗)이다.

얀테무르는 때는 왔다 싶어 자기 아들인 얀테코사를 황제에 앉히려고 했다. 그런데 섭정황후인 포타첼리는 이번에도 그것을 반대했다. 그리고 쿠샤라의 장자로 멀리 광서성(廣西省) 계림(桂林)에 유배되어 있던 토간테무르(Togan-temour＝妥懽帖睦爾)를 맞아 오게 했다. 토간테무르는 이때 13살이었는데 이가 몽고 마지막 황제 순제(順帝)이다.

그런데 여기에도 수수께끼가 있다. 섭정황후 포타첼리는 처음에 쿠샤라의 황후로 파포차(Papoucha＝八不沙)를 미워하고 그녀를 죽였다. 그리고 그녀의 아들인 토간테무르를 고려의 대청도(大靑島)로 귀양 보내어 아무도 접근할 수 없게 하였다.

「택리지(擇里志)」를 보면 소년 황자는 섬에 살며 순금 부처 하나를 모시고 해 돋을 때마다 배례하며 고국에 돌아가게 해달라고 축원했다. 이때 어쩌면 고려의 섬 사람들이 이 소년 황자를 가엾게 여기며 친절히 돌봐 주었는지 모른다. 그것이 소년에게 호감을 준 것만은 사실이었다. 그는 이때 뽕나무, 옻나무 따위를 심었다.

그러자 소문이 대도에 돌았다.

"쿠샤라 칸의 황자인 토간테무르를 고려의 외딴 섬에 귀향 보냈다더군."

톱테무르는 이때 조서(詔書)까지 내려 그 소문을 부정했다.

"쿠샤라는 알타이 산맥 너머에 있을 때 자식이 없었다. 따라서 토간테무르는 진실한 그의 자식이 아니다."

그래도 세상의 비난이 두려웠든지 톱테무르는 토칸테무르를 1년만에 중국에 돌아오도록 하여, 새로이 계림으로 유배했던 것이다.

그것이야 어쨌든 포타첼리가 어째서 얀테무르의 아들을 황제로 세우지 않고 자기가 죽인 파포차의 아들을 황제로 맞아오게 했는지는 수수께끼이다. 여인의 변덕이라고 생각하면 될까 ——.

얀테무르는 감정이 좋지 않았을 것이다. 그러나 섭정황후의 명령이고 사람들의 눈도 있다. 그는 왕들과 대관들과 더불어 대도 성 밖인 양향(良鄕)까지 마중을 나갔다.

토간테무르는 자기의 기구한 운명에 눈물을 수없이 흘렸다. 따라서 반항심도 강했었다. 이제 황제로 마중받고 보니 왕들이나 대신들도 밉게 여겨졌다. 얀테무르가 인사를 올려도 외면을 하며 쌀쌀하게 대했다.

그렇지 않아도 얀테무르는 마땅치 않게 여기고 있다. 소년 황자의 태도에 반감을 느끼고 핑계를 대며 좀처럼 즉위식을 올려주지 않았다.

소년은 똑똑했다. 자기의 행동을 뉘우쳤다기보다 그러면 불리하다고 깨달았다. 토간테무르는 얀테무르의 딸 페야오(Peyaou)를 황후로 맞이함으로써 즉위식을 올렸던 것이다(1333).

이것은 소년 황제와 세도가의 기묘한 타협이었다. 더욱이 공교롭게도 즉위식 며칠 뒤 얀테무르는 병으로 쓰러졌다.

얀테무르는 10년 남짓 권세를 누린 셈이다. 그는 처음에 이쓴테무르(태정제)가 죽자 그 황후와 간통하여 자기 아내로 삼았다. 종실의 여인 40명을 첩으로 거느렸다. 그 밖의 여인은 수를 헤아릴 수도 없다. 따라서 황음(荒淫) 때문에 목숨을 재촉했다.

얀테무르는 죽었지만 그 세력은 아직도 강대했다. 얀테무르의 아들 얀테코사가 황태자로 봉해진 것도 이 때문이었다.

또 토간테무르는 페엔(Peyen, 伯顔=쿠빌라이 시대의 사람과는 동명이인)을 우승상, 사툰을 좌승상에 임명했다. 사툰은 바로 얀테무르의 장형(長兄)이다.

이윽고 사툰이 죽자 얀테무르의 장자 탕키치가 좌승상이 되었다.

탕키치도 아버지와 마찬가지로 토간테무르를 좋아하지 않았다. 그리하여 자기 동생 타루가이, 숙부 탈리엔타리 등과 공모하여 반역을 꾀했다.

그러나 우승상 페엔이 기선을 제압하여 음모를 분쇄했다(1335).

이때 타루가이는 도망쳐 누이인 황후 페야오의 의자 밑에 숨었다. 황후는 자기의 옷자락으로 타루가이를 가려 숨겼다. 그곳에 피묻은 칼을 든 장교가 뛰어들었다. 그리고 황후의 치마 밑에서 타루가이를 끌어내어 그녀의 눈앞에서 베어 버렸다.

이것으로 황후의 운명도 이미 결정된 거나 같았다. 황제는 페엔에게 그녀를 죽이라고 명했다.

페엔이 방에 들어오자 그녀는 이미 자기의 죽음을 깨달았다. 황제에게 달려가 발 아래 꿇어 엎드리며 애원했다.

"살려 주셔요, 살려 주셔요."

황후의 눈물도 토간테무르의 마음을 움직이지 못했다.

"네 숙부와 네 형제들이 함께 역모를 꾸몄는데 내가 어찌 너를 살려 줄 수 있겠느냐?"

페엔은 황후를 민가로 끌고 나가 그곳에서 독약을 강제로 먹여 죽였다.

이리하여 얀테무르의 일족은 모두 살해되었다.

본디 몽고족은 쿠빌라이 이래 한지파(漢地派)와 몽고파가 있었는데 이들은 늘 서로 싸워 왔다. 한지파는 한문화를 존중하는 파인데 얀테무르도 한지파였다.

몽고파는 몽고의 전통을 존중하는 국수주의자(國粹主義者)들이어서 페엔을 악마처럼 여겼고 역사에도 좋게 평가하지 않고 있다.

순제가 처음에 13살 소년으로 대도에 올 때 그를 암살한다는 소문이 있었다. 얀테무르가 그를 죽일 가능성은 충분히 있었다. 이때 변양(汴梁)에 있던 페엔은 자기 군대로 순제를 호위했고 황제 옹립에 절대적인 공을 세웠다.

페엔은 권력을 잡아 그동안 몇 번 실시된 과거 제도를 폐지했다. 그리고 한인이나 강남인을 가리지 않고 무기 소지나 말 기르는 것을 금했다. 또 몽고어를 배우는 것도 금했다.

페엔은 잔인하고 탐욕심이 많고 호사스러운 생활을 했다. 다만 여색을 즐겼다는 기록은 보이지 않는다.

또 죄인으로 사형이 선고되어도 일정한 나이 이상의 노인은 처형하지 않는 것이 관례였다. 뇌옥에 가두어 늙어 죽기를 기다렸다. 페엔이 정권을 잡자 노인이고 어린아이고 가릴 것 없이 살육했다.

페엔은 또 이런 건의를 황제에게 했다.

"한인들은 그 수효가 너무나 많고 우리 몽고인은 적습니다. 이러다가는 그들 다수의 바다에 우리 소수는 빠져 죽고 말 것입니다. 그러므로 신에게 한 계책이 있습니다. 한인 가운데 장(張)·왕(王)·유(劉)·이(李)·조(趙) 성을 가진 자를 모두 죽이는 것입니다."

위 다섯 성은 중국의 5대 성이다. 중국은 성씨가 많지 않은데 5대 성의 사람만 하더라도 인구의 절반이 넘었다. 그들을 모두 죽이자는 것이므로 폭론이었다. 황제도 이 건의만은 받아들이지 않았다.

이 무렵 순제는 고려인 기씨를 총애하고 있었다. 기철(奇徹)의 누이로 상당한 미인이었다. 기씨는 환관으로 박불화(朴不花)라는 자를 시집올 때 잉신(佞臣)으로 데리고 왔었다.

순제는 이 여인을 황후로 앉히고 싶었다. 그러나 페엔이 몽고파여서 이를 반대했다. 순제는 이때부터 페엔을 미워하기 시작했는데 제거할 방법이 없었다.

그러자 페엔의 생질로 툭타가(Toktagha＝托克托嗄)라는 자가 숙위(宿衛)를 돌다가 황제에게 은밀히 아뢰었다.

"페엔은 너무도 방자하고 교만합니다. 폐하가 폐하로서 눈에 보이지 않는 것입니다. 그는 폐하의 재가도 없이 공자 한 사람을 죽였고 두 사람을 추방했습니다. 그리고 궁중에 거미줄처럼 첩자들을 배치하고 있습니다. 저도 사실은 폐하를 감시하라는 명을 받고 있는 사람의 하나이지요."

순제는 치를 떨었다. 이제까지 막연히 페엔을 미워하고 있었으나 이 순간 맹렬한 증오로 바뀌었다.

"무슨 방법이 없을까?"

"꼭 한 가지 있습니다. 날을 잡아 사냥을 하신다고 명하는 것입니다. 그리고 페엔이 사냥터에 나타나면 곧 체포하여 유배하는 것이지요."

이리하여 페엔은 체포되어 강서(江西)로 유배되었다. 페엔은 그곳에서 스스로 독을 마시고 자결했다(1340).

기씨는 제 2 황후에 봉해졌다. 순제에겐 정궁(正宮)황후인 파엔후톡크(巴顔呼圖克)가 있었지만 오로지 기황후만을 총애하며 거들떠보지도 않았다.

이 무렵 순제는 종묘에서 톱테무르의 신주를 철거했다. 그뿐만 아니라 황태후 포타첼리를 궁중에서 추방했고 얀테코사는 고려로 귀양을 보냈다. 복수였던 것이다.

애당초부터 순제가 쿠샤라의 친아들이 아니라는 소문은 있었다. 소문은 얀테무르가 얀테코사를 황제에 앉히고자 선전했기 때문에 더욱 확산되었다. 또 순제를 싫어하는 한인들이 악의적으로 과장했다는 점도 생각할 수 있다.

말하자면 순제는 남송의 항복한 황제 공종(恭宗)의 아들이라는 것이었다. 공종은 항복한 뒤 영국공에 봉해졌고 쿠빌라이의 딸을 아내로 맞았었다. 그리고 뒷날 출가하여 승려가 되었다.

아내는 이름이 매래적(邁來的)이라 하였는데 절세의 미녀였고 이때 임신하고 있었다. 그럴 무렵 망명중이던 쿠샤라가 이르렀고 영국공 집에 드나들었다. 쿠샤라는 매래적을 보자 영국공에게 청했다.

"당신 아내를 나에게 주지 않겠소?"

몽고인 관습으로 이는 있을 수 있는 일이었고 쿠샤라의 것이 된 매래적은 토간테무르를 낳았다.

명나라 학자 조익(趙翼)은 「이십이사답기(二十二史劄記)」에서 세밀한 고증까지 하며 이렇게 기록했다.

'생각컨대…… 지원(至元) 13년 영국공이 항복했지만 6살이었다. 지원 25년 영국공은 토번(吐蕃)에 가서 불도를 배웠지만 18살이었다. 연우(延祐) 7년 순제가 태어났고 영국공은 50살이었다. 그 나이로 보아 가능성이 없지도 않다.'

순제는 자기 출생에 대한 소문에 몹시 화를 내어 조서를 내렸다.

'옛날 황제 하이샨이 승하하셨을 때 간신들의 모함으로 태후께서 현혹되시고 황고(皇考) 쿠샤라 칸은 내보내져 운남에 봉해졌었다. 발라 칸이 해를 입자, 우리 황고께선 황제 하이샨의 적자(嫡子)인 까닭에 망명하여 막북(漠北)에 있었고 종실의 왕과 대신이 한마음이 되어 이를 받들었다. 이때 곳이 가까워 먼저 맞아진 톱테무르 칸이 잠시 정사를 맡았는데 곧 천리인륜(天理人倫)이 있어야 할 곳을 알고 양위(讓位)란 구실로 옥새를 가져 왔다. 황고께선 조금도 의심치 않고 황태자로서 그에게 보답했다. 그렇건만 톱테무르 칸은 악심을 품고 개전을 하기는커녕 그 부하 유엘로보카(月魯不花), 엘리야(也里牙), 민리토나(明里董阿) 등과 음모를 꾸미며 불궤(不軌)를 하였고, 우리 황고로 하여 한을 품고서 상천(上天)케 했다. 그리하여 다시 황제가 되었고 또 사사로이 자식에게 보위를 전하고자 무고한 죄를 파포차 황후에게 뒤집어 씌워짐을 황제 쿠샤라의 자식이 아니라면서 마침내는 먼 곳으로 보냈었다. 상천이 이에 벌을 내렸다. 숙빈(叔嬪) 포타첼리는 그 세력이 불길 같음을 믿고 장적(長嫡)을 버리고 차유(次幼)를 세웠다. 그러나 얼마 되지 않아 제왕(諸王) 대관이 어질게도 장자인 짐에게 천조(踐祚)토록 하였다. 늘 생각하는 일이지만 치(治)는 효(孝)를 다하는 데 있고 근본적인 것은 명(名)을 바로잡는 데 있다. 하늘의 도움으로 전신과 간신이 축출되었는데 효를 다하고 명을 바로 하는 일을 늦출 수 없다. 부모 은혜를 생각하면 함께 하늘을 일 수 없다는 의(義)를 어찌 잊겠는가. 태상(太常)에 명하여 톱테무르의 신주를 종묘에서 철거하고 포타첼리는 태황태후의 작위를 깎아 동안주(東安州)에 옮겨 안치할 것이며 얀테코사는 이를 고려에 내치라. 당시의 역도로 민리토나 등 아직도 살아 있는 자는 형벌로써 바르게 다스려라.'

이리하여 얀테코사는 고려로 압송되는 도중 살해되었다. 황태후 포타첼리도 동안주에 유배되었는데 실의 속에서 곧 죽고 말았다.

순제는 톡타가(toto-脫脫라고 기록되기도 함)를 우승상, 테무로보카(鐵木兒不花)를 좌승상에 임명했다.

어느 날 순제는 이들에게 말했다.

"짐이 등극한 지도 7년이 지났다. 그동안 소란이 잇따라 하루도 편할 날이 없었다. 무슨 즐거운 일이 없을까?"

그러자 좌승상 보카가 아뢰었다.

"폐하는 만승의 천자로 몸에는 비단을 걸치시고, 입으로는 온갖 진수 성찬을 맛보시며 귀로는 즐거운 음악을 들으시고 눈으로 수많은 미녀를 보시며 환락을 즐길 수 있습니다. 신선의 노닐음, 침면(沈湎)의 함가(酣歌)는 오로지 폐하의 뜻대로입니다. 그와 같은데 부질없이 고뇌하시며 어찌 즐기려 하시지 않습니까?"

순제는 이 말에 기뻐했다.

"경의 말이 옳다."

그러자 톡타가는 얼굴을 찌푸리며 아뢰었다.

"폐하, 아무쪼록 명을 내리시어 보카를 주살(誅殺)하십시오."

"아니, 보카에게 무슨 죄가 있소?"

"예로부터 일락(逸樂)으로 왕을 기쁘게 하려는 자는 간신입니다. 보카의 지금 말은 바로 망국과 직결됩니다."

순제는 희미하게 얼굴을 찌푸렸다. 톡타가는 말을 이었다.

"군주로서의 낙은 백성을 교화(敎化)하며 천하와 더불어 즐거움을 함께 하는 데 있습니다. 만일 희빈과 함께 주색에 잠기시고 토탄에 빠진 백성들을 잊는다면 이는 망국으로 치닫게 됩니다. 왜냐 하면 백성들이 군주를 원망하고 마음이 돌아서 반란을 일으키게 되기 때문입니다."

이미 그 조짐이 나타나고 있었다.

몽고족은 주색에 잠기는 악습 외에도 경제 관념이 없었다.

오히려 농업이나 상업을 멸시했다.

"놈들은 무엇 때문에 열심히 일하는지 몰라. 그리고서 쌀이나 재물을 광속 깊이 쌓아 둔다. 바보 같은 놈들이야."

유목 민족은 쉴새없이 이동하고 있어 저장(貯藏)과는 인연이 없다. 또 무거운 것을 가지고 이동하기도 귀찮다. 필요한 것은 다음 이동지에서 조달하면 된다.

있는 것은 그 자리에서 몽땅 써 버린다. 그래서 몽고인은 인심이 후하기로 유명했다. 물건이고 금이고 선심좋게 주었다. 원대(元代)에 황족, 공신, 총신에 대한 황제의 하사는 참으로 후했었다.

남송을 멸망시키고 풍요한 강남이 손에 들어오자 그런 인심은 더욱 좋아졌다. 또 그들 자신 사치와 낭비는 극에 달했다.

강남은 쌀과 소금이 풍부하게 생산된다. 그리하여 쌀은 수·당 시대 이미 개통되어 있는 대운하를 통해 운반되고 있었다. 소금도 쌀 못지 않은 생활 필수품. 강남의 강회(江淮) 지방이 주산지인데 큰 배를 만들어 바다로 수송하는 것이 빨랐다. 이렇게 운반된 소금을 관염(官鹽)이라 하여 원에선 전매했다. 소금 전매로 국가 재정의 대부분을 충당했다.

치안이 좋고 몽고 세력이 강대할 때는 해상 수송도 안전했다. 그러나 이미 제국의 위신은 떨어지고 몽고의 세력도 약해져 해적이 출몰하기 시작했다.

해적 출현은 원나라로선 큰 충격이었다. 생명선이라 할 해상 수송로가 위협받으면 큰일이다. 곧 토벌대가 보내졌으나 별 효과가 없었다.

원의 수군은 워낙 약했다. 해적은 수송선뿐 아니라 원의 병선마저 습격했다.

이런 때 방국진(方國珍)이란 자가 나타났다. 그는 절장(浙江)의 황암(黃巖) 사람으로 소금장수였는데 소금을 배로 운반했다. 키가 후리후리하게 크고 얼굴은 검었지만 몸은 희었다. 오랜 세월 뱃사람으로 활동하여 얼굴과 팔 다리는 구릿빛으로 탔다. 힘도 장사였다.

이윽고 채난두(蔡亂頭)라는 자가 해적질을 하다가 붙잡혔다. 관리는 채난두를 고문했다.

"일당을 대라. 그러면 목숨만은 살려 주겠다."

채난두는 매에 못 이겨 연루자를 불었지만, 송사리에 지나지 않는 자들 뿐이어서 관에선 실망했다.

생각다 못해 현성에 방문을 써붙였다.

'해적 두목을 밀고하는 사람에겐 1천 냥의 상금을 주겠다.'

소두이(蘇斗二)라는 자가 있었다. 건달로 노름이나 하고 동네 바람기 많은 여인의 꽁무니를 따라다니는 자였다.

소두이는 언젠가 방국진을 찾아가 공갈하여 몇 푼의 돈을 뜯어내려고 했다. 그러나 오히려 방국진의 머슴들에게 반죽음이 되도록 두들겨 맞고 문 밖에 내던져졌다.

소두이가 이 방문을 보았다.

(옳지, 방국진에게 복수할 기회가 생겼다.)

그는 곧바로 관가에 뛰어들어가 밀고했다.

"다루가치(達魯花赤) 나리, 방국진이 해적 우두머리입니다. 채난두에 돈을 대주고 뒤에서 꼬드긴 놈이 바로 방국진입니다."

"정말이냐!"

"네, 정말입니다요. 어느 앞이라고 제가 거짓말을 하겠습니까."

타이푸하는 곧 일대의 군졸을 방국진의 집에 보냈다. 소두이의 말을

전적으로 믿는 것은 아니었지만 방국진이라면 밑져야 본전이다.

조사해서 해적이 아니라면 많은 돈을 쥐어짤 수가 있고, 또 해적 두목이라면 큰 공을 세우게 된다.

그런데 타이푸하는 방국진을 너무 얕보았다. 그는 체포하러 간 군졸을 모두 죽여 버리고 가족과 고용인들을 데리고 바다로 달아났다.

그 무리가 수천 명이었다.

방국진은 이어 밀고자 소두이를 찾아내어 그 가족마저 몰살시켰고 태주로 관아를 습격하여 다루가치마저 살해했던 것이다.

나라에선 토로지판(朶兒只班)을 사령관으로 한 토벌군을 보냈다. 이번에도 정부군은 패했다. 토로지판은 포로가 되었다.

방국진은 예사 해적이 아니었다. 그는 마지못해 해적이 되었지만 냉철하게 계산할 줄 알았다.

"뭐니뭐니 해도 몽고군은 강대한 세력이다. 아무리 수전에 약하다곤 하나 이번에는 몇 갑절의 군대를 또 보내 오겠지."

"그렇습니다. 승리가 늘 있는 것만도 아니지요."

이렇게 맞장구를 친 것은 상우춘(常遇春)이란 젊은이였다.

"무슨 좋은 방법이 없을까?"

"장군의 귀를 빌려 주십시오."

상우춘은 방국진의 귀에 대고 속삭였다. 방국진은 고개를 끄덕였고 입이 벌어졌다.

한편 토로지판은 물이 말라붙은 깊은 우물 속에 감금되어 있었다.

그는 죽음을 각오하고 있었다. 그런데 우물 위에서 해적의 외치는 소리가 들렸다.

"방장군께서 너에게 술과 고기를 내리셨다. 실컷 먹도록 해라."

토로지판이 위를 올려다보니 밧줄에 매어진 바구니가 스르르 내려왔다.

한 병의 술과 몇 근의 돼지고기, 그리고 밥도 있었다.

"이것을 먹이고 내일은 목을 베겠다는 것이구나. 이왕 죽을 몸, 먹기나 하자."

토로지판은 술을 마셨고 고기를 씹었다. 얼근하게 취해 왔고 죽음에 대한 공포도 엷어졌다.

이윽고 해적이 또 외쳤다.

"다 먹었느냐?"

"먹었소."

"그러면 바구니를 내려 보낼 테니 먹은 그릇을 담아 올려 보내라."

"알았소. 그리고 방장군께 이 말씀은 전해 주시오. 포로를 친절하게 대해 주어 고맙다고."

그 말에 해적은 아무런 대꾸가 없었다. 한참 지나고 나자 아까의 그 해적이 돌아와서 또 외쳤다.

"장군께 당신의 말씀을 전했더니 기뻐하시며 선물을 보내신다고 하셨소."

"선물?"

"우리도 잘 모르오. 아무튼 고맙게 받아 보시구료."

선물이 무엇인지 꽤 무거운 모양이다. 큰 바구니를 도르래에 달고 해적 셋이 조심스럽게 내려 준다.

우물 아래 바구니가 내려졌다. 흰 보가 덮여 있다. 토로지판은 무심코 보를 치우자 깜짝 놀랐다.

그 속에 알몸의 젊은 여인이 있었다. 더욱이 그를 보고 생긋 웃는다.

"당신은?"

"금금(金金)이라고 해요. 방장군께서 당신을 정성껏 하룻밤 모시라고 하셨어요."

"장군께서?"

"네."

금금은 바구니에서 걸어나왔다. 그러자 바구니는 다시 위로 올라갔다. 토로지판은 그런 것을 생각할 겨를이 없었다. 그저 입을 딱 벌리고 있었다.

(방국진은 정말 통이 큰 사내로구나. 포로에게 젊은 여자의 봉사까

지 받게하다니! 이런 이야기는 일찍이 들어 본 적도 없다.)

"아이 추워요. 저를 품어 주세요."

금금은 다가오자 무릎에 안겼다.

"미안하오. 방장군의 호의가 너무도 감사하여 당신을 잊고 있었소."

금금은 그런 사내의 머리를 두 팔로 싸안자 젖가슴을 얼굴에 밀어붙였다. 물씬한 여체의 냄새. 토로지판은 여자를 힘껏 끌어안았다.

이튿날 아침이다.

토로지판은 해가 높도록 여인을 무릎에 앉히고 잠들어 있었다. 우물 바닥이고 누울 만한 자리도 마땅치 않아 그런 자세로 격전을 몇 번이나 벌였는지 모른다.

주로 여자가 움직였지만 토로지판도 기진맥진하여 골이 휘둘렸다.

"일어나시오, 장군께서 오셨소."

해적의 고함소리에 토로지판은 잠이 깼다.

"부끄러워요."

금금은 사내의 가슴속으로 파고들었다. 그래서 그는 몸도 움직일 수 없었다.

방국진의 굵직한 목소리가 하늘에서 떨어져 왔다.

"어떠시오, 내 대우가?"

"고맙습니다, 장군. 이 은혜는 저승에 가더라도 잊지 않겠습니다."

"그렇소? 그럼 바구니를 내려 줄 테니 올라오시오."

곧 바구니가 내려졌다. 그 속엔 금금의 옷도 들어 있었다.

금금이 먼저 옷을 입고 올라가자 토로지판도 우물 밖으로 나왔다.

그런데 그는 그만 주저앉고 말았다. 거기 처형대가 마련되어 있었다. 처형대라고 해서 특별한 장치도 없다. 장작을 패는 판처럼 석 자 높이의 통나무 하나가 세워져 있고 그 옆에 큰 도끼를 든 거한이 하나 서 있었다.

죄인이 통나무에 목을 늘이면 큰 도끼로 목을 내려칠 셈인 것이다.

토로지판은 그것을 보자 그만 다리가 떨려 주저앉아 버렸다. 워낙 정력을 소모해 기운도 없었지만 그것을 보고 뻣뻣이 걸어갈 만큼 담력 있는 자는 여간해서 없으리라.

그때 상우춘이 가까이 와서 그를 부축해 주는 척하며 속삭였다.

"살고 싶소?"

"네, 살고 싶습니다. 살려만 주신다면 무슨 짓이라도 하겠습니다."

토로지판은 울음소리를 내었다. 술과 고기, 그리고 여인. 이것도 모두 그의 마음을 약하게 만들려는 방국진의 계책이었다.

"내가 시키는 대로만 하면 당신은 살 수 있소."

"어떤 조건입니까?"

"당신은 돌아가 황제께 상서하는 것입니다. 방국진은 본디는 원의 충성스러운 백성으로 억울한 누명을 쓰고 해적이 되었다. 그러니 그에게 작은 벼슬을 내려 주면 다른 도둑들을 막아 준다고 말입니다."

어떤 요구를 할 때, 상대편이 들어줄 수 있는 한도가 어느 선까지인지 알아야 한다. 방국진은 그것을 알고 있었다.

토로지판은 고개를 끄덕였다. 그는 석방되어 자기 진영에 돌아갔고 열심히 조정에 상주했다.

원(元)으로서도 토벌보다 회유가 유리하다는 것을 생각한 모양이다.

방국진에게 정해현위(定海縣尉)라는 직함을 내렸다. 정해현은 주산열도(舟山列島)를 포함한 절강 해안의 일부 지방이다.

방국진은 관군의 토벌을 멋지게 피했고 힘을 길러 가며 때를 기다렸다. 아무튼 원에 대한 조직적 반란은 방국진이 처음이었다(1341).

운(運)

영주(穎州＝하남성)에 백록장(白鹿莊)이라는 고을이 있다. 깊은 산골이다.

백록산 꼭대기에 동굴이 있고 거기 진인이 있다는 소문이 나돌았다. 인간은 무엇인가에 매달리고 싶어하는 본성이 강한 법이다. 세월이 어지러울수록 신선, 진인이 우후죽순처럼 나타나는 법이다.

"정말 진인이 있을까?"

진인은 신선도를 수행하는 도사로 불로불사(不老不死)의 비법을 알고 있다고들 믿었다.

"있지."

"자네가 보았나?"

"보지는 못했지만 이야기는 들었어. 자넨 우리 마을에서 누가 가장 노인인 줄 아나?"

"왕야(王爺)님이시지. 금년에 백 살이셔."

"그 왕야께서 코흘리개 아이였을 때, 산에 올라갔다가 진인을 만났대. 그런 왕야 이야기도 할머니로부터 들었는데, 그 할머니가 처녀 때 나물 캐러 갔다가 진인을 보았다는 거야."

"자넨 대체 무슨 말을 하고 있나?"

"말하자면 진인이 틀림없이 있다는 걸세. 그것도 8백 살쯤 되신 노인인데 흰 수염이 배꼽 아래까지 내려온대."

이런 마을 사람 이야기를 열심히 듣고 있는 소년이 있었다. 소년은 이튿날 새벽 백록산을 올랐다.

　그랬더니 산꼭대기 동굴 앞 평평한 바위에 흰 수염의 노인이 좌선을
하고 있었다. 노인은 소년을 보더니 말했다.
　"똑똑해 보이는구나. 몇 살이냐?"
　"8살."
　"그래, 이름은?"
　"복동(福童)."
　"복스런 아이란 말이지. 그것보다 차라리 무슨 일이고 형통(亨通)한
다는 뜻으로 복통(福通)이라고 하렴."
　소년은 대답 않고 노인을 관찰했다. 틀림없는 진인이라고 확신했다.
소문과 다른 것은 수염이 짧은 것뿐이다.
　"그런데 넌 무슨 부탁이 있어 날 찾아왔구나."

"네, 신선님. 우리 누님이 병을 앓고 있어요. 신선이시라면 병을 고칠 수 있는 약이 있을 게 아네요?"

"나에게도 그런 약은 없다. 하지만 고치는 방법을 가르쳐 주지."

"정말?"

소년은 눈을 빛냈다.

"글공부를 하는 거다. 넌 글자를 읽을 줄 아느냐?"

"몰라요."

노인은 고개를 끄덕이며 혼자 중얼거렸다.

"중요한 것은 마음으로 학문을 아는 일이다. 글자를 안다고 전부 아는 건 아니야."

"신선님이 저에게 글을 가르쳐 주시겠어요?"

"애야, 서두를 것은 없다. 나에게 신선이라고 했으니 신선이야기라도 해줄까?"

"네."

노인은 눈처럼 흰 속눈썹을 내리깔며 눈을 감았다. 정신 통일이라도 하는 모양이었다. 머리도 눈썹도 수염도 희었지만 살갗은 주름살 하나 없고 입술도 여자처럼 붉었다.

중국의 선도(仙道)는 역사가 깊다. 노자(老子) 또는 장자(莊子)부터 비롯되었다고 한다.

확실한 것은 후한말(後漢末) 두 인물이 실재로 존재한 일이다. 하나는 「삼국지」에 나오는 황건적의 장각(張角). 그는 태평도(太平道)를 일으켰고 귀신을 부렸다. 또 하나는 촉나라에 근거를 둔 오두미도(五斗米道)의 장도릉(張道陵).

장도릉은 부적을 살라 하늘에 축수했다. 부적 사른 재를 환자에게 복음시키고 대가로 쌀 닷 말씩 받아 오두미도라 했던 것이다.

"옛날에 관윤자(關尹子)란 신선이 있었다."

관윤자는 산 속에 혼자 살며 늘 잠만 잤다. 배가 고프면 쇠바리때를 공중에 던진다. 그러면 바리때가 어디론지 날아갔다가 돌아왔는데 그 속에 음식이 들어 있었다. 관윤자는 그것을 먹고 수행(修行)을 계속했다.

언젠가 대운하를 짐배가 한 척 낙양(洛陽)을 향해 거슬러 올라가고 있었다. 그때 바리때가 날아왔다.

"선장님. 이는 관윤자의 수행 바리때로 공양을 하셔야 합니다."

"관윤자, 관윤자가 대체 누구야?"

"이곳에서 천 리 서쪽의 숭산(嵩山)에 계시는 신선이지요. 쌀을 바리때에 담아 주도록 하세요."

"무슨 소리냐! 천 리 밖에 있는 신선이 어떻게 바리때를 날릴 수 있겠어. 이것은 못된 귀신의 장난으로 요술(妖術)이야."

선장은 관윤자의 바리때를 무시했다. 그랬더니 배에 실은 쌀가마가 바리때를 따라 모두 날아가 버렸다.

"그런데 그렇게 신통하던 바리때가 매일 빈 그릇으로 돌아왔다. 관윤자는 이상하게 여기고 산꼭대기에 올라가 살폈다. 그랬더니 자기의 바리때가 날아갔다가 돌아오는데 또 하나 다른 바리때가 날아오는 게 아니겠니? 동쪽에서 날아온 그 바리때는 관윤자의 바리때 음식을 뺏아 가지고 날아갔다."

"참 신기하네요. 관윤자보다 더한 신선이 있나 보죠?"

노인은 소년의 말에 무릎을 치며 감탄했다.

"넌 참 똑똑하다. 세상 살아가는 데 중요한 것은 아무리 뛰어난 자라도 그보다 더 뛰어난 인물이 있음을 아는 일이다. 뛰는 놈 위에 나는 놈이 있다고 하지 않느냐?"

관윤자의 바리때 음식을 빼앗아 간 신선은 왕소양(王少陽)이었다. 왕소양에겐 종리권(鍾離權), 여동빈(呂洞賓) 같은 뛰어난 제자가 있었다.

왕소양은 깊은 산 속에서 수행했다. 생곡(生穀)만 3년을 먹었고 다시 좌선하며 3년 동안 누워 잠자지 않는 수행을 했다. 비가 오나 눈이 오나 바람이 불어도 자세를 흐뜨리지 않았다. 모기가 등에 와 덤벼들어 피를 빨아먹어도 옴쭉달싹도 하지 않았다.

마침내 하루에 물 한 모금과 좁쌀 한 움큼만 먹는 수행을 다시 3년

계속했다. 신선도의 수행은 성명(性命), 쌍수법(雙修法)이라 하여 정신
과 육체를 단련하는 것이 기본이다.

왕소양은 성명 쌍수법을 익혀 하늘을 날 수 있게 되었다.

"어떠냐, 내 이야기가 재미있느냐?"

소년은 열심히 노인의 말에 귀를 기울이고 있었다. 소년은 비로소
꿈에서 깨어난 것처럼 말했다.

"재미있어요. 하지만 그런 것이 글 공부와 무슨 관계가 있어요?"

소년으로선 누님의 병을 고치고 싶다는 소원이 남아 있었던 것이
다.

"글쎄."

노인은 희미하게 웃더니 진지한 목소리로 물었다.

"네 이야기를 해주겠느냐?"

"무슨 이야기요?"

"신상에 대해서다. 아버지는?"

"죽었어요."

"어머니는?"

"몰라요, 내가 태어나자 곧 죽었다고 누님이 말했어요. 누님이 날
키웠어요."

"그러냐?"

노인은 미소짓고 있다. 무엇인가 다 알고 있다는 웃음인 것 같았다.
소년은 문득 의심이 나서 다그쳐 물었다.

"할아버지! 할아버지는 틀림없는 신선이겠죠? 신선이라면 나에 대
해 과거도 미래도 모두 알고 있을 게 아녜요?"

"어째서지?"

"어째서라뇨? 바리때를 날려 쌀을 받아 왔잖아요. ……여기 앉아
있어도 나에 대해 전부 알고 있을 테죠?"

소년은 새로운 의문을 이때 느꼈다. 소박한 나무꾼이나 농부들은 소
박한 대로 무엇이든 믿어 의심치 않지만, 소년의 호기심은 단순했으나
급소를 찌르고 있었다.

"신선은 정말로 하늘을 날 수 있어요?"

"나는 것을 본 사람이 있었다니까 정말로 날았겠지."

"어떻게 날 수 있지요?"

"수행을 했기 때문이겠지. 신선도를 말이다."

"수행만 하면 누구든지 날 수 있어요? 신선이 될 수 있어요?"

"그것은 모른다. 그러나 아무나 될 수 있는 것이 아님은 틀림없다."

소년은 노인을 빤히 쳐다보고 있었다. 이 순간이 소년에게 중대한 영향을 주었던 것이다.

왜냐 하면 노인은 호기심 많은 소년이 너무도 열심히 묻기 때문에 그만 이런 이야기를 했던 것이다.

"옛날 이야기를 하나 더 해줄까? 옛날 나무꾼이 하나 살았다. 그는 산으로 나무를 하러 갔다가 두 노인이 바둑 두는 것을 보았다. 바둑 구경에 정신이 팔려 시간 가는 줄 몰랐지. 한참 후에 지게 있는 곳에 와 보았더니 지게도 도끼자루도 모두 썩어 없어졌고 시뻘겋게 녹슨 도끼날만 남아 있었다. 젊은이는 마을에 내려왔는데 또 한 번 놀랐다. 자기를 아는 사람이 하나도 없었던 것이다. 바둑을 구경하는 사이 백 년도 더 흘러 버려 부모형제도 친척도 다 죽어 버렸던 거야."

"그래서요?"

"젊은이는 생각했다. 바둑을 두던 노인들이 신선이었구나. 나도 신선이나 되자고 마음먹고 이름난 명산을 찾아다녔다. 그리하여 고려에 있는 금강산까지 찾아갔었는데 거기 산꼭대기에 한 노인이 암자를 짓고 혼자 살고 있었다."

소년은 숨을 죽이고 있었다.

"이 노인은 신선도 아무것도 아니었다. 젊은이가 '노인, 저에게 신선 공부를 시켜 주십시오'라고 애원하자 나쁜 생각을 품었다. '그렇게도 신선이 되고 싶냐. 3년 동안 솔잎만 먹고 나한테 배워라.' 이래서 젊은이는 3년 동안 노인을 시중들며 열심히 일했다. 새벽에는 깊은 계곡에 내려가 물을 길어 올렸고 나무를 해다가 밥을 지어 주었다. 또 노인의 팔다리를 주물러 주었고 허리도 밟아 주었다. 이렇게 3년이

지났는데 노인은 선도의 선자도 가르쳐 주지 않았지."

"그래서요？"

"젊은이는 의심을 품고 말했지. '스승님, 약속한 3년이 되었습니다. 이제는 신선이 되는 방법을 가르쳐 주십시오.' 노인은 젊은이를 암자 뒤 벼랑으로 데리고 갔다. 그곳은 천 길 만 길 되는 벼랑가로 그 아래는 파도가 바위를 때리고 있었다. 그리고 소나무가 한 그루 있었는데 굵은 나뭇가지 하나가 바다쪽으로 내뻗어 있었다."

"……."

"노인은 소나무에 올라가 나뭇가지에 매달리라고 했다. 젊은이는 시키는 대로 했다. 한 손을 놓으라고 하자 한 손을 놓았다. 남은 손도 마저 놓으라고 하자 젊은이는 나뭇가지를 물었다. 그랬더니 노인은 입을 벌리라고 했어. 젊은이는 '그러면 죽습니다' 하고 말하려 했을 때 그 몸은 떨어지고 말았지."

"그러면 젊은이는 죽었어요？"

"노인은 젊은이를 죽이려고 했던 거다. 그래서 히히, 웃으며 배를 땅에 깔고 아래를 내려다보았다. 그런데 글쎄, 젊은이가 파도에 씻기고 있는 바위에 격돌하려는 찰나 한 마리의 흰 갈매기가 되어 훨훨 하늘로 날아올랐지 뭐냐."

소년은 참았던 숨을 크게 내쉬었다. 노인은 그런 소년을 미소로 지켜 본다.

"알겠니, 나쁜 짓을 하면 반드시 벌을 받는다. 늙은이도 젊은이가 갈매기로 변하자 혼자 중얼거렸지. 신선이 되는 방법이 바로 이것이었구나. 나도 젊은이처럼 하여 신선이 되자. 그래서 소나무에 올라가 젊은이처럼 떨어졌는데 죽고 말았다."

이야기가 끝났는데도 소년은 넋을 잃고 있었다. 그는 마치 미주(美酒)에 취한 심정이었다.

어느덧 해가 기울고 있었다. 노인이 소년에게 말했다.

"해가 꽤나 기울었다. 이제 슬슬 산을 내려가라."

"네. 오늘은 돌아가지만 다시 와도 좋죠？ 할아버지의 이야기를 또 듣고 싶어요."

"마음대로 하려무나."

노인은 이미 그를 상대하지 않고 돌아앉자 선정(禪定)에 들어갔다. 잠시 소년은 그 뒷모습을 말끄러미 쳐다보고 있었다. 어딘지 부처님 같은 노인이라 생각되었다. 그래서 그는 살며시 발소리를 죽여 가며 뒷걸음질쳤고 고개를 꾸벅 하며 돌아서려 하자,

"조심해서 가거라. 한눈 팔지 말아라."

마치 뒤에 눈이 달린 것처럼 말했다.

"네."

그는 산길을 뛰었다. 내리막길이라 시간이 올 때의 반도 걸리지 않았다. 그러나 마을에 돌아오자 주위는 어두웠다. 누님이 중환자로 누워 있는 오두막에 불이 켜져 있었다.

"옆집 아줌마가 와서 밥이라도 지어 주는 것일까?"

소년이 집에 들어가자 아침까지 누워 있던 누님이 일어나 깨끗이 머리를 빗고 등잔불 아래 바느질을 하고 있었다.

"어쩐 일이지? 하루종일 네 모습이 보이지 않아 얼마나 걱정했는지 모른다."

"누님이야말로 어쩐 일이야? 앗, 알았다! 백록산의 할아버지가 누님의 병을 고쳐 준 거야."

"백록산 할아버지?"

"응, 난 진인님께 가서 누님 약을 달라고 했었지."

며칠 뒤 남매는 병을 고쳐 준 진인에게 인사를 하려고 다시 백록산에 올랐다. 그러나 그 동굴에는 이미 진인의 모습은 보이지 않았다.

"이상하다. 틀림없이 여기 바위에 앉아 나한테 이야기를 해주었는데……?"

소년은 연신 고개를 갸웃했다.

"그것 봐라. 지금 세상에 신선이 어디 있겠니? 네가 아무래도 산에서 길을 잃고 여우에게 홀렸을 거야."

"아냐!"

그러나 누이마저 믿어 주지 않는 이야기를 마을 사람들이 믿어 줄리 없었다.

"진인은 백 년에 한 번씩 나타나는 거다. 너는 진인 아닌 원숭이라도 본 모양이구나."

세월이 흘렀다. 소년은 진인이 말한 것처럼 복통이란 이름을 쓰고 있었다. 그도 어느덧 16살이 되어 있었다.

그런데 어느 날 복통은 저잣거리에서 그 진인을 다시 보았던 것이다.

노인은 산가지를 갖고 점을 치고 있었다. 점이 신통하게 맞는지 노인을 둘러싸고 사람 울타리가 이루어져 있었다.

본디 중국에는 다섯 가지 술법이 있다.

① 명(命) : 추명(推命), 성종(星宗). 추명은 운명을 점치는 것으로 여러 가지 방법이 있다. 성종은 중국식 점성학이다.

② 복(卜) : 육임(六壬), 기문(奇門), 태을(太乙)로 갈라진다. 골패 등을 가지고 길흉을 점치는 것이 육임이다.

③ 상(相) : 관상, 풍수, 양택(陽宅)

④ 의(醫) : 한방, 침구

⑤ 산(山) : 신선도

따라서 진인이 치는 것은 조금도 이상할 것이 없었지만, 백발백중 잘맞는 모양이었다.

복통은 사람 울타리를 뚫고 앞으로 나갔다.

"할아버지, 저를 기억하십니까? 백록장의 복통입니다. 할아버지께서 이름을 지어 주신……."

"아, 몰라보게 컸구나."

진인은 흘끗 쳐다보았을 뿐, 줄을 서서 기다리는 사람들의 사주 팔자를 보아 주기에 바빴다.

복통은 이 자리에 동네 사람이나 누님이 없는 것을 분하게 여겼다.

(어때, 내 말이 거짓말은 아니었지? 이분은 틀림없는 신선이야.)

복통은 이렇게 외치고 싶었다. 노인은 바삐 점을 보아주며 말을 던진다.

"지금은 바쁘니 이따가 오너라. 너에게 줄 것이 있다."

"무엇이죠?"

"와 보면 알리라."

사람들은 방해가 되는 복통을 밀어젖혔다. 복통은 할 수 없이 인파 밖으로 물러났다.

이때 인파 속에서 한 사나이가 빠져 나와 그에게 다가왔다.

"너는 지금 노인과 이야기를 나누었지?"

30살쯤 되어 보인다. 농군은 아니었다.

"네."

복통은 경계의 몸가짐이 되었다. 그 사람은 하인인 듯한 두 젊은이를 거느리고 있었다.

"두려워할 것 없다. 나는 이곳 유장자(劉長者) 댁에 있는 사람이다."

복통은 긴장을 풀었다. 유장자라면 이 근방에서 알려진 인물이었다. 현성의 색목인도 유장자에겐 허리를 굽신거린다는 소문이 있었다.

"자네는 이름이 복통이지?"

자기 이름을 알고 있는 것에 복통은 눈이 둥그래졌다. 그러나 조금 전 진인과 이야기할 때 자기 이름을 말했던 일이 생각나 안심했다. 하지만 다음 말은 그를 정말 놀라게 만들었다.

"유장자께서 자네를 만나보고 싶다네. 바로 남문 안 술집에 와 계신데 함께 가주지 않겠나?"

"장자님이 저를?"

"그렇다네. 장자님은 자네가 어려서 누님의 병을 고치기 위해 백록산에 올라갔다는 것을 알고 계시다네."

남문 안이라면 멀지도 않았다. 노인의 점은 좀처럼 끝날 것 같지도 않아 잠깐 따라갔다 오리라 마음먹었다.

술집에 가자 복통은 그만 땅에 무릎을 꿇었다. 정말 장자님이 거기 있었기 때문이다. 자기 같은 것은 그 앞에 허리를 굽혀 지나가야만 한다.

"그리 어려워 말고 가까이 오너라."

유장자는 얼굴이 희고 몸집이 작은 노인이었다. 소작인을 수천 명 거느리고 있는 장자답게 얼굴도 원만했고 목소리도 부드러웠다.

옆에는 이 집의 작부인지 기녀인지 젊고 아름다운 여인이 몇 사람 시중을 들고 있었다.

"아닙니다. 제가 감히……."

"괜찮다. 가까이 와서 내 옆에 앉아라."

복통은 시키는 대로 했다. 그러나 얼굴이 빨개졌고 몸이 긴장으로 굳어졌다. 장자가 옆에 있다는 것과 선녀처럼 아름다운 여인들이 자기를 말끄러미 쳐다보고 있었기 때문이다.

"나는 보다시피 유장자다. 너는 백록산에서 진인을 만났다는데 사실이냐?"

"네, 제가 8살 때입니다."

"그래! 진인께서 뭐라고 말씀하시던?"

"그러니까…… 글공부를 하면 신선이 될 수 있다고……."

"뭐라고, 신선이라고? 그게 참말이냐?"

"네, 지금도 그분을 만나……."

마침내 복통은 조금 전의 이야기를 털어놓았다. 복통은 좀 자랑스러운 마음도 있었던 것이다.

"저잣거리의 점쟁이가 진인이란 말이지?"

"네, 그렇습니다."

"나중에 오면 무엇인가 주실 게 있다고 했느냐?"

"네. 하지만 저도 그것이 무엇인지 모릅니다."

"으음."

그러면서 복통을 대하는 장자의 태도가 갑자기 정중해졌다. 복통은 그 까닭까지는 몰랐으나 기분은 나쁘지 않았다.

"얘는 내 막내딸 백월(白月)일세. 인사 드려라."

술집 여자라고만 알고 있었는데 그중에서도 가장 아름답고 청초해 보이는 처녀를 소개했다.

"황공합니다."

복통은 황급히 백월과 맞절을 했다.

그러면서 살펴보니 어딘지 기품이 있고 눈이 반짝이는 처녀였다. 누에가 잠을 자고 난 것처럼 살갗이 희고 투명했으며 나이는 누님또래쯤이었다.

복통은 향긋하고 시원한 차를 생전 처음 마셨다. 백월이 손수 따라준 차였다. 복통은 하늘에라도 오른 기분이었다.

장자는 그에게 부모와 생활에 대해 여러 가지를 물었다.

이윽고 해가 조금 기울어 꿈에서 깬 것처럼 복통은 말했다.

"할아버지를 만나 뵈어야 하겠습니다."

자리에서 일어나며 장자와 아가씨에게 절하고 돌아서려 하자,

"잠깐, 나도 함께 가세. 나도 진인님께 인사를 드리는 게 도리이지."

장자도 따라 나섰다.

그러자 백월과 그 시녀들도 모두 따라 나섰다. 복통은 장자와 함께 걸으며 자기가 갑자기 공자라도 된 것처럼 콧구멍이 벌름거렸다.

저잣거리에는 아직도 사람들이 울타리를 치고 모여 있다. 그러나 가까워짐에 따라 무엇인지 심상찮은 낌새가 느껴졌다. 장자의 부하가 지팡이를 휘두르며 인파를 헤쳤다.

"비켜라, 유장자님이시다. 무슨 일이 있었느냐?"

사람들은 길을 비켰다. 농부 하나가 설명했다.

"점치던 노인이 별안간 엎어지며 죽었습니다요."

"뭐라고?"

거짓말이 아니었다.

뜨거운 뙤약볕을 쬐어서인지 진인은 죽고 말았다. 냄새가 나는 누더기 같은 옷을 걸친 채 땅바닥에 엎어져 있었다.

복통은 믿어지지 않았다. 멍하니 꿈을 꾸고 있는 것만 같았다. 저잣

거리에서 점을 치고 있는 신선을 정말 우연히 다시 만났던 일, 유장자를 만나서 꽃 같은 딸 백월의 손으로 따라주는 차를 마셨던 일, 그리고 노인의 죽음 — 신선도 죽는 일이 있을까?

장자의 실망은 복통의 그것보다도 더 컸다. 그는 갑자기 10년은 늙은 것처럼 보였다.

"너의 종기를 진인님이라면 고쳐 줄 수 있었을 텐데."

백월의 어깨를 안아 주며 나직하게 흐느꼈다.

"아버님, 너무 상심하지 마셔요. 진인님은 돌아가셨지만 복통씨가 있지 않아요."

"오, 그렇구나! 우리가 복통을 만난 것도 무슨 인연이다. 진인님께서 갑자기 돌아가신 것도 어쩌면……."

그러더니 장자는 위엄 있는 목소리로 부하에게 명했다.

"뭘 멍하니들 서 있느냐? 진인님을 좋은 관에 모시고 장례도 훌륭히 지내도록 주선해라."

장례는 성대히 치러졌다.

복통은 유장자 집에 그대로 있게 되었다. 차차 알게 된 것이지만 유장자에겐 딸만 셋 있었고 아들은 없었다. 그런데 위로 딸 둘은 출가도 하기 전에 모두 죽고 백월 하나만 남아 있었다.

장자가 복통에게 말했다.

"여보게, 내 사위가 되어 우리 가문을 이어 주지 않겠나? 이것도 모두 인연이라 생각하고."

"네, 그것이 참말이옵니까?"

"그러나 억지로 권하지는 않겠네. 내 딸에게는 남에게 차마 말못할 부끄러움이 있다네. 그러니까 자네는 식만 올리고 첩을 10명이든 20명이든 두어도 상관없네. 다만 불쌍한 내 딸의 머리를 얹게 해주고 자네에게 내 재산을 물려주고 싶을 뿐일세."

유장자의 말은 진지했다.

"도대체 따님의 부끄러움이란 무엇입니까?"

장자는 좀처럼 입을 열려고 하지 않았으나 마침내 설명했다.

세 자매 가운데 백월이 가장 아름다웠다. 그러나 백월에겐 참으로 부끄러운 종기가 있었다. 일종의 종양(腫瘍)으로 왼쪽 유방 아래와 오른쪽 사타구니에 종기가 있었다. 묘령이 되자 살갗은 해맑다 못해 속살이 들여다보일 정도로 희었으나 두 군데의 종기에선 쉴새없이 고름이 흐르며 악취를 풍겼다.

늘 값비싼 향을 살라 그 연기를 몸에 쬐어 예쁘게 화장하고 있어 악취는 남이 모를 정도이지만 옷을 벗게 되면 냄새가 코를 찔렀다.

유장자는 이 병을 어떻게든지 고쳐 주고 싶었다. 온갖 치료를 다 해보았지만 효과가 없었다. 그럴 때 복통의 소문을 들었던 것이다.

"알겠습니다. 제가 고쳐 보겠습니다."

"자네가?"

"네, 아가씨의 종기를 빨아 고름을 뽑아 내는 것입니다. 그러나 부끄러워할 테니까 임시로 예는 올리겠습니다."

장자도 겨우 까닭을 알고 고개를 끄덕였다. 복통은 이리하여 유장자의 데릴사위가 되었고, 유복통(劉福通)이 이 세상에 나타난 것이다.

베개를 높이 베고 반듯하게 누워 있는 풍만한 가슴이 더욱 불룩했고 윗도리 앞섶은 느슨하게 벌어져 있다.

촛불이 깜빡거리며 그녀를 굽어보고 있다. 복통은 발치에도 병풍을 둘러치게 했다. 그리고 천천히 그녀의 발치께로 다가갔다. 백월은 배시시 미소지었다.

복통은 가까이 가자 바지를 벗기고 속옷자락을 좌우로 조심스럽게 갈랐다. 날씬하게 뻗은 흰 다리가 나타났다. 다시 넓게 펼치자 봉긋하게 성숙한 허벅다리와 허리가 드러났다. 백설 같은 하복부에 야들거리는 봄풀의 풀숲이 한 곳, 문제의 종기는 숲 기슭에 있다.

백월은 부끄러운 듯이 두 다리를 쪽 고르게 뻗고 있다. 복통은 그녀의 발목을 양손으로 갈라 쥐고,

"너무 부끄러워하지 말아요."

하며 넓게 벌렸다.

신부는 고개를 희미하게 끄덕이며 눈을 감았다. 여인의 선홍색(鮮紅色) 비부(秘部)가 보였다. 복통은 허리를 굽혀 조심스럽게 얼굴을 가져갔다.

그는 이 순간 아마도 아내를 가장 사랑하고 있었으리라.

그렇지 않고선 강렬한 악취와 누런 고름이 흐르는 그곳에 쉽사리 얼굴을 가져 가지 못했을 것이다. 그는 입을 대며 오로지 경건한 마음으로 빨았다. 손에 든 작은 타구(唾具)에 침을 뱉고 또 빨았다. 신부는 미간을 모으며 가늘게 신음소리를 내고 있다.

하지만 그는 종기의 뿌리를 빨아 내리려고 더욱 열심히, 더욱 힘차게 빨았다. 마침내 그의 이마에서 땀이 뚝뚝 떨어졌다.

하복부가 끝나자 복통은 윗도리마저 헤치고 신부에게 자기 몸을 포개며 유방의 종기를 빨았다. 백월은 점점 신음소리가 가쁜 숨결로 바뀌었고 조그만 입을 금붕어처럼 벌렸다.

아픔을 느껴서라기 보다 쾌락을 느껴 미간을 모으고 뜨거운 입김을 내뿜고 있었다.

복통은 정성껏 빨았다. 충실한 개가 여주인의 몸을 핥듯이 몸을 아래 위로 움직여 가며 유방의 종기를 빨았다. 그것은 하복부보다 시간이 더 걸렸다. 그만큼 종기의 뿌리가 깊었고 피고름이 많이 나왔다.

희미한 백월의 숨결은 차츰 빨라졌고 두 팔과 두 다리로 남편을 힘껏 끌어안았다. 복통은 이미 물에 빠진 것처럼 땀을 흘리고 있었다.

이윽고 그는 몸을 일으키면서 외쳤다.

"뿌리는 빠졌어. 당신은 조금씩 나아갈 거야."

그의 말은 옳았다.

종기의 상처는 하루가 달라지게 속부터 새살이 움트고 아물어 갔다. 그와 함께 그들 부부의 애정은 옆사람도 부러울 만큼 깊어 갔다.

세월이 흘렀다.

유복통도 어느덧 20살이 되었다. 유장자는 그 만년을 행복하게 여기며 입버릇처럼 말했다.

"진인이 우리 집을 구해 주신 거야. 다만 사위와 딸 사이에 손자가

태어나지 않아 그것만이 아쉽지만 사람의 욕심이란 한이 없지."

이때 서민들은 대체로 다음과 같은 생각을 가지고 있었다.

그것은 세상을 실리(實利)로 살겠다는 국민성이다. 이민족에게 시달리고 있어 사람들은 관(官)을 불신했다.

하지만 몽고인이나 색목인 등의 지배층에 대해서는 그런 대로 할 수 없다고 체념했다. 하나 오히려 야속한 것은 그들을 이끌어 줄 지식인이었다. 이때는 지식인이란 말은 없고 독서인(讀書人)이라 불렀다.

독서인은 공맹(孔孟)의 가르침에 무엇보다 충실해야 할 사람들이다. 그리하여 가장 많이 충군애국(忠君愛國)을 부르짖으면서도 몽고인에게 협력한 것도 이런 부류였다.

그런 자가, 어쩌다가 몽고인이나 색목인 아래의 하급 관리가 되면 쥐꼬리만한 특권 의식을 과시했고 뇌물을 받아 먹어 돼지처럼 살이 쪘다.

중국인은 오랜 세월을 두고 그런 부류를 너무나 많이 보아 왔기 때문에 아주 체념하고 있었다.

그러나 이들이 어떤 계기를 만나 결집(結集)되면 무섭게 폭발한다. 그 에너지는 대홍수의 노도같이 천문학적인 것이 되어 일체를 파괴하고 사나워지며 왕조(王朝) 따위는 거품처럼 무너진다.

그 증거는 역사상 얼마든지 찾아볼 수 있다.

진(秦)제국의 멸망도 처음에는 오광(吳廣)이나 진승(陳勝) 같은 무식한 인물이 농민의 봉기를 이용하여 날뜀으로써 시작되었다.

전한 말에 왕망(王莽)이 가혹정치를 펴고 대숙청을 감행했을 때에도 녹림적(綠林賊)이 일어나 신(新)을 들어엎었다. 또한 후한 말의 황건(黃巾)의 무리도 그런 부류에 속한다.

중국에선 왕조 교체기마다 이런 농민의 폭동이 일어나 천하가 벌집을 쑤셔 놓은 듯이 시끄러워지고 혼돈을 거듭하다가 차츰 가라앉으면 나중에 나타난 자가 천하를 잡는 게 패턴이었다.

그러나 평소의 중국 농민은 유순하기 그지없다. 그들은 죽을 줄 뻔히 알면서도 도수장에 끌려가는 소처럼 자기의 무덤을 자기 손으로 파는 민족성을 가졌다.

이런 중국의 일반 사람들이 품는 사상이란 살아 있는 한순간을 중시하는 현세주의(現世主義)였다.

'생일날 잘먹으려고 이레 굶는다'고 하는 생각은 그들에겐 없었다.

그들은 오로지 현실만이 중요했다. 지금 지나고 있는 이 순간만이 전부였다 해도 과언이 아니었다. 그러자니 그들에게 재물은 가장 중요했다. 돈이야말로 이민족의 압제도 잊고 관의 횡포로부터 자기를 지키는 방패였다. 게다가 돈만 있다면 미식(美食)과 주색(酒色) 등 이 세상의 쾌락을 마음껏 누릴 수 있었다.

이런 사상이 이른바 배금사상(拜金思想)인데 그것이 아주 체질처럼 되어 버렸다. 즉, 물질에 대한 그들의 집착심은 놀랄 만큼 강하고 모든 사물은 이익으로 환산되고 있었다.

유장자가 죽자 유복통은 장인(丈人)을 위해 성대한 장례식을 올리기로 했다.

"나는 아버지를 위해 석달장을 치르기로 작정했소. 그렇게 하는 것이 그분에 대한 효도가 아니겠소."

남편의 말에 아내 백월은 행복에 겨워 대답했다.

"당신 뜻대로 하셔요. 이제는 당신이 주인이니까. 그리고 이왕이면 우리에게 오늘의 복을 가져다 준 진인님의 묘도 훌륭하게 꾸며 드리도록 하셔요."

"참 그렇지."

무덤을 옮기는 것이 면례(緬禮)이다. 복통은 이름난 지관(地官)을 초빙하여 좋은 묘자리를 고르게 했다.

묘지도 집과 같다. 그래서 무덤을 백년 유택(幽宅)이라고들 말하고 있다.

묘지가 집과 같으니 당연히 양지 발라야 했다. 바람을 타지 않도록 좌우와 배후가 막힌 아늑한 곳이 적지(敵地)다. 또 토질도 좋아야 하고 배수도 잘되는 곳이면 이상적이다.

그러나 중국인의 현세주의는 망인을 위해 좋은 묘지를 선택하는 것은 아니었다. 물론 자식된 사람으로 부모나 조상을 좋은 자리에 모시고는 싶다. 그렇지만 그런 명당(明堂)에 모시는 것도 자손을 위해, 좀 더 솔직히 말하면 자기의 이익을 위한 것이었다.

그렇기 때문에 산의 맥을 타야 한다는 등 풍수설이 발달되었다.

유복통은 묘지가 선정되자 진인의 무덤을 파게 했다. 그리고 관의 뚜껑을 열었을 때 그는 물론이고 동원된 동네 사람 모두가 놀랐다.

관 속에 당연히 있어야 할 시체가 없었다. 뱀의 허물처럼 수의만이 남아 있었다.

"이게 어떻게 된 일인가?"

"그동안 폭삭 썩어 가루가 되었을까?"

그러나 뼈 하나 남아 있지 않았다. 지관 두준도(朴遵道)가 고개를 끄덕이며 말했다.

"이것은 시해선(尸解仙)이라는 것이오. 태공망(太公望), 여상(呂尚)을 비롯한 많은 신선들이 이 방법을 썼지요."

두준도는 지관이라 과연 선도에 대한 지식이 있었다. 유복통은 당장에 두준도를 자기 집에 있게 하며 선도를 열심히 배우기 시작했다.

그리하여 그가 25살 때쯤 되자 선도에 대해 제법 알게 되었다. 같은 무리도 많이 생겼는데 앞서의 두준도를 비롯하여 나문소(羅文素), 욱문성(郁文盛), 왕현충(王顯忠), 한교아(韓咬兒) 등이다.

이들이 모여 선도를 연구했다. 물론 그 맹주는 유복통이었다. 그가 돈을 아낌없이 대주며 이들을 후원했고 자기도 열심히 수행했기 때문이다.

방중술(房中術)

이 무렵 순제의 좌우에 있으면서 기울어져 가는 제국을 그나마 지탱케 하고 있었던 것은 톡타가(兌托喝)였다. 톡타가는 원나라에서 드물게 보는 현신이었다. 그러나 그도 승상으로 3년쯤 있자 정치에 싫증을 내고 사직할 것을 황제께 청했다. 순제는 톡타가에게 후임자를 추천하라고 말했다. 이리하여 추천된 자가 아로토(Aloutou=兒魯圖)였다(1344). 인간의 행불행은 어떤 경우엔 생각할 수조차 없는 얄궂음과 함께 있는 법이다.

그런데 아로토는 은혜를 원수로 갚았다. 톡타가를 막북(膜北)으로 추방했던 것이다. 이때에 원나라 조정은 권력 투쟁이 심했다. 그래서 톡타가는 정치가 싫어져 정권을 내놓았던 것인데 결국은 대도에서 쫓겨나고 말았다.

후궁에서는 고려인 기황후가 정궁황후로 권세를 누리고 있었다. 그녀는 아들 아율시리다라(Ayourschiridara=愛猷識理達臘)를 낳았다. 순제는 기뻐하며 아율시리다라를 황태자로 봉했다.

순제는 앞서 1341년 연호를 바꾸어 지정(至正)이라 했다. 그는 이미 25살의 한창 나이가 되어 있었다.

"여인과 교접(交接)할 때에는 여인의 타액을 많이 빨아들이는 것이 좋다고 합니다."

순제는 이 말에 흥미가 솟아 귀기울였다.

"그 까닭인즉 인간의 오장육부의 정(精)이 모두 혀에 모이기 때문입니다."

　아로토에게 무슨 지식이 있었던 것은 아니다. 그는 집에 있는 라마 승 양연(楊璉)에게서 들은 말이었다.

　인간의 몸에는 선천적으로 갖고 태어나거나 또는 후천적으로 갖추어지는 정(精)·기(氣)·신(神)이 있다. 이것이 세 가지 보물이며 선도 수행에 없어선 안되는 요소이다.

　정은 정력이다. 이 정력은 선천적인 것과 후천적인 것이 있다. 이것은 부모로부터 타고나는 것이다. 그리고 어렸을 때에는 몸 속에 숨어 있다. 그러다가 사춘기가 되면 남성의 정액이나 여성의 월경 등으로 나타난다. 그 나타나는 것이 후천적인 정이었다.

　기는 기력(氣力)이다. 기 역시 선천적인 것과 후천적인 것이 있다. 이 기 또한 몸 속에 있고 후천적인 작용에 의해 양성된다. 후천적 기력은 호흡 활동을 함으로써 혈액을 순환시키고 각종 자양분을 섭취함으로써 기력을 돋운다.

신은 인간의 정신력이다.

"어째서 정이 혓바닥에 모이는가?"

"사람 몸에는 오장육부가 있사옵니다. 그리고 또 경락(經洛)이라는 게 있습니다. 경락은 크게 오장육부와 연결되어 있고 거미줄처럼 온몸 구석구석까지 쳐져 있어 기를 자유롭게 보내 주고 있습니다."

"음."

"여인이 흥분하게 되면 타액도 많아지고 애액도 풍부해집니다. 타액은 직접 흡인할 수 있어 효과가 빠른 것입니다."

"그래, 효과란 무엇이냐?"

"이를테면 마치 탕약을 드신 것처럼 위장이 따뜻해지고 부드러워집니다. 또 살갗이 윤택해지고 원기가 넘치게 됩니다."

순제로선 잘 이해가 되지 않았지만 양연을 곧 입궐시키라고 했다. 황제는 이론 같은 건 알 필요가 없다. 효과가 있으면 되는 것이다.

아라토가 말한 것은 방중술(房中術)이었는데 젊은 사람에겐 필요없는 이야기이다. 자연의 양기(陽氣)가 왕성한 젊은이에게 그와 같은 방중술은 아무 소용이 없다. 하지만 순제는 한창 나이인 25살이었으나 황음과 폭주로 이미 간도 상했고 위장도 버려져 있었다. 땀을 곧잘 흘렸고 매사에 의욕이 없었으며 발랄한 기가 없었다.

방중술은 선도에 속한다.

선인(仙人)은 인도가 발생지인 것 같다. 인도의 힌두교에는 옛날부터 선정(禪定)이 있다. 선정은 명상에 들어가 정신을 통일하고 마침내는 해탈(解脫)의 경지까지 이르는 수행이다.

이 해탈을 위해 선정 외에도 고행(苦行)이나 요가 수행도 활발했던 것이다.

이 가운데 선정은 불교에도 도입되었고 티베트로 가서 밀교(密敎)로 발달했다. 그런 밀교 계통의 라마교엔 방중술도 들어 있었다.

또 인도의 선인은 중국에 들어와 도교(道教)와 접목(接木)되었다.

도교의 가르침과 내용은 시대에 따라 매우 다르다. 11세기초에 나온 「운급칠첨(雲笈七籤)」에는 다음과 같이 분류되어 있다.

① 교학적 부분 : 우주생성관(宇宙生成觀), 도의 기원(起源)과 천계(天界)의 종류, 신들과 신선에 대해 설명하고 있다.

즉, 우주는 무(無), 노자가 말하는 도(道)에서 비롯되었다. 무로부터 묘일(妙一), 이어 삼원(三元)이 나타났고 끝으로 만물이 생겼다.

삼원에서 천보군(天寶君)·영보군(靈寶君)·신보군(神寶君)이 화생(化生)되었지만 이 세 보군이 있는 곳이 옥청(玉清)·상청(上清)·태청(太清)의 삼청(三清)이었다.

삼보군은 호칭이 저마다 다르지만 원래는 원시천존(元始天尊)이며 그가 최고신이다.

천계는 욕(欲)·색(色)·무색(無色)의 3계 36천으로 나누어져 있다. 욕계 6천, 색계 18천, 무색계 4천이었다.

현세에서 선행을 쌓게 되면 죽어 그 사람은 그 단계에 따라 저마다의 천에 갈 수 있었다. 무색계에 간 사람 중에서 특히 수행을 완성한 선남선녀(善男善女)는 다시 그 위쪽에 있는 사종민천(四種民天)에 올라간다. 그리고 다시 위쪽에 있는 것이 삼청이고 그 위가 원시천존이 있는 대나천(大羅天)으로 도합 36천이 되는 셈이다.

원시천존은 대나천 중앙 현도(玄都)의 옥경(玉京)에 살고 있지만 삼청에도 중앙과 좌우의 세 궁전이 있고 각 궁전엔 선왕·선공·선경·선대부가 지상의 조정(朝廷)처럼 정해져 있는 것이었다.

이 밖에 노자를 신격화한 태상노군(太上老君)이 있지만 그 거처는 모르는 것으로 되어 있다.

이와 같은 천계의 구조나 명칭은 불교에서 빌어 온 것이다.

원시천존을 최고신으로 모시고 있지만 시대에 따라 명칭도 달라졌다. 오늘날엔 일반적으로 옥황상제(玉皇上帝)라 부르고 있다.

이 밖에 도교에는 참으로 많은 신들이 있다. 산이나 강, 바람이나 비도 신이었다. 고대의 전설적 천자인 황제(黃帝), 요, 순도 신이고 실제의 황제인 진시황과 한고조 유방도 신이다. 공자나 제자인 안회

(顔回)도 신으로 받들어진다.

북두칠성을 비롯한 별들, 토지신, 삼국시대의 관우도 신으로 모시며 존경된다.

또 도교에도 지옥이 있고 그곳의 지배자는 풍도대제(酆都大帝)였다.

② 주문, 부적, 푸닥거리, 기도와 같은 방술(方術) 부문이다.

주문에는 불교처럼 결인(結印)하며 하는 방법. 신을 불러내어 몸을 지키거나 악귀나 악령을 쫓는 방법도 있었다.

부적은 몸에 지니거나 집안에 붙이고 있는데 제재초복(除災招福), 연명장수(延命長壽), 병치료, 액막이, 호신(護身) 등이 그 목적이었다.

③ 양생술(養生術) 부문이다. 도교의 주 목적이 불로장생에 있는 만큼 이 분야는 매우 중시되었다.

오곡을 먹지 않고 화식(火食)을 않는 벽곡(辟穀), 초목·암석·쇠붙이 따위로 만든 약을 먹고 장수하려는 복이(服餌), 일종의 심호흡법인 조식(調息), 안마나 마사지 같은 도인(導引), 그리고 성교 기술인 방중술(房中術)이었다.

④ 윤리, 계율 부문이다. 윤리로선 충효와 같은 덕을 쌓는 일과 국법(國法)을 지키는 일이 들어 있었다.

양연은 순제에게 말했다.

"어렵게 생각하실 것은 하나도 없습니다. 젊은 여인과 교접을 하십시오."

"그것이 방중술인가?"

"그렇습니다. 아직 아무것도 모르는 소녀와 교접하는 게 제일입니다."

"호오."

"나이는 열 대여섯 살부터 열여덟이나 아홉 살까지의 처녀라야 합니다. 유방은 도화색이고 살집이 풍만한 소녀를 모으도록 하십시오."

불교에도 사원이 있듯 도교에는 도관(道觀), 또는 궁관(宮觀)이라는 것이 있다. 후세에 내려와서이지만 심양(瀋陽)의 태청궁(太淸宮), 북경의 동악묘(東岳廟)·백운관(白雲觀), 소주(蘇州)의 현묘관(玄妙觀) 등이 이름난 대도관이었다. 그리고 도관은 모든 도사에게 개방된 수행 도량인 십만총림(十萬叢林)과 보통의 도관으로 나누어져 있다.

도사는 아내를 갖는 것이 금해져 있어 부자 대대로 한 도관의 주지가 되는 일은 없다. 신중절에 해당되는 여자 도사만이 사는 도관도 있었다.

승려에 해당되는 것이 도사이고, 여승에 해당되는 것이 여관(女冠), 또는 여도사였다.

도교도 불교와 마찬가지로 출가주의(出家主義)를 채택하고 있다. 그러므로 온갖 속연(俗緣)을 여의고 더러움에 가득 찬 이 세상에서 떨어져, 모든 욕망을 물리치고 엄격한 계율을 좇아 수행을 하는 것이 도사의 본분이었다.

그러나 시대가 어지러워지면 양연 같은 자도 나타나기 마련이다.

"여인도 하나로 만족하는 것이 아닙니다. 셋, 다섯, 또는 열하나처럼 홀수의 여인과 교접하도록 하십시오."

"인간으로 그렇게 힘이 있겠는가?"

"그야, 물론 수행을 하셔야 합니다. 그리고 방법도 가지가지입니다. 하지만 기본적으로 접(接)하시되 설(泄)하지 않도록 하십시오."

일단 도사가 되면 육친(肉親)이나 세속(世俗)과의 관계를 일체 버리고 깨끗하고 고독한 생활에 들어가야만 한다.

따라서 그들의 수행 장소로는 조용하고 깊은 산중이 알맞다. 도관에서 수행할 경우에는 동료들과 공동 생활을 했다.

도사는 중과는 달라 머리는 밀지 않고 길렀으며 특수한 모양의 상투를 매었다. 그래서 위에 구멍이 뚫려 있는 관(冠)도 있었다.

그들이 몸에 걸치는 옷은 소맷부리가 없는 도복(道服)이었다. 도포라고 해도 상관없다. 도포엔 얼룩덜룩한 최상의 법의(法衣)에서부터 평상복은 짙은 쪽빛이었다.

도복 아래 입는 속옷은 한서(寒暑)에 따라 증감되지만, 도포는 항상 한겹이고 껴입지를 않았다. 다리엔 흰 무명의 감발을 감았고 헝겊신을 신었다. 여관의 복장도 도사와 거의 같았다.

"그러니 폐하! 하룻밤에 10명 이상과 교접하시고, 만일 정을 설하신다면 아무리 여인의 타액을 흡인하여 상열(相悅)하셔도 양생(養生)이 되지 않사옵니다. 이것은 마치 한 여인을 상대하면, 그 여인의 정기가 쇠약하여 사내도 아무런 이익이 없을 뿐더러 상대편 여인도 늙음을 재촉하는 것과 같은 이치입니다."

"그렇다면 어떻게 하란 말인가?"

"교접할 때 여인을 관찰하셔야 합니다. 만일 여인이 조금도 기뻐하지 않고 애액도 불충분하다면 이는 사내도 양기의 누실(漏失)이 됩니다. 그러므로 사내는 마땅히 다섯 가지 징후를 살피며 교접하셔야 합니다."

선도는 크게 나누어 관윤자 계통과 왕소양 계통이 있었다. 정신 수행을 중시하는 파와 육체 수행을 중시하는 파로 나눌 수가 있다.

관윤자 계통은 문시법파(文始法派)라고 하며 이것이 정통(正統)이었다. 즉, 이 파는 노장의 무위자연(無爲自然)을 수행의 근본으로 삼았다.

노자는 공자와 비슷한 시대에 살았다. 사마천의 「사기」에 그것이 나와 있다.

사기에 보면 노자는 초나라 고현(苦縣) 여향(廣鄕) 곡인리(曲仁里) 사람이다. 성은 이씨(李氏)이고 이름은 이(耳), 자는 백양(伯陽), 시호는 담(聃)이었다. 그는 주나라 수장당(守藏堂) 관리로 있었다.

공자가 주나라에 갔을 때 노자에 대해 예(禮)를 물었다. 뒤에 제자가 노자란 어떤 사람이냐고 묻자 공자는 대답했다.

"나로선 도저히 미치지 못하는 용(龍)과 같은 사람이다."

노자는 도덕을 닦는데 '자은무명'(自隱無名)을 자기 학문의 목표로 삼았다. 주나라가 쇠약해지자 함곡관(函谷關)에 갔고 그곳 장관 윤희(尹喜)의 청으로 상하 2편의 「도덕경」을 남겼다. 그 뒤 어딘가로 갔으며 언제 죽었는지 아무도 모른다.

「사기」의 기록은 대충 이런 것이었고, 사마천 때 노자는 이미 전설적 인물이었다.

그런데 전설에 의하면 노자는 어머니가 오얏나무에 올랐더니 갑자기

왼쪽 겨드랑이에서 태어났다. 그러자 1만 마리의 학이 하늘을 날고 아홉 마리의 용이 물을 끼얹으며 축복했다. 태어나자마자 아홉 걸음을 걸었는데 걸을 때마다 발자국에 연꽃이 피었다.

혹은 어머니의 태 속에 81년 동안 머물러 있어 태어나자 백발이어서 노자(老子)라 했고, 태어나 오얏나무를 가리켜 이씨가 되었다고 한다. 그러나 이것은 석가모니의 출생 신화와 같으며 후세 사람이 만들어 낸 것이다.

중요한 것은 노자의 사상이다. 노자는 사람의 작위능력(作爲能力)을 인정치 않고 자연의 힘을 믿었다. 그리하여 그의 중심사상은 도라는 것이었다.

유가(儒家)에서도 도를 내세우고 있지만 노자가 말하는 도는 그것과 달랐다. 즉, 도란 만물의 근원이고 오관(五官)으로선 포착되지 않는 것, 무한한 것이며 상주불변(常住不變)의 것이고 그 자연(自然)이라 하는 작용은 아무것도 않는 것(無爲) 같지만 만물을 성립하게 해준다고 보았다.

이것이 선도와 결부되어 이론적 바탕이 된 것이다.

이렇듯 관윤자의 파는 정신을 내세웠는데 왕소양 계통은 육체를 컨트롤한 다음 정신을 높이려 하고 있다. 이것은 「포박자(抱朴子)」의 신선술파로 방중술도 여기서 비롯되고 있다.

"다섯 가지 징후는 무엇이냐?"

순제는 물었다.

양연은 설명했다.

"첫째로 얼굴이 붉어지면 서서히 음양 이물(二物)을 맞추고, 둘째로 젖이 딴딴해지고 코에 땀이 생기면 서서히 투입합니다. 셋째로 목이 말라 침을 삼키면 동(動)으로 바뀔 것이고, 넷째로 음호(陰戶) 안이 매끄러워지면 서서히 깊이 넣습니다. 다섯째로 볼기를 따라 애액이 흐르게 되면 서서히 당기셔야 합니다."

"음."

순제는 길게 한숨을 내쉬었다.

"뭐니뭐니 해도 사내에겐 여인이 없어선 안되며 여인에게도 사내가 없어선 안되는 일이옵니다. 고독하여 남녀의 상열만 공상하고 있게 되면 수명을 단축하게 되고 백 가지 병의 원인이 됩니다. 홀아비나 과부가 곧잘 병이 많고 단명한 것은 이 때문입니다."

"그런가."

"이렇듯 사람이 지켜야 할 도는 결코 고원(高遠)한 것이 아니며 매우 비근(卑近)한 일입니다. 쉽게 말씀드려 황제(黃帝)는 1천 2백 명의 여인을 거느려 신선이 됐습니다. 이 도를 궁통(窮通)하시면 3천 년의 장수를 누리시고 불사의 신선이 되는 것도 불가능한 일은 아니지요."

순제는 이 말에 그저 홀린 듯 입을 딱 벌리고 있었다.

「포박자」는 4세기 초에 엮어졌고 저자는 갈홍(葛洪)이다. 갈홍은 소년 시절에 유학을 배웠고 한때 의군장이 되어 적과 싸웠으며 그 뒤 관리 생활을 하다가 광동의 나부산(羅浮山)에서 죽었다고 전해진다. 그는 또 신선도에 관심을 갖고 많은 책을 읽었으며 연구를 거듭했다. 그리하여 엮어진 것이 「포박자」이다.

「포박자」는 신선술을 풀이한 내편 20권과 유학 관계의 50권으로 나누어져 있다.

내편에선 풍우나 구름을 일으키는 법, 산이나 강을 만드는 법, 귀신이나 호랑이를 부리는 법, 모습을 바꾸든가 없애는 법, 구름을 타고 공중을 걷는 법, 불에 들어가도 타지 않고 물에 빠져도 젖지 않는 법, 한서(寒暑)를 느끼지 않는 법, 재앙을 피하는 법 등이 있다.

온갖 선술과 그 구체적인 방법, 양생의 이론과 실제 방식, 불로장생약과 재료 및 채취법, 부적의 종류와 용도를 자세히 설명하고 있다. 그리하여 수행이나 복약에 의해 도달할 수 있는 선술의 단계며 천선(天仙)·지선(地仙)·시해선(尸解仙) 등 신선의 종류에 대해서도 썼다.

갈홍이 특히 강조한 것은 불로장생 약인 금단(金丹)과 조제법이었다.

이와 같은 「포박자」의 주장은 고스란히 도교에 도입되었고 도사의 양생술로 발전되었다.

순제는 양연의 말에 홀딱 넘어갔다. 순제는 양연의 말대로 아름다운 소녀 81명을 선발하여 후궁에 두었다. 이 소녀들을 상대로 방중술을 시험할 속셈이었다.

"그래, 어떻게 하면 되느냐?"

"폐하, 방중술은 동시에 신선이 되기 위한 수행입니다. 그 점을 명심하십시오."

순제는 양연의 말에 더욱 기분이 좋아졌다.

"참, 그렇든가!"

"선도 수행엔 천단·지단·인단의 과정이 있습니다. 천단(天丹)은 호흡 방법으로 이를 조식(調息)이라 하지요."

선도에서의 호흡법은 먼저 아랫배를 한껏 오므리며 몸에 고여 있는 탁기(濁氣)를 입에서 내뿜는다. 그리고 흡기(吸氣)로 들어가 입을 다물고 코로 천천히 숨을 들이마신다. 이때 반드시 아랫배를 부풀려 가고 항문을 바짝 오므리듯이 한다. 숨을 들이마셨다면 곧 호기(呼氣)로 옮긴다.

이런 요령으로 흡기와 호기를 도중에서 숨이 끊기지 않도록 천천히 되풀이하는 것이었다.

순제도 처음 며칠은 얌전히 양연의 지시를 따랐지만 조바심을 냈다.

"좀더 손쉬운 방법은 없느냐? 그대는 처음에 조금도 어렵게 생각할 필요는 없다고 말했지 않았느냐!"

"네, 말씀드렸습니다. 하지만 신선이 되기 위해선 좀더 참을성이 있어야 하옵니다."

도교는 중국인들 사이에서 자연 발생적으로 시작되어 교조(敎祖)나 개조(開祖)는 불명이다. 그러다가 비로소 교단 조직을 가진 것은 2세기 중엽에 일어난 태평도와 그것보다 약간 늦은 오두미도였다. 이것은 원시 도교로 치병(治病)과 주술(呪術)이 중심이었다.

태평도는 황건난(184)을 일으켜 멸망했다. 그러나 오두미도는 천사도(天師道)라고 개명하여 오늘날까지 전해진다.

3세기 경 천사도의 영향을 받아 상청파(上淸派)가 나타났다. 4세기의 「포박자」를 대부분 흡수하여 성립된 것이 신천사도(新天使道)였다.

"하지만 짐은 굳이 신선 수행을 않더라도 불로장생할 방법이 있을 것이 아니야? 금단(金丹)이라는 것도 있다더라."

"네, 신천사도 중에 단정파(丹鼎派)가 있고 연단술이 있습니다. 그러나 그것은 위험한 방법으로 황공하게도 황제들이 이 때문에 일찍 돌아가셨던 것입니다."

단정파는 외단도(外丹道)와 내단도(內丹道)의 두 가지로 나누어졌다.

외단도는 납이나 수은(水銀)으로 불로불사의 금단을 만들었다. 그러나 수은은 독성이 있는 것으로 역대의 제왕들이 이 때문에 중독사했던 것이다.

그러나 내단도는 자연계에 있는 물질을 사용 않고 인간의 몸 안에 있는 기(氣)를 단(丹)으로 바꾸는 파였다. 이것은 또 음식물과 자기의 기로 단을 만드는 지단(地丹)법과 젊은 여인으로부터 기를 받아 자기의 기와 합쳐 단을 만드는 인단(人丹)법이 있는 것이다.

순제도 양연의 설명을 듣고 다시 수행을 계속했다.

점점 훈련을 쌓으면서 조식의 요령을 터득했다. 조식은 한마디로 말하여 윗배와 아랫배의 양쪽에 가벼이 손을 대고 심호흡하는 방법이다. 이때 아랫배를 부풀리든가 오므리든가 하여 단전에 힘을 모은다.

조식이 끝나자 무식(武息) 과정에 들어갔다. 이것은 의식을 가하는 강한 호흡법이다. 요령은 조식과 같았으나 정식(停息)이라는 호흡을 멈추는 작용이 가해진다.

"폐하, 제 말씀을 잘 들어주십시오. 무식을 할 때 우선 아랫배를 한껏 오므리고 폐의 탁기를 두세 번 입으로 내보냅니다. 그리하여 바로 호기에 들어갑니다. 코로부터 숨을 하나 둘 다섯까지 세며 들이마시고 그것과 동시에 아랫배를 부풀리며 항문을 닫습니다. 여기까지는 조식과 같습니다."

양연의 설명에 순제는 고개를 끄덕였다. 알고 있는 일이라 열심히 귀를 기울이고 있다.

"다만 이때 흡기를 마음속으로 아랫배로 보낸다는 생각을 하는 것입니다. 실제로는 들이마신 공기가 폐까지밖에 가지 않지만 기는 아랫배까지 내려갑니다. 그런 뒤 숨을 멈추고 아랫배와 항문의 긴장 상태를 그대로 둔 채 감은 눈으로 단전을 보는 것입니다. 숙달하면 단전이 보이는 것만 같고, 단전의 소리가 귀에도 들립니다. 그런 뒤 숨을 다시 내쉬는 것이지만 이는 조식법과 같습니다."

도교는 왕조에 따라 크게 신임을 받기도 했다. 신천사도가 북위(北魏) 왕실의 신임을 받아 북위는 한때 도교 국가가 되었던 것이다. 남조(南朝)인 양(梁)에서도 황제가 방중술에 열중했었다.

그때 당(唐)나라 때 왕실의 성이 노자와 같은 이씨라 하여 도교는 특별한 보호를 받았다. 노자가 도교의 교조라고 받들게 된 것은 이때부터인데 상청파가 가장 세력이 컸었다.

북송 시대에도 뛰어난 신선들이 나타났다. 진박은 북송의 태종 신임을 받았지만 「마의상법(麻衣相法)」을 남겼다. 또 유해섬(劉海蟾)은 청성도인(青成道人)이라 불렸지만 방중술의 하나인 쌍수법(雙修法=남녀 상호간에 기를 얻음)을 고안했다. 또 이 시대의 장삼봉(張三丰)은 태극권의 시조로 알려져 있지만 선도와 무도를 접목시켰다.

그러나 북송시대부터 도교가 크게 타락되었다. 방중술 본디의 목적인 불로장생을 떠나 말초신경의 쾌감만을 노리는 사이비 도사가 나타나 부녀를 농락하는 일이 많았기 때문이다.

그리하여 금(金)나라 때에는 도교 내부에 개혁의 불길이 일어났다. 전진(全眞), 진대도(眞大道), 태일(太一) 등의 파가 그것이다. 특히 전진파는 초대 왕중양(王重陽)이 선(禪)의 가르침을 선도에 도입하여 엄격한 금욕주의를 표방했다. 왕중양은 남송의 황제의 신임을 받았다. 또 3대 교주 구장춘(丘長春)은 칭기스칸의 신임을 얻기도 했다.

그러나 사이비 도사는 여전히 존재했다. 어떤 자는 칸에게 진주야말로 정력을 증진하는 미약(媚藥)이라 하여 적극 권했다. 진주를 곱게 빻아 이를 술에 타서 마시는 것인데 물론 아무런 효과도 없었다. 그러나 미신은 무서운 것으로 좋다고 하자 너도나도 복용해 진줏값이 껑충 뛰어 올랐다.

양연은 순제에게 천단법을 교수함과 함께 지단법도 적극 권했다.

지단법은 식이(食餌)인데 강정제를 무조건 먹는 것은 아니다. 그 사람의 체질에 따라 맞는 음식이 있다.

신선도는 천단·지단을 몸 속에 받아들여 이것을 인단(양기)으로 바꾸는 기술인데 젊은 사람으로 건강체라면 내버려 두어도 정력이 왕성하고 양기도 바뀐다. 하지만 어딘가 몸에 이상이 있거나 선천의 정이 고갈되기 시작한 노인은 천지의 정을 받아들여도 정력으로 몸에 남아 있지를 않고 그대로 배설된다. 따라서 지단법은 이런 사람들에게 정을 흡수하기 쉬운 체질을 만들어 주는 데 목적이 있었다.

순제의 선도 수행도 1년 가까이 되었다. 양연이 빙그레 웃으며 물었다.

"폐하, 요즘엔 어떻습니까?"

"음, 무식으로 아랫배가 뜨겁다."

"양기가 단전에 모이기 때문입니다."

또 며칠이 지났다. 양연이 묻자 순제는 대답했다.

"아랫배가 뜨거울 뿐 아니라 진동 같은 것도 느낀다. 그것이 위로 치미는 것 같기도 하고 아래로 흐르는 것 같기도 하다."

"폐하 기뻐하십시오. 드디어 소주천(小周天)의 단계가 멀지 않은 것입니다."

소주천은 단전에 모아진 양기를 항문이 있는 곳의 미저골(尾骶骨)에서부터 등뼈를 지나 뇌 속까지 상승시키고 다시 앞이마의 부분을 통해 가슴에 내리며 단전에 환류시키는 방법이다. 이것이 가능해지면 양기의 흐름을 의식적으로 컨트롤할 수 있는 셈이다.

"정말인가?"

"그러나 조심하셔야 합니다. 지금이 수행 과정에서 가장 어려운 고비입니다. 단전의 양기가 진동되어 아래로 흐르는 것은 좋지만 그것이 양근에 흘러들어 발기시키든가 회음(會陰)으로 내려가 다리의 경락으로 흘러 버리면 아무런 소용이 없게 됩니다."

또 이 단계에 이르면 성욕이 강해져 교접하고 싶은 욕망이 강해진다. 양연은 그것을 우회적으로 설명했다.

"지금부터 한두 달이 고비이므로 폐하께선 아무쪼록 후궁을 멀리 하셔야 합니다. 겨우 한두 달의 금욕쯤은 나중의 쾌락을 위해 참으셔야 합니다."

황제도 신선이 된다는 희망이 없었다면 양연의 말에 화를 내고 말았으리라. 그로서는 빨리 방중술을 터득하여 81명의 소녀에게 시험하고 싶었다.

양연은 순제에게 고정법(固精法)이란 것을 가르쳐 주었다. 단전에 모인 양기가 헛되이 유실되는 것을 막는 비결이었다.

그렇게 함으로써 순제도 소주천이 가능해졌다. 양연은 황제라고 해서 수행에 용서를 주지 않았다. 엄격히 훈련시킨 것이다.

그러는 한편 알아듣게끔 설명을 해준다.

"인간의 몸에는 기가 흐르는 경락과 피가 흐르는 혈관이 있습니다. 그렇기 때문에 기가 흐르는 곳을 따라 피도 흐르게 되고 막히게 되면 사람 몸에 이상이 생기고 병도 나기 마련입니다. 소주천은 이런 막혀 있는 곳을 뚫고 기가 흐르게 하는 비법입니다."

무식을 하며 의식을 강하게 가하면 진동이 생기며 막혀 있거나 좁혀져 있는 곳을 뚫고 지나가게 된다. 단전에서 미려(尾閭), 허리 근처의 명문(命門), 그보다 조금 위쪽의 협척(夾脊)과 같은 혈을 지나 양기는 등뼈를 따라 머리로 올라가는 것이다. 그리하여 마침내 꼭두 아래쪽에 있는 이환(泥丸)에까지 양기가 올라간다. 그 감각은 마치 뜨거운 액체가 혈관 속을 흘러가는 느낌이다.

이환까지 양기를 올리는 단계가 진양화(進陽火)였고 양기는 신체 배면에 있는 독맥(督脈)을 완전히 통과한 셈이다.

"이환까지 양기가 올랐다면 지금까지의 무식을 중단하고 보다 약한 호흡법인 문식(文息)으로 바꾸며 이환에 느슨한 의식을 기하십시오. 그것을 온양(溫養)이라 합니다. 온양을 하게 되면 뜨겁게 느껴지는 양기가 시원한 느낌으로 바뀝니다. 머리 속이 맑아지며 가벼워집니다.

그런 뒤 시원해진 양기를 신체 전면에 있는 임맥(任脈)을 통해 다시 단전에 내리는 것입니다."

임맥을 통해 양기를 단전으로 내리는 단계를 퇴음부(退陰符)라고 부른다. 즉, 진양화와 퇴음부를 합한 것이 소주천이다.

소주천을 할 수 있게 되자 순제는 하늘에 오를 것처럼 기뻐했다.

"됐다! 이제 나도 신선이다!"

양연은 그 이상의 단계가 있다고 말하고 싶었지만 그만두었다.

독맥·임맥에 완전히 양기를 돌릴 수 있게 되면, 온몸 구석구석까지 양기를 보내는 대주천(大周天) 단계가 있는 것이다. 그것이 가능해짐으로써 온몸에 기가 넘치고 남이 가지고 있는 기의 존재도 알게 된다. 그리하여 무식을 사용할 필요도 없고 문식만으로 기를 돌릴 수 있게 된다.

그 양기는 다시 소약(小藥)으로 바뀐다. 소주천이 가능해지고 단전과 이환의 두 곳에서 오랫동안 온양을 하게 되면 양기는 압력이 생긴다. 그리고 끈끈한 느낌으로 바뀐다.

이를테면 이환에서 온양하면 양기가 타액으로 바뀌는데 그것이 달콤해진다. 향긋한 향기마저 풍긴다.

이윽고 하반신에 강한 압력이 가해져 온다. 흐릿한 빛이 보이기 시작하는데, 이 빛은 압력과 함께 뚜렷해진다.

빛이 압력과 함께 배꼽의 둘레를 돌기 시작한다. 느릿하지만 와락 끌려 들어가는 느낌, 마치 사정(射精)과도 같은 마비감인데 그것보다 훨씬 강렬하다. 온몸이 황홀해지며 최고의 쾌미(快美)이다.

이 단계가 되면 호흡도 문식에서 진식(眞息)이라는 것으로 바뀐다. 입이나 코를 사용하지 않는 호흡으로 피부를 비롯한 온몸으로 호흡하는 것이다.

압력을 가진 기는 맹렬한 속도로 회전을 시작하고 마침내는 녹두 알갱이만한 크기로 굳어진다. 이것이 소약이다. 선도에서는 이 단계를 채약(採藥)이라 한다.

소약이 만들어지면 이것을 소주천 때처럼 독맥을 통해 이환에 올리

고, 임맥을 통해 단전에 내린다. 양기는 액체가 흐르는 느낌인데 소약
은 둥근 고체가 떼굴떼굴 굴러가는 느낌이다.

이 위에 또 단계가 있지만 어쨌든 황제로선 무리이다. 소주천만으로
도 큰 성공이었다.

양연은 기뻐하는 순제를 보고 구체적인 방중술 비법을 가르쳐 주었
다.

"축하드리옵니다. 정말 오랫동안 어려운 수행을 해내셨습니다."

"그대도 그렇게 느끼는가! 그대를 국사로 임명하겠다."

"황공하옵니다. 그럼 인단법을 설명하겠습니다. 인단법에도 여러 가
지가 있지만 단수법(單修法)과 쌍수법(雙修法)이 있습니다. 단수법은
상대로부터 일방적으로 양기를 얻는 비법이온데 양기도 많이 얻을 수
있습니다. 단수법일 때 상대보다 먼저 정상에 올라서는 아니됩니다.
먼저 방정(放精)하시면 귀중한 양기를 빼앗기는 것이 됩니다. 주의할
것은 이때 열중해선 안됩니다. 열중하여 정신적으로 절정 상태가 되면
기가 또한 누실되기 쉽기 때문입니다. 양근에 의식을 집중하여 양기를
빨아들인다는 관념을 갖도록 하십시오. 그러면서 항문을 닫고 양근도
조금 끌어당기는 것입니다."

"호오."

소원을 이루었다고 믿는 순제는 입에서 침을 흘릴 정도였다.

"폐하는 소주천을 하실 수 있으므로 그때 뜨거운 양기가 흘러드는
것을 느끼실 수 있겠지요. 그 양기를 그대로 독맥을 통해 이환으로 올
리는 것입니다. 이것을 방중술에서 공(功)이라 하지만 적어도 2회 이
상 공을 실시하셔야 합니다. 물론 공이 많을수록 양기는 많이 얻어집
니다."

붉은 수건

난세에 가장 피해야 할 것은 무기력함이다. 하면 된다는 기개야말로 난세를 사는 원동력인 힘이다.

영주(穎州)는 회화 북쪽이었고 곡창지대였다. 유복통은 집에 있는 재산으로 많은 식객들을 두어 함께 선술을 수행했고, 그러는 한편 무술 선생을 초빙하여 백록장 젊은이들에게 권법을 가르치도록 했다. 원나라에선 한인들, 특히 강남인에 대해선 무기 소지를 엄금하고 있었다. 그렇기 때문에 권법이 유행했다.

순제의 지정 4년(1344) 황하의 대홍수가 있었다. 홍수 피해는 엄청났다. 황하의 하류 지역인 박주(亳州), 서주(徐州), 숙주(宿州), 사주(泗州), 그리고 영주 일대도 피해가 있었다.

순제는 아로토 등 대신을 소집하고 그 대책을 물었다. 그때 대신 하나가 말했다.

"수해 지역은 너무나 넓고 복구하자면 엄청난 비용이 듭니다. 차라리 그 지방의 농민을 몰아내고 목장을 만들어 말이나 양을 놓아 기르도록 하십시오."

이때 참의로 있던 가노(賈魯)가 반대했다. 가노는 물론 한인이었다.

"그것은 당치도 않은 말입니다. 황하 이남의 지방이 아무리 황폐하고 복구하는 데 돈이 많이 든다고는 하지만 목장을 만든다면 어떤 결과가 생길까요? 곡창 지대가 없어져 천하의 백성들이 두고두고 식량 부족에 허덕일 것입니다."

이리하여 몽고인 대신과 가노의 논쟁이 벌어졌다. 다행히도 우승상

아로토는 가노의 주장을 편들었다.

조금이라도 정치에 식견(識見)이 있다면 수천 년을 두고 이용되어 온 농경지를 목장으로 만들자는 폭론에 찬성할 리는 없었다.

그러나 몽고인 대신도 자기 주장을 쉽게 굽히지 않았다.

"지금 황하의 둑이 곳곳에서 끊기고 자갈밭이 된 논밭이 수십만 정 보에 이릅니다. 둑을 새로 쌓고 모래자갈을 파내는 데도 수십만의 인 부가 필요합니다. 그 비용을 무엇으로 메울 수 있단 말입니까."

"그것도 알고는 있지요. 하지만 복구하지 않고 나중에 닥쳐올 식량 난에 비한다면 수십만 냥의 비용이 오히려 싼 것입니다."

순제는 이때 방중술에 열중하고 있어 정치에 관심이 없었다. 그는 양쪽의 주장을 듣고 나서 한마디 했다.

"복구를 하도록 하시오."

논쟁이 오래 끌 것 같아 가노 편을 들었던 것이다.

기록을 보면 복구 공사 책임자로 임명된 가노는 황하의 물줄기를 돌리고자 전장 13km에 이르는 수로를 굴착했다. 여기에 동원된 한인이 17만 명이었다.

이 통계는 수로 굴착에 국한된 것이다. 자갈로 덮인 논밭을 복구하는 데는 수백만 명의 인부가 동원되었다.

가노는 야심가였다. 그는 이때만 해도 무명인(無名人)이었는데 이 공사를 성공시킴으로써 역사에 이름을 남기고자 했다.

그는 자금을 염출하기 위해 아로토와 상의하고 각종 명목의 세금을 징수했다.

그래도 비용이 모자라 통화를 남발했다.

쿠빌라이 시대 이미 지폐가 발행되고 있었다. 뽕나무 속껍질을 절구에 빻아 만든 종이돈인데 그것으로 군사의 봉급을 지불했다. 조폐관(造幣官)의 서명 날인이 있고 황제의 옥새가 찍힌 조잡한 것이었다.

이런 지폐를 초(鈔), 또는 보초(寶鈔)라 불렀다.

물론 금액에 따라 크기가 달랐다. 상인이 이 보초를 받는 것을 거부한다면 사형이었고 위조한 자도 극형에 처해졌다. 이 지폐 발행은 원나라가 처음이 아니고 남송 시대에도 있었고 멀리 당나라 때도 있었다고 한다.

물론 금·은의 화폐, 엽전 등도 사용되었다. 원이 발행한 보초는 모두 12종이었다.

10푼이 반전(半錢), 20푼이 1전(一錢), 30푼이 1전 반, 50푼이 2전 반, 100푼이 5전, 200푼이 1관(一貫), 300푼이 1관 5전, 500푼이 2관 5전, 1관(一貫)이 5냥(五兩), 2관이 20냥, 5개 1관(五個一貫)이 반 정(半錠), 5개 2관이 2정(錠)이었다.

이런 보초가 가노의 건의로 더욱 남발되어 물가가 올랐고 서민들은 아우성이었다.

가노는 또 인부를 강제로 동원했다. 강제 동원을 피하여 산속으로 도피하는 자도 많았다.

유복통은 요즈음 부쩍 많아진 도망자와 유민을 보고 곰곰이 생각하고 있었다.

그의 부하인 두준도, 나문소, 한교아 등은 유복통의 야심을 전부터 알았다. 입버릇처럼 말하고 있었기 때문이다.

"사내 대장부로 태어나 무엇을 할 것인가? 이 몸이 산 속에서 평안히 살며 만족할 것인가, 아니면 넓은 세상에 뛰어나가 무엇인가 꿈틀거릴 것인가!"

"그야 당연히 남아로서의 뜻을 가져야만 합니다."

측근 제1호라 할 두준도가 맞장구쳤다.

"우리가 선도를 수행하는 것도 내 한 몸의 영화를 위해서인가? 젊은이에게 권법을 배우게 하는 것도 자기의 한 재산을 지키기 위해서인가?"

"그것도 모두 입지(立志)를 위해서이지요."

지혜가 있는 나문소의 대답이었다.

"그런데 입지를 위한 적당한 방법이 없구료."

"있습니다!"

모두들 보니 한교아라는 젊은 친구였다. 그는 능변가로 말솜씨가 좋았다.

"유장자께선 어찌하여 한탄만 하시고 스스로 기회를 만들려고 하지 않습니까?"

"기회?"

"그렇습니다. 지금과 같은 난세에선 영웅 호걸과 손을 잡아야 합니다. 등잔 밑이 어둡다고, 장자께선 백록산 남쪽 기슭에 사는 한산동(韓山童)의 이름을 들어 보신 적이 있습니까?"

"약간은."

"그는 키가 8척이고 사람들을 위압하는 위엄을 가지고 있습니다. 대대로 백련교(白蓮教)의 교주로 신자가 많습니다."

백련교라는 말에 유복통은 눈을 빛냈다. 그리고 아주 적극적인 태도를 보였다.

"신자가 많소?"

"별로 많지는 않지만 수백 명은 됩니다."

"내세우고 있는 신은?"

"말세가 가깝다면서 머지않아 미륵보살(彌勒菩薩)이 세상에 오신다고 합니다. 그 밖에도 내세우는 것이 있는 모양인데 잘은 모릅니다……."

"으음."

유복통은 팔짱을 끼고 깊은 생각에 잠겼다. 그의 머리 속에 무엇인가 떠오르는 것 같았다. 그는 백련교라는 말에 흥미가 생겼다.

신앙 자체에 대한 흥미가 아니다. 신앙심으로 뭉쳐 있는 신자를 이용하면 무엇인가 이룰 수 있지 않을까 하는 영감이 퍼뜩 떠올랐다.

"백련교와 한산동에 대해 좀더 자세히 알아가지고 알려 주시오."

"네."

한교아는 한산동의 본거지 백련장(白蓮莊)으로 떠났다.

본디 불교는 서역(西域)을 통해 중국에 들어왔다. 전한(前漢) 애제(哀帝)의 원수(元壽) 원년(기원전 2년) 경로(景盧)라는 사람이 대월지국(大月之國)의 이존(伊存)으로부터 불경을 구수(口授)받았다.

후한의 명제(明帝)는 꿈에 황금빛이 나는 부처를 보고 사자를 천축(인도)에 보내어 불법을 묻게 하였다(65). 이 무렵 불교를 부도(浮屠)라고 표기했다.

후한 말엔 안식국(安息國)의 사람 안세고(安世高)와 월지국의 지루가참(支婁迦讖)이 잇따라 낙양(洛陽)에 이르러 경전을 소개했다(150).

그리하여 불교도 중국에 뿌리를 내렸고 차츰 중국화되었다.

전진(前秦)시대 구마라습(鳩摩羅什)이 장안(長安)에 이르러 「마하반야심경」·「법화경」 등을 번역하여 중국 불교에 크나큰 발전을 가져 왔다(401). 고구려도 이때 전진에서 불교를 전해 받았다.

그런데 전진 등을 멸망시킨 북위(北魏)의 태무제(太武帝)는 도교를 신봉하여 불교도를 학살했다(446).

때는 난세로 한 사람이라도 병사가 필요한데 승려는 병역에서 면제되어 있었다. 게다가 그들은 경작도 않는다. 이때 개오(蓋吳)라는 자가 반란을 일으켰다. 태무제가 토벌을 하고자 장안에 가보았더니 승려가 술을 마시고 있었고 사원에 수많은 무기가 숨겨져 있었다. 그래서 태무제는 불도는 개오와 내통하고 있다고 판단하여 불교 탄압에 나섰던 것이다.

양(梁) 무제(武帝)는 도교를 억누르고 불교를 보호했다. 선(禪)의 시조 달마대사(達摩大師)가 인도로부터 중국에 온 것은 이 양 무제의 보통(普通) 원년(520)이었다고 한다. 달마는 무제와 문답을 나눈 뒤 북위의 낙양으로 향했고 숭산의 소림사(少林寺)로 들어갔다.

삼장법사 현장(玄奘)이 태어난 것은 수(隋)나라 말기이다(600). 이무렵 역시 난세로 미륵 신앙이 왕성했다. 미륵불은 말법(末法)의 세상에 나타나 중생을 구한다는 미래불이다.

난세일수록 사람들은 현세에 절망하고 미래에 희망을 건다. 이때도 미륵보살이 여기저기 나타났다는 소문이 돌고 수만의 사람들이 모여들었다. 그리고 반란을 일으켰다가 토벌되었다.

유복통이 한교아에게 백련교의 정체를 조사하라는 명을 내린 것도 이런 역사적 배경을 생각했기 때문이다.

한교아는 돌아와 보고했다.

"백련교는 도무지 알 수가 없습니다. 미륵보살을 믿는 것만은 틀림없는데 도교도 있고 마니교, 경교(景敎)도 섞여 있는 것 같습니다."

"그것은 안된다 !"

잘라 말하는 유복통의 말에 한교아는 의아한 듯이 되물었다.

"무엇이 안된다는 것입니까 ?"

"백성들을 모으려면 무엇인가 한 가지로 통일시켜야 한다."

현장(玄奘)시대 불교는 중국에 전래한 지 5백년 이상이 지나고 있었다. 따라서 불교 교리 연구도 깊어졌지만 의심나는 점도 적지 않았다.

그것은 서역을 거쳐 불경이 들어오면서 변질된 부분이 있든가 제대로 불경이 번역되지 않은 까닭이었다.

삼장법사 현장은 당 태종의 조정에 천축으로 가기 위한 청원을 했지만 이는 각하(却下)되었다. 그래서 현장은 몰래 출국했다(629).

현장은 이때 고창국(高昌國)을 고쳤다. 고창은 투르판(Turfan) 분지에 있었던 나라로 불교뿐 아니라 배화교(拜火教), 경교(네스토리우스파 기독교) 및 마니교(摩尼教)의 사원도 있었다.

백련교에 그와 같은 경교나 마니교의 색채도 있다는 한교아의 보고였다.

당은 측천무후(則天武后) 시대를 지나 현종(玄宗) 때 찬란한 문명을 자랑했다. 이때 도읍 장안(長安)에는 온갖 서역인들이 와서 거주했었다. 그래서 불교는 물론이고 배화교, 마니교가 왕성했다. 마니교는 페르시아의 배화교를 바탕으로 하고 기독교에 불교를 가미한 종교라고 되어 있다.

이 종교는 3세기 중엽 페르시아 사람 마니(Mani)를 교조로, 선은 광명, 악은 암흑이라는 이원적(二元的) 자연관(自然觀)이 교리였다. 신자는 채식주의, 불음(不淫), 단식, 정신기도(淨身祈禱)를 계율로 삼아 지켰다.

당나라 때 진언밀교(眞言密教)가 들어왔지만 당 무종(武宗) 때 불교는 또 한 번 큰 탄압을 받는다.

이 무렵 승려에겐 도첩(度牒)이라는 신분증명서가 있었다.

당 조정에선 도첩을 팔았다. 도첩을 가지고 있으면 일생 동안 병역도 면제되었고 세금도 물지 않는다. 그래서 사람들이 다투어 도첩을 샀고 불교도 타락했다. 무종은 도교를 깊이 신앙하는 나머지 이런 폐단도 없애기 위해 불교를 탄압했던 것이다.

이때 불교뿐만 아니라 경교도 마니교도 철저한 탄압을 받았다. 승려는 관의 명령으로 환속(還俗)되고 절은 파괴되었으며 불상은 녹여 통화를 만들었다. 또 절에 딸린 노비와 전답은 국가에 몰수되었다(841).

하지만 불교를 아주 없앤 것은 아니었다. 일부분은 남겼다.

아무튼 당나라 말기 민란이 잇따라 일어났지만 황소(黃巢)의 난이 가장 컸다. 가뭄과 홍수, 그리고 흉년. 그런데도 지방의 관리들이 착취를 일삼는다면 반란은 일기 마련이다.

유복통은 지금이 그때와 아주 비슷하다고 생각했다. 그는 두준도 등 참모를 모아 놓고 말했다.

"우리는 황소의 난을 거울삼아야 한다. 왕선지(王仙芝)는 복주(濮州), 황소는 조주(曹州 ; 둘 다 산동성 서쪽 끝으로 하남성과 이웃) 사람으로 난을 일으켰다. 지금과 그때는 시대가 아주 비슷하므로 군사를 일으킬 때라고 생각되오."

왕선지나 황소는 방국진처럼 소금장수 출신이다. 당에서 소금이 전매제가 된 것은 '안사(安史)의 난' 이후였다. 재정이 모자라자 세수 증가 방법으로 소금 전매를 시행했다. 이때 차도 전매였지만 소금은 생활 필수품이라 문제가 심각했다.

현종 시대까지 소금 한 말에 10전이었다. 그것이 전매로 110전이 되었다. 이렇듯 정부가 폭리를 취하고 그 돈으로 황제들의 후궁 비용이나 군사비, 또는 관리의 봉급에 충당되었다.

소금 생산은 그때나 이때나 강회(江淮)지방이 생산지였다. 소금 값이 오르자 이를 암거래하여 거리(巨利)를 취하는 자가 나타났다. 왕선지나 황소는 이와 같은 소금 밀매인이었다.

조정에선 소금의 암거래를 막기 위해 엄벌로 임했다. 소금 한 섬 이상을 파는 자는 사형, 한 말 이상을 팔아도 태형(笞刑)이었다.

황소가 군사를 일으켰을 때 병력은 고작 8명이었다. 그러나 격문을 사방에 보내자 호응하는 무리가 수천, 수만에 이르렀다.

"우리에겐 백여 명의 정병이 있소. 백련장의 한산동을 찾아가 손을 잡게 되면 황소 이상의 활약을 할 수 있을 것이오."

사실 황소는 난을 일으키자 황하 이남 15주를 신출귀몰하며 관군과 싸웠던 것이다.

유복통은 두준도를 시켜 백록장의 장정을 집합시켰다. 권법을 익힌 일당 백의 정병 백여 명이 모여들었다.

유복통은 이들에게 화려한 군복과 번쩍거리는 무기를 들렸다. 도끼, 청룡도, 언월도, 삼지창, 곤봉 등 무시무시한 것들이었다.

"무기는 적과 싸우고 인명을 살상하는 것만이 목적은 아니다. 되도록 번쩍거리고 모습도 요란하여 적에게 두려움을 주는 것도 한 방법이다."

유복통은 창이나 칼에 빨강, 노랑 헝겊 따위를 매게 했다.

그리고 한산동의 백련장을 찾아가는 도중 마을마다 행군을 멈추고 부하를 시켜 화려한 연무(演武)를 했다.

이것은 자기들의 무위(武威)를 과시하는 목적도 있었으나 마을의 젊은이를 모병하기 위해서였다.

"야, 저 창 쓰는 솜씨 좀 보게. 얼마나 빠른지 창날이 눈에 보이지 않을 정도야."

"나는 그것보다 너무나 아름다워 넋을 잃을 정도일세. 빨강, 노랑 헝겊이 너울거리는 모습은 선녀가 춤을 추는 것 같네."

이런 말이 돌며, 마을 젊은이들은 너도나도 유복통의 부하가 되기를 자청했다.

백록장을 떠날 때는 백여 명에 지나지 않았으나 백련장에 도착했을 때에는 벌써 5백여 명으로 불어나 있었다.

유복통은 한산동과 만났다. 그는 상대가 자기보다 못난 인물임을 대번에 꿰뚫었다. 그러나 저자세로 나갔다.

"교주님, 저희들은 교주님의 높은 이름을 듣고 달려왔습니다. 아무쪼록 저희들을 백련교 신자로 받아 주십시오."

한산동은 교만한 자로 유복통의 계략에 쉽게 넘어갔다. 5백의 부하와 군자금까지 가져 와 더욱 눈이 멀었던 것 같다.

"잘 오셨소, 내 막하의 장군이 되어 주시오."

한산동은 소를 잡아 술잔치를 벌여 이들을 환영했다. 유복통은 그 자리에서 한산동에게 말했다.

"군사를 일으키자면 명분이 필요합니다. 대의명분(大義名分)을 밝히는 것입니다. 즉, 오랑캐에 멸망된 송나라를 다시 일으키기 위해 병을 일으킨다고."

복통의 말은 맛있는 술처럼 산동을 취하게 했다. 그리고 점점 간덩이가 커지면서 연신 고개를 끄덕였다.

"교주님은 이제부터 송나라 위국공(魏國公)의 후예, 즉 휘종(徽宗)의 9대 손이라고 하십시오. 저도 유광세(劉光世)의 후예라고 하겠습니다."

황소의 난은 당의 멸망을 촉진했다. 당의 멸망(907)에서 송태조 조광윤(趙匡胤)이 통일하기까지 약 50년 동안은 역사적으로 5대 10국이라 하여 대란의 시대다. 5대는 후량(後梁), 후당(後唐), 후진(後晋), 후한(後漢), 후주(後周)의 다섯 왕조이다. 어느 것이나 후자가 붙어 있는데, 이는 역사가들이 그 전의 왕조와 식별하기 위해 붙인 이름이다.

그리고 10국은 주로 강남의 오(吳)·남당(南唐)·전촉(前蜀)·후촉(後蜀)·남한(南漢)·초(楚)·오월(吳越)·민(閩)·남평(南平)·북한(北漢)을 가리킨다. 이렇듯 천하가 크게 어지러워지고 제멋대로 왕이라 칭한 군웅할거의 시대였다.

좀더 자세히 말한다면 장강 이북에선 그런 대로 다섯 왕조가 바통을 이어받아 후주에 이르렀고 조광윤이 후주 황제의 선양(禪讓)을 받았다 (969). 조광윤은 강남의 10국을 차례로 정벌하여 천하를 통일했다.

강남에서 10국이 저마다 자립하여 수십 년을 유지했던 것은 땅이 기름지고 물산이 풍부했기 때문이다. 특히 남당은 강회지방을 기반으로 하고 있었는데 그 왕실은 더할 데 없는 호사와 문학으로 영화를 누렸다.

남당의 도읍은 금릉(金隆＝건강)으로 황제 이욱(李煜)은 시·그림·글씨로 유명했고 미남자였다. 금릉은 봉각용루(鳳閣龍樓)의 시어(詩語)가 있듯 푸른 숲과 맑은 강물에 어리는 궁전과 대저택의 그림처럼 화려했다.

송의 군대는 이 도시를 공격하여 짓밟았고 이욱은 북쪽으로 끌려갔다. 교방(教坊)에선 아름답게 차려입은 여자들이 눈물을 흘려가며 이욱과의 이별을 아쉬워하고 음악을 연주했다.

추운 지방에서 온 송의 장병들은 그 여인들을 보고 눈이 둥그래졌다. 미인들이기 때문은 아니다. 여자들이 엉덩이를 내밀고 마치 살찐 오리처럼 아장아장 걷고 있다. 전족(纏足)을 했기 때문이다. 전족은 어려서 발을 인위적으로 싸매어 발육을 정지시키는 것으로 여인을 성적 노리개로 만들기 위한 방법이다. 그래서 둔부가 발달되고 발이 마치 일고여덟 살의 소녀처럼 작았다.

더욱이 이 여인들은 촛불마저 그으름에 눈물이 난다고 싫어하는 예민한 감각의 소유자들이었다. 이욱은 궁전에 대보주(大寶珠)를 달아매어 방안의 조명을 대신했다. 그는 향락을 위한 온갖 방법을 고안하고 실행했다.

유복통은 군사를 일으킴에 있어 비옥한 강남 땅을 차지할 것을 머리 속에 그리고 있었다.

"송 황실의 후예로 미륵보살의 가호가 있다고 하십시오. 백련교의 신체(神體)로 미륵보살을 모심은 물론이고 절대로 아무나 볼 수 없는 보물로 거울을 준비하십시오."

"거울?"

"그렇습니다. 부처의 가르침으로 과거·현재·미래를 통해 그 사람의 전생(轉生)을 알 수가 있는 것입니다. 교주님께선 거울을 보시고 새로이 참가하는 자들에게 나는 너희들의 전생과 미래를 알 수 있다. 너희들이 전생에서 말못하는 돼지나 개로 태어났던 것도 알고, 장차 관리나 장군이 되는 것도 안다. 그렇게 말씀해 주신다면 어리석은 자는 감격하여 목숨을 바쳐가며 따를 것이 아니겠습니까?"

한산동은 입이 함박처럼 벌어졌다. 인간이란 자꾸 떠받들어 주면 자기가 특별한 인간이기나 한 것처럼 자기 도취에 빠진다.

"모든 것을 장군의 계책대로 하시오."

"황공하옵니다…… 아무쪼록 그렇게 하셔야 합니다. 장차 국왕이 되실 분은 작은 일에 얽매이지 않고 매사에 너그러워야 합니다. 부하를 신임하시고 굵직한 일만 결정하시면 됩니다."

사실 한낱 농부였던 자가 고을 원이나 태수가 되면 열에 아홉은 교만해지고 우쭐대기 마련이다. 그러면서 마음은 옛날의 옹졸한 버릇을 버리지 못하여 재물이며 미녀를 혼자 차지한다. 남에게 주기가 아까운 것이다.

이런 자는 결코 성공하지 못한다. 중국의 영웅으로 크게 성공하는 자는 재물을 아끼지 않고 부하에게 나누어 주는 일부터 시작했다.

유복통은 두준도와 나문소를 가까운 나산(羅山), 진양(眞陽) 등지에 보내어 군사를 모집했다. 이들은 휘종 황제의 9대 손이라는 이름과 미륵보살의 가호를 받을 수 있다는 이익에 이끌려 속속 모여들었다. 얼마 되지 않아 무리는 3천이나 되었다.

유복통은 길일을 택하여 단을 모으고 백마와 검은 소를 잡아 천신(天神)과 지신(地神)에게 제사를 올렸다. 그때 한산동을 시켜 사기를 돋우었다.

"내가 너희들의 관상을 보니 장차 공후(公侯)가 될 복운을 타고났다. 힘을 하나로 합쳐 대업을 이루고 부귀를 자손만대 함께 누리도록 하자."

3천의 무리들은 이 말에 환호로써 대답했다. 유복통은 이들에게 붉은 헝겊을 나누어 주고 머리에 동이도록 했다. 때문에 이들을 홍건적(紅巾賊)이라 부르게 되었다.

그러나 구호만으로 되는 것은 아니다. 복통은 즉시 백련장으로 통하는 길목에 목책을 치고 검문소를 설치하여 사람들의 오고 감을 통제했다. 그리고 군사들의 훈련과 무기 제조에 박차를 가했다.

무기 제조 책임자인 왕빈(王彬)이라는 자가 있었다. 유복통이 하루는 그를 형틀에 붙잡아 매고 볼기를 쳤다.

"어째서 무기 제작이 이토록 늦어지느냐?"

왕빈은 이것에 앙심을 품었다.

"저희들은 밤낮 술이나 마시고 계집을 끼고 자빠져 있으면서 애꿎은 나만 독촉한다. 빌어먹을! 나중의 부귀 영화는 어찌됐든 당장 반역을 고발하여 상금이나 타 먹자."

왕빈은 그날 밤 목책을 뛰어넘어 예주(豫州)로 달아났다. 이때 예주

태수는 다르시반(朶兒只班)이고 평장사(平章事)는 포라테무르(索羅帖木兒)였다.

"저는 백록장의 하인으로 왕빈이라는 자입니다. 지금 유복통이란 자가 백련교의 교주 한산동을 맹주로 추대하여 반란을 꾀하고 있습니다."

다르시반은 왕빈의 고변에 별로 놀라지도 않았다.

"대체 그들은 몇 명이나 되느냐?"

"주로 나산과 진양에서 모인 자들로 3천은 됩니다."

"뭐, 3천? 3백이겠지."

"아닙니다. 틀림없는 3천입니다."

"수효는 별 문제가 되지 않는다. 3백이고 3천이고 이쪽에 5백의 정병만 있다면 무찌를 수 있으리라."

그러자 포라테무르가 말했다.

"적을 얕본다는 것은 가장 위험한 생각입니다. 보잘것없는 도둑이라 하더라도 압도적인 병력으로, 그것도 적의 준비가 미처 갖추어지기 전에 급습하는 게 상책입니다."

다르시반도 이 말에는 일리가 있다 생각하고 관병 2만을 동원하여 백련장을 급습하기로 했다.

관군은 며칠 뒤 백련장을 겹겹이 에워싸고 북을 울려가며 일제히 함성을 울리게 했다. 새벽이어서 유복통은 아내 월백과 함께 곤한 잠에 빠져 있었다.

유복통은 거사가 계획대로 잘 추진되고 있어 기분이 좋았다. 사내로 행운이 뒤따른다 싶은 때에는 온몸에 기력도 넘치고 욕망도 남다른 법이다.

하기야 요 며칠 동안은 너무나도 바빴다. 각지에 격문도 보내고 작전을 세우느라 아내를 돌아볼 겨를도 없었다.

그래서였으리라.

복통은 아내 보기가 부끄러웠다. 부끄러워 양 무릎을 꼭 붙이려고 했다.

하지만 바닥에 무릎 꿇고 한 무릎을 세운 아내의 몸이 복통의 무릎 사이에 있고 얕은 의자에 걸터앉고 있어 그는 다리를 붙일 수가 없었다.

"면목이 없다……."

아내가 얼굴을 들었다. 턱이 둥근, 아직도 앳된 모습이 남아 있는 얼굴이다.

그 얼굴에 미소가 새겨졌다.

자못 선량해 보이는 미소에 안심한 듯한 표정이 섞여 있다.

"어머나, 잘못은 제게 있어요……."

흰 이빨을 보이며 아내는 조심스럽게 대답했다.

뿌리 부분에서 끝까지 여섯 치 남짓한 음경엔 아내의 손이 부드러운 헝겊을 대고 있었다.

"당신이 잘못했다고?"

복통은 자기의 고간(股間)에서 아내의 얼굴로 시선을 옮기며 이상한 듯이 물었다.

둥근 눈동자를 크게 뜨며 백월은 남편의 눈을 부신 듯이 맞받았다. 봉긋한 볼이 상기되어 농익은 백도(白桃)를 연상시켰다.

"가르쳐 주시오. 내쪽이 우람한 몸집에 선도 수행까지 했다면서 귀두 언저리를 살짝 당신이 만졌을 뿐인데, 마치 총각처럼 누정(漏精)하고 말았던 것이오. 그렇건만 당신이 오히려 잘못했다고 하니 어째서요? 말씀해 보구료."

진지한 표정으로 유복통은 물었다. 아내의 얼굴에 새삼 미소가 번졌다.

"남자분의 정이 넘치려 할 때에는 당신에게 손만 대고 있어도 금방 아는 법이지요. 그것을 모른다면 당신 같은 영웅의 아내될 자격이 없습니다. 넘치는 게 빠를 듯싶으면 귀두 근처는 되도록 자극하지 않고……."

그러면서 그녀는 음경을 잡은 손에 가벼이 힘을 주었고 대었던 헝겊을 살며시 자기쪽으로 벗겼다. 아내의 또 한 손은 흰 손가락 끝이 짙은 풀숲에 감겼고 음경 밑동에 감기며 부드럽게 주물렀다.

"그렇지만…… 뭐요?"

백월의 볼은 상기된 빛이 더욱 붉어졌다.

"당신이 너무도 피로한 탓이죠. 그러나 넘침이 빠른 분은 회복도 빠르다고 했어요. 그러니까 몇 번이고 아내에게 정을 주실 수도 있어요. ……보셔요, 당신도 부드러워졌던 것이 다시 굳어지며…… 믿음직스러워요. 부탁하겠어요! 오늘은 몇 번이고 정력이 지속되는 한 저를 품어 주셔요. 저도 열심히 기쁘게 해드리겠어요."

응석하듯 백월은 둥근 눈으로 복통의 얼굴을 말끄러미 올려다보았다. 그리고 그녀는 세웠던 한 무릎을 넌지시 옆으로 쓰러뜨린다.

흩뜨려진 옷자락이 크게 벌어지며 흰 넓적다리 안쪽 검은 풀숲이 드러났다. 아랫배 기슭에서 붕긋하게 솟아오른 검은 숲은 고간으로 이어지며 둘로 갈라졌고, 그 사이로 옹달샘을 지키는 부드러운 둔덕이 조금 엿보였다.

복통은 이끌리듯이 아내의 고간으로 시선을 보냈다.

언제 보아도 사랑스러운 샘이라고 생각했다. 부드러운 옹달샘을 가까이 들여다보고 싶다. 그러면 선홍빛 깊숙한 곳까지 보이겠지.

자기의 사내가 한껏 성낸 것을 그는 새삼 느꼈다. 줄기 속에서 혈관이 힘차게 굽이치고 있다.

줄기의 밑동 언저리를 가볍게 잡고 있는 아내의 손에 또 하나의 손이 곁들여졌다. 백월의 양 손가락이 마치 그 감촉을 즐기듯이 장난쳤다.

이윽고 그녀는 몸을 기울여왔다.

나무등걸과도 같은 사내를 두 손으로 살며시 밀어올렸고 그 얼굴을 더욱 기울였다. 아내의 빨간 입술 사이로 혀끝이 미끄러져 나왔다.

빨간 혀끝이 귀두 턱진 곳을 스쳤다.

"윽."

유복통은 신음했다.

"기분이 좋구나."

혓바닥을 물리며 백월은 또 복통의 얼굴을 올려다보았다.

"마음에 드셨어요?"

"음. 그런데 당신이 언제부터……."

복통의 말이 끊겼다. 아내는 잠자코 남편의 다음 말을 기다렸다.

"당신은 입을 대든가 하며…… 사내의 것이 두렵지 않소?"

"당신의 것인걸요. 사랑스럽다고 생각할망정 어찌 두렵다고 생각하겠어요?"

"하지만 아까처럼 내가 성급하게 배설한다면……?"

"남편이신 당신에게서 넘치는 것인데, 기꺼이 맞겠어요."

"더럽다는 생각도?"

"어머나! 저로선 소중할 뿐이죠."

"그렇지만 당신이 이런 기술을 알고 있을 줄은!"

유복통은 감격한다.

"호호호. 저도 방중술을 배웠답니다."

"그것, 미처 몰랐는걸."

유복통도 웃었다. 아내는 열심이었다.

"그래서 이렇듯 남자분의 뿌리께에 손을 곁들이고 있다면 어느 정도는 뜻대로 조정할 수가 있지요. 아까는 오랜만에 늠름하신 당신 것을 보고 너무도 황홀하여 그만…… 깜박 귀두를 만져 실수를 했어요. 하지만 이제는 실수를 저지르든가 하지는 않겠어요. 그리고 정이 넘쳐 입으로 맞는 게 싫다면 방법이 있지요."

"어떤?"

"당신의 뿌리인 이곳을 엄지손가락으로 세게 누르는 것이죠. 호호호."

그녀는 흰 잇몸을 보이며 또 미소지었다. 그러다가 혓바닥을 복통의 늠름한 사내에 새삼 밀어붙여 왔다.

줄기의 뒷면을 한동안 미끄럼질하던 아내의 혓바닥은 이윽고 귀두 부분까지 기어올랐고 검붉게 부풀은 작은 출구(出口)를 중심으로 천천히 기어 다녔다.

"으윽……."

유복통은 연신 신음했다.

이윽고 아내는 줄기의 뿌리에서 손을 떼고 그 손으로 남편의 볼기를 안듯이 뒤로 돌렸다. 여인의 손가락끝 하나가 볼기의 골짜기로 미끄러 뜨려졌고 장난끼 많은 개구쟁이처럼 항문을 탐색했다.

"잠깐 기다려요. 나는 이제…….."

유복통의 말이 중단된 것은 그가 어금니를 꽉 옥물었기 때문이었다.

싫어싫어 하듯 백월은 고개를 흔들었다. 그리하여 입을 크게 벌리더니 부풀어오른 사내를 흠뻑 빨아들였다.

"기다려! 안돼…….."

복통의 목소리가 비명처럼 들렸다.

그러나 그는 눈을 감았다. 과연 사랑스러운 아내다 ── 하고 기쁨을 느끼며 아내의 입 속에 정을 힘차게 쏟아 놓았다.

아내에게 뒷처리를 맡기고 자리를 바꾸어 침상에서 세 번째의 분출을 끝낸 뒤 정신없이 곯아떨어진 복통이었다.

느닷없는 함성소리에 놀라 자리에서 벌떡 일어났다.

둥둥 북소리가 울린다. 아내도 따라 일어나며 목에 매달렸다.

"무서워요! 불이라도…….."

그런 아내를 밀어내며 그는 밖으로 뛰어나갔다. 입으로 주문을 외고 결인을 했다. 그랬더니 백련장을 둘러싼 사방에서 맹렬한 불길이 치솟았다.

포위했던 다르시반과 포라테무르는 그 불길에 놀라 군을 10리쯤 물렸다. 왕빈이 옆에 있다가 말했다.

"불길은 눈속임이므로 두려워하실 것이 없습니다."

"그렇지만 분명한 불길이?"

"한산동 아래 유복통이란 자가 있습니다. 그는 오행(五行)의 귀문둔 갑법(鬼門遁甲法)을 쓰며 이번 반란의 실제적 주동자입니다."

"오행의 귀문둔갑법?"

"네, 목화토금수(木火土金水)의 오행입니다. 먼저 목둔(木遁)은 평지의 나무가 불타는 요술입니다. 도끼로서 나무를 베어 버리면 불도 꺼지기 마련이지요. 다음은 화둔(火遁)으로 평지에 불길이 일어나는데 이것도 물을 끼얹는다면 꺼지기 마련입니다. 금둔(金遁)은 평지에 도창이 마치 숲처럼 나타나는 요술인데 이를 겁내지 않고 공격하면 저절로 사라집니다. 토둔(土遁)은 평지나 둔덕·골짜기에 복병이 있는 것처럼 보이는 요술인데 이도 무쇠로 사방의 한 곳 맥을 끊어 버리면 소용 없게 됩니다."

다르시반은 놀랐다.

"네가 어떻게 그런 것을 아느냐?"

"소인이 유복통 등에 의해 강요되어 그들 무리에 있을 때 들은 비밀이지요."

다르시반은 왕빈의 말대로 군사들에게 물을 긷도록 하고 그것을 불길에 끼얹었다. 그랬더니 불길은 정말 꺼지고 말았다. 포라테무르는 외쳤다.

"공격하라! 적의 괴수는 오직 한산동과 유복통이니 그들만 놓치지 말고 잡아라. 목을 베는 자에게는 백 정의 상금을 줄 것이고 사로잡는 자에게는 3백 정의 상금을 주리라."

이런 현상금에 관병들의 사기는 올랐다. 더욱이 3천의 홍건적에 2만의 관군이다.

이때 유복통은 가족들을 먼저 피난시키고 3천 병력을 3대로 나누어 방어했다. 일대는 한산동이 지휘하고 나머지는 유복통과 두준도가 지휘했다.

포라테무르가 진전에 나서며 외쳤다.

"너희들은 모두 양민이다. 무엇 때문에 요사스러운 말을 믿고 난을 일으키느냐? 지금이라도 늦지 않으니 도둑의 괴수 목을 베고 항복하라!"

유복통이 이를 반박했다. 이때의 전투는 말 싸움도 중요한 것으로 말에 몰리면 패배가 따른다.

"닥쳐라! 우리들은 송조(宋朝)의 유신(遺臣)으로 천지에 제사지내고 피를 나누어 마시며 맹세한 의군이다. 어찌 오랑캐인 너희들의 감언이설에 넘어가 항복할 것이냐！"

다르시반은 성을 내고 말을 달려나가며 긴 창을 힘껏 내찔렀다. 유복통은 이를 맞아 칼로 창을 쳐냈는데 무예에는 별로 솜씨가 없는 그였다. 겨우 두서너 번을 싸우다가 말머리를 돌려 달아나기 시작했다.

이것이 혼란과 패주의 시작이었다. 관군이 일제히 공격하자 홍건적은 무너졌다. 포라테무르는 난전중 한산동을 발견하고 화살을 쏘았다. 산동의 체격이 남달리 크고 갑옷에 투구까지 쓰고 있어 쉽게 목표물이 된 것이다.

산동은 화살을 맞아 말에서 떨어졌고 포로가 되었다.

유복통은 첫싸움에 비참하게 패하고 끝까지 따르는 5백 명의 부하들과 산악지대를 향해 달아났다.

도중 한산동의 아들 임아(林兒), 그의 어머니 양씨(楊氏), 그리고 아내 백월 등을 만났다. 복통은 기뻐하며 욱문성과 왕현충에게 각각 50명씩 백 명의 병력을 주며 명했다.

"너희들은 먼저 무양산(武陽山)으로 가라. 그곳이면 안전할 것이다."

가족들을 보내며 한숨 돌리고 있었는데 앞쪽 숲에서 일대의 군마가 내달았다.

"아아, 앞에도 적, 뒤에도 쫓아오는 적. 내 죽을 곳이 여기란 말인가？"

그러나 적인 줄 알았던 것은 두준도와 그 부하였다.

"장군, 무사하셨군요."

"오, 당신이었소."

그때 진짜로 적병이 추격해 왔다. 포라테무르가 외쳤다.

"너희들의 괴수 한산동은 이미 목이 잘려 이렇듯 장대에 높이 달려 있다. 너희들은 속히 항복하라！"

그러나 유복통과 두준도를 따르는 5백 남짓한 홍건적은 백록장 때부터의 정병이었다. 두준도가 포라테무르를 맞아 싸우며 외쳤다.

"이녀석은 내가 맡을 테니 장군은 먼저 도망치십시오！"

두준도는 무예 솜씨도 상당했다. 포라테무르는 차츰 몰리기 시작했고 마침내 말머리를 돌려 달아났다. 홍건적은 관병을 추격하여 닥치는 대로 죽였다.

　"깊이 쫓지는 말라 ! 어서 돌아와라 ! "

　두준도는 5리쯤 쫓다가 군을 돌려 유복통이 기다리고 있는 무양산으로 향했다. 순제 지정 5년(1344)의 일이었다.

제왕학(帝王學)

　지정 5년, 중팔은 16살이었다. 지난 1년 동안 중팔에겐 변화가 많
았다. 형수 도씨가 조카들을 내버리고 정부인 섭백호장과 도망쳤던 것
이다.

　그러나 중팔은 전과 달리 외롭지는 않았다. 부모님이 함께 살며 조
카들을 돌봐 주었을 뿐 아니라 그에겐 애리(愛里)가 있었다. 남녀의
사귐은 더할 수 없는 매혹을 함께 지니고 있는 것이다. 생활은 그가
날품팔이를 하며 꾸려 나갔다. 하루는 오랜만에 중팔, 탕화, 서달의
세 소년이 모였다. 서달의 어머니가 술장사를 그만두고 정부인 색목인
을 따라 현성으로 이사간다는 소문이 있었다. 중팔은 서달에게 물었
다.

　"그 소문이 정말이냐?"

　"응."

　탕화가 끼어들었다.

　"넌 좋겠다. 아버지도 생기고 현성에서 살게 되었으니."

　"흥."

　서달은 별로 기뻐하지도 않는 눈치였다.

　"왜 그러니?"

　"엄마와 색목인 자식은 나에게 글을 가르친다고 했거든. 나는 글공
부가 제일 싫어. 그것보다 무술이나 배우고 싶다. 말달리기, 칼쓰기,
창쓰기, 그리고 권법. 그런 것을 배워 군인이 되고 싶어."

　중팔은 서달의 말에 문득 주덕흥 생각이 났다. 덕흥은 아버지를 따

라 임안(臨安)으로 갔던 것이다.

(지금쯤 그는 무엇을 하고 있을까? 그는 틀림없이 글을 배우고 있을 거야.)

"나도 글을 배우고 싶지 않아."

탕화도 동의했다.

"네 아버지도 너에게 글공부를 하라든?"

"응, 글은 많이 알 필요는 없지만 장부를 적는 일과 주판을 놓는 것만은 꼭 배우라는 거야."

탕화 아버지는 소금장수로 아들도 상인으로 만들 생각이 있었다.

"앗, 뱀이다!"

서달이 외쳤다.

작은 살무사로 독사다. 그런 독사가 중팔의 팔을 기어가고 있다. 중팔은 그 살무사를 잡아 가슴속에 다시 집어 넣었다.

"물지 않니? 물리면 사람도 죽는데!"

"이것은 내 장난감이야. 윗턱에 있는 이빨을 뽑아 버려 걱정 없어."

탕화와 서달은 아무래도 기분이 나쁜 모양이었다. 아이들은 뱀을 보게 되면 징그러운 느낌이 먼저 들어 막대기나 돌로 때려 죽이는 것이 보통이다.

"잘 때도 함께 자니?"

"응. 술도 마실 줄 아는데 조금 먹이면 아주 얌전해."

아이들은 중팔의 뱀 일을 금방 잊었다. 그 대신 탕화는 엉뚱한 소리를 했다.

"서달아! 넌 여자하고 잔 일 있니?"

"난 요즘 여자 생각만 나서 밤에도 잠이 오지 않아."

"그러면 하면 되잖아."

"그렇지만 있어야지."

중팔은 싱글벙글 웃고 있다. 그에겐 애리가 있는 것이다. 그리고 보니 자기는 어른이다 싶은 우월감도 들었다.

"중팔아, 너는 어떠냐?"

이번에는 서달이 그에게 물었다.

"뭐가?"

"여자하고 자는 일 말이야."

"별로."

"정말이니? 아침에 자고 나서 눈 떴을 때 아무렇지도 않아?"

"그야."

"성이 나 있겠지. 나는 배를 깔고 엎드려 마구 비벼대기도 하며 참고 있어."

"그래서?"

"혼자 손으로 막 주물러 가며 가까스로 달래기도 하고."

서달은 열심히 귀를 기울이고 있다. 중팔은 수음(手淫)에 대해선 경험이 없어 흥미를 느꼈다.

"그러면 기분 좋으냐?"

서달의 물음이었다.

"응, 시원해. 꼭 마렵던 오줌을 누고 난 것처럼."

"나도 해볼까?"

"그것보다 더 좋은 게 있어."

"어떤?"

"네가 여자처럼 엎드려 있는 거야. 그러면 내가…….'"

하늘에선 솔개 한 마리가 원을 그리고 있다. 어디서 소가 음매 하고 울었다.

"엎드려 보라니까. 너도 기분 좋을 거야."

탕화는 벌써 서둘러대고 있었다. 서달은 중팔을 흘끗 보더니 풀밭에 엎드렸다. 탕화는 중팔에게 말했다.

"이것은 내가 먼저다. 너는 할 줄 모를 테니까. 그러나 잘 봐둬."

하지만 서달은 아프다고 소리지르며 납작해지고 말았다.

아직도 해가 높았다. 서달은 집에 돌아갔고 탕화와 중팔만이 야산에 올라 갔다.

잡목림 사이로 밭이 한 떼기 있다. 중년 여인이 혼자 무엇인가 심고 있었다.

"이제 서달도 가버리면 덕흥처럼 다시는 볼 수 없을 테지."

중팔의 말에 탕화는 다른 말을 했다.

"넌 목동으로 있었으니까 암소가 수소에게 조르는 것도 보았을 테지?"

탕화는 조금 전의 홍분이 아직도 남아 있다.

"암소가 조르는 게 아니라 수소가 덤벼드는 거야. 그러나 아무 때고 그러지는 않아."

중팔은 애리를 생각했다. 중팔은 역시 서달보다는 애리가 좋았다. 부드러운 유방 하나만이라도 여자가 훨씬 좋았다. 그리하여 언제나 먼저 조르는 것은 자기였다.

176

그들은 걸음을 옮겨 잡목림 가장자리까지 내려갔다. 바로 눈앞 밭에 예의 여인이 콩을 심고 있었다.

"저것은 구성(仇成) 어머니잖아?"

구성은 자기들보다는 어렸지만 활을 잘 쏘는 소년이었다. 가끔 산토끼를 잡아 들고 돌아온다.

"음."

그들은 목소리를 낮추었다. 여느 때의 목소리라면 밭의 여자에게 들린다.

구성 어머니는 사내보다도 기운이 세다는 소문이 있었다. 정말 소처럼 생긴 여자였다.

보리밭이 두 뙈기쯤 이어지고 바로 아래쪽 밭둑길을 한 사나이가 올라온다. 목도 양끝에 광주리를 매달고 한쪽 어깨에 메고 있는데 거뜬한 발걸음이다.

"아니, 저것은 우리 아버지야."

과연 탕화의 아버지 탕평(湯平)이다. 광주리가 가벼운 것을 보니 소금도 다 판 모양이었다.

"그런데 아버지가 어째서 산으로 올라오실까?"

"쉬, 가만히 보고 있어."

탕평은 여자 가까이 이르자 수작을 걸었다.

"열심이시군."

"어머! 당신은 언제부터 거기 와 있었어요?"

여인은 별로 놀라는 빛도 없이 말했다.

"난 벌써 저 아래서부터 당신 모습만 보고 있었소. 그래서 올라왔소."

"뭣하러? 그냥 집에 가면 될 텐데."

"그런데 그럴 수 있어야지. 당신을 보자 내 발이 제멋대로 걸어왔던 거요."

"바보 같은 소리 그만해요."

여인은 부지런히 콩을 심어 나가고 있다. 탕평도 목도를 내려놓자 그런 여자 뒤를 따라간다.

"이봐요! 난 언제나 당신만 보면 피가 끓는다니까. 살갗이 희고 매끈매끈한 것만 상상해도 죽을 지경이오."

여인도 사내를 의식해서인지 동작이 굼떠졌다. 호미로 땅을 파고 콩씨를 넣고 흙을 덮어가는 동작인데 엉덩이가 몹시 무거워 보였다. 탕평은 나무등걸 같은 손을 내밀며 졸랐다.

"한 번만이라도 좋아."

"싫다니까."

여인은 사내의 손을 뿌리쳤다. 탕평은 그래도 치근치근 애원했다.

"그 대신 나중에 당신 일을 도와주겠어. 부탁이야."

"당신 마누라에게 가면 되잖아."

"그건 그것이고 당신은 당신이니까 제발 부탁이야."

"그렇게 소원이라면 내가 시키는 대로 하겠어?"

"하고 말고. 당신이 원한다면 당신 말이 되어 저기 야산을 오르내리겠어."

탕평이 얼굴을 돌렸기 때문에 소년들은 덤불 속에서 숨을 죽였다. 탕평은 아이들을 보지 못한 모양이다.

"그게 아니야. 두 고랑 남았는데 당신이 내 대신 콩을 심어 주면 돼."

"그것이라면 더욱 쉽지. 당신은 저기 밭둑 버들 아래 가서 쉬고 있어."

탕평은 여인의 어깨에 손을 대었다.

"안된다니까, 도둑고양이. 나하고 뭘 하고 싶다면 먼저 두 고랑의 콩을 다 심고서야."

무섭게도 억센 여자였다. 그리고 또 색다른 교섭 방법이었다.

중팔은 사내의 일거일동을 열심히 보고 있었으나 탕화는 부끄러운지 땅만 내려다보고 있다.

"좋아. 열심히 심어 주지."

탕평은 여자의 손에서 호미와 바구니를 낚아채듯이 했다.

"건성건성 심었다가는 소용없어."

"알았어."

여인은 밭둑으로 나갔고 탕평은 부지런히 손을 놀렸다. 여자는 버들 아래 응달에 배를 깔고 길게 엎드렸다. 그것은 중팔과 탕화가 숨어 있는 덤불의 바로 아래쪽이었다. 너무나도 가까워 두 소년은 숨도 크게 쉬지 못했다. 또 그곳에서 빠져 나가지도 못했다.

(세상에는 이런 남녀의 흥정도 있구나.)

중팔은 인생을 배우는 심정이었다.

(구성 아버지는 사냥꾼이다. 힘도 탕평보다는 세고 우락부락하게 생겼다. 그런데 외간 남자와 남녀의 성관계를 가지려 하고 있다. 나이도 40살쯤. 소처럼 억센 여자이다. 그러나 체격이나 살집, 얼굴의 혈색 등으로 보아 왕성한 여인을 연상시킨다. 그리고 탕화의 아버지 탕평을 좋아하는지 어쩌는지 알 수는 없지만 적어도 무조건 싫지는 않은 것 같다. 혈기 왕성한 정욕이 터질 것만 같은 저 여체는 어째서 사내의 요구에 덥석 덤벼들지 않는 것일까? 조건을 내세우고, 그것을 충실히 이행한 뒤 주겠다는 것은…… 여자가 쓰는 하나의 수단일까? 사내에 대한 우월감일지도 모른다. 함부로 헤프게는 허락하지 않겠다는 견식 (見識)을 과시하는 것일까! 어쨌든 기묘한 여자이고, 또한 기묘하게 도 여자를 존경하며 애걸복걸하는 사내도 있구나.)

중팔은 같은 자세로 덤불 속에 웅크리고 있는 것이 고통스러웠다. 몸을 움직였다가는 소리가 날 것이고 헛기침도 할 수 없었다.

탕평은 긴 밭고랑을 기듯이 움직여 여자가 엎드려 있는 코앞까지 이르렀다. 충혈된 듯한 얼굴은 땀에 젖어 있다. 그 얼굴을 보고 여자는 빨간 입으로 훗훗 웃었다.

"더워 보이는군요."

"더워. 땀이 물 흐르듯 해."

"그럼, 이곳에 와서 잠깐 쉬었다가 하라구."

"그래! 고마워."

탕평은 호미를 내던지고 달려온다. 여자는 일어나 드러난 무릎종지뼈를 맞붙이듯이 하고 여덟 팔(八)자처럼 다리를 세웠다. 그 정경이 풀숲 사이로 몹시 음탕스럽게 보였다.

"땀이나 닦아요."

여자는 자기의 수건을 내밀었다.

"고마워."

탕평은 몹시 비굴한 태도였다. 여자의 땀내가 풍기는 수건으로 자기의 얼굴과 목언저리를 닦았다.

여인은 그런 사내를 싱글거리며 바라보며 물었다.

"탕화 아버진 이달에 여자를 몇 사람이나 울렸지?"

"아직 하나도."

"거짓말이야. 뒷골에서 오동나무집 과부를 안아 주었잖아."

"아니야. 그것은 지난달에 있었던 일이야."

"동향의 전씨는?"

"그런 할멈을 누가……."

"그럼 가엾게도 이달엔 아무와도?"

"응. 그런데 당신 요즘 풍년이 들었다더군. 등 너머 마씨 형제와도 아랫마을 지주댁 머슴과도."

하며 탕평은 드러난 여자의 종짓굽에 살며시 손을 가져 갔다. 여인이 느끼는 급소(急所)가 실은 뜻밖인 이 종짓굽 주변에 있었다. 물론 슬개골보다 허벅다리를 검은 숲의 샅쪽으로 올라가면 올라갈수록 직접적인 효과가 있었지만 아직은 시기상조였다.

"흐응. 당신 용케도 알고 있군."

여인은 코먹은 소리가 되었다. 사내의 손바닥 온기(溫氣)가 종짓굽을 통해 여인의 몸 속 깊이 스며들고 있으리라. 또 이렇게 함으로써 여인에게 탕평의 살갗에 대한 친밀감을 양성해 줄 수도 있었다.

"당신 영감이 툴툴거리고 있었어. 내 여편네는 내 것인데 내 것이 아니고 동내방내 공동 물건이라고. 그래서 보기만 하면 어떤 놈이고 죽인다고 했지."

"홍, 무슨 소리야. 자기 여편네를 만족시켜 주지도 못하는 주제에.

게다가 술만 마시고 노름만 하는 영감쟁이야."

자기 남편을 이렇듯 무시하고 욕하는 아내가 있다는 것은 중팔에겐 형수 외에 처음 본다.

"그리고 난 이래봬도 내쪽에서 반하여 사내에게 조른 일은 처녀 때부터 한 번도 없었어."

"설마? 마씨 형제도 먼저 당신에게 애원했다고?"

"그렇다니까. 마서방 동생은 한 번만으로 걷어차 버렸지."

"어째서지? 마서방 동생은 이 고장에서 소문난 미남인데?"

"그것이 내 맘에 들지 않아! 이 고장 제일가는 사내라는 낯짝이 보기 싫다니까. 세상 여자들이 모두 자기에게 홀딱하여 울며불며 기뻐한다고 떠벌리고 있어. 그런 교만이 나에겐 싫어."

그러나 탕평은 대답하지 않았다. 대답할 겨를이 없었다. 곱슬곱슬한 향기로운 풀숲으로 얼굴을 가져 가며 여인의 흰 허벅다리를 조금씩 벌리는 데 열중하고 있었기 때문이다.

여자는 그것을 알고 있는지…… 공중에 짖어대고 있었다.

"난 처녀 때부터 좋다 싶은 사내가 있어도 내쪽에서 꼬리를 쳐가며 가까이 간 일은 없었어. 그쪽에서 건드려 오기를 기다리고 있었을 뿐이야."

"손을 내밀지 않는 사내가 없었단 말인가?"

탕평은 이 단계에 와서 다리를 오므리든가 하면 큰일이었으므로 아무렇게나 대꾸를 했다.

"그렇지는 않아. 손을 내밀지 않아서 그대로 지나가 버린 녀석도 있었어."

"그런 때는 아까운 것을 놓쳤다고 후회했겠군."

"바보! 후회는 하지 않아. 죽어도 후회 않는 것이 내 성격이니까."

탕평은 혓바닥을 내밀었다. 후회하지 않는다는 여인의 하복부를 향해 혓바닥을 놀려 갔다. 그러자 여인은 아랫도리로 한껏 사내의 얼굴을 끼어잡고 으음 — 하며 몸을 젖혔다.

시간을 들여가며 탕평은 즐겼고, 상대의 타오르는 황홀감을 확인하고서 절정을 향해 올라갔다.

"마서방 형과는 어땠어?"

탕평은 중간에 쉴 짬을 두며 물었다. 한 번만이라는 것은 아무래도 아깝다. 단연히 다음 기회라는 것도 있고 다른 사내와 기량(技倆)의 차는 남기고 싶지 않았다.

"응, 전혀…… 아아, 좋아요."

헐떡이면서 여인은 말했다.

"그럴 테지."

탕평은 자연스럽게 고개를 끄덕이고 격렬한 운동으로 마지막 박차를 가했다.

중팔이 17살 되던 해 여름이었다. 이해는 돌림병이 강남 일대에서 맹위를 떨쳤다.

이 돌림병에 걸려 부모가 잇따라 죽고 말았다. 염병이라는 것으로 장티푸스다. 우물 따위를 공동으로 사용하여 전염되고 사람들이 픽픽 쓰러졌다.

부모 시체를 앞에 놓고 중륙과 중팔은 어쩔 바를 몰랐다.

"어떡하지?"

중륙이 오히려 동생을 보며 의논했다.

"파묻어야지요."

"그것은 나도 알고 있다. 하지만 아버님과 어머님을 모실 관이 없지 않니? 수의도 없고……."

중팔은 말없이 밖으로 나가더니 거적과 새끼를 들고 들어왔다.

그리고 집에 있는 누더기로 아버지와 어머니의 시체를 싸고 그것을 다시 거적으로 싼 뒤 새끼로 꽁꽁 묶었다. 그렇게 밖에 할 수 없을 만큼 그들은 가난했다.

"그런데 묘지도 없구나."

"묘지도 구해 놓았어요. 옆집 왕대낭 할머니가 자기 집 산밭의 밭둑을 묘지로 쓰라고 했지요."

"그렇다면 어서 파묻도록 하자."

형제는 시체의 거적 포장에 긴 막대기를 꽂고 앞뒤에서 메고는 구룡강(九龍岡)으로 향했다.

해는 이미 저물고 왕노파의 산밭에 도착했을 때에는 캄캄했다.

그런데 갑자기 강풍이 불며 모래가 날려 눈을 뜰 수가 없었다. 그래서 시체를 놓아 두고 바람이 그치기를 기다렸다.

바람은 밤새도록 불었다. 그것은 마치 중팔의 앞날을 암시하는 것만 같았다.

새벽녘에야 바람은 멎었다. 형제들은 울며 구덩이를 팠고 부모의 시체를 밭둑에 묻었다.

장례는 끝났지만 앞길이 막막했다. 조카딸인 대낭(大娘)은 현성의 술집에 양딸로 주기로 하고 조카인 문정은 형 중륙이 맡기로 했다. 그리고 중팔은 황각사의 고빈(高彬) 화상을 찾아가기로 한 것이다.

"중팔을 낳았을 때는 몹시 몸이 약했단다. 어머니 젖도 나오지 않아 늘 보채며 울기만 했었지. 그리고 배가 퉁퉁 붓는 병에도 걸렸단다. 그때 너의 아버지 주오사는 절에 가서 부처님을 예배하는 꿈을 꾸었어. 그런 꿈을 꾸고 난 뒤 네 병도 낫고 젖도 먹을 수 있게 되어 아버지는 입버릇처럼 말했다. 내 아들이 크면 불제자로 바치겠노라고."

이웃집 노파 왕대낭의 말이었다. 중팔도 달리 방법이 없어 왕노파가 마련해 준 향과 초를 가지고 황각사를 찾아갔다.

황각사는 본래의 이름이 우황사(于慌寺)이다. 꽤나 큰 절이었다. 그러나 계속되는 흉년에 시주를 하는 신자도 적어 몹시 황폐했고 중도 20명 남짓 밖에 없었다.

고빈 화상은 찾아온 중팔을 보더니 아무 말 없이 머리를 깍아 주었다. 그리고 엄숙히 말했다.

"오늘부터 너는 다시 태어나 이름도 법해(法海)가 되었다. 열심히 부처님을 섬기며 수행토록 하라."

그러나 절의 생활 역시 편안하지는 못했다. 새벽에는 남보다 먼저 일어나 종을 울려야만 했고 넓은 법당의 청소도 해야 한다. 그리고 밥

184

도 짓고 빨래도 해야 했다.

중팔이 입산했을 때 황각사에는 법산(法山), 법장(法藏), 법소(法蕭)라는 형제자가 있었다. 법산과 법장은 중팔보다 위였지만 법소는 나이도 어리고 예쁘장하게 생긴 아이였다.

중팔은 법소와 친해졌다.

"너는 어째서 절에 들어왔니?"

"부모님이 돌아가셨기 때문이야. 너는?"

"집이 가난하여 부모님이 이 절에 맡겼어. 난 벌써 3년이나 된다. 그리고 한 가지 일러 둘 일이 있는데 법산이나 법장 형이 있을 때에는 나를 너라 부르지 말고 법소님이라 불러야 해."

"어째서지?"

"절에선 나이도 신분도 필요없어. 오로지 절에 얼마나 먼저 들어와 수행을 많이 했느냐에 따라 차등이 있을 뿐이야."

1주일쯤 지났다. 법해는 새벽 종을 울리고 법당의 청소를 마치자 형제자인 법산을 깨우러 갔다.

보니까 법산은 이불을 푹 뒤집어쓰고 있다. 그 이불이 붕긋 솟아 있고 파도치듯 흔들리고 있다.

"법사님, 새벽 독경 시간입니다."

법해는 말했다.

침구의 출렁이는 파동(波動)이 딱 멈추어졌다.

"시끄러워! 새벽 독경 시간이면 네가 목탁이라도 두들기면 될 게 아냐."

"하지만 난 독경을 할 줄 모르는데요."

"상관없어. 목탁 소리만 울리면 주지님도 이상하게 여기지 않는다."

법해는 할 수 없어 법당으로 나왔다. 글자도 모르는 그였기 때문에 어려운 불경을 읽거나 외울 수 없었다. 그는 부처님 앞에 앉아 무심코 목탁을 바라보았다. 나무를 파서 넓적 둥그스름하게 만들었는데 무슨 물고기처럼 생겼다.

그러나 문득 법소의 말이 생각났다. 절에서 수행하자면 무엇이 제일

힘드니 하고 묻자 그는 이렇게 대답했던 것이다.

"졸음이야. 그래서 수마(睡魔)라고 하여 화상님 같은 분도 괴로워하시는 것을 여러 번 보았어."

"졸음이 그렇게도 무섭니?"

법해는 선뜻 이해가 되지 않았다.

"그래. 화상님이 말씀하시는데 인간에겐 다섯 가지 욕심이 있대. 재물에 대한 욕심. 여자에 대한 음욕. 음식, 고기나 술 같은 것을 먹고 싶어하는 욕심. 명예에 대한 욕심. 그리고 졸음에 대한 욕심이야."

"……."

"절에선 좌선(坐禪)을 하며 수행한다. 때로는 아침 일찍부터 저녁 늦게까지 며칠이고 좌선을 계속하는 일도 있어. 이레 동안 옆으로 누워 잠자지 않는 침선(寢禪)도 있지. 그러면 누구라도 졸릴 것이 아니겠니?"

"응."

"그런 때 졸음이 온다면 누군가 막대기로 어깨를 때려 준다. 그 막대기가 경책(警策)이지. 또 가만히 일어나 법당 안을 거닐기도 하지만 그것은 경행(經行)이고. 그러니까 목탁도 졸음을 쫓기 위한 거래. 왜냐하면 물고기는 눈꺼풀이 없어 잠을 자지 않거든."

법해는 그 생각을 하며 목탁을 가볍게 두들겼다. 맑은 소리가 법당에 울렸다. 그는 목탁을 염불도 없이 두드리고 있었다.

아침식사를 하고 나서 고빈 화상의 법화(法話)가 있었다. 불법에 대한 알기 쉬운 설명이었다. 법화가 끝나고 모두 물러가려 하자 화상이 말했다.

"법해는 남아 내 어깨 좀 주물러라."

그는 천천히 화상의 어깨를 주물렀다. 그러자 고빈이 불쑥 묻는다.

"오늘 새벽의 독경은 누가 했느냐?"

"네, 법산님이 독경하고 저는 옆에 앉아 있었습니다."

"거짓말 마라!"

느닷없는 고빈의 호통에 법해는 그만 찔끔하여 주무르던 손을 멈추었다. 그러나 화상의 목소리는 금방 부드러워졌다.

"너도 업이란 말은 들었을 테지? 쉽게 말해서 업은 인간이 가지고 태어나는 숙명이다. 그리하여 인간은 자기 몸뚱이와 입과 마음 때문에 또 죄를 짓고 마침내는 지옥에도 떨어진다. 절에 들어와 수행하는 것도 말하자면 이런 업을 없애기 위한 것이다."

"네."

"첫째로 인간이 몸으로서 범하는 죄는 살생·도둑질·간음이다. 그리고 입으로서 범하는 죄는 망어(妄御＝거짓말)·기어(綺語＝꾸며대는 말)·양설(兩舌＝이간질하는 말)·악구(惡口＝욕설)이다. 또 마음으로 범하는 죄는 탐욕·진에(瞋恚＝노여움)·우치(愚癡＝어리석음)이다. 이 열 가지 악만 없앨 수 있다면 중생을 구제할 수 있는 부처도 될 수 있다."

"네."

법해는 조심스럽게 화상의 어깨를 주무르며 대답했다. 그랬더니 고빈은 화제를 바꾸었다.

"우리 태조께선 참으로 위대하신 분이었다."

고빈이 말하는 우리 태조란 송태조 조광윤(趙匡胤)을 말한다. 송이 멸망한 지도 이미 오래인데 한인들, 특히 강남인은 그 유민(遺民)으로 자처하고 있다.

"태조께선 아버님이 무인이라 낙양의 협마영(夾馬營)에서 태어나셨다. 말하자면 군영에서 태어났고 군영에서 자랐으며 무인으로 성장하셨다. 그리고 마침내 덕망에 의해 황제로 추대되었던 거란다."

조광윤은 황제가 되자 중앙 집권(中央集權)을 강화했다. 당의 멸망은 절도사(節度使)가 지방에서 독립하여 세력을 가졌고 중앙의 황실이 약화되어 결국 멸망한 것이다.

송태조는 먼저 중앙의 황제 직속인 금군(禁軍)을 강화시키는 한편 절도사의 권한을 점진적으로 줄여 나갔다. 지방군 중에서 우수한 인재를 스카웃하여 금군에 편입시켰고 상군(廂軍＝지방군)을 보조적 군대로 떨어뜨렸다.

그러기 위해 절도사를 빈번하게 전입시켰다. 같은 고장에 오래 있어 뿌리를 내리지 못하게 하였다. 중앙에서 통판(通判)이란 것을 보내어 전곡(錢穀)을 관리시키는 한편 감시도 했다. 나중에는 전운사(轉運使)를 두어 절도사의 권한이던 조세나 소금세 징수를 담당시켰다.

"태조께선 무인 정치를 문관 정치로 바꾸셨다. 전부터 있었던 과거 제도를 고쳐 재주 있는 젊은이로 글공부를 열심히 하여 누구라도 대신이 될 수 있는 길을 열어 주셨다."

송의 수도는 개봉(開封)이었다. 황하 남쪽에 있는 이 도시는 술집과 와시(瓦市)로 흥청거렸다. 문벌이 타파되어 부유한 상인들이 활개쳤고 사회적으로 지위도 높아졌으며, 서민 또한 생활을 즐겼던 것이다.

와시란 유흥가. 당나라는 도읍인 장안에 동서 2개의 큰 장이 있고 그곳에서만 물건 매매가 허락되고 있었다. 더욱이 해가 지면 가게도 문을 닫아야 한다.

그런데 개봉에선 그런 제한이 없었다. 성안 어디이든 장사를 할 수 있었고 영업 시간도 마음대로였다. 자연히 경제가 발달되고 시민들은 활기에 넘쳤다.

"태조께선 북주(北周)의 폐(廢) 황제로부터 선양(禪讓)을 받아 보위에 오르셨다. 그리하여 황제가 새로이 즉위하면 궁중 깊숙한 곳에서 올리는 의식이 있었다. 태조께서 유언으로 남긴 가르침을 돌비석에 새겨 두었는데 황제 혼자만이 그 유훈을 볼 수 있는 의식이었어. 비록 재상이라도 그 유훈은 볼 수가 없었지. 유훈은 북주의 황실인 시씨(柴氏)를 자손 대대로 보호할 것과 사대부로 비록 격렬한 상소를 올려도 그 때문에 죽여선 안된다는 당부이셨어."

고빈 화상은 대체 무슨 이유로 이와 같은 송태조의 유덕을 법해에게 소개하며 가르치려고 했을까? 화상은 말하지 않았지만 주중팔에게 가르치는 일종의 제왕학(帝王學)이었다.

송태조 조광윤은 50살로 세상을 떠났다(976). 그에게는 덕소(德昭)와 덕방(德芳)이라는 장성한 아들이 있었지만 동생 조광의(趙匡義)가 2대 황제가 되었다. 태종이다. 송태조를 옹립한 실권자는 그였던 것이다.

송은 이윽고 북에서의 위협에 직면했다. 거란족 야율아보기(耶律阿保機)가 나타나 요(遼)를 세웠던 것이다. 요는 대군으로 남하했고 송은 해마다 명주 20만 필, 은 10만 냥을 바친다는 전연(澶淵)의 맹약을 맺어 겨우 위기를 모면했다. 송이 형, 요는 아우라는 것으로 겨우 체면을 지켰을 뿐이다(1004).

"법해야."

고빈 화상은 눈을 감고 있었는데 법해가 손을 멈추자 갑자기 불렀다. 법해는 섬칫하며 다시 손을 빨리 놀렸다.

"내 이야기가 지루하냐?"

"아아뇨."

"그 뒤 북송에선 사마광과 왕안석이 나타나 격렬하게 논쟁을 벌였다. 세상에선 왕안석을 좋게 말하지 않는 이도 있지만 그는 훌륭한 인물이었다."

신종(神宗)시대의 왕안석은 부국강병책(富國强兵策)인 신법(新法)을 주장하며 이를 강력히 추진했다. 신법 중에서 가장 유명한 것이 청묘법(青苗法). 청묘법은 나라가 농민에게 봄철 저리로 영농자금을 빌려주고 가을 수확기에 받는 제도였다. 이 청묘법 실시로 지주나 호족들이 타격을 받았다. 빈농에 대한 고리대금이 그들 수입의 큰 부분을 차지하고 있었기 때문이다.

이런 왕안석의 신법에 대한 보수적인 재래법(在來法)을 지키려는 것이 구법(舊法)이었고 대표적인 인물이 사마광이었다. 사마광은 왕안석보다 선배였고 「자치통감」의 편찬자로 유명하다.

"그런데 왕안석의 신법은 아깝게도 실패하고 말았어. 농민을 사랑하고 백성을 위한다는 신법의 정신은 좋았지만, 그 뒤의 황제들이 국가의 수입을 올리는 데만 열중하고 백성을 사랑하는 마음을 잃었기 때문이었다. 그런 때 휘종(徽宗)이 나타나 나라를 아주 망치고 말았다."

휘종은 바로 유복통이 한산동을 부추겨 그 9대 손이라고 자칭하게

한 북송 마지막 황제였다. 그림과 글씨의 천재로 예술가 기질의 인물
이었다. 이때의 재상은 채경(蔡京)이었다. 채경은 특히 공전법(公田法)
을 실시하여 백성들의 원망을 샀다. 재래의 것보다 작은 자를 사용하
여 토지를 측량하고 세금을 더 거두어들였고 매매 서류가 없어 의심스
러운 땅은 가차없이 몰수하여 국가 소유로 했던 것이다.

「수호전」은 이런 시대를 무대로 쓰여졌고 공전법도 왕안석의 신법
연장선 위에 있다 하여 평판이 좋지 않았다.

채경은 휘종을 기쁘게 하려고 개봉에 대정원을 건설했다. 강남에 있
는 명목(名木)·명화(名火)·기암(奇岩)·진석(珍石)을 먼 북쪽으로 운
반시켰다. 이것이 곧 화석강(花石綱)으로, 강은 대량의 화물이란 뜻이
다.

특히 태호에서 건져지는 돌은 진귀한 것이었다. 이것을 건져내고 운
반하는 데 많은 백성의 원성이 뒤따랐다.

"공정법이나 화석강 같은 백성에 대한 가렴주구(苛斂誅求)가 계속되
면 민란이 일어나는 법이다. 이때 절강(浙江)에서 방납(方臘)이 난을
일으켰지. 방납은 지난해 일어났던 홍건적과도 같은 무리였다."

"같다니요?"

비로소 법해도 화상의 말에 되물었다. 이때까지는 먼 옛날의 일이라
뭐라 대꾸할 말이 없었지만 백련교라면 그도 들어 알고 있었다.

"끽채사마(喫菜事魔)."

"그것이 무엇인데요?"

"채식만 하고 마신을 섬긴다는 뜻이다. 신불을 믿지 않고 일월(日
月)을 섬겼다. 상하의 신분도 없거니와 상호 보조하는 주장이었다더
라."

법해는 고개를 갸웃했다. 애리의 집도 그 신자 집안이어서 더욱 고
개를 기울였다.

"그럼 명교(明敎)라는 것인가요?"

명교는 페르시아에서 일어난 자연 숭배의 종교로 마니교다. 불을 비
롯한 자연을 숭배한 배화교(拜火敎)와 비슷했으나 조금 달랐다. 배화

교는 끝에 가서 선(善)이 승리한다고 했으나 마니교는 선악이 이기거나 지지도 않고 영원히 맞선다고 하였다.

고빈 화상은 고개를 끄덕였다. 그의 말은 갖가지로 법해에게 영향을 주었다. 사람에게는 갑자기 변모되는 시기가 있다. 뒷날의 주원장에게는 지금이 그런 시기였다.

"이제 그만 나가 보아라. 나도 한잠 자야겠다."

겨우 해방되어 방장(方丈)에서 나오자 법소가 기다리고 있다가 그의 소맷부리를 잡고 끌었다.

"오늘 새벽에는 미안했어. 그래서 사과를 하려고 지금껏 기다리고 있었지."

"새벽에? 나한테 미안하다고?"

법소는 얼굴이 빨개졌다. 그러나 결심한 듯이 입을 열었다.

"사실은 그때 나는 법산의 이불 속에 있었어. 법산이 억지로 끌어들인 것이지만."

그것이 무슨 뜻인지 법해는 곧 짐작이 갔다. 재가시(在家時) 탕화가 서달을 상대로 벌였던 일이 생각난다. 법산도 나이 어리고 예쁘장한 법소를 상대로 그짓을 일삼고 있는 모양이었다.

법소는 자기가 말을 꺼내고 부끄러웠던지 화제를 바꾸었다.

"이때까지 무엇을 하고 있었니? 화상님의 말씀이 무척 다정하시더라."

"응, 옛날 이야기였어. 송태조 이야기, 그리고 휘종 황제에 대해서도 말씀이 있었어."

"휘종 황제?"

"그래. 너도 그런 이야기는 알고 있겠지?"

역사라면 법소가 머리도 영리하여 상세히 알고 있었다.

"휘종은 풍류 황제라고 해."

"풍류?"

"속세를 떠나 자연과 벗삼으며 한가롭게 노는 것이야. 이를테면 시나 짓고 술이나 마시며 미녀와 희롱하는……."

휘종은 국내에서 반란이 일어나고 있는데도 여전히 우아로운 예술 생활을 보냈다. 그는 도교에 미쳤고 스스로도 신선이 되기를 원했다. 또 미행(微行)으로 개봉의 밤거리를 나다녔고 이사사(李師師)라는 청루(青樓)의 여인을 뻔질나게 찾아다녔다.

이 무렵 여진족 완안부(完顔部)에 아골타(阿骨打)가 나타나 거란군을 무찔렀고 스스로 황제가 되었다(1115).

송은 숙적인 요를 공격하기 위해 아골타 금(金)과 '해상(海上)의 맹'을 맺어 동맹국이 되었다. 조건은 송이 요에게 바치고 있던 세폐(歲幣)를 금나라에 주는 대신 요의 남경(南京＝현재의 북경) 일대의 지방을 돌려 달라는 것이었다. 금은 이 약속을 지켰다.

이윽고 아골타가 죽고 동생인 오걸매(吳乞買)가 황제를 잇고 태종이 되었다. 그런데 송은 금에 대한 세폐 약속을 지키지 않았다. 더욱이 송은 요의 잔병(殘兵)과 손을 잡고 금을 공격하려 했다.

"휘종 황제는 금군이 황하를 건너오자 태자에게 자리를 물려주었지. 그러자 금군은 개봉을 점령해 버렸고 성안의 재물과 부녀자를 약탈하여 모두 북으로 끌고 갔대."

"그래서?"

"흠종(欽宗)과 태상황 휘종도 스스로 목에 밧줄을 걸고 금군에 항복했지. 이때 흠종의 동생으로 아홉 번째 황자인 조구(趙構)가 탈출하여 장강 이남으로 달아났대. 조구가 세운 나라가 바로 남송이야."

법해는 법소의 말에 주먹을 불끈 쥐었다. 그가 이민족에 대해 심한 적개심을 가진 것은 이때부터였다.

성격은 유년기에 형성된다. 그러나 유·소년기를 통해 부모의 훈도(薰陶)를 받지 못한 그는 관리나 지주 계층에 대해 심한 증오심을 키웠었다. 이제 또 그는 애국애족이라 할 민족 감정을 느꼈던 것이고 그것이 굴절(屈折)되며 복잡한 성격을 형성해 나갔다.

인(忍)

법해는 고빈 화상 밑에서 불도를 배웠다. 그러나 그것은 매우 짧았다. 그가 출가한 지 고작 두 달쯤 지나 고빈이 천화(遷化)했던 것이다. 그렇지 않아도 겨우겨우 꾸려 나가고 있던 절이다. 화상의 덕망을 믿고 신앙하던 근동의 신자들도 황각사에 등을 돌렸다. 20명 남짓하던 중들도 하나 둘 흩어져 대여섯 명이 남았을 뿐이었다. 승려의 도첩을 갖지 못한 법산 등 4명만은 인간에겐 기(機)와 단(斷)이 중요하다는 것을 모르는 듯 미적미적 시간을 끌고 있었다.

"뭐, 오히려 잘되었어. 화상이 계실 때에는 엄격만 하여 우리도 기를 펴지 못했거든."

법장의 말이었다. 법산이 빈정거리듯 말했다.

"무슨 좋은 수라도 있는 것 같군."

"있지."

법장은 싱글벙글 웃었다. 법소와 법해는 형제자들의 얼굴을 쳐다보며 귀를 기울이고 있다.

"무슨 방법인지 말해 보게."

"요즘 황하의 수로 공사로 젊은이들이 강제로 징집되고 있어. 그래서 마을마다 젊은이들이 부족하대."

그러자 법산은 법장의 속셈을 미리 알아차리고 외쳤다.

"데릴사위로 들어간단 말인가!"

"맞았어."

법장은 출가한 지 3년이나 되었지만 아직 구족계(具足戒)를 받지 못

하고 있었다. 그것은 법산도 마찬가지였지만 법장은 특히 불심(佛心)
이 부족했다.

평소 노래처럼 여자 이야기만 하고 있다.

"난 사흘에 한 번은 뽑지 못하면 코피가 터질 정도지. 이번에 아주
환속하기로 했네."

"어떤 여잔가?"

"인물이야 겨우 박색을 면했을 정도지. 게다가 다리를 좀 절기는 하
지만 땅뙈기도 있겠다……. 갖출 것도 갖추고 있어 나로서는 만족이
야."

법장은 벌써부터 아내될 여자의 육체를 공상하는지 코를 벌름거렸
다. 평소 법소를 독차지하며 뻐기던 법산도 이 말에는 약이 올랐던 모

194

양이다.

"법소！"

"네?"

"걱정할 것 없어. 너는 나하고 함께 탁발(托鉢)하러 떠나자. 너 하나쯤은 굶기지 않을 자신이 있어."

"그렇지만……."

"싫단 말이냐? 이런 절에 남아 있어야 굶어 죽기 알맞아."

"탁발은 중으로서 조금도 부끄럽지 않은 수행이라고 화상님도 늘 말씀하셨어. 하지만 모두 떠나 버리면 부처님께 누가 공양을 하지?"

"부처님 따위！"

하려다가 법산은 입을 다물었다. 아무리 법산이라 해도 불벌(佛罰)은 무서웠던 것이다. 그래서 법산은 눈동자를 굴리다가 법해의 얼굴에 와서 멎었다.

"너는 어떠냐? 나하고 함께 떠나지 않겠니?"

"글쎄요."

법해도 절에 남아 있을 생각은 없었다. 그러나 그는 좀더 신중히 생각하는 버릇이 있었다.

절에 들어온 지 두 달 남짓, 그는 심각하게 장래 일을 생각하고 있었다. 그러나 좋은 생각이 떠오르지 않는다. 법산의 말처럼 탁발행도 그에겐 하나의 생활 방도였다. 그렇지만 불경의 한두 마디도 모르고 하는 동냥은 불가능했다.

그는 처음에 글을 몰랐으나 이제는 제법 글자를 알았다. 남달리 노력하는 면이 그에게는 있었던 것이다.

조익(趙翼)은 청나라 때의 역사학자로 고증(考證)이 치밀하기로 유명하다. 그는 이렇게 썼다.

'명태조는 유개(遊丐＝떠돌이 걸인)로 일을 일으켰지만 일자 무식이었다. 하지만 그 뒤 문학에 능통했으며 고금의 역사에 넓은 지식을 가졌다.'

즉, 그는 노력가였던 것이다.

"뭐가 글쎄야! 너는 얼굴도 험악하게 생겨 동냥을 해도 부녀자들이 질겁을 할 것이다. 그런 너를 생각해서 데리고 다닌다는데 뭘 생각할 것이 있어."

법해는 노골적으로 경멸하는 법산의 태도가 죽이고 싶도록 미웠다. 자기 용모가 남다르게 못생겼다는 것은 열 대여섯 살을 지나면서 갑자기 의식된 열등감이었다.

탕화나 서달을 거느리고 있던 예전의 그였다면 발끈하여 법산에게 대들었을지도 모른다. 그러나 그는 참았다. 참는 미덕을 알았다기보다 참는 습성이 어느덧 몸에 배어 있었다.

"나는 경도 읽을 줄 모르고……."

"그런 것은 걱정할 것 없어. 너는 내 시중만 들면 돼."

법소가 자기도 모르게 실소(失笑)했다가 황급히 입을 가렸다. 법산이 자기 시중을 들라고 한 것은 특별한 의미가 있었기 때문이다.

법해는 법소가 실소를 터뜨리자 얼굴이 빨개졌다. 모욕으로 느껴졌던 것이다. 비굴을 몸에 익히며 살아가고는 있지만 남다른 자존심까지 버린 것은 아니었다. 자존심은 비굴에 가려진 채 잔뜩 마음속에 도사리고 있었다.

사내끼리 하는 짓…… 남색은 그도 일찍이 흉내일 망정 경험한 적이 있다. 단 한 번의 경험이었지만 그는 아무런 흥미도 느끼지 못했다.

더욱이 그는 여자를 알고 있다. 첫 경험이 형수 도씨에게 희롱된 것이긴 했지만, 어쨌든 여자의 감미로운 살갗을 잊지 못한다.

그리고 애리는 어떠했던가!

애리는 그가 사내로서 처음 안 여자였다. 적어도 그를 따뜻하게 맞아준 첫 상대였다.

그것을 생각했을 때 법산 아래서 개처럼 끓고 있을 자기의 모습은 상상만 하여도 비참했다. 강한 반발이 일며 불결감마저 주었다.

"어쨌든 나는 조금 더 있다가 떠나겠어. 지금은 한창 더울 때이고."

법산은 법해의 굴절된 마음까지는 모른다. 그도 쉽게 동의했다.

"하긴 그래. 더울 때나 비올 때에는 부처님도 안거(安居)를 하셨지."

자기에게 편리한 불법을 끌어 댄다.

법소는 그날 밤 옆자리에서 잠자며 법해에게 작은 목소리로 사과했다.

"낮에 웃었던 것은 너를 비웃었던 것이 아니야. 만일 네 비위를 상했다면 용서해 줘."

"아냐, 난 아무렇지도 않아."

법해는 그렇게 말했지만 이 일을 결코 잊지 않았다. 그에겐 집념이 강한 점도 있었다.

법장은 그의 말처럼 절을 나갔다.

"잘 있어. 그리고 틈나는 대로 놀러와."

하고 말했지만 그가 어디로 가는지 가르쳐 주지는 않았다.

법해는 전처럼 묵묵히 일했다. 그는 여전히 절에서 최말단의 존재로 종을 치는 일부터 청소에 이르기까지 잡일을 도맡아 하였다. 그리고 불경도 법소에게서 열심히 배웠다.

살기 위해서는 그 길 밖에 없다고 생각했던 것이다.

한 달은 금방 지나가 버렸다. 더위도 한결 수그러져서 아침 저녁 찬바람이 불었다. 그러나 법해는 떠날 생각을 하지 않았다.

(지금 절을 나간들 뾰족한 수도 없지 않아!)

그로서 걱정이 있다면 법산이 혹시 잠자리에 불러들일까 하는 염려였다. 하지만 그 걱정은 헛걱정이었다. 법산은 마치 부처처럼 매일 밤 법소를 자기 자리에 끌어들이고 있었다.

법해는 그 꼴이 싫어 요즘에는 법당에서 혼자 자고 있다.

그가 혼자 자는 이유는 그 밖에도 있었다. 그는 낮에 잡아 둔 뱀을 밤중에 혼자 먹고 있었던 것이다.

뱀을 잡는 데는 조그만 용기와 요령만 있으면 된다. 지팡이 따위를 들고 있다가 풀숲을 뒤져 뱀의 길목을 찾아낸다. 그리고 참을성 있게 지키고 있다가 뱀이 나타나면 막대기로 머리를 꼭 누르고 목 언저리를 꽉 집어올린다. 그 뒤 대나무 칼로 껍질을 벗겨 그자리에서 날로 먹어 치우면 된다.

여름에는 뱀을 잡기가 쉬웠다. 아무래도 산야에 나다니는 뱀이 많았던 것이다. 그래서 그는 자루를 가지고 다니며 뱀을 잡다가 법당 마루 밑 아무도 모르는 장소에 독을 하나 숨겨 두고 그곳에 저장하기도 했다.

먹고 남는 뱀을 겨울철 추울 때에 대비하여 남겨 두었던 것이다.

이것은 그만의 비밀로 아무도 몰랐다. 언젠가 법산이 이런 말을 했을 뿐이다.

"너는 이상한 녀석이야. 네 옆에 가면 비린내가 풍긴다. 혹시 물고기를 잡아 먹는 것은 아니냐?"

그러나 법해는 대꾸하지 않았고 씨익 웃었을 뿐이다.

가을이 지나고 초겨울이 되면서 법소는 근동으로 탁발을 다녔다.

대여섯 남아 있던 스님들도 절을 떠나 버렸고 이제는 앞을 보지 못하는 노스님만이 혼자 칠성전(七星殿)에 기거하고 있을 뿐이다.

그러자 법산은 마치 제가 주지(住持)라도 된 것처럼 거드름을 피웠다.

"부처님에 대한 독경은 내가 할 테니 네가 탁발을 하도록 해라. 법해를 내보냈으면 하지만 그는 아직 짧은 경문 하나 제대로 읽지도 못하니까."

그래서 법소는 동냥을 하러 다녔지만 법산은 손가락 하나 까딱하지도 않았다. 그는 천성적인 게으름뱅이어서 근행(勤行)도 제대로 하지 않았다. 틈만 생기면 낮잠을 잔다.

언젠가 법해는 법산에게 물었다.

"사형(師兄)은 어찌하여 출가하셨습니까?"

"출가했다면 속세를 아주 여읜 것이다. 함부로 물어선 안된다."

"그렇지만 궁금합니다."

"네가 그토록 알고 싶다면 특별히 알려주지. 그러나 너만 알고 있어야 한다."

"물론이지요."

"나의 속명(俗名)은 당승종(唐勝宗)이야. 우리 집은 중간 정도의 농가는 되었지. 어느 해 아버지와 함께 장에 가서 소를 팔았는데 소값을 내가 가지고 돌아오게 되었지 뭔가. 그런데 그 돈을 노름판에서 몽땅 잃었어. 마가 끼었다고 할까, 재수없게 말이야. 그래서 아버지의 매가 무서워 도망쳤지."

아마도 이 말은 거짓말이 아닌 듯싶다.

"그래서 절에 들어온 뒤 집에 한 번도 가지 않았어요?"

"나는 여러 형제 가운데 하나였어. 있으나마나 한 자식이었지. 그래 자연히 가고 싶은 생각도 없었다. 또 출가한 몸이라 속세와의 인연도 딱 끊어 버렸고……."

무엇인가 숨기고 있는 것 같다. 그러나 그 비밀도 별것은 아니라고 법해는 추측했다. 절에 들어온 처음에는 집 생각도 났겠지만 차츰 생활에 익숙해지고 몸도 편해지자 고향 생각도 잊어버린 것이 진실인 것 같았다. 요컨대 그 정도의 인생이었다.

겨울이 되어도 얼음이 얼고 눈이 오는 일은 좀처럼 없는 고장이었다.

본디 호주(濠洲)는 회하 남쪽 강가에 있고 회하와 양자강 사이 광활하게 펼쳐진 옥야천리(沃野千里)가 안휘성(安徽省)이다.

그런 호주도 동짓달이 가까워지자 강바람이 맵고 차가웠다. 그와 더불어 법소의 탁발행도 차츰 어려워졌다.

이 고장 일대는 해마다 거듭되는 흉년으로 사람들이 시주를 별로 하지 않았다. 자연히 법소는 탁발을 위해 먼 곳까지 갔다 돌아와야만 했다.

법해는 요즘 독 안에 저장했던 뱀을 다 먹어 치웠는데 새로운 단백원(蛋白源)을 발견하였다.

그것은 쥐였다.

쥐를 잡기가 쉬운 노릇은 아니다. 구멍에서 나오는 것을 기다리고 있다가 목탁 방망이로 때려잡는 것인데 매우 수련(修練)해야만 했다.

하지만 이것도 쥐의 습성과 요령을 터득하고 나면 어렵지는 않았

200

다.

쥐란 놈은 구멍에서 나오다가 혼이 나더라도 금방 그것을 잊어버리고 다시 고개를 내밀기 때문이다.

그런데 곤란한 점도 있다. 쥐는 뱀처럼 날로 먹을 수가 없었다. 불에 구워 먹는 방법이 있었지만 곤란한 것은 굽는 냄새가 풍기는 점이었다.

그래서 한 번은 간이 섬뜩한 일도 있었다.

쥐를 한밤중에 몰래 구워 먹곤 했었는데 그날은 한낮에 그짓을 하였다.

법소는 예의 탁발행을 나갔고 법산은 어디서 술이 생겼는지 아침부터 마시고 취하여 곯아떨어졌다.

"밤중까지 기다릴 필요가 없다. 오늘은 낮에 당당히 쥐를 구워 먹자."

그는 혼자 중얼거리며 쥐를 굽기에 정신이 없었다. 그런데 누군가 등뒤에서 그의 어깨를 힘껏 때렸다.

법해는 깜짝 놀라 두서너 발짝을 훌쩍 옆으로 뛰어달아났다.

보니까 칠성당에 있는 앞을 못 보는 노스님이었다.

"지옥에 떨어질 놈! 너는 아귀(餓鬼)가 될 작정이냐!"

노스님은 석장(錫杖)을 휘두르고 있다. 석장은 보통 아랫부분은 뿔로 되어 있고 중간은 나무이며 위쪽에 여러 개의 고리가 달려 있는 지팡이다.

스님은 산야를 다닐 때 이 석장 소리를 내며 걷는다. 소리에 뱀이나 벌레가 놀라 달아나게 하기 위해서다. 스님이 본의 아니게 살생을 않기 위한 고안이었다.

그런데 그런 스님이, 더구나 앞도 못 보는 스님이 칠성전에 누워 있다가 쥐고기 냄새를 맡고 엉금엉금 기어 법당 옆뜰까지 나온 모양이었다.

스님은 굶주려 있어 그 모습은 말로만 듣던 유귀(幽鬼), 그대로였다.

법해는 얻어맞은 어깨가 아팠다.

"이놈 어디 있느냐?"

"여기 있습니다."

"가까이 오지 못할까? 목소리를 들어 보니 너는 법해란 놈이로구나."

"네, 스님. 가까이 가면 또 때리시려구요?"

"아니다. 고기가 타는 것 같다. 육식은 불가에서 금하는 것이나 이왕 구운 음식이니 나도 좀 다오."

노스님은 쥐고기인 줄 모르는 모양이었다. 법해는 그렇게 생각되자 어깨의 아픔도 잊고 피식 웃음이 나왔다. 하지만 조심하며 선뜻 다가가려 하지는 않았다.

"저, 화상님. 석장을 버리시면 제가 고기를 드리겠어요."

"알았다."

노승은 석장을 버리고는 보이지 않는 허공을 손으로 더듬는다.

그것은 아귀지옥에 빠진 아귀의 모습이었다. 아귀는 무슨 음식이고 입에 가져 가면 불길로 변해 버려 배고픔으로 영원히 울부짖는 고통을 받는다고 한다.

"무슨 고긴지 맛있구나. 하기야 하도 오랜만이라 고기맛도 잊어버렸다마는."

그러면서 노승은 연신 염불을 하고 있었다. 쭈글쭈글 말라붙은 눈에 희미한 이슬 같은 것이 맺혀 있었다.

법소는 고된 몸을 이끌고 절에 돌아와도 불평 한마디 하지 않았다. 그것이 법해에게는 이상할 정도였다.

더욱이 폭군처럼 행동하는 법산에게 고분고분 안기고 신음소리까지 내는 것을 들을 때 법해는 고개를 갸우뚱했다.

어느 날 겨울비가 내려 모처럼 절에 있게 된 법소와 법해는 이야기를 주고받았다.

"너는 어째서 법산에게 그리도 잘 하니? 그의 힘이 세어서야? 아니면 네 자신이 좋아서야?"

"보시(布施)야."

법소의 말에 법해는 깜짝 놀랐다.

"보시는 사람들이 우리들에게 물품을 베풀어 주는 것을 말하지 않아?"

"물론 그런 뜻도 있지. 하지만 깨끗한 마음으로 자기가 가진 것을 아낌없이 남을 위해 베푸는 것도 모두 보시야. 중이라고 남의 보시만 받을 수 있겠어?"

법소에게는 매우 당연한 말이었지만 법해는 은근히 마음속으로 혀를 내둘렀다. 그는 자기보다 나이는 어리지만 법소가 훨씬 뛰어난 지혜를 가지고 있다는 것을 인정하지 않을 수 없었다.

"그리고 그렇게 하는 것이 인간이 살아가는 도리가 아니겠어?"

"무엇이라고?"

"받는 게 있다면 주는 것도 있어야 해. 안 그래?"

법해는 약간 머리가 혼란했다. 그는 요즘 뱀이니 쥐고기니 마음껏 먹어 가뜩이나 젊은 피에 정력이 넘쳐 있었다. 그래서 어쩌면 소녀처럼 빨간 입술을 가진 법소를 힘으로 억눌러서라도 정복하고 싶은 욕망이 있었다.

"그렇다면 법산이 너에게 무엇인가 주었다는 거냐?"

"법산?"

법소는 그렇게 되묻다가 법해의 질문을 이해한 것 같다.

"우린 서로가 주고 있고 받고 있는 거야. 우리가 지금 함께 이렇듯 살고 있다는 것은 전생부터의 업이지. 함께 살고 있다는 기쁨을 주고 받기도 하고, 괴로움을 주고받기도 한다. 그런 것을 싫다고 뿌리치며 뛰쳐나갈 수도 없다. 그런 것이 우리가 살고 있는 현금의 여건이 아니겠어?"

법해도 법소의 말을 알듯 말듯 했다. 알듯 싶던 것은 힘도 약하고 모든 점에서 불리한 법소가 열심히 살려 하고 있다는 점이었다. 그리하여 그는 현재의 좋은 인연도 나쁜 인연도 자기의 업이라 생각하며 살고 있는 모양이었다.

모른다 싶었던 것은 사람인 이상 법산의 횡포에 화도 나지 않을까 하는 점이었다. 자기라면 그렇게 할 것 같았다. 법산이 정말 싫고 밉다면 탁발행을 나갔다가 그대로 가버리면 된다. 그러지 않고 저녁이고 밤늦게고 어김없이 돌아오는 것은, 역시 무엇인가 좋아서일까? 그 점이 법해로선 이해가 되지 않았다.

법소는 법해의 마음을 마치 들여다보기나 한 것처럼 말했다.

"우린 무엇보다도 출가한 몸이야. 그렇다면 자비와 인욕(忍辱)도 수행해야 해."

"자비?"

"그렇지. 깊은 산 속 암자에 젊은 중이 혼자 수행하고 있었어. 겨울이 되었는데 그 해는 눈이 많이 왔지. 키를 넘게 눈이 쌓였고 바람도 윙윙 불고 있었어. 눈이 매일처럼 왔지. 이윽고 봄도 가까웠지만 눈은 도무지 그치려는 낌새를 보이지 않았어. 식량도 바닥이 나고 그대로는 굶어 죽을 수밖에 없었지. 그렇다고 마을로 동냥을 하러 가려 해도 눈이 쌓여 그럴 수도 없었어. 먹을 게 없으면 배도 더 고파. 중은 이따금 물을 마시려고 일어났을 뿐 꼼짝도 하지 않았어. 이런 상태로 열흘이 지나자 온몸의 힘이 모두 빠져 버려 손가락 하나 움직일 기력도 없었어."

법해는 배고픔이란 것에 대해 너무나 잘 알고 있었다. 그는 어려서부터 세 끼니 식사를 제대로 한 일이 한 번도 없었다.

그런 만큼 법소의 이야기에 끌려들어가 이따금 고개를 끄덕였다.

"그래서?"

"중은 암자 한구석에 침구 대용인 거적을 몸에 둘둘 감고 누워 있었지. 염불할 힘도 없었어. 부처님께 자비를 바라고 싶어도 그럴 기운마저 없는 거야. 아, 이대로라면 염라대왕의 사자가 데리러 오겠구나 하며 죽음을 각오했어. 그때 흐릿한 눈앞에 관세음보살의 모습이 떠올랐지. 그래서 그는 마음 속으로 열심히 빌었어. 부디 살려 주세요. 단 한번 보살님의 이름만 불러도 온갖 소원을 이루게 해주신다는 말을 들었지요. 그러니 제 소원을 들어주세요. 제가 높은 벼슬을 바라든가 부자가 되려 한다면 욕심이 많다 하여 보살님도 제 소원을 들어주시지 않겠지요! 그러나 저는 눈꼽만치도 명예나 재산을 탐내고 있지 않습니다. 바라는 것은 고작 오늘 하루를 먹고 목숨을 이어나가고 싶다는 그것뿐이지요라고."

"그랬더니 관세음보살이 소원을 들어주었어?"

법해는 성급하게 물었다.

중의 소원이 자기의 소원처럼 절실하게 느껴졌다.

"응."

법소는 크게 고개를 끄덕였다.

"열심히 관세음보살께 축원을 드리자 찬바람이 문득 암자 안으로 불어 들어왔어. 이상하다 생각하고 스님은 암자의 벽 틈으로 기어가 밖을 내다보았지. 그랬더니 승냥이가 뜯어먹다 버렸는지 멧돼지가 쓰러져 있었어."

"멧돼지라고?"

"스님은 관세음보살이 멧돼지 고기를 베풀어 주었다고 기뻐했지. 그러나 그는 망설였어. 나는 오랫동안 부처님 가르침을 받들어 왔다. 이제 와서 계율을 어기고 저 고기를 먹을 수는 없지. 더욱이 생명 있는 것은 모두 전생의 어버이라고 했어. 그야 나는 지금 굶주려 죽을 것만 같다. 하지만 전생에서 부모님이었을지도 모를 이 멧돼지 고기를 어떻게 먹을 수가 있겠어? 동물의 고기를 먹는 자는 살생을 금한 부처님 가르침을 어길 뿐 아니라 지옥에 떨어진다. 인간으로 구제받을 수 없게 되어 부처에게서도 버림을 받게 돼. 영원히 성불(成佛)의 기회를 잃고 말겠지. 그러니까 어떤 짐승이라도 그런 죄를 짓지 않도록 사람을 보게 되면 도망치는 거야. 짐승의 고기를 먹는 자는 부처에게서도 보살에게서도 버림을 받는다."

법해는 법소의 말이 귀에 들어오지 않았다. 어쩌면 법소는 모든 것을 이미 알고 있어서 쥐고기를 먹는 법해에게 충고하고 있는지도 모른다.

이렇게 생각되자 법해는 몸이 떨렸다. 법소는 재빨리 그것을 눈치채고 물었다.

"어디 아프냐? 얼굴이 창백하다."

"아냐, 이야기나 계속해."

"응, 사람 마음처럼 간사한 것은 없어. 중은 밖에 나가 멧돼지 고기를 암자 안으로 끌어들였어."

"정말?"

법해는 안심되었다.

"중은 멧돼지 뒷다리 고기를 잘라 내어 벌써 여러 날 불도 때지 않은 냄비 속에 넣었다. 고기가 익는 냄새가 풍기기 시작하자 살생의 금계(禁戒)도 식육(食肉)의 불안도 어디론가 사라져 버렸어. 그는 허겁지겁 고기를 뜯어먹었다. 배가 불러오자 이제 살았다고 기뻤지만 또 불안이 몰려왔어. 육식(肉食)의 계를 범한 일이 후회되었던 거야."

"……."

"스님은 지금까지의 수행도 헛일이다 싶자 부처님께 합장하며 눈물을 흘렸어. 그런데 그날부터 쌓였던 눈도 녹기 시작했던 거야. 세상의 일들은 그런 거야. 조금만 참으면 되는데 이미 죄를 짓고 나서 후회하는 법이지."

법소는 이야기를 하며 법해의 얼굴을 이따금 살폈다. 법해의 이마에는 식은 땀방울이 맺혀 있었다.

"그때 사람들의 목소리가 들렸어. 마을 사람들이 궁금하게 여기며 올라온 것이었어. 스님은 허둥거렸지. 먹다 남은 멧돼지를 숨기려고 했지만 마땅한 곳이 없었어. 그러는 사이 사람들은 우르르 암자 안으로 들어왔던 거야. 그리고 스님의 모습을 보더니 환성을 질렀어. 아, 살아 계셨구나!"

"……."

"스님은 구멍이라도 있으면 숨고 싶은 마음뿐이었어. 마을 사람 하나가 어느새 냄비 속의 멧돼지 고기를 발견하고 큰 목소리로 외쳤지."

법해는 자기가 당한 것처럼 몸을 움찔거리며 떨었다.

"그때 마을 사람이 뭐라고 외쳤는지 알아?"

"몰라! 멧돼지 고기가 있다고 했겠지."

"아냐! 그는 냄비 속에 나무 토막이 들어 있다. 스님, 이런 것도 먹을 수 있습니까 하고 물었는데 어안이 벙벙했던 것은 스님이었어."

"?"

"멧돼지 고기가 언제 나무 토막으로 바뀐 것일까? 굶주린 나머지 나무를 멧돼지 고기라고 헛본 것일까? 아냐, 그것은 틀림없는 멧돼지 고기였어. 스님은 마음이 갈팡질팡하며 더욱더 당황했지. 그러자 마을 사람이 또 외쳤던 거야."

"뭐라고?"

"마을 사람들 눈엔 암자 정면에 안치돼 있는 불상의 다리 하나가 칼로 벤듯 도려 내어져 있었던 거야. 스님도 그제야 불상을 보고 깨달았지. 멧돼지 고기는 보살님이 굶주림에서 나를 구해 주시려고 화신(化身)하셨던 거로구나. 이렇게 생각되자 다시 눈물이 비오듯 하며 고마운 느낌이 온몸에 넘쳤어. 마을 사람들도 스님의 설명을 듣고 눈물을 함께 흘려가며 불상을 예배했어. 그랬더니 불상은 다시 본래의 모습이 되었어. 이런 것이 부처님의 자비야."

법해는 법소의 지혜에는 도저히 못 당하겠다고 느꼈다.

"알았어. 그런데 인욕은 어떤 것이야?"

"어떤 스님이 마을 여자와 간음을 했다고 소문이 나자 고뇌하다가 숲에 들어가 목을 매려고 했어. 숲의 신이 그것을 말리려고 여자의 모습이 되어 나타나 말했지. 세상 사람은 당신과 저 사이에 무슨 일이 있었던 것처럼 수군거리고 있습니다. 어차피 나쁜 소문을 듣기는 마찬가지니 환속하여 저와 부부가 되어 주셔요."

"그랬더니?"

"스님은 고개를 젓고 죽겠다고 말했어. 그러자 신은 본래의 모습으로 돌아가 타일렀지. 나쁜 소문이 나더라도 수행하는 몸은 참고 견뎌야 한다. 고뇌하며 자살해선 안된다. 소리만 듣고 두려워하는 것은 숲의 짐승이나 할 짓이다. 스님은 변명을 하지 않는다. 남의 말에 쉽게 흔들리거나 마음이 약해지지도 않는다. 네가 억울하다는 것은 하늘이 알고 있다. 어째서 악의 길에 빠지려 하느냐고 했대. 그 스님은 이 말에 자살을 단념하고 열심히 수행하여 고승이 되었대."

얼 굴

법해는 마침내 탁발행을 나설 것을 결심했다. 18살 되던 해 봄이었다. 법산은 비웃듯이 말했다.

"여기 있으면 그럭저럭 살 수 있을 게 아니야. 어려운 겨울도 살았는데, 이제부터는 봄이라 먹을 것도 넉넉해진다."

그러나 법해는 결심을 바꾸지 않았다.

"사람으로 태어나 무엇인가 하고 싶어. 그러자면 세상을 널리 알 필요가 있어."

법소만은 이런 법해의 결심을 격려해 주었다.

"언제든지 생각나면 황각사로 다시 와줘. 나는 이 절을 지키며 죽을 결심이야."

그러면서 그는 탁발하는 요령을 가르쳐 주었다.

"고마워."

법해는 손에 목탁을 들고 어깨에 바리때가 든 자루를 메고 머리엔 찢어진 방갓을 쓰고 1년 남짓 정들었던 절을 나섰다.

이미 입산할 때의 중팔은 아니었다. 역경은 몇몇 예외 말고는 인간에게 그에 대처할 만큼 강한 힘을 길러 주는 법이다.

먼저 애리의 집부터 들렀다.

황각사에서 애리의 집은 멀지 않다. 황각사는 같은 종리(鍾離)의 동향(東鄕)에 있고 애리의 집은 서향(西鄕)에 있다. 등 하나를 사이에 두고 있는 것이다. 법해는 애리의 집 문 앞에 섰다. 목탁을 치기 전 잠깐 주위를 둘러보며 감개에 젖었다.

자기의 어린 조카들과 살던 형의 집은 이미 헐려 보리밭으로 변해 있었다.

(이렇게 가까운데 그동안 한번도 찾아오지 않았다니 나도 어지간했 구나.)

그는 천천히 목탁을 치며 독경을 하기 시작했다. 불경에 대해선 아직도 아는 것이 없었으나 목소리만은 맑고 우렁찼다.

그런데 이상하다. 아무리 목탁을 두드려도 응접하는 사람이 없다.

"모두들 어디 갔을까?"

애리의 집은 다른 집들과 외따로 있어 물어 볼 사람도 없었다.

법해는 독경을 중지하고 큰 소리로 외쳤다.

"아무도 안 계십니까?"

그래도 대답이 없었다. 대문을 살짝 밀어 보았다. 빗장이 걸려 있다.

"빈집이었구나."

법해는 혀를 차면서 발길을 돌리려 했다. 그때 집 뒤 숲쪽에서 애리가 나타났다. 처음에는 애리인 줄 몰랐다. 놀랍도록 성장(盛装)을 하고 화장도 짙게 한 여인이,

"어머나!"

소리를 질렀기 때문에 돌리려던 발걸음을 멈추고 잠시 여인을 말끄러미 쳐다보았다.

"저, 스님. 중팔……."

"아!"

두 사람은 동시에 놀랐다.

"역시! 미륵보살님의 인도가 있었어."

애리는 이렇게 말하며 덥석 가슴에 안겨 오며 눈물부터 흘렸다. 법해는 느닷없이 여인이 안겨 오는 바람에 엉거주춤한 자세로 주위를 재빨리 살피며 물었다.

"대체 어떻게 된 일이야?"

"넌 아무것도 몰랐지? 너무도 야속해."

화장한 얼굴을 사내 가슴에 밀어붙였다. 그 분냄새가 법해의 욕망을 단번에 불붙게 만들었다.

"야속하다니? 집에 아무도 없어?"

"할머니도 돌아가셨어. 나도 오늘이면 이곳을 떠날 참이었지. 그래서 마지막으로 숲에 가서 네 생각을 하며……."

"뭐라고! 할머니가 돌아가셨다고!"

애리는 그제야 사내 품에서 떨어지며 주위를 살폈다. 그리고 잠갔던 대문의 빗장부터 땄다.

"그리고 오늘이면 이곳을 떠난다는 것이 무슨 소리야? 시집이라도 갔어?"

애리는 말없이 법해의 손목을 잡아 끌며 집 안으로 들어갔다. 그리

고 또 대문을 단단히 잠갔다.

법해는 뭐가 뭔지 여우에 홀린 느낌이었다. 그러나 그런 것은 아무래도 좋았다. 탁발을 나서자마자 이곳에 온 것도 사실은 애리를 만나고 싶어 왔던 것이다.

침실로 끌려갔다. 그곳에서 두 사람은 꽉 부둥켜 안았다.

"대체 무슨 일이 있었어. 가르쳐 줘."

"그런 것은 나중에……."

사내의 궁금증과는 달리 여자는 오로지 법해의 목을 두 팔로 잡고 매달리며 입술을 빨아댔다.

침실은 오랫동안 사용하지 않은 것 같다. 침구도 없었고 침대와 탁자에 먼지가 쌓여 있다.

그런데 여자는 이렇게도 변할 수 있는 것일까? 머리를 높이 말아올려 쪽을 틀고 있어 목도 길어 보인다. 그 머리는 기름이 흘러 새까맣게 윤이 났고 목도 희게 화장하고 있었다.

한동안의 입맞춤이 끝나자 법해는 또 물었다.

"어떻게 된 일이지. 시집갔어?"

이렇게 밖에 생각되지 않는 애리의 변모였다. 그러나 애리는 그 말에 대답하지 않았다. 자꾸 딴소리만 했다.

"내가 보고 싶지도 않았어? 나는 하루도 너를 잊은 적이 없었는데."

그러면서 법해의 방갓을 벗겨 던지고 검정 장삼을 벗겼다.

이렇게 되면 사내도 가만히 있을 수 없다. 애리의 젖가슴을 움켜 잡고 뜨거운 몸을 쓰러뜨렸다.

"만나서 정말 다행이었어. 다행이었어."

애리는 황홀한 듯이 눈을 감으며 같은 말을 몇 번이고 뇌까렸다.

"나하고는 이제 두 번 다시 만날 수 없는 것처럼 말하는군 그래."

"으흐훗."

"말해! 누구한테 시집갔어?"

"으흐훗."

사내는 이런 때 오히려 조그마한 일에도 마음이 쓰이기 쉬운 법인데 여인은 그렇지 않은 것 같다. 수수께끼를 던져 놓고 좀처럼 그 해답을 밝히지 않는다.

"이봐!"

"⋯⋯."

"애리, 말 좀 해봐!"

"무슨 말을 해도 화내지 않겠어?"

애리는 얼굴을 들자 불룩 내민 가슴 앞에 두 손바닥을 합장해 보였다.

짙게 그린 눈썹 사이가 좁혀져 슬픈 표정처럼 보인다. 그러나 이것은 그녀가 사내와의 정치(精痴)에서 절정에 올랐을 때의 표정이었다.

"중팔아, 제발 야단치지 마."

덥석 애리의 상체가 또 법해의 무릎에 엎어졌다.

법해는 뒤로 두 손을 짚고 상체를 지탱하며 여인의 흰 목덜미로부터 구부린 허리의 둥근 곡선에 눈길을 보냈다.

갑자기 애리는 흐느꼈다.

"싫어, 싫어. 너하고 이제부터 헤어진다 생각하니⋯⋯."

애리는 법해의 무릎에 엎드린 채 고개를 흔들고 온몸을 꼬듯이 비틀었다. 이윽고 고개를 돌려 살며시 사내의 얼굴을 올려다본다.

소년 시절부터 그랬지만 법해는 추악한 용모였다. 도무지 얼굴에 기품이 없었다. 그러나 애리의 눈에는 그가 세상의 어떤 사내보다도 사랑스럽게 보이니 이상한 일이었다. 이렇듯 올려다보니 이마도 턱도 네모꼴처럼 생겼다는 느낌이고 코도 입도 사납다 싶을 만큼 컸다.

"이봐!"

"⋯⋯."

"애리, 속 시원히 털어놓아 봐. 지금 무엇하고 있니?"

대답 대신 애리는 엎드린 채 법해의 넓적다리 언저리를 물었다.

"아프다! 이번에는 정말로 사정두지 않겠다."

그는 그녀의 젖가슴을 아프도록 꽉 움켜 잡았다. 순간 애리는 요란스럽게 웃어 가며 사내의 가슴을 덮었다.

"요것이 끝내!"

법해는 벌렁 뒤로 자빠졌다. 뭐 여자에게 밀려 쓰러질 만큼 약한 그도 아니었지만 떼밀려 쓰러졌을 때에는 그의 전의(戰意)가 다시 불타올라 굵직한 팔뚝이 애리의 등과 허리를 큰 구렁이처럼 죄고 있었다.

이런 자세로 세게 끌어당겨진 애리의 나긋한 몸은 법해의 몸에 착 달라붙은 것처럼 휘어졌고, 얼굴과 가슴이 사내의 그것에 밀착했다. 어느 쪽부터인지 모르게 두 사람의 입술은 다시 격렬한 소리를 내며 맞추어졌다. 애리의 흰 다리가 흘러내리며 잘게 떨렸고 창문으로 흘러든 봄볕은 밝았다.

이윽고 그들은 함께 집을 나섰다. 그리고 현성의 성문이 저만치 보였을 때 애리는 비로소 고백했다.

"난 청루(靑樓)에 있어. 혼자 살기도 뭣하여 스스로 몸을 던진 거야."

"청루?"

법해는 숨을 삼켰다. 청루라면 뭇사내에게 몸을 파는 그런 곳이었다.

"그러니까 너하고도 이제 두 번 다시 만나지 못할 거야. 이래뵈도 나를 하룻밤 사려면 황금 1정은 있어야 하니까."

가난한 탁발승으로 올 수가 있겠느냐 하는 여인의 말이었다. 법해는 피가 부글부글 끓었다. 자기도 모르게 소리치고 있었다.

"네가 어디 있든 나는 꼭 찾아가고 말 테다."

"어머!"

여자는 나직하게 소리질렀으나 지나가던 사람들이 걸음을 멈추고 이상하다는 듯 쳐다본다. 두 사람이 아무래도 어울리지 않는 일행이었기 때문이다.

법해는 탁발을 하면서 각지를 다녔다. 합비(合肥), 신양(信陽), 여주(汝州), 진주(陳州), 녹읍(鹿邑), 박주(亳州), 영주(穎州)와 같은 회하

서쪽 일대를 다녔다.

그는 훗날 이때의 일을 이렇게 썼다.

'인간 저마다의 살아가는 길은 같지가 않고 행운유수(行雲流水) 또한 뜻대로는 되지 않는다. 나는 이룩한 것은 없고 뛰어난 점도 없어 스스로 부끄러워하며 하늘을 우러르며 멍하니 서 있었다. 이미 의지할 곳도 없거니와 멋도 없었으며 밥짓는 연기를 보면 그곳을 찾아갔고, 저물면 고사(古寺)에 투숙하여 지친 몸을 쉴 뿐이었다.' 깎아지른 듯한 벼랑, 우거진 푸른 나뭇가지를 우러르며 들원숭이의 울음소리를 들으니, 달빛도 더한층 적적함을 돋우어 주었다. 마음은 아득하게 먼 고향을 향해 달렸고, 부모 형제를 그리워했지만 그들은 이미 이 세상에 없는 사람들이었으나 마음대로 되지 않아 초조감만 생겼고 분한 눈물이 차갑게 볼을 타고 흘러내렸다. 내 몸은 바람에 날리는 쑥털과 같았지만 마음속만은 펄펄 끓는 피가 있었다.'

이것은 물론 사실보다도 과장하여 미화(美化)시킨 글이다. 그러나 상당한 문장력이다. 법해는 거지로 각지를 떠돌면서 그의 지식을 쌓아갔다.

하지만 스승을 만나 배운 것이 아니기 때문에 제멋대로인 점도 없지 않아 있었다. 지식이었지 교양은 아니었다.

주원장은 차츰 드러나겠지만 모순 투성이 인간이다. 격정이 시키는 대로 일을 처리하는가 하면 냉철한 자제심도 갖고 있었다. 수많은 사람을 학살하는가 하면 적의 부상병을 돌봐주고 고향에 돌아가게 하는 인정 깊은 사람이었다.

법해는 가을이 되자 남쪽으로 발길을 향했다. 광주(光州), 주고(朱皐), 황주(黃州), 기주(蘄州)를 두루 찾아 다녔다. 이런 고을들은 장강 북안에 있고 파양호(鄱陽湖)도 멀지 않은 곳이었다.

기주에 갔을 때이다. 이곳은 호광평야(湖廣平野)의 중심지로 인심도 후했다. 탁발승에게 보시를 듬뿍 주는 선남선녀도 있어 장삼도 바랑도 새것으로 마련했고 방갓도 새로이 사 썼다.

길가에는 군데군데 나그네를 상대로 술집과 밥집 등이 있다. 그런 집은 기를 세우고 있어 먼 곳에서도 눈에 잘 띈다. 법해는 단술집을 발견하자 길가에 내놓은 긴 의자에 걸터앉았다.

그랬더니 기다렸다는 듯이 여인 하나가 가까이 와서 의자에 앉으며 엉덩이를 밀어붙였다. 꽤 지체 있는 듯한 옷차림이다.

"스님, 더우시지요?"

"네."

"방갓을 벗으시죠."

"아닙니다. 수행하는 몸은 되도록 방갓을 벗지 않습니다."

"어머나! 목소리도 젊으신 듯싶은데 수행에 열심이시네요."

여인은 더욱 엉덩이를 밀어붙인다.

통통하게 살이 찐 한창 색향이 무르익은 여자였다. 40살 가까이 되었을까, 노골적으로 유혹한다.

법해도 여자는 싫어하지 않는다. 승려가 아니었다면 애리와 헤어진 뒤 6개월 가까이 본의 아닌 금욕을 실행하지 못했을 것이다.

더구나 그는 18살이었다. 체격도 컸고 들길을 걷다가 뱀을 잡아 생식(生食)하는 버릇도 여전했다.

그렇기 때문에 한뎃잠을 자거나 싸구려 여인숙에 들면 성욕이 발동하여 참을 수 없게 된 때도 한두 번이 아니었다. 그런 때 그는 자기의 성기를 결찰(結紮)하여 욕망을 달랬다.

이것은 초기의 승단(僧團)이 생겼을 때 정해진 계율의 하나였다.

석존의 제자로 오타이(烏陀夷)라는 비구승이 있었다. 그런 오타이에게 하루는 한 귀부인이 찾아왔다.

여인은 고귀한 기품이 넘쳐 있었고 절세의 미인이었다. 오타이는 그 여인을 보자 음욕이 불길처럼 치밀며 고간의 물건이 발딱거렸다. 귀부인은 승방에 비구를 찾았을 때 그 발등에 이마를 조아리고 예배하는 관습을 좇아 정중히 절했다. 그런데 그 매끄럽고 아름다운 귀부인의 목덜미를 보자 오타이는 더 참지 못하고 방정(放精)했던 것이다.

이것은 오타이 자신도 예기치 못한 일이었다. 아차 하는 순간 폭발되며 내뿜어졌다. 그리하여 정액은 부인의 머리에서부터 뒤집어씌워지고 말았다.

"어머!"

귀부인은 오타이를 올려다보며 생긋 웃었다.

"저는 오늘 정말로 거룩하신 스님을 만나 뵈어 행복합니다. 여인의 얼굴을 보기만 하고도 그렇게 될 정도의 욕망을 스스로 끊고 수행하다니, 아무나 할 수 있는 일이 아니지요. 저는 아주 많은 이익(利益=공덕)을 얻었습니다."

이런 이야기를 석존이 나중에 아시고 계율을 정하셨다고 한다.

"그렇듯 다음(多淫)한 비구승은 앞으로 결찰을 하도록 하라."

법해도 이 말을 법소로부터 들어, 잘 때 성기를 동여매곤 했었던 것이다.

법해는 여인이 자꾸 밀어붙이는 바람에 오타이처럼 방정을 할 뻔했다. 그때 단술집 영감이 뜨거운 감주를 두 그릇 쟁반에 담아 가지고 왔기 때문에 위기는 모면했다.

"네, 두 분이서 맛있게 드십시오."

가게 앞을 사람들이 지나갔다. 사람들은 이 어울리지 않는 두 사람을 노골적으로 쳐다보았다. 법해는 갓을 쓴 채 단술 종지를 입에 가져갔다.

법해는 그런 시선이 별것도 아니었으나 여인은 낯이 뜨거웠던 모양이다.

"우리, 자리를 옮겨요. 스님을 위해 제가 대접을 하겠어요."

벌써 해거름이었다.

"고맙습니다. 하지만 날이 저물기 전에 잠잘 곳을 찾아야 합니다."

법해는 일부러 그런 말로 사양을 해보였다.

"염려 마셔요. 저의 집에 가시면 조용하게 쉬실 곳도 있지요."

여인은 법해의 손을 살며시 잡아 끈다. 그는 못 이기는 척 여인을 따라갔다.

어쩌면 돈 많은 과부이거나 오랫동안 색가(色街)에서 생활하던 퇴기(退妓)인지 모른다. 그것이야 어쨌든 오랜만에 푸짐한 고기 대접을 받는다 생각하니 군침이 입 안에 괴었다.

여인이 데려간 곳은 단술집 뒤꼍을 돌아 한참 걸어간 산 밑의 아담한 집이었다. 하인, 하녀 몇 명이 여주인의 귀가를 맞이한다.

"스님을 후원 별당으로 모셔요. 나도 곧 옷을 갈아입고 나갈 테니."

하인 하나가 그를 별당으로 안내했다. 이윽고 하인이 물을 갖고 왔고 하녀가 그의 발을 씻어 주었다.

방안에 들어가 의자에 앉아 있으려니까 또 다른 하녀가 요리와 술을 날라왔다.

"낭낭(娘娘)께서 먼저 잡숫고 계시라고 했어요. 화장을 하시느라고 좀 늦는다고 하셨어요."

법해는 합장했다. 그러나 그는 여전히 방갓을 쓴 채였다.

하녀는 술 한 잔을 따르더니 물러갔다. 법해는 이제껏 술을 마신 일이 없었다. 그러나 말할 수 없는 향기가 풍겨 자기도 모르게 술잔을 들어 조용히 입에 품고 혓바닥에 굴리듯이 했다.

무슨 이름의 명주(銘酒)인지 향기가 입 안 가득히 퍼지며 입맛을 당기게 했다. 그래서 요리도 몇 젓가락 집어먹고 스스로 따라 마셨다. 그러자 마음도 절로 도연(陶然)해지며 여인이 자꾸 기다려졌다.

반 시각이 지났던 것 같다. 열어 놓은 창 너머로 보이는 널찍한 정원에 어둠이 깃들고 하녀가 켜 놓고 간 촛불이 한결 밝아졌다.

법해는 또 한두 잔 더 마셨다. 그런데 여인은 아직도 나타나지 않는다. 정원은 완전히 어둠에 싸였다.

그때 촛불이 흔들렸다. 법해 등 뒤의 문이 소리없이 열리고 여인이 사뿐 걸어 들어왔다. 법해는 그것을 알았다. 촛불이 흔들리는 것과 함께 말할 수 없이 좋은 향료 냄새가 코를 찔렀기 때문이다.

"너무 기다리게 하여 지루하셨지요?"

"아니, 뭘요."

법해는 의자에서 일어나 여인을 맞았는데 그 순간 황홀한 느낌이 들었다. 뭐라고 하는 의상인지, 마치 매미 날개처럼 속살이 훤히 들여다보이는 옷을 걸치고 있었다.

"어머나! 아직도 방갓을 벗지 않으셨네요."

"네. 저희들 종문(宗門)의 계율로 탁발행일 때 방갓은 벗지 못하게 되어 있습니다."

"호호호…… 그래요."

여인은 자못 요염하게 웃으며 걸어왔다. 두 개의 유방은 높게 내밀고 있다. 걸음걸이도 독특하며 상반신을 전혀 움직이지 않고 하반신만 조용히 움직이고 있다. 그리고 가까이 오는 듯싶더니 황홀해 하는 그의 눈앞에서 몸을 틀어 창문을 닫으러 갔다.

그런 모습이 또한 법해의 눈길을 끌었다. 미묘하게 움직여지는 둔부는 그야말로 뇌쇄적(腦殺的)이었다.

창문을 닫자 그녀는 다시 돌아왔다.

"앉으셔요."

"네."

법해는 비로소 뜨거운 한숨을 내쉬며 의자에 앉았다. 아까의 단술집에서 미처 느끼지 못했으나 그로선 처음 보는 고귀한 여인이었다.

"혼자 심심하셨지요. 제가 술을 따라 드릴 테니 잡숫고 저에게 한 잔 주셔요."

여인은 탁자 맞은편에 앉지 않고 그의 옆에 와 앉았다.

그는 술에 취해 있었다. 정신은 긴장되어 맑았지만 몸은 취해 있었다.

그러한 그의 몸에 여자의 손이 대담하게 뻗쳐 왔다.

"종문의 계율이라 방갓은 안되겠지만 그 밖의 것은 상관없겠지요?"

여인의 손은 직접 사내의 살갗에 닿지 않고 천을 손가락으로 집어 올리듯 장삼을 벗겨 버렸다. 그때 법해는 술잔을 입으로 가져 가던 참이었는데 너무도 재빠른 여자의 손놀림이었다. 여유를 주지 않고 여자의 손은 장삼 아래의 의복까지 홀딱 벗겨 놓았다.

참으로 꼴불견인 모습이었다. 얼굴은 방갓을 쓰고 있는데 그 아래는 태어난 모습 그대로였다.

더욱이 흉칙스러운 것은 고간의 일물(一物)로 잠시 전까지 술기운에 잠기고 있었지만 주인의 당혹도 모르는 체 맹렬히 성을 내고 있었다.

"어머나, 원기도 있네요."

여인은 법해가 따라 준 술잔을 한 손에 잡더니 입으로 가져 가는 대신 그 술을 사내에게 쏟았다. 그리고 촛불을 혹 불어 꺼버리더니 자기 쪽에서 사내 무릎에 올랐다.

어둠이 얼어붙은 것처럼 한동안 미동(微動)도 하지 않았다. 그런 어둠 밑바닥에서 아직 젊은 법해와 풍만한 몸집의 여주인이 하반신을 밀착시킨 채 꼼짝도 않고 있다.

이윽고 여인의 손이 움직였다. 방갓의 끈을 턱 아래서 더듬어 풀고 벗긴다. 법해는 두 팔로 여체의 허리 위쪽을 잡아 주고 있었는데 여인이 목에 팔을 감자 그 자세는 안정되었다. 곧 이어 입술끼리 심하게 부딪치는 소리를 냈다.

"아아, 아아."

여인은 간간이 입술을 떼며 신음했다. 그와 동시에 얼어붙어 있던 두 사람의 정열이 녹아 흐르기 시작했다. 화끈하고 격렬한 냄새가 주위의 공기를 울리며 떠돌았다. 의자가 괴로운 듯이 삐걱거렸다.

동물적인 발정(發情)의 체취가 더욱 짙어졌다. 말로선 의미가 되지 않는 여인의 콧소리가 달콤하고 구슬프게 끊길 듯이 이어져 나갔다. 그리고 이윽고 의자의 비명도 진정되었다.

"아, 얼마만인지…… 어떠셔요? 힘드셨지요."

"아닙니다. 극락, 극락입니다."

"어머나! 귀엽게도 말씀하시네요."

'쪽' 하고 어둠 속에서 소리가 났다. 사내 몸에 감겼던 여인의 팔이 떼어지고 탁자쪽으로 뻗쳐진다. 무엇인가 찾고 있는 모양이었다.

그러나 법해는 흐뭇한 피곤에 젖어 있었다. 그리하여 몸은 나른하고 많이 마신 술 때문에 눈꺼풀이 무거웠지만 그의 사내는 아직도 미진한 듯 꿈틀대기 시작했다. 그때 촛불에 불이 켜졌다.

"당신의 얼굴을 보고 싶어요."

여인은 그렇게 말하며 얼굴을 돌렸다. 그 순간 어떤 일이 발생했는지 당장은 몰랐다. 여인이 자지러지게 비명을 지르며 그의 몸에서 떨어졌다.

그뿐이 아니었다.

"이 도깨비야, 원숭이야! 그래서 방갓을 벗지 않았구나."

발을 동동 구르며 여인은 소리를 질러 댔다. 법해는 그제서야 여인의 비명이 자기의 못생긴 얼굴에 있다는 것을 알았지만, 아직도 한동안은 멍한 상태였다.

"뭘 꾸물거리고 있어! 내 집에서 썩 나가지를 않고……."

여인은 마구 물건을 집어 던지기 시작했다. 방갓도 장삼도 목탁이 든 바랑도. 그리고 여인은 엉엉 소리내며 울었다.

"내 몸이 더럽혀졌어, 더럽혀졌다. 아이 분해라."

법해는 자기 물건을 그러모아 갖고 그 집에서 어떻게 뛰쳐나왔는지 기억이 없었다. 그러나 아마도 그의 얼굴은 이때부터 더욱 사나워졌으리라.

그는 그날 밤으로 기주를 떠나 동쪽을 향해 걸었다. 걸으면서 그는 이를 박박 갈았다. 왜 그때 여인을 죽이지 못하고 허둥지둥 도망쳐 나왔는지 자기 자신이 싫어졌다.

안경(安慶), 지주(池州) 등지를 거쳐 마침내 임안에 이르렀다. 임안은 남송 아홉 황제들이 도읍을 정했던 곳으로 경사(京師)라고 불렸다. 또 이곳은 수도(水都)로 운하나 강에 걸린 돌다리만 하여도 1만 2천이나 되었다고 한다. 인구도 많아 60만 호(戶)나 되는 대도시였다.

법해는 이 도시에서 몇 달 있었다. 구경도 하며 탁발도 했다.

그런 어느 날 어떤 청루 앞에서 독경을 하며 동냥을 청했다. 그러자 기녀(妓女) 하나가 나오며 그를 불렀다.

"스님, 이층의 손님이 바쁘시더라도 잠깐 들렀다가 가시라고 합니다."

법해는 이상하게 여겼다. 이 넓은 도시에 자기를 아는 사람이 있을 리 없었다. 혹시 어렸을 때의 친구 주덕홍이 술을 마시다가 자기를 보았는지 모른다.

"젊은 분이오？"

"아아뇨, 나이 지긋하신 분입니다."

법해는 고개를 갸웃하며 기녀를 따라 이층에 올라갔다. 그곳에 서너 명 사대부인 듯싶은 사람들이 술을 마시고 있었다.

"어서 오십시오. 저는 처주(處州) 청전(靑田) 사람으로 유기(劉基)라 합니다. 창가에서 문득 길을 바라보았더니 스님이 계시기에 청했던 것입니다."

유기는 자를 백온(伯溫)이라 하는데 원나라 태보(太保) 벼슬을 한 유병충(劉秉忠)의 손자였다.

어려서부터 수재로「춘추좌전」을 즐겨 읽었다. 고향인 청전에 명산이 하나 있었는데 늘 그곳에 올라가「좌전」을 읽었다. 그렇게 1년쯤 지났는데 하루는 문득 석벽(石壁)이 갈라지며 작은 문이 보였다. 유기는 이상하게 여기고 그 안에 들어갔다. 얼마쯤 동굴 안을 가자 석벽에 일곱 글자가 쓰여져 있었다.

'此石爲劉基所破'

유기에 의해 석벽이 무너뜨려진다는 뜻이다. 유기는 기뻐하고 힘껏 돌벽을 밀었다. 그랬더니 그것이 문처럼 열리며 병서(兵書)가 4권 있었다.

유기는 병서를 품안에 간직하고 동굴을 뛰어나왔는데 다시 석벽이 닫히며 절벽이 되어 버렸다.

유기는 그날부터 병서를 열심히 읽었지만 내용이 어려워 도무지 이해할 수 없었다. 그래서 이름 있는 스승을 찾아 다녔지만 그 병서를 해독하는 자가 없었다.

그러다가 깊은 산에 들어가 늙은 도사를 만났지만, 도사는 그를 거들떠보지도 않았다. 그러나 유기는 절을 올리며 간절히 부탁했다.

"저는 도사님의 높은 이름을 듣고 찾아왔습니다. 아무쪼록 가르침을 받고 싶습니다."

그러자 도사는 자기가 읽던 책을 획 던지며 말했다.

"네가 나에게 배울 뜻이 있다면 열흘 안에 그 책을 외어 갖고 오너

라. 만일 그렇지 못하면 내 앞에 나타나지도 마라."

유기가 책을 두 손으로 받쳐 들며 보았더니 두께가 2치쯤 되었다. 그는 그 책을 그날 밤 안으로 독파했고 다음날에는 남김없이 욀 수 있었다.

도사는 유기의 암송을 반쯤 듣더니 감탄하며 말했다.

"그대는 참으로 천재이다. 내가 아는 학문을 모두 그대에게 전해 주리라."

이리하여 보름 동안 도사가 알고 있는 학문을 모두 배웠다. 헤어질 때 도사는 이런 훈계를 했다.

"내, 그대의 재주를 보건대 결코 예사롭지가 않다. 병란의 때를 만나 반드시 왕사(王師)가 될 수 있으리라. 다만 장양(張良)을 본받고 그와 같이 해야만 한다."

장양은 한 고조 유방(劉邦)의 모신으로 제업(帝業)이 이루어지자 재빨리 사직하여 자기의 천수(天壽)를 다한 인물이다.

유기는 과거에 합격하여 진사가 되었다. 원나라 시대엔 과거가 폐지되었다가 부활되곤 했지만 한인으로 과거 급제자는 아주 수가 적었다. 특히 차별받는 강남인으로 과거에 급제하기란 하늘의 별따기였다. 유기가 22살 때의 일로 그가 얼마나 수재였는지 이것으로 알 수 있다.

그리하여 고안(高安) 현감이 되어 부임했는데 반 년쯤 있다가 사임하고 고향에 돌아왔다. 이때부터 그때의 이름난 문인, 선비들인 우문양(宇文諒), 노도원(魯道源), 송염(宋濂), 조천택(趙天澤) 등과 사귀며 시를 짓고 술을 마시며 세월을 보냈다.

　　흰 까마귀가 새끼를 기를 때
　　밤마다 울며 새벽에 이른다.
　　그러나 날개가 이루어지면
　　저마다 동서로 날아가 버린다.
　　(白鴉 養雛時　夜夜啼達曙
　　如何羽翼成　各自東西去)

이 시는 어버이에게 불효하는 자식을 까마귀에 비유하여 읊은 것이다. 유기는 시문(詩文)뿐 아니라 선술(仙術)도 뛰어났었다. 「적천수(適天髓)」, 「기문천지서(奇門天地書)」, 「금면옥장(金面玉掌)」 같은 저서도 남겼다.

'유백온은 당대의 제갈공명이다."

친구들은 곧잘 그를 가리켜 말했다.

그가 소흥(紹興) 땅에 갔을 때의 일이다. 여숙(旅宿)의 주인 공문수(孔文秀)가 유기를 보자 말했다.

"선비님께서 아무쪼록 제 딸을 살려 주십시오."

"갑자기 따님을 살려 달라고 하시니 무슨 일입니까?"

"저에게 딸자식이 하나 있사옵니다. 제 입으로 이런 말을 하기는 부끄럽지만 절세의 미녀로 마음도 착한 아이입니다. 그런데 한 달쯤 전부터 밤마다 요괴(妖怪)가 찾아와 이제는 거의 죽게 되었습니다. 아무쪼록 불쌍하다 여기시고 딸을 구해 주십시오."

"그렇소? 그렇다면 따님을 딴 방에 옮기고 내가 그 방에서 요괴를 기다리겠소."

공문수는 기뻐하며 유기에게 칼 한 자루를 주고 딸의 침실로 안내했다. 유기는 방문에 부적을 써 붙이고 칼을 안고 처녀의 침상에 누워 있었다.

이윽고 한밤중, 담을 뛰어넘는 소리가 쿵 하고 들렸다. 그리고 요괴는 방문 앞까지 이르렀는데 부적을 보더니 쓰러져 팔다리를 심하게 떨었다.

유기는 칼을 뽑아들고 뛰어나가서 오른발로 요괴의 가슴을 밟고 촛불을 비추어 보았다. 그것은 한 마리의 흰 원숭이였다.

"너는 요괴로 감히 만물의 영장인 인간의 처녀를 탐했다. 성문에는 신이 있어 너 같은 요괴가 함부로 성안에 들어오지 못할 텐데 어떻게 들어왔느냐?"

"제발 목숨만 살려 주십시오. 사실은 진명(眞命)천자가 임안에 와 계시기 때문에 각처의 신들이 모두 그분을 지켜 드리기 위해 갔습니다. 그 때문에 저는 쉽게 성안에 들어올 수 있었지요."

유기는 깜짝 놀랐다.

"그게 정말이냐?"

"제가 어찌 거짓말을 하겠습니까? 그분은 지금 스님으로 계신데 앞으로 20년이면 천자가 되십니다."

"알았다. 너를 특별히 용서하여 살려 줄 테니 다시는 이 집에 오지 말아라."

"고맙습니다. 이 은혜는 뒷날 반드시 갚아 드리겠습니다."

유기는 이튿날 공문수에게 이 말을 알려주었다. 문수는 기뻐하고 백은 10냥을 내놓았지만 그는 사양하고 받지를 않았다.

본인은 모르고 있었지만 법해가 있는 곳에 붉은 기운이 감돌고 있었다. 유기는 청루에서 술을 마시다가 문득 법해의 홍기(紅氣)를 보고 그를 불러오게 했던 것이다.

함께 있던 송염, 노도원은 법해를 보자 노골적으로 상을 찌푸렸다. 더욱이 그들은 유기가,

"스님, 죄송하지만 방갓을 벗으십시오."

말하자,

"종문의 계율로 탁발행일 때에는 방갓을 벗지 못하게 되어 있습니다."

고 대답하자 건방지다는 생각에 혀를 끌끌 찼다.

"그렇습니까? 그렇다면 손금이라도 보여 주시지요."

"좋을 대로 하시오."

법해는 손을 내밀었지만 사대부들이 자기를 비웃고 있다는 데 화가 나 있었다. 그러나 유기만은 태도가 공손하고 깍듯이 예의를 차렸다.

손금을 보고 나더니 유기는 대뜸 의자에서 일어나 법해에게 큰 절을 올렸다. 법해는 어안이 벙벙했다.

"천금처럼 귀하신 몸이니 아무쪼록 자중자애하도록 하십시오."

법해가 가버리자 송염이 말했다.

"대체 자네는 거지중에게 절까지 하다니 정신이 나갔나?"

"정신은 말짱하네. 앞으로 20년만 지나면 우리 모두 북면(北面)하여 그분에게 절하게 될 것일세."

"북면한다고! 그러면 그 거지가 임금이 된다는 말인가!"

임금은 남쪽을 향해 앉는 것이 법이기 때문에 신하는 북면하는 셈이다.

"쉬, 목소리가 높네. 이것은 절대로 비밀이니 함부로 말해선 안되네."

"흥! 자네가 점을 잘 치고 사주를 잘 풀기는 하지만, 그것은 맞지 않아. 지금 내가 방갓 밑의 얼굴을 살짝 들여다보았는데 눈하며 입이 큰 것이 꼭 강도 같았네. 그런 얼굴을 한 자가 천자가 된다는 것은 말도 안돼."

인간이 지닌 능력 이상의 일은 할 수 있는 것은 아니다. 비록 한때는 무리가 통할 것처럼 보이지만 그것은 잠깐일 뿐 곧 지닌 재능에 걸맞는 환경이 그를 에워싸는 법이다. 송염은 이러한 신념을 지닌 인간이었다.

변(變)

지정 7년(1347), 원의 조정에선 변동이 있었다. 이때까지의 우승상이던 아로토가 물러나고 토울치(Tourtchi=朶兒只)가 그 뒤를 이었다. 토울치는 좌승상으로 타이핑(Taiping=太平)을 추천했고 타이핑은 또 유배돼 있는 톡타가의 사연을 황제에게 건의했다.

순제는 여전히 정치에 관심이 없었고 방중술에 몰두하고 있었다.

순제가 하루는 이상한 꿈을 꾸고 식은 땀을 흘렸다. 꿈에 청개구리, 개미, 벌떼가 궁전에 모여들었다. 순제는 환관을 시켜 이것을 쓸어 내게 했지만 쓸어 내도 쓸어 내도 자꾸자꾸 모여들어 한이 없었다. 그때 남쪽에서 한 사람이 나타났다. 붉은 옷을 몸에 걸쳤고 해와 달을 양어깨에 걸었는데 손엔 비를 들고 있었다.

그는 비로 청개구리와 개미, 그리고 벌떼를 금방 쓸어 냈다. 순제는 하도 신기하여 물었다.

"너는 누구냐?"

그러자 그 사람은 느닷없이 허리의 칼을 뽑고 순제를 베려고 했다. 순제는 놀라 궁 안으로 몸을 피했고 문을 닫게 했다. 그리고 좌우를 시켜 그 사람을 잡으라고 소리지르다가 꿈이 깨었다.

식은 땀으로 온몸을 미역감은 것만 같고 몸이 떨렸다.

"몇 각이냐?"

기황후가 옆에 누워 있다가 대답했다.

"삼경이 지났습니다. 그런데 폐하, 무슨 꿈을 꾸셨기에 그렇듯 몸을 떨고 계십니까?"

순제는 꿈 이야기를 해주었다.

"꿈은 마음의 조화입니다. 그러므로 길흉을 판단할 수가 있는 것입니다. 내일 대관(臺官)을 불러 물어 보시면 자세한 것을 알 수 있을 것입니다."

이 말이 채 끝나기도 전에 궁전이 크게 흔들렸다. 그리고 어디선가 벼락치는 듯한 소리가 들렸다.

순제는 환관을 불러 무슨 일이 있었는지 알아 보고 오라고 명했다. 이윽고 환관이 돌아와 보고했다.

"청덕전(淸德殿) 한 모퉁이가 무너졌고 땅이 꺼지며 구덩이가 하나 생겼습니다."

"짐의 꿈이 불길한데 또 땅이 꺼지고 깊은 구덩이가 생겼다니 대불길이다."

순제는 날이 밝기를 기다려 백관을 소집했다. 그리고 대관 임지기
(林志奇)를 불러 물었다.

"짐이 어젯밤 꿈을 꾸었다. 매우 이상한 꿈이었다. 대관은 자세히
해몽을 해보라."

임지기는 꿈 이야기를 다 듣고 나서 아뢰었다.

"황공하오나 매우 불길한 꿈입니다. 궁전 가득 청개구리·개미·벌
떼가 모여드는 것은 병마가 일어나 벌처럼 무리를 이루고 개미처럼 모
인다는 징조입니다. 그것을 쓸어 내지 못한 것은 조정에 장(將)이 없
기 때문입니다. 또 붉은 옷을 입은 인물이 벌레를 쓸어 냈다고 하셨는
데 이는 성이 주씨, 아니면 적씨(赤氏)일 것입니다. 어깨에 일월을 걸
은 것은 하늘과 땅을 다스린다는 뜻입니다. 옛날 진시황은 꿈에 푸른
옷 입은 자, 붉은 옷 입은 자를 보았습니다. 지금 폐하께서 꾸신 꿈이
그것과 비슷하니 아무쪼록 덕행을 쌓으시고 몸을 돌아보시며 재난을
피하도록 하십시오."

순제는 이 해몽에 불쾌한 빛을 나타냈다.

"어젯밤에 청덕전의 땅이 꺼지고 구멍이 하나 생겼다. 이는 또 무슨
징조냐?"

"천지 불화이면 음양이 불순입니다. 때문에 하늘이 기울고 땅이 꺼
지는 일이 나타나기 마련입니다. 신이 그 구덩이를 보고 길흉을 말씀
드리겠습니다."

순제를 비롯한 임지기 등이 구덩이를 살폈다. 넓이 다섯 자쯤인데
검은 연기가 솟아나 깊이가 얼마인지 알 수 없었다. 임지기가 아뢰었
다.

"구덩이 안에 무엇이 있는지 사람을 내려보내어 살피게 하십시오."

그러자 귀양에서 돌아온 톡타가 말했다.

"독기가 왕성한 구덩이에 아무나 들여보낼 수는 없습니다. 옥중에서
사형 죄수를 불러내어 들여보내는 게 좋겠습니다."

톡타가의 건의로 전풍(田豊)이라는 자가 불려 나왔다. 순제는 그에

230

게 말했다.

"너는 사람을 죽인 죄가 있다. 만일 지금 구덩이에 들어가 안을 살피고 다시 무사히 올라온다면 너의 사죄(死罪)를 용서하겠다."

전풍은 손에 단풍을 하나 갖고 상자 안에 앉았다. 그러자 수십 명의 환관들이 밧줄로 상자를 매달아 구덩이 깊이 내려 주었다.

전풍은 스무 길쯤 내려갔다. 보니까 돌비석이 하나 있고 그 밖에는 아무것도 없었다. 전풍은 돌비석을 안아 상자에 옮기고 밧줄을 잡아당겨 끌어올리라는 신호를 보냈다.

돌비석에는 다음의 글자가 새겨져 있었다.

乾坤蕩蕩 日月蒼蒼, 塵埃擾擾 四海茫茫, 干戈振作 默庶災殃.

(천지가 크고 아득하며 해와 달 또한 끝이 없어 영원하다. 그런데 먼지나 티끌이 날리듯 시끄럽고 천하는 아득하고 멀다. 전쟁이 자주 일어나 백성에게 재앙이 돌아간다.)

순제는 이것을 읽자 얼굴이 흐려졌다. 과연 이 예언처럼 천변지이(天變地異)가 곳곳에서 발생했다. 예를 들어 연경(대도)에서 소리개가 변하여 개가 되었고 양이 변하여 소가 되었다. 강남에서는 인경이 저절로 울렸고 변양성 동쪽의 강물이 다섯 가지 색깔로 변했는가 하면 농서(隴西) 땅에선 땅이 울리기를 백여 일이나 계속되었다.

또 회주(會州)의 관하 담이 무너졌는데 흙 속에서 5백여 개의 활이 나왔다. 긴 것은 12자, 짧은 것이라도 9자는 되어 누구도 이 활을 당겨 쏠 수가 없었다.

또 이해 겨울 별이 불덩이처럼 동에서 남쪽으로 흘렀다. 별꼬리가 길었고 땅에 떨어져 며칠씩 탔지만 이윽고 식어 돌이 되었다. 그 모양이 개 머리 같고 빛깔은 검지만 광채를 내고 있어 순제는 칙명을 내려 이것을 거두어 부고(府庫)에 간직하라고 명했다.

또 온주(溫州) 낙청(樂清)이란 고장에 용이 나타났고 물을 내뿜었다. 산동 지방에선 흰 털이 비오듯이 쏟아지기도 했다.

순제 좌우에 서역의 승과 라마승 가린진(伽璘眞)이 있었다. 가린진은 저 방중술을 가르쳐 준 양연의 후임자로 대원국사(大元國師)라는 칭호를 받았고 미녀도 몇 사람 하사받고 있었다.

서역의 승은 이름이 전하지 않는다. 그때 원에는 기독교, 회교 등 온갖 종교가 다 들어와 있었고 신앙은 자유였다. 이들은 순제에게 운기술(運氣術), 접아법(楪兒法)을 가르쳐 주었다.

"폐하께선 존귀한 구오(九五)의 자리에 오르시고 부는 천하의 것을 모두 가지고 계십니다. 그러나 인생이란 짧은 것입니다. 인간으로 누구라도 천 년 만 년은 살 수 없습니다. 현재를 마음껏 즐기도록 하십시오."

순제는 이것을 옳게 여기고 이때부터 더욱 호사롭게 방탕을 일삼았다. 용선(龍船)을 만들어 내원(內苑)에 띄웠다. 천장이 195자, 폭이 21자. 이물엔 기와지붕에 발을 드리우고 난간이 있는 천랑(穿廊)과 난각(暖閣)이 있었고 고물엔 5층 누각이 있었다. 용선 중앙은 궁전과 똑같이 꾸몄다.

노젓는 자가 모두 120명인데 각각 보라색 장삼에 허리엔 금띠를 둘렀고 머리에 사건(紗巾)을 썼다.

뱃머리엔 서방 삼성전(三聖殿)이 모셔져 있었다. 그 양쪽에 양 금강신을 배치했다. 그리고 배의 장식은 금은을 아낌없이 사용하여 호사롭기 이를 데 없었다.

순제는 늘 이 배를 타고 후궁(後宮)에서 전궁(前宮)에 이르렀고 전궁에서 다시 후궁을 오고 가며 유흥을 했다. 배에서 궁녀들이 춤과 노래, 그리고 온갖 교태와 몸짓으로 황제의 눈과 귀를 즐겁게 해주었음은 물론이다.

호주의 옆 고을로 저주(滁州)라는 곳이 있다. 법해는 외조부의 조카뻘로 외당숙 곽광경(郭光卿)을 찾아갔었다.

법해가 광경에게 인사를 하며 절을 하자 그는 좋게 보는 눈은 아니었다. 외가쪽으로 아저씨이고 몇 년이고 소식이 없다가 불쑥 찾아갔기 때문이었으리라.

"부모님이 한날 한시에 돌아가셨고 형제도 모두 죽어 이제는 둘째 형님 중류밖에 남아 있지 않습니다. 저는 보다시피 승적을 가지고 있어 수행중이라 이제야 겨우 아저씨를 찾아 뵙게 되었습니다."

그랬더니 광경도 조금 안색이 부드러워졌다.

"나는 늘 너희 모자들 소식이 없는 것만을 고깝게 여겼는데 이제 말을 듣고 보니 그럴 만한 사정이 있었구나. 내 집에 있으며 편히 쉬도록 하라."

곽광경은 지방의 유지로 얼굴이 넓었다. 그는 뒷날 서계 홍건적의 우두머리가 된 팽영옥(彭瑩玉)과도 아는 사이였다. 영옥은 미륵보살이 세상에 나타난다는 가르침을 퍼뜨리며 이 지방에서 활동하고 있었다.

법해는 영옥과 직접 만난 일은 없었지만 곽광경의 집에 있으면서 그 신도와는 접촉이 있었다.

"아저씨, 미륵교와 백련교는 다른가요 ?"

팽영옥이 비밀히 포교하고 있는 종교는 미륵보살과 명왕(明王)을 받들고 있어 미륵교 또는 명교라 불리우고 있었다.

"글쎄 다르기는 하지만 비슷하다고 하겠지."

팽영옥은 원주(袁州=강소성 衣春) 사람으로 이를테면 이 종교의 남파였다. 이것에 대해 조주(趙州=하북성) 난성(欒城)의 한씨를 두목으로 하는 북파가 있었다. 북파는 수대에 걸친 백련교의 교주로 유복통의 부추김을 받아 한산동이 난을 일으켰다가 피살되었다.

이 양파는 둘 다 미륵보살의 재래(再來)를 표방하며 원나라에 반항했기 때문에 기병한 뒤는 혼동하게 되었던 것이다. 또 사실 머리에 붉은 헝겊을 동이고 있어 같은 홍건적으로 취급되었다.

명교는 앞에서도 나온 마니교의 중국식 표기였다.

"명교는 어떤 것입니까 ?"

"명교에선 이종삼제(二宗三際)가 그 근본의 가르침이다. 즉, 이 세상에는 명암(明暗)의 두 힘이 대립하고 있는데 그것이 이종이다. 처음의 초제(初際)에선 명암의 구별이 없고, 다음인 중제(中際)에선 암흑이 확대되어 이윽고 대환(大患=대란) 상태가 된다. 이때 명왕이 나타나서 암흑을 몰아내고 후제(後際) 단계에 이르면 광명은 대명(大明)이 되고,

어둠은 적암(積暗)으로 돌아가게 된다."

법해는 신도들과 접촉하면서 많은 것을 알게 되었다.

법해는 또 곽광경의 집에 있으면서 무술, 특히 권법(拳法)을 배웠다. 광경은 권법의 달인으로 제자들에게 권법을 가르치고 있었던 것이다.

그 제자로 등유(鄧愈)가 있었다. 법해와는 비슷한 나이로 그와 곧잘 권법 대련을 했다.

중국에서의 권법 역사는 오래이다. 후한 시대의 반고(班固)가 엮은 「한서」「예문지(藝文志)」엔 수박(手搏)과 축국(蹵鞠)이란 용어가 나온다.

수박은 권법의 별명이다. 또 축국은 발로 차는 기술인데 공을 차는 기술로 발달되었다. 그러나 예문지에 나오는 내용은 병기술(전투술)의 명칭만 나와 있어 구체적 기술 내용이 어떤 것인지 알 수가 없다.

그러나 명나라 시대에 와서 당순지(唐順之)의 「무편(武編)」과 척계광(戚繼光)의 「기효신서(紀效新書)」 등이 있어 원나라 말기에 권법이 성행되었음을 알 수 있다.

'온파(溫波)는 장타(長打)를 주로 하였다. 72가지의 행착(行着)과 24가지의 심퇴(尋腿)와 36가지의 합쇄법(合鎖法)이 있었다.

또 송태조(조광윤) 장권(長拳)은 넓적다리를 많이 쓴다.

산서의 유단타(劉短打)는 머리와 팔꿈치를 사용하는 육투(六套)가 있었다.

송태조 장권은 산동에서 주로 성행되고 있는데 강남 지방에서도 또한 이것을 많이 배우고 있다. 3파의 단병(短兵＝접근전)은 또한 도끼를 잘 쓴다. 특히 온파는 도끼를 전문으로 습득하고 있다.'

이상은 「무편」의 기록이다. 「무편」보다 수십 년 뒤에 발간된 「기효신서」에도 이런 내용이 보인다.

'고금의 권파는 송태조 32세 장권, 육보권(六步拳), 후권(猴拳), 와권(囮拳) 등의 이름이 있고 각각 내세우는 바가 있지만, 대동소이하다.'

법해가 20세이던 여름, 그는 아저씨와 더불어 매실(梅實)을 팔기 위해 길을 떠났다. 저주에서 가까운 큰 도시로 금릉(金陵)이 있다.

매실을 잔뜩 실은 수레를 법해가 앞에서 끌었고 광경은 뒤에서 이것을 밀었다.

그들은 화주(和州) 경계에 이르렀다. 때는 복중이라 말할 수 없이 더웠다. 땀이 비오듯 했고 옷이 흠뻑 젖었다.

길가에 큰 정자나무가 있고 술집이 보였다. 광경이 법해에게 말했다.

"나는 저기서 잠시 쉬었다 가겠다. 너는 먼저 수레를 끌고 가거라."

"네, 아저씨."

이리하여 법해는 먼저 수레를 끌고 갔지만 뒤에 남은 광경에게 사고가 발생했다.

아마도 술을 마시다가 시비가 벌어졌으리라. 한인 몇 사람이 역시 술을 마시다가 곽광경과 언쟁을 벌였다.

이때 광경은 발로 관인(官人)을 차 넘어뜨렸고 주먹으로 눈썹 사이 미간을 때렸다. 이곳은 급소로 잘못 맞으면 사람이 죽고 만다.

그 관인도 광경의 일격에 쓰러지며 입에서 피거품을 내뿜었고 팔다리를 가늘게 떨다가 죽고 말았다.

취중의 실수이기는 했지만 살인은 큰 죄였다. 더욱이 강남인으로 한인일망정 관원을 죽였다는 것은 죽음을 부른 것이었다.

원나라 말기의 홍건적의 봉기, 그리고 원나라 붕괴는 몽고인 등 지배층이 농민을 지나치게 착취했기 때문이다. 또 몽고인이 한인과 강남인을 심하게 차별했기 때문이다.

원은 서역, 몽고 고원에서 중국 전역에 걸친 광대한 영토를 차지했고 다수의 민족을 통치하고 있었는데 인종, 민족에 따라 차별이 있었다.

특히 같은 한족이면서 회하 이북의 한인과 그 이남의 강남인 사이에도 차별이 있었다. 한인은 옛 금나라 영토에 거주하던 사람이고 강남인은 남송의 유민이었다.

몽고족은 금을 멸망시키자 광대한 토지를 몰수하여 목장으로 만들어 버렸다. 또 남송이 멸망한 뒤로는 송의 관전(官田)이나 일부 귀족들의 땅이 몰수되어 몽고의 여러 왕·후비·공왕(公王=황녀)·대신 등에게 하사되었다. 한인·강남인 중에서도 몽고에 귀순한 관료나 장군, 승려, 도교 사원으로 토지를 하사받은 자가 있었다.

예를 들어 몽고족인 진왕(晉王) 야센테무르(Yesen temour=也先帖木兒)는 이 무렵 조정에 토지를 반환했지만 그것이 7천경(頃=1경은 6.7 아르)이나 되었다.

그 밖의 왕들도 2백 경부터 5백 경의 사전(賜田)을 각지에 소유하고 있었다. 강소·절강과 같은 토지가 비옥하고 인구가 조밀한 곳은 수백 경이라도 엄청난 부였다. 또 금과 남송의 귀순 관료들은 종래부터의 소유지를 그대로 유지했을 뿐 아니라 기회 있을 때마다 그것을 넓혔다. 어떤 자는 연수 20~30만 석에 2~3천 호의 소작인을 거느렸다.

또 원은 앞에서 말했듯 종교를 보호했기 때문에 사원도 넓은 토지를 소유했다. 대승천 호성사(大承天護聖寺)라는 라마교 사원은 32만 5천 경의 토지를 소유하고 있었다.

이와 같은 대규모의 토지를 한꺼번에 소유한 것은 아니다. 원의 전 시대를 통해 점진적으로 이루어졌다.

이뿐이 아니다.

몽고족의 왕·후비·대신들은 도시도 지배하여 수천 호에서 수만 호, 1현부터 몇몇 현, 혹은 1로(路=로는 송시대에 두어진 최고의 지방 행정 구역)에서 3로에 걸친 지역을 지배·점유했다. 최대의 것으로 8만 호를 지배한 자도 있었다.

이런 도시에선 영주가 관리를 임명하고 농민을 오호사(五戶糸)로 편성했다. 오호사는 다섯 집이 어울려 실 한 근을 바치게 하는 납세 조직이다.

이 때문에 농민이 가난해지고 중소 지주였던 자도 소작인으로 전락했다.

더욱이 강남에선 지주와 소작인의 분배율이 반타작 또는 사륙제로 흉년일 때에는 지주로부터 장리로 곡식을 빌어야 했다. 그리하여 그것을 갚지 못한다면 가재 도구는 물론이고 괭이나 낫까지 빼앗기고 아내나 딸은 지주의 하녀나 첩이 되는 일도 많았다.

그러므로 야반도주하여 유맹이 되는 농민이 많았고 경작할 사람이 없어 버려진 땅도 늘었다. 이렇게 되면 국력이 필연적으로 약해진다.

북부 지방도 마찬가지였다. 말을 타고 달리는 몽고인은 곡식을 짓밟기 일쑤였고 뽕잎을 말이 뜯어 먹었다. 대도 부근 기내(幾內)에선 목초를 생산하기 위해 농경이 금지되었다. 또 농경용의 우마는 전쟁 때 자주 징발되었다. 얼마의 값이 지불되기도 했으나 전혀 지불되지 않는 일도 있었다.

이 때문에 강남으로 도망치는 농민도 많아 쿠빌라이 때인 1283년엔 한꺼번에 15만 명이나 달아난 일이 있었다. 황하, 회하, 장강에 관문을 만들어 통행증이 없는 자는 남하를 막았다.

어쨌든 곽광경은 아찔했다.

"살인자다! 저놈을 잡아라!"

동료가 죽어 자빠지자 한인들이 외쳤다. 여기에 술집의 머슴들도 가세했다.

"저놈을 잡아라! 상금이 있을 것이다."

원의 형법으로 몽고족이 이슬람 교도 하나를 죽이면 황금 4 파리시(巴里施)를 물었고 한인은 당나귀 1마리 값을 주면 되었다. 즉, 몽고인이 말다툼이나 취중에 한인을 때려 죽여도 얼마의 벌금이나 매장 비용을 지불하면 그만이다. 그 대신 한인이 국인(國人=몽고인)을 때려 상처만 입혀도 사형에 처해졌다.

한인도 그러한데 만자(강남인)는 사람 취급을 받지 못한다. 잘못하다가는 자기 목숨은 고사하고 가족까지 노예가 될 판이었다.

몽고족은 금·남송을 멸망시키는 과정에서 파괴·살육·약탈을 했지만 인간도 또한 약탈했다. 이렇게 끌려간 사람들은 구구(驅口)라 불렸고 자손에 이르기까지 노예였다. 구구와 노예는 실질적으로 같았으나 노예는 전쟁 포로였다. 그리하여 노예는 가정을 갖지 못했으나 구구는 그것이 허용되었다.

광경은 필사적으로 이들을 때려 눕히고 달아났다. 그리고 사람을 죽였기 때문에 집에 돌아가지 못하고 안풍(安豊)에 가서 유복통의 부하가 되었다.

한편 법해는 한참 수레를 끌고 가다가 아무리 기다려도 아저씨가 따라오지 않아 알아본 결과 사고를 알았다.

"어떻게 하지? 저주로 돌아가 아저씨네 식구들에게 이 사실을 알려야만 할까?"

그러나 그는 그대로 전진하기로 했다. 수레를 금릉까지 끌고 가서 매실을 모두 팔고 막대한 이익을 올렸다.

그로서는 난생 처음 큰돈을 만져 보았다. 모두 1정(은 50냥)이나 되었다.

남릉은 송태조 조광윤에게 멸망한 남당의 도읍지로 색향(色鄕)이다. 아름다운 경치와 향기로운 술, 그리고 전족한 미녀들이 있었다.

물론 금릉의 지배자는 몽고인 —— 본디 원에선 중앙 정부의 대신은 모두 몽고인 —— 으로, 한인·강남인은 될 수 없었다. 차관급도 대부분이 몽고인이고 색목인도 등용되었지만 강남인만은 원나라 말기까지 조정에서 완전히 배척되었다.

지방 행정에서는 행정장관이 몽고인, 차석은 색목인으로 정해져 있었는데 드물게 한인도 등용했다. 보다 작은 단위인 현성에서 한인 총관(摠管)과 색목인의 동지(同知＝현지사)를 두었지만 몽고인 다루가치의 감독을 받고 있었다.

법해는 이 남릉이 어지간히 마음에 들었다. 그는 품 안에 은도 듬뿍 있어 무슨 마력에 이끌리듯 남릉의 꽃거리로 갔다. 그리고 청루에 올랐던 것이다.

여자는 차가운 느낌이 드는 미녀였다. 그만큼 살갗이 희고 투명했다. 옛시에 미인을 표현하여 손가락은 마치 금방 아귀튼 띠꽃의 순과 같고, 살갗은 응지(凝脂)와 같다고 했다.

응지는 희게 응고한 비계로 미인 살갗의 형용이다. 당 현종이 양귀비가 목욕하는 광경을 엿보았다는 장면을 노래한 백낙천의 시에 나오는 말이다.

또 목은 흰 것이 긴 나무좀과 같고, 이빨은 흰 박씨와 같았다. 그리고 이마는 작은 개미의 목과 같고, 눈썹은 누에나방의 촉각 같았다. 그리하여 입매가 말할 수 없이 사랑스럽고 눈이 둥근 것이 또렷했다.

법해는 포주 노파를 불러 달라고 했다. 이윽고 포주가 나타나 입에 침이 마르도록 기녀를 칭찬했다.

"어때요, 꼭 마음에 들었겠지요. 설설(雪雪)은 시집간 지 겨우 한 달만에 남편을 여의고 오늘 처음 나왔다우."

노파의 말은 거짓만도 아니었다. 설설의 남편은 남릉의 관가 구실아치로 있었던 한인이었다. 시집간 지 겨우 한 달 되었을 때 남편이 피투성이가 되어 집에 돌아왔다. 관가의 상관인 몽고인에게 맞았다고 한다. 무엇 때문인지 설설은 그 이유를 몰랐다.

남편은 사흘만에 죽었다. 죽으면서 그는 눈을 감을 수 없었던 모양이다. 죽어 가는 몸뚱이로 죽을 때까지 그녀를 포옹하며 몸부림쳤다.

하기야 시집온 지 한 달, 신부로서의 설설(이것은 물론 꽃이름이었으나)은 부끄럽기만 한 남편의 요구를 하룻밤도 거른 적이 없었다. 그러다가 차츰 기쁨을 느끼기 시작했다.

"싫어요, 싫어요. 죽으면 싫어요."

설설은 뜻대로 되지 않는 남편의 허약한 가슴에 얼굴을 파묻고 흐느꼈다.

남편은 헛소리처럼 뇌까렸다.

"그놈이 너를 빼앗아 갈 거야. 그놈이."

"그놈이 누구죠?"

"나를 이 꼴로 만든 놈!"

남편은 이를 갈았다.

남편의 말을 여러 가지로 종합한 결과 원인은 자기에게 있는 모양이었다. 남편의 상관 몽고인이 자기를 하룻밤 빌려 달라고 했다는 것이다. 남편은 당연히 그것을 거절했는데 죽도록 매를 맞았다.

남편이 죽은 사흘 뒤 그녀는 몽고인에게 겁탈을 당했다. 지금 생각한다면 그것은 깜짝 놀랄 만큼 거칠은 폭력이었다.

설설의 꽃봉오리는 하룻밤 사이 부풀고 튕겨져 무참하다 싶을 만큼 지고 말았다고나 할까. 그러나 이상하게도 기쁨이 있었던 것이다. 농익은 과일, 백도(白桃)처럼 희미한 선들바람에도 온몸의 흰 피가 확 품어 오르듯 민감한 자기 자신을 발견하고 설설은 몸서리쳤다.

포주 노파는 연신 입을 놀려댔다.

"봐요, 얼마나 훌륭한 아이여요!"

설설은 자기 스스로 그 이튿날 꽃거리 고해(苦海)의 늪 속에 몸을 던졌지만, 그것은 자기 육체에 숨어 있는 호색을 두려워했기 때문이다.

그러면서 사내의 눈길이 피부에 와닿는 것을 느끼는 그녀는 부끄러움으로 귀가 더욱더 뜨거워지는 체질의 여자였다.

노파는 그런 설설의 마음속을 무섭도록 들여다보는 모양이다.

"서방님, 저 동백꽃처럼 빨간 설설의 귓볼을 보셨겠지요. 저것은 아직도 처녀와 다름없다는 증거이지요."

법해도 그것을 의식하고 있다. 여인이 말할 수 없이 우아롭고 목 언저리부터 가냘픈 어깨에 걸쳐 아직도 부끄러움을 나타내고 있어 마음이 끌렸다.

"여자는 사내를 안 첫달부터 석 달쯤이 가장 아름답다우. 갑자기 여자로서의 아름다움이 한꺼번에 꽃처럼 피기 때문이라우."

그러면서 노파는 얼마쯤 법해를 경멸의 눈으로 쳐다보고 있었다.

법해는 말없이 탁자 위에다 백은 50냥을 묵직하게 꺼내 놓았다.

"할멈, 백은 50냥이오. 이 돈으로 대체 얼마 동안 설설을 살 수 있겠소?"

당돌한 법해의 말에 산전수전 다 겪은 노파도 눈이 휘둥그래졌다.

그녀가 입이 아프도록 설설을 칭찬한 것도 법해 주머니에 1냥이나 2냥쯤 있다고 보았기 때문이다.

돈이 있는 사내는 어딘지 달라 보인다. 특히 돈 없던 가난뱅이가 갑자기 돈이 생겼을 때 그것은 태도로 나타나는 법이었다. 하지만 노파는 법해를 보고,

(고작해야 한두 냥 가졌겠지!)

하면서 경멸하는 한편 그 돈을 알겨 먹으려고 수다를 떨었던 것이다.

그런데 50냥이나 가지고 있을 줄은 정말 몰랐다. 색주가 포주로 수십 년을 굴러먹었지만 이런 일은 처음이었다.

노파는 눈을 깜빡거리며 신중히 생각하고 있었다. 너무 비싸게 불러도 낚시에 물리려는 대어(大魚)가 달아날 염려가 있다고 궁리하는 모양이다.

"어떻소! 모든 비용을 합해 50냥이오. 더도 말고 한 달 동안만 있게 해주구료. 할멈에겐 따로 1냥을 주리다."

"그러믄요, 그러믄요, 서방님!"

노파의 입은 단박에 벌어졌다. 그러면서 덧붙이는 것을 잊지 않았다.

"서방님은 젊지만 눈이 높아요. 하룻밤에 50냥이라도 아깝지 않은 색시죠."

돈의 위력은 무서운 것이었다. 또 돈을 주고받으며 사고 파는 일에 있어서만은 차별이 없었다. 그가 제왕이든 걸인이든 상관이 없는 일이었다.

그리하여 어제에 이은 이틀째 밤이었다. 초저녁의 무더움을 씻어 내리는 빗소리가 주룩주룩 시원한 소리를 내고 있다.

설설은 어젯밤과 마찬가지로 푸른 모기장 속 넓은 침상에 조용히 몸을 뉘고 있다.

빨간 명주의 부드러운 장포(長袍)를 잠옷삼아 걸치고 금색띠로 허리를 벌처럼 졸라매고 있었다.

돌아누워 있어 둔부가 더욱 과장돼 보였다. 그녀의 전족은 정말로 작았다. 대여섯 살 여자아이 발 정도였고 법해의 손바닥에 올려 놓아

도 여유가 있었다.

"마치 비연(飛燕) 같군."

"어머나 비연이 누구죠?"

"아득한 옛날 사람이야."

전한 말기 장안에 아름다운 자매가 어디선가 이사왔다. 언니를 비연이라 했고 동생을 합덕(合德)이라 불렀다.

자매는 강도왕(江都王)의 손녀 고소주(姑蘇主)와 강도왕을 섬기는 악사 아들 풍만금(馮萬金)이 간통하여 태어난 쌍둥이였다. 고소주 남편은 늠름한 체격의 무관이었지만 성불능자로 그 때문에 질투가 많고 사나웠다.

고소주는 남편에게 임신이 알려지는 것을 겁내고 남편의 학대를 구실삼아 별거하고 왕궁에 돌아가 몰래 풍만금의 딸을 낳았다.

자매는 아름다운 소녀로 성장했다. 비연은 어머니가 남겨 준 분갑 밑바닥에서 「팽조분맥(彭祖分脈)」이라는 선술의 책을 발견하고 탐독했으며 호흡을 조절하는 행기술(行氣術)을 터득했다. 그 때문인지 몸놀림이 나긋나긋하고 제비처럼 거뜬했다. 합덕의 아름다움도 언니 못지 않았고 특히 아름다운 살갗의 소유자로 목욕을 하고 나와도 물방울 하나 남아 있지 않을 정도였다.

자매가 시집갈 나이가 되었을 무렵 풍만금은 감기가 원인이 되어 허무하게 죽었다. 혼담은 매일처럼 매파를 통해 들어왔지만 그들은 강도에서 평범한 사내의 아내가 되어 조촐하게 살 생각은 꿈에도 없었다.

도읍에 가면 행운이 찾아올지도 모른다 생각하고 가재(家財)를 정리한 얼마의 돈을 갖고 장안으로 올라갔던 것이다. 장안에서 방을 세내어 살았지만 행운은 쉽사리 찾아오지 않았다. 그래서 비연은 궁중에 들어갈 연줄을 잡으려고 힘썼다.

연줄은 언제나 집 앞을 지나는 금군(禁軍)의 젊은 장교였다. 젊은이는 처음으로 비연을 품었을 때 너무도 놀라 외쳤다.

'당신은 선녀가 아니오? 마치 하늘에 올라가는 느낌이오.'
라고 말했다.

"젊은이 친척으로 후궁에서 궁녀 감독으로 있는 여자가 있다는 것을 비연이 미리부터 알고 있었지. 그런데 후궁에 들어가자면 처녀가 아니면 안되는 법이었어. 젊은이와의 정사를 알고 있는 여자는 그 점을 염려하며 괜찮겠느냐고 물었지. 그랬더니 비연은 염려 말라고 장담했어. 행기술로 비연은 처녀처럼 꾸밀 자신이 있었던 거야."

설설은 열심히 귀를 기울이며 한숨마저 쉬었다.

"황제인 성제(成帝)는 후궁에서 어느 날 비연을 보았다. 그리고 금군의 장교처럼 미칠 듯이 기뻐했어. 비연은 출혈마저 있었던 거야. 이리하여 성제의 총애는 비연에게 모아졌었는데 그녀는 행기술과 선약으로 황제를 조금도 피로하지 않게 만들었어. 성제가 비연을 손바닥 위에 올려놓았다는 이야기는 이때를 두고 하는 말이야."

"비연도 저처럼 전족을 했나요?"

"아냐, 그때는 전족이 없었지."

"그 뒤 비연은 어떻게 되었나요?"

"이윽고 비연은 황후에 책봉되었어. 그러나 동생인 합덕도 궁중에 들어와 황제 총애를 받고 첩여(婕妤)가 되었네. 합덕은 언니와 총애를 다투며 황제에게 이상한 약을 먹였지만 그 때문에 열흘도 지나기 전에 성제는 쇠약해져 죽고 말았지."

"어머!"

"태후가 된 비연은 동생에게 자기의 비약을 주지 않은 것을 후회했어. 하지만 이윽고 그것도 잊어버리고 다른 젊은 사내와 즐겼다더군."

그들은 함께 웃었다. 이런 이야기 덕분에 설설은 법해에게 남다른 정마저 쏟았다.

우아로운 동작으로 설설은 조용히 돌아누웠다. 짧은 소매가 당겨져 흰 팔이 겨드랑이까지 드러나게 뻗쳐졌다. 매끄러운 살갗에 명주 천이 미끄러져 한 쪽 다리의 허벅지를 불빛에 드러냈다.

먹으로 선명하게 그린 듯한 짙은 속눈썹의 눈을 반짝이며 떴다. 아직 잠자고 있지 않았다.

가만히 흔들리는 모기장을 보고 있다. 비도 시원스럽게 내리고 있지만 그녀의 살갗도 땀이 나지 않아 좋은 모양이다. 조금 타개진 가슴 언저리 흰 토끼와도 같은 융기가 내보였다.

설설은 법해와 눈이 마주치자 미소지었다. 그리고 귓볼이 빨개졌다.

어제 비연의 이야기를 듣고 자기 자신도 놀랄 만큼 이 사내에게 이끌렸던 것이다. 마침내 사내가 침상에 올랐다.

"뭘 하고 계셨어요?"

자기를 끌어안는 사내의 팔을 조금 밀어내며 자기 얼굴을 가슴에 밀어붙이고 그렇게 물었다.

"누워 있는 모습을 보고 있었어. 언제까지나 보고 싶었지."

법해도 이제는 꽤 성장했다. 우선은 여인을 다루는 솜씨가 제법이었다. 덮어놓고 여인을 정복하려는 성급보다는 여인을 기쁘게 해줄 말을 알았다.

"어머나, 부끄러워요."

"부끄럽긴."

그래도 설설은 법해의 우람한 팔 속에서 고개를 어린애처럼 흔들었다.

"하지만 거짓은 아니었어."

문득 감탄을 하는 법해에게,

"네?"

설설은 얼굴을 들어 올려다보았다.

"포주 노파의 말이 거짓이 아니었어. 당신은 한껏 만발한 꽃이야."

"어머나!"

설설은 또 부끄러워하며 눈을 내리깔았다.

"정말일세. 당신은 여자의 아름다움이 복숭아의 달콤한 과즙(果汁)처럼 넘치고 있어."

부끄러워 견딜 수 없는 설설이었다. 그러면서도 여자의 기쁨이 온몸에 오싹하리 만큼 달리고 있다. 지금까지 남의 아내로, 그리고 청루의 여인으로 사내에게서 귀염받고 사랑받았지만 이 젊은 스님처럼 그녀를 기쁘게 해준 사람은 없었다.

"오늘도 무엇인가 재미있는 이야기를 해주셔요."

법해는 잠깐 생각하더니 입을 열었다.

"말을 알아듣는 꽃이란 말이 있어. 들어 본 적이 있나?"

"해어화(解語花)?"

설설도 열심히 생각한다. 그 모습이 너무도 사랑스러웠다.

"역시 여자를 말하나요?"

"그렇지. 당 현종의 딸로 미인을 가리키는 말이 되어 버렸어."

현종이 이산(驪山)의 온천궁으로 피한(避寒)을 갔을 때 우연히 한 미녀를 보았다. 미인은 아들인 수왕(愁王)의 비로 양옥환(楊玉環)이었다.

"현종은 넋을 잃고 새로이 욕실을 만들어 옥환에게 목욕하도록 하고 침실에 들였다. 아들의 아내를 빼앗아 총애했던 거야."

"어머나!"

"그때 현종은 56살이고 옥환은 22살이었지! 이 여인이 바로 양귀비야."

현종은 이때 '짐은 천하의 지보(至寶)를 얻었다'고 말했다. 지극한 보물 조개라는 뜻이었다. 바로 여음(女陰)을 가리키는 말이다.

양옥환의 성기는 절묘했다. 그 증거로 현종은 양귀를 얻은 해 개원하여 천보(天寶)라 했던 것이다.

장안에 돌아와서도 현종은 보물 조개를 놓아 주질 않고 수왕에겐 다른 여자를 비로 얻어 주고 옥환에겐 태진궁(太眞宮)을 주어 도교의 여승들을 드나들게 했다. 여승들을 시켜 선약을 구해 오게 하고 양귀비의 비위를 맞추었다.

"그리고 신하에게도 보물 조개를 자랑해 마지않았어. 가을인 팔월 태액지에서 연꽃을 감상하는 연회가 있었지. 이때 수천 개의 백련이 만발하여 그 아름다움은 말할 수 없었대. 조정 백관들은 연꽃에 감탄하며 칭찬의 말을 했다. 그러자 현종이 귀비를 가리키며 말했던 거야. 경들은 연꽃을 아름답다고 한다. 하지만 짐의 해어화만 하랴!"

"호호호."

설설은 배를 물결쳐 가며 웃었다. 법해도 핫핫핫 하며 사내의 웃음을 굴렸다. 이 웃음이 또한 두 사람 사이의 울타리도 서먹서먹함도 완전히 날려 보냈다. 그리하여 음·양은 완전히 일체(一體)가 되었다.

"아!"

설설의 신음은 꽃이 필 때의 소리보다도 더 약하고 희미했다.

어두워진 방안에 연분홍 아지랑이가 드리워졌다. 설설의 분홍 잠옷이 흩어져 무지개처럼 아름다웠던 것이다.

방안 공기에 농익은 복숭아와도 같은 향기가 풍겨 왔다.

창 밖에선 아직도 빗소리가 이어지고 있었다.

친 구

깊은 잠에 취해 있던 법해는,

"자, 일어나요! 약속한 날이죠!"

포주 노파가 외치는 바람에 문득 잠이 깼다. 눈꺼풀이 달라붙어 뜨이지 않을 만큼 무거웠다.

무의식적으로 옆에 손을 뻗쳤다. 부드러운 살결이 만져지지 않는다.

"자, 먼지가 나니 일어나요."

노파는 하녀를 시켜 그릇을 내가고 문을 활짝 열어 버렸다.

법해는 급히 눈을 떴다.

"설설은?"

"호호호."

노파는 간드러지게 웃었다.

"한 달이나 푹 빠져 있었으면서 아직도 잊지 못해요?"

"설설은?"

법해는 그 말을 무시하고 거듭 물었다. 약속한 날이 찾아왔으니 떠나기는 떠나야 하리라. 하지만 여인과 작별도 않고 떠날 수는 없는 노릇이 아닌가.

그러나 노파의 다음 말은 더욱 매정했다.

"벌써 다른 손님한테 갔다우. 서방님만을 위해 놀릴 수는 없는 아이예요."

"아침부터?"

"그럼요! 그 아이는 언제나 손님이 밀리죠. 자, 넋두리는 그쯤하

고 어서 나가요!"

나가지 않으면 청루의 하인을 시켜서라도 몰아낼 기세이다.

법해는 청루에서 쫓겨나다시피 나와 객점(客店)으로 돌아왔다. 그러나 객점에 돌아오긴 했지만 아직도 얼어 빠져 있었다.

"믿어지지 않는다, 믿어지지 않는다."

동숙(同宿)한 자가 그런 법해에게 충고했다.

"허허, 이 젊은이 큰일 나겠네. 청루의 여인이 정을 준다고 생각하면 큰 잘못일세. 누구나 꺾을 수 있는 길가의 버들이나 담 밑의 꽃이라고 했지 않는가."

"그렇지만 그렇게도 맹세했는데……."

법해는 쭈그리고 앉은 사타구니 사이에 고개를 파묻었다. 어제와 오늘의 일이었다. 그런데 벌써 몇 년이나 지난 것 같았다.

그는 어젯밤의 일을 생각했다. 아니, 오늘 새벽이었다.

새벽에 그는 문득 욕망이 생겨 설설의 홑이불을 가만히 벗겼다.

"아아."

한숨이 나왔다.

벌써 한 달을 밤낮으로 함께 지냈는데 언제 보아도 아름다운 여체였다.

젖둔덕이 눈에 아플 만큼 돌기되어 있다. 배의 매끄러운 흰 살갗과 밋밋하니 흘러내린 번뇌스러운 곡선, 그리고 통통하게 퍼져 있는 허리, 그곳에 법해는 생명과 정열을 얼마나 불살랐는지 모른다.

그는 살며시 끌어당겼다.

분명히 잠들어 있었으나 폭 안겨 왔다. 그는 그녀의 등과 어깨를 정성껏 어루만졌다.

그의 몸은 불타듯이 뜨거워졌다.

"으응."

설설도 꿈속에서 사내를 의식하는지 잠꼬대 비슷한 소리를 냈다.

그리고 그녀의 몸도 차츰 열기를 내뿜기 시작했다. 희미한 호흡소리도 들리기 시작했다. 심장의 소리는 어떨까? 그는 몸을 일으켜 촛불을 조절했다.

불빛이 환해지며 그곳에 하나의 신비스러운 상(像)을 떠올렸다.

법해는 응시한다. 몸서리가 가늘게 일었다. 너무나도 아름다운 것의 외축(畏縮)일까. 무심(無心)한 촛불조차 놀라고 부끄러워하는 것처럼 깜박이며 흐늘댄다.

법해는 가만히 설설의 왼쪽 가슴에 귀를 가져 갔다. 아름다움이 음악을 들려주는 듯한 음색(音色)을 반짝거리며 향긋한 향기를 풍겨 주고 있었다. 부끄러움을 타는 꽃의 무심한 만개(滿開)였다. 법해는 지그시 심장의 고동 소리를 들었다.

사르르 ─ 사르르 ─ 들려오는 심음(心音). 그것은 깊은 골짜기 아래 고드름이 녹아 떨어지는 물방울 소리를 듣는 느낌이었다.

살아 있는 인간의, 그것도 더없이 사랑스러운 인간의 깊은 생명의 소리에 그는 언제까지나 귀를 기울이고 있었다.

생명의 소리를 들음과 동시에 생명의 향기를 맡고 있는 것이다. 그리고 눈은 값진 미술품을 감상하듯 허리의 우아로운 선과 곡선을 언제까지나 싫증도 없이 바라보고 있었다.

심음이 점차로 뚜렷해지는 것 같다. 희미한 향연(香煙)과도 같은 여체의 체취도 차츰 짙어졌고 향긋해졌다.

(그렇긴 하지만 얼마나 깊은 잠일까?)

그러나 법해는 며칠 전 그녀와 나누었던 대화가 문득 생각난다.

"아무리 청루에 있다 해도 때로는 호감이 가는 사람도 있겠지?"

"그야 저도 사람인 걸요."

"그래 어떤 사람이 호감이 가오? 나는 어떻소!"

법해는 물었지만 설설은 미소지을 뿐 직접 대답을 하지 않았다. 그것은 사내로서 으레 하는 소리였기 때문이다. 하지만 그녀는 이렇게 대답했다.

"이런 데 있다 보니…… 아무래도 편하게 잠을 재워 주는 사람이 제일 좋아요. 너무도 오랫동안 시달리고 나면 깊은 늪 속에 빠져 들듯 노곤해서……."

사내는 돈을 주고 산 육체라는 관념으로 여인을 거칠게 다루기 쉽다. 그렇지는 않다 하더라도 굶주려 있어 몇 번이고 욕심을 채운다. 법해도 마찬가지였다. 황소처럼 몇 번씩 씩씩거렸다.

그때는 그 말을 그리 심각하게 받아들이지 않았지만, 지금 곤한 잠 속에 빠져 있는 여인을 보자 그럴 수도 있다는 느낌이 들었다.

그러나 법해는 욕망을 느끼고 있다. 욕망을 느끼면서 쉽게 깨우고 싶지 않은 그런 모순된 감정이었다.

문득 머리맡 탁자를 보았더니 거기 술병이 있었다. 간밤에 먹다 남긴 술이었다. 법해는 손을 뻗쳐 술병을 잡자 입에 가져가 꿀꺽꿀꺽 마셨다. 그리고 뜨거운 숨을 내쉬고 있었는데,

"음, 그렇지."

고개를 끄덕이고는 다시 한 번 술병을 기울여 술을 입에 품자 살며시 여인의 입에 옮겨 주었다.

"아, 싫어."

설설은 진저리쳤지만 여전히 눈은 뜨지 않았다. 그녀는 꿈을 꾸고 있었다. 꿈임과 동시에 실제로 있었던 것이다.

어느 해 겨울 그녀는 집 뒤 산으로 나무를 하러 갔다가 길을 잃었다. 그래서 갑자기 불안과 무서움에 사로잡혀 울며 엄마를 부르고 길도 없는 숲길을 마구 뛰었다. 그러다가 산속의 늪에 굴러떨어졌다.

정신을 잃고 익사와 동사 직전 누군가의 구출을 받았는데 정신이 들고 보니 화롯불 옆 거적자리에서 꼭 안겨 있었다.

"나무아미타불, 관세음보살……."

염불소리가 먼 자장가처럼 들렸다. 알몸이 되어 누군가에 꼭 안겨 있었는데 어쩐 까닭인지 앞뒤의 기억이 잘 연결되지 않았다.

다만 이상하게도 아파서 그것을 피하려고 몸을 자꾸만 위로 드티었다.

이윽고 아픔이 번지고 있는 곳에 가려운 듯한 쾌감이 샘솟았을 때 열세 살이던 그녀는 완전히 의식을 되찾았다.

깨닫고 보니 그곳은 산속 숯막 같은 곳으로 털북숭이 사내에게 자기가 안겨 있었다. 그리고 혓바닥도 빨리고 있었다.

설설은 여기서 현실과 꿈의 분간을 또 할 수 없었다.

"아, 싫어."

고개를 흔들었다.

법해는 그런 그녀에게 입 안의 술을 조금씩 흘려 넣어 주었던 것인데 아직도 의식하여 받아들일 만큼 그녀의 잠은 얕지 않은 모양이었다.

꿈속에서 털북숭이 사내는 뜨겁게 속삭였다.

"정신이 들었느냐! 나무아미타불, 관세음보살, 정말 다행이다."

그녀는 덩달아 염불을 하며 사내 품에 파고들었다. 그렇게 몸이 옴쭉달싹할 수 없게 되어 있었다. 그러다가 또 사내를 밀어냈다. 열세

살이라도 여자아이였다. 하물며 그녀는 어려서부터 조숙했다. 털북숭이 사내에게 안겨 어떤 상황에 있는지 알았다.

(그렇지만 왜 이렇게도 숨이 막힐까? 이러고 있으면 죽게 된다.)

그녀는 사내를 필사적으로 밀어 내며 울부짖었다.

"울지 마라."

사내는 꾸짖듯이 말했다.

"울 것 없다. 보살님이 네 목숨을 살려 주신 거야. 울어선 안돼. 고맙다고 생각해야만 해."

그런 소리를 듣고 보니 정말로 보살님 덕분인지도 모른다고 생각되었다.

그렇지만 숨이 막혀 온다. 그녀는 버둥거리며 금붕어처럼 입을 크게 벌렸다.

술 일부분이 입 밖에 흘러 나왔다. 그리고 일부분은 설설의 입 안쪽에 샘물처럼 괴었다. 설설은 그것이 괴로워 몸부림을 치고 있다.

(술이 목구멍을 막아 호흡을 멈추게 할지도 모른다.)

법해는 갑자기 불안을 느꼈다.

(늦기 전에 빨아내 주자.)

그리하여 그는 입을 가까이 가져 갔는데, 꼴깍하며 설설의 목이 놀랄 만큼 크게 울렸다. 괴어 있던 술이 목구멍을 넘어간 것이다.

법해는 안심하고 설설의 입을 빨았다. 그러자 설설이 또한 격렬하게 그의 상체를 밀어 낸다.

소녀가 버둥거리자 털북숭이는 입을 떼고 물었다. 흐뭇해 하는 얼굴이었다.

"네 집은 어디지?"

그녀는 마을 이름을 가르쳐 주었다.

"그러냐? 그렇다면 네 마을이 보이는 데까지 데려다 주마."

사내는 아직도 덜 마른 옷을 소녀에게 친절히 입혀 주었다. 그리고 어두운 산길을 손을 잡아 주며 마을로 데리고 내려갔다. 어둠 속에서도 낯익은 마을 모습이 어렴풋이 보였다.

"그럼 나는 그만 돌아간다. 집에 돌아가거든 산 속 늪에 빠졌지만 보살님이 너를 살려 주었다고 해야만 한다. 알겠니?"

그녀는 짐승 같은 털북숭이와 빨리 헤어지고 싶어 고개를 끄덕였다.

법해는 그런 고개짓이 설설의 미소처럼 보였다. 그는 더 이상 참을 수가 없었다. 참았던 것을 쏟아 넣고 싶은 욕망뿐이었다. 하지만 부드럽게 몸을 움직였다.

설설은 아직도 꿈결이었다. 온몸이 뼛속까지 사근사근했고 마비되는 느낌이다. 그러면서 그 속에 울고 싶을 만큼 달콤한 쾌감이 등골을 타고 올랐다.

몹시 포근했다. 누군가에게 빈틈없이 안겨 있는 감촉이었다.

설설은 자기도 모르게 팔에 힘을 주었다. 아랫배의 깊은 중심부에서 피가 끓어 올라 그렇게라도 해야만 했다. 눈꺼풀 속이 밝아졌다. 의식이 맑아졌다.

그런데도 아직 꿈결. 꿈에서 술에 취해 있는 느낌. 울고 싶었다. 더욱더욱 힘껏 안기고 싶었다.

그리고 마침내 설설은 눈을 반짝 떴다. 금방은 판단이 되지 않았다.

"아아!"

탄성을 올렸다.

설설은 산 속에서 그런 경험이 있고 난 뒤 별안간 사춘기에 들어갔고, 성에 눈떴다. 그리하여 지난 그 일이 몹시 불결하게 느껴져 망각 속에 파묻어 버리려 했지만 어린 육체의 낙인은 쉽사리 지워지지 않았던 것이다.

지금 그 달콤한 추상(追想)을 하고 있었다. 여인의 곳집이 뜨거워져 있다. 보살님의 총애를 받고 있는 것이다. 사랑의 정복을 당한다. 기쁘다!

크게 팔다리를 벌려가며 적극적으로 안겨 갔다.

"기쁘오?"

완전히 정신이 들었다.

"아, 당신이었군요."

"너무 곤하게 자고 있더군. 이따금 무엇인가 중얼거렸지만."

"꿈을 꾸고 있었어요. 아주 무서운 꿈을."

"지금도 꿈이 무섭나?"

"아아뇨."

설설은 팔에 힘을 주었다.

잠깐 쉬었던 사내가 다시 힘을 기울이기 시작했다.

정신이 가물가물해졌다. 뜨겁다. 자꾸 목이 탔다. 설설은 목마름을 축이기 위해 사내의 입을 찾아 마지않았다.

쾌감이 온몸을 뜨겁게 부유(浮游)시켰다. 졸리기도 했다. 완전히 방심(放心)한 상태에 빠지고 말았다.

"그런데…… 그런데 그 여자는 아침에 인사도 않고 가버렸다."

"설설은 자네와 헤어지기 싫어 일부러 피한 것일세."

동숙한 자는 그를 달랬다.

"아냐! 설설은 나를 사랑하고 있었어. 한 달이나 주고받은 정은 결코 거짓이 아니었을 것이야!"

"글쎄. 어쩌면 돈만 아는 포주 노파가 자네들 사이를 갈라놓은 것인지도 모르지."

법해는 멍하니 허공을 쳐다보고 있었다. 눈빛에 생기가 없었다. 완전히 상사병에 걸린 모양이다.

"그리고 돈만 있으면 언제라도 설설을 또 만날 수 있네."

법해는 대답을 하지 않았다. 그도 그것을 모르지 않는다. 하지만 돈마련할 길이 막연하다.

"자네는 권법을 배웠겠지? 요즘 저주 평장(平章)의 진야선(陳也先)이란 자가 천하 무적이라며 남문 안 광장에서 판을 벌리고 있어."

"……."

"상금으로 열 냥을 걸어 놓고 큰소리를 치고 있는 것일세. 누구라도 나와 맞서 이기는 자에게 상금을 준다……."

법해의 눈이 그 순간 빛났다. 권법 시합 자체보다도 열 냥의 상금이 그의 구미를 당겼다.

"물론 아무나 붙여 주자는 않네. 시합료로 한 냥을 받고 있지."

동숙한 자는 법해의 마음을 돌리려고 했던 것인데 그는 이날부터 부지런히 동냥을 하기 시작했다.

한 냥이라고는 하지만 그것을 모으는 데 한 달이 더 걸렸다.

벌써 가을이었다.

법해는 남문에 가서 적의 기량부터 살폈다. 진야선은 키가 8척이고 팔과 다리가 마치 소나무 줄기처럼 울퉁불퉁했다.

진야선은 구경꾼을 상대로 외치고 있다.

"나는 해마다 이곳에 와서 무예의 시합을 하고 있다. 천하의 영웅으로 감히 나를 꺾으려는 자는 누구라도 좋다. 만일 나를 때려 눕히는 자가 있다면 상금 10냥을 주리라. 그러나 나에게 한 수 배우는 교수료로 한 냥은 내어야 한다."

그 앞에 누구도 감히 나서려는 자가 없었다.

그때 권법은 꽤나 유행하고 있었다. 진야선은 형의권(形意拳)을 배운 모양이었다. 도전자를 끌어내기 위해 몇 가지 형을 보여 준다. 그때 몸을 낮추는 자세가 되었고 전진할 때 앞발에 뒷발을 끌어모은다.

법해는 상대의 기술을 충분히 관찰한 뒤 앞으로 나갔다.

"나는 호주 사람으로 권법을 좀 배웠습니다. 한 수 가르쳐 주십시오."

법해가 공손히 말하자 진야선은 비웃기부터 했다.

"오늘은 장사가 더럽게도 안되는구나. 기껏 걸려들었다는 것이 거지 중놈이냐! 아무튼 좋아. 교수료를 미리 내놓아라."

법해는 마음이 놓였다. 참다운 무인이라면 상대의 기량(技倆)을 얕보거나 하지 않는 법이다.

(옳지, 이놈은 말로 한몫 보는 떠버리로구나.)

그러나 법해는 공손한 태도로 말했다.

"물론입니다. 하지만 제가 이긴다면 상금은 틀림없이 주시는 것이지요?"

그는 일부러 여러 사람이 들을 수 있게 말하며 다짐을 받았다.

"이놈 봐라! 상금부터 말한다!"

진야선은 기습적으로 몸을 선회시키며 발로 차 왔다. 날카로운 공격이어서 정통으로 옆구리를 걷어차였다면 갈비뼈가 몇 대 부러지고 말았으리라.

법해는 그자리에서 몸을 약간 틀었다. 그렇게 함으로써 적의 퇴격(腿擊)은 빗나갔다. 첫 공격이 실패하자 진야선은 다시 몸을 공중에 날렸다. 이번에도 발공격으로 법해의 어깨뼈를 노린 공격.

법해는 벌렸던 한 발을 모으며 상반신을 틀고 피했다.

그러면서 그는 단단히 마음을 긴장시켰다. 형의권으로만 알았던 적이 계속 탄퇴(彈腿)를 쓰고 있었기 때문이다. 이 탄퇴는 총알처럼 발로 차내기 때문에 붙은 이름이다.

회교도들이 곧잘 사용하기 때문에 교문탄퇴(敎門彈腿)라고도 불린다.

진야선은 도약을 거푸 세 번 시도했다. 그러다 권법 자세로 들어갔다.

법해는 이 기회를 놓치지 않았다. 기량으로선 진야선이 좀 상수였다. 하지만 세 번이나 공중에 도약했기 때문에 호흡의 균형이 깨어져 숨소리가 거칠어지고 있었다.

따라서 호흡을 조절할 여유를 주어선 안된다. 법해는 계속 앞으로 밟아 들어가며 정권(正拳)과 이권(裏拳)을 번갈아 구사했다. 상대도 쉴 새없이 공격해 들어오는 주먹을 교묘히 막았지만 차츰 몰렸다.

더욱이 야선은 몸집이 컸고 법해는 몸이 작아 행동이 날렵했다. 그는 적의 오른쪽 다리를 후리며 가슴을 정권으로 내질렀다.

진야선은 몸의 중심을 잃고 쿵 하고 대지를 울리며 쓰러졌다.

너무도 뜻밖의 승부에 구경꾼들은 갈채의 소리마저 잊은 듯싶었다.

땅에 쓰러진 진야선은 고통으로 얼굴을 일그러뜨리며 외쳤다.

"저놈을 놓치지 말라. 살려 두어선 안된다."

이것은 법해로선 전혀 뜻밖이었다. 구경꾼 가운데 곤봉, 창 따위로 무장한 십여 명이 달려든다. 그제서야 안 일이지만 그들은 진야선의 부하였던 것이다. 법해는 주먹으로 얼굴을 치고 발로 걷어차며 도망쳤다.

애당초 거리의 망나니 권술가를 상대로 상금을 벌겠다는 생각이 어리석었던 것이다.

법해는 동쪽으로 달아났다. 그 방향은 고향인 호주, 또 저주가 있는 곳이기도 했다. 진야선의 부하들은 10리 가까이나 악착같이 따라왔다.

조그만 고갯길이 앞에 있었다. 뒤에는 여전히 진야선의 부하들이 따라오며 외치고 있다.

"저놈 잡아라, 잡아라!"

법해는 옷이 찢어지고 방갓도 바랑도 잃었으며 신도 벗겨져 달아나 맨발이었다. 쫓긴다는 공포가 없었다면 그는 그자리에 아무렇게나 쓰러지고 말았으리라.

(아, 이 고개만 넘으면 된다! 그들보다 조금 더 참으면 놈들도 지쳤을 테니까 단념하고 말 테지.)

이 생각은 옳다. 무엇인가 할 때 조건은 비슷한 것이다. 그리하여 남보다 조금 더 참고 노력하는 자가 성공한다.

그런데 뜻밖의 복병은 앞에도 있었다. 길 옆 풀숲에서 느닷없는 막대기가 번쩍하며 그의 정강이를 후렸다.

아팠다. 눈에서 별이 번쩍할 만큼 아팠다. 그리고 앞으로 곤두박질치면서 그는 흘끗 볼 수 있었다.

앞쪽에 십여 명의 사내들이 길을 막고 있다.

(아, 꼼짝없이 이제는 죽었구나!)

그러나 그는 정신을 잃지는 않았다. 몸의 충격도 크지는 않았다.

무술의 솜씨가 있어 넘어지면서 몸을 반사적으로 움츠리고 옆으로 구르듯이 뒹굴었다.

풀숲에 숨어 있다가 막대기로 정강이를 후린 자가 쫓아와서 곤봉을

높이 쳐들었다. 제2격을 가할 준비다.

"잠깐!"

몹시도 뚱뚱한 녀석이 다가오는 게 보였다. 그는 깜짝 놀란 듯이 소리질렀다.

"너 중팔이 아냐!"

법해는 상반신을 일으켰다. 정강이의 아픔이 그제야 맹렬히 살아났다.

"그러고 보니 너는 탕화!"

"이것 몇 년만이지? 5년, 아냐 3년쯤 되었나."

그러자 또 한 명 다가온 얼굴도 낯이 익었다. 아저씨 곽광경에게 권법을 함께 배운 등유였다.

"대체 어떻게 된 일이야?"

등유가 물었다.

"자세한 이야기는 나중에 하고 지금 불한당 놈들이 나를 쫓아오고 있어. 진야선과 그 부하들일세. 그러니 나는 길 가운데 이대로 버려두고 양쪽 풀숲에 숨었다가 그자들이 나타나면 기습하는 것이야. 그러면 녀석들을 쉽게 물리칠 거야."

"중팔은 어려서부터 우리들의 꼬마 대장이었는데 역시 머리가 좋거든."

탕화는 감탄했다.

탕화와 등유가 숨고 나자 진야선의 부하들이 고갯길 모퉁이를 돌아 나타났다.

"야, 저기 거지 중놈이 쓰러져 있다. 잡아라!"

그들은 법해에게 주의가 집중되어 있어 사방의 경계가 되어 있지 않았다. 바로 조금 전의 법해처럼 정강이를 막대기로 얻어맞고 선두의 몇 녀석이 쓰러졌다. 그 혼란을 틈타 등유와 탕화가 나머지 녀석들을 공격했다.

이십 여 명이나 되었던 적은 이윽고 시체 둘을 남기고 오던 길로 다시 도망쳤다.

법해는 탕화, 등유와 더불어 지난 일을 즐겁게 이야기했다. 등유를 통해 아저씨 곽광경이 유복통의 무당산(武當山)에 가 있다는 소식을 들었다.

"그런데 탕화, 자네가 이런 모습이 되어 있을 줄은 상상도 하지 못했었네."

도둑이란 형용을 이런 모습이라고 돌려 말한 것이다.

"먹고 살 수가 있어야지. 녹림당(綠林黨)이 된 것도 부득이 하네."

녹림당이란 바로 화적떼이다.

이 무렵의 사회 제도로 사갑제(社甲制)라는 것이 있었다.

원은 각 촌락에 50호를 단위로 '사'를 만들고 그 마을의 노인으로 사장을 시켰다. 사는 애당초 농민의 자치 조직이었으나 쿠빌라이가 제도를 정비할 때 치안 유지와 세금 징수 기관으로 이용했던 것이다.

남송의 영토였던 강남에선 20호를 단위로 하는 갑이 만들어지고 갑주(甲主)로는 몽고인·색목인·한인 등이 임명되었다.

원은 또 그 초기, 일경(一更＝밤 8시)부터 오경(五更＝새벽 4시)까지 외출을 금하는 엄격한 통행금지 제도가 있었다. 이 때문에 도시의 상공업은 위축되고 생활도 불편했다. 나중에 이 통제는 약간 완화되었지만 오래도록 사람들에게 압제라는 인상을 주었다.

이와 같은 통제가 생활과 경제를 압박한 일은 인구 통계에도 나타나 있다.

기록에 의하면 송의 가정 16년(1223) 남송의 호수는 1,260만, 인구 2,832만 명, 또 금의 태화 7년(1207)엔 호수 768만 4천, 인구 4,581만 명이었다.

양국 합쳐 호수 약 2천만, 인구 7,400만 명이다.

그런데 원의 쿠빌라이 지원 18년(1281)에는 전국의 호수가 1,320만, 인구 5,883만밖에 되지 않았다. 그 전에 비하여 약 7백만 호, 1천 5백만 명의 감소다. 더욱이 이때의 통계에는 송·금에 포함되어 있지 않은 몽고인이나 색목인도 가산돼 있으므로 장기간에 걸친 전란 때문에 인구 감소는 엄청났던 모양이다.

그리하여 약 50년 뒤인 순제 지순 원년(1330)의 통계에서도 전국의 호수는 여전히 1,340만으로 변동이 거의 없었다. 옛날의 기록은 정확하지 못하다고는 하지만 원 왕조 성립 이래 50년이 지나도록 호수가 거의 늘지 않고 있다는 것은 경제의 낙후(落後)에서 찾아볼 수밖에 없었다.

몽고 대한국(大汗國)은 칭기스칸의 자손이 분열되어, 몇 개로 분할된 한국을 각각 통치하고 있었는데 전체의 중심은 원이었다. 하나 쿠빌라이는 대한(칸)은 쿠릴타이에서 선출된다는 몽고의 관습을 깼다. 즉, 그는 한족의 제도를 본따 태자에게 자리를 물려주었는데 이로부터 황위 계승을 둘러싼 몽고 귀족 내부의 싸움이 시작된 것이다.

대한국의 분열은 쿠빌라이 이전에 이미 시작되고 있었다. 본디 몽고족은 유목민이고 칸의 선출이나 전쟁 등 중요 결정은 부족 전원이 참가하는 쿠릴타이에서 결의되었다. 유능한 지도자가 아니면 전쟁에도 생존에도 적절하게 대응할 수 없으므로 세습제는 없었다.

그런 쿠릴타이가 칭기스칸의 대제국 건설로 갑자기 팽창했기 때문에 분열을 가져 왔다. 정복에 정복을 하는 전쟁에선 그런대로 통일을 유지하고 있었으나 광대한 영토를 유지하는 정치적인 문제가 되자 자연히 권력을 잡기 위한 분열이 생겼다.

쿠빌라이 칸이 선출된 쿠릴타이도 분열대회로 내전이 일어났고 그는 동생과 싸워야만 했다. 그런 뒤로 몽고 대한국은 분열, 쿠빌라이 자손이 직접 통치하는 것은 중국뿐인 대한국의 일부분에 지나지 않게 되었다.

세조 쿠빌라이의 죽음부터 순제가 서기까지의 40년의 제위 계승은 바로 군사적 쟁탈전이었고 쿠릴타이에서의 선출은 한낱 요식 행위였다. 40년 동안에 놀랍게도 황제가 아홉 명이나 바뀌었다.

특히 1328년부터 1333년까지 6년 동안에 6명이나 황제가 바뀌는 혼란을 보였다.

원말의 대란을 가져 온 또 하나의 이유는 재정 파탄이었다.

쿠빌라이는 남송을 멸망시켜 중국 전역을 지배한 뒤에도 자주 전쟁을 일으켜 막대한 군사비를 썼다.

군사비 외에도 세사(歲賜), 특사(特賜), 쿠릴타이 후의 상금 등이 있어 거액에 이르렀다. 예를 들어 대신급 고관이면 해마다 일정한 하사품으로 백은 100정, 명주 5,098필, 수자 300필이 세사로 주어졌다. 특별한 하사로선 어떤 공주에게 은 5만 냥을 준 일도 있다. 칭기스칸의 자손은 전 유라시아 대륙에 흩어져 있어 그들에게 내리는 원의 하사 금품은 천문학적인 것이었다.

쿠릴타이의 칸 선출은 형식적인 것으로 전락되고 있었지만 그래도 유력자를 매수하기 위한 거액의 은사(恩賜)가 필요했다. 또 종교에도 많은 국비가 탕진되었다.

이런 만큼 재정이 파탄되는 것도 당연했다. 예를 들어 지대 4년(1311)은 세출이 약 2천만 정인데 세입은 경상 세수가 겨우 4백만 정이었고, 그것도 대도에 보내지는 것은 280만정. 나머지 적자를 메우기 위해 소금의 전매, 임시적 증세, 부역의 증대 등은 지폐 발행으로 대처했다.

지폐 발행은 처음에 발행액도 정해져 있고 언제라도 금과 교환할 수 있어 모든 한국에 통용했다. 그러나 재정이 악화되어 지폐를 남발하자 통화 가치가 떨어졌고 물가는 뛰어올랐다.

원말이 되자 정치는 극도로 혼란하여 사방에 도둑이 출몰했다.

이 때문에 대운하를 통해 대도로 운반되는 관물(官物)조차도 화적의 습격을 자주 받았다.

시대는 바로 이런 때였다. 도둑이 된 자들도 자기들이 도둑인 것을 부끄럽게 여기지 않고 무슨 자랑처럼 여겼다. 이른바 녹림당이니 협객이니 하고 공언해 마지않았던 것이다.

탕화가 자랑스럽게 말했다.

"여보게, 중팔이. 무엇 때문에 중노릇을 하나? 죽어 극락 세계에 가고 싶어서인가! 그런 것 집어치우고 우리와 함께 지내세. 살아 극락 세계를 맛보는 게 더 좋지 않은가."

탕화로선 도둑의 생활이 재미있었다. 몽고의 관군과 싸운다는 영웅

심도 느낄 수 있다. 부하들이 있어 일하지 않고 땀흘리지 않아도 배불리 먹고 술을 마실 수도 있다. 또 여자도 마음껏 겁탈할 수 있는 것이었다.

다만 관군에 쫓겨 목숨이 위험할 염려는 있다. 하지만 원나라도 이제는 세력이 약해져 지방 구석구석까지 위령(威令)이 미치지 못한다.

그렇기 때문에 탕화는 지금의 생활이 극락처럼 느껴졌던 것이다. 이것은 탕화 혼자의 생각이 아니라 도둑(홍건적) 대부분의 사고방식이었다.

"그것보다 당장 급한 일이 있어."

법해는 탕화와 등유의 얼굴을 번갈아 쳐다보며 말했다.

"진야선은 반드시 우리에게 복수하려 할 거야. 그 무리는 많아야 백명쯤 되겠지. 그런 만큼 우리가 십여 명인 것을 알았다면 다시 공격해 온다."

탕화의 얼굴이 금방 종잇장처럼 질려 버렸다.

"그렇다면 우리가 여기서 우물거리고 있을 수 없어. 빨리 도망치자."

"서두를 것 없네. 도망친다고 일은 해결되지 않아."

법해의 말은 침착했다.

"그럼 어떻게?"

"진야선은 저주 평장에 산다고 들었어. 따라서 놈은 반드시 우리에게 복수도 할 겸 고향에 돌아가기 위해 이 근처 어딘가에서 오늘 밤은 쉬겠지. 그것을 기습하는 거야."

"그렇지만 그들은 백 명이나 돼. 우린 십여 명이고."

"작전은 나에게 맡겨. 작은 인원으로 많은 사람을 공격하는 것이 기습이다."

탕화는 아직도 불안해 했으나 등유는 고개를 끄덕이고 있었다.

법해는 졸개 둘을 뽑아 진야선이 어디에 있는지 알아보고 오라 명했다. 이윽고 그들은 돌아왔다.

"이곳에서 10리 서쪽에 작은 도관(道觀)이 하나 있어요. 그들은 그곳에서 술마시고 있습니다."

법해는 빙그레 웃었다.

"이제 됐다. 놈들이 술마시고 취하여 계집을 끼고 누워 있을 때 불로 공격하는 것이다. 공격은 새벽녘이 가장 좋으니 우리도 그때까지 푹 잠이나 자 두세."

법해는 어느덧 도둑들의 지휘자가 되어 있었다. 등유도 탕화도 법해의 지혜 앞에선 별 도리가 없어 그의 지시를 따랐다.

밤중이 좀 지나서 이들은 진야선이 있다는 도관 근처로 갔다.

조용하다. 하늘엔 별이 반짝이고 가을이라 밤하늘 또한 높고 맑았다. 서풍이 불고 있었다.

법해는 탕화와 등유에게 지시했다.

"서쪽만 남겨 두고 삼방에서 불을 지른다. 조금 있으면 달이 아주 넘어가 버려 캄캄할 것이다. 그때 불을 지르고 우리가 삼방에서 고함을 질러 대면 놈들은 수천 군사라도 몰려온 듯 허둥대겠지. 불길과 연기, 그리고 함성. 우리는 서쪽에서 기다리고 있다가 도망쳐 나오는 놈들을 죽이면 돼."

이 작전은 보기좋게 들어맞았다. 함성을 듣고 잠에서 진야선이 깨어났을 때에는 이미 불길이 건물을 둘러싸고 있었다. 여기저기 불길에 타죽고 연기에 질식하는 부하들 비명소리가 들렸다.

진야선은 발가숭이 몸에 머리맡의 칼만 찾아들고 밖으로 나가려 했다. 그러자 함께 자던 계집이 허리를 붙잡고 늘어졌다.

"장군님, 저도 데려가 주셔요!"

하지만 자기 한몸 빠져 나가기도 힘겨운 진야선은 여자를 뿌리치고 발길로 걷어찼다. 그리고 불길이 없는 쪽을 향해 도망쳤다.

날이 밝았다.

불길은 꺼졌지만 도관은 완전히 잿더미로 변했고 여기저기 불에 타 숯덩이처럼 된 시체가 뒹굴고 있었다.

항복한 자도 십여 명이나 되었다. 분하게도 진야선은 놓치고 말았다. 그는 살아 남은 삼십 명 남짓한 부하를 데리고 달아났다고 한다.

"이자들을 어떻게 하지?"

등유는 한 줄로 꿇어 앉은 항복한 진야선의 부하를 턱짓으로 가리키며 물었다. 법해는 말없이 그들의 얼굴 하나하나를 살피고 있었다. 그들도 법해의 얼굴을 뜨겁게 쳐다보고 있었다. 탕화가 자기 의견을 말했다.

"뭐 생각할 것도 없어. 데리고 다니며 밥 먹이는 것도 힘들테니 죽여 버려야 해. 그들의 마음을 어떻게 믿지."

탕화의 말도 일리는 있다. 도둑이든 홍건적이든 대장이 될 첫째 자격은 부하들을 굶주리게 하지 않는 데 있다. 그런 능력이 있다면 특별한 전략이나 작전의 소질이 없어도 되는 것이다.

"안돼!"

법해는 단호히 말했다.

"이들도 우리와 같은 농민의 아들이야. 우리와 같은 향당(鄕黨)이 아니라 해서 죽일 수는 없어. 그리고 10명 먹을 수 있는데 식구가 20명이 되었다고 해서 못 먹을 것도 없잖아."

이래서 포로 문제는 해결되었다. 이들은 단번에 갑절인 20여 명으로 불어났다. 더욱이 이들 중에 뒷날 주원장을 도운 화운(花雲), 화룡(華龍), 고시(顧時), 조계조(趙繼祖)와 같은 용사가 나왔다. 물론 이들도 처음부터 용사는 아니었다. 그러나 목숨을 살려 준 법해를 위해 물불을 가리지 않고 충성을 바침으로써 용사로 선정됐던 것이다.

법해는 다시 말을 이었다.

"이제 진야선은 다시 우리에게 얼씬도 못하겠지. 그러므로 나도 자네들과 헤어질 생각일세."

"뭐라고?"

등유와 탕화는 깜짝 놀랐다. 누구라도 그가 도둑의 두목으로 남아 있을 거라고 생각하는 것이 상식이었다.

"놀랄 것은 없네. 나는 아직도 승적의 몸으로 세상을 좀더 알고 싶어."

"그, 그렇지만 식구도 늘었는데 앞으로 살아 나갈 길이 막연하잖아."

"나도 그 점은 생각했어. 자네들은 차라리 무당산의 유복통에게 가서 때를 기다리는 게 좋아."

법해는 도둑의 두목보다는 현실로 더 끌리는 것이 있었다. 그것은 설설을 만나고 싶은 연정이었다.

이번 일로 진야선이 버리고 간 재물이 있었다. 그 가운데의 자기 몫이 1정은 되었다. 그것을 손에 쥐자 다른 생각은 이미 머리에는 없었다.

"그래, 정 그렇다면 할 수 없지. 오늘 밤엔 실컷 술이나 마시고 작별의 아쉬움을 풀도록 하세."

며칠 뒤 법해는 다시 남릉에 있는 예의 청루 앞에 있었다. 여전히 승복 모습이었으나 그의 옷은 깨끗했고 걸음걸이에도 활기가 있었다. 왜냐하면 그의 바랑에는 등유가 준 전별금(餞別金)을 합해 적지 않은 돈이 들어 있었기 때문이다.

청루 안에 들어서자 예의 포주 노파가 재빨리 그를 알아보고 아양을 떨었다.

"어머나, 서방님."

"또 왔소. 설설은 잘 있소?"

그러자 노파의 얼굴이 굳어졌다. 그러나 금방 눙치며 헤헤 웃었다.

"서방님은 정도 많으시네요. 하지만 꽃은 그애뿐이 아니지요. 더 싱싱하고 예쁜 꽃도 있답니다."

"설설이 있느냐고 물었소."

"설설은……."

노파는 눈을 꿈벅거렸다.

"왜 대답을 선뜻 하지 못하오? 지금 손님을 받고 있소? 그렇다면 기다리겠소."

마침내 노파는 한숨 섞인 목소리로 대답했다.

"그애는 여기 없어요."

"없다고!"

"글쎄…… 그애 아니고도 얼마든지 예쁜 아이가 있으니까요."

노파는 우물대며 끝내 가르쳐 주지 않았다. 법해는 성을 내고 그대로 청루를 뛰어나왔다.

그러나 법해는 발길을 돌릴 수가 없었다. 그는 한 가지 꾀를 생각해냈다. 청루의 하녀를 은밀히 불러내어 설설의 소식을 물었던 것이다.

하녀는 처음에 모른다고 했으나 돈을 주자 설설의 소식을 들려주었다. 하지만 그것은 법해에게 더욱 큰 실망을 주었다.

"설설 아씨는 팔자를 고쳤지요. 남릉에서도 첫손 꼽는 이억만(李億萬)이란 분이 측실로 데려갔답니다."

"이억만?"

"네. 남릉에선 누구나 다 아는 큰 부자이죠. 붓, 벼루, 먹, 종이의 문방으로 크게 장사하고 있어요."

법해는 어깨가 축 늘어졌다. 그래도 혹시나 하고 이억만의 집과 가게 근처를 서성거리며 설설의 모습을 눈꺼풀 속에 떠올렸다.

이억만의 집은 궁전 같았다. 가게만도 수십 명의 점원이 있고 징심당지(澄心堂紙)를 판매하고 있었고, 그림을 그리는 데 사용하는 징심당지는 한 폭이 백금이나 한다는 것이었다.

법해 같은 탁발승이 아무리 발버둥을 쳐도 소용이 없었다. 인간은 어디까지나 아집(我執)을 버리지 못하는 동물이란 말도 있지만 법해의 체념은 빨랐다. 그는 초연히 발길을 돌렸다.

"오랜만에 고향인 황각사에 돌아가 법소라도 만나 볼까?"

장사성(張士誠)

지정 8년(1348) 방국진이 또 반란을 일으켰다. 그는 원의 정해 현위(定海縣尉)라는 벼슬까지 얻었는데 역시 해적의 재미는 잊을 수가 없어 온주(溫州) 일대를 노략질했다.

원은 국초부터 육군, 특히 기마군단은 막강했지만 수전에는 약했다. 방국진은 그런 것을 계산하여 반란을 일으켰다. 조정에선 포라테무르를 대장으로 토벌군을 보냈다.

하지만 오히려 관군은 방국진에게 패하여 대장이 포로가 되는 추태를 보였다.

"방국진 같은 도둑은 관직으로 달래는 것이 제일입니다. 그는 어떤 지조가 있는 자도 아닙니다. 이익이 있다면 조정에 충성하고 그렇지 않으면 배반하는 무리이죠."

우승상 타이핑의 건의를 받고 순제는 그렇게 하라고 했다. 이런 일이 몇 번이나 반복되자 방국진의 관직도 차츰 높아져 휘주로 치중(徽州路治中)에서 해도 조운만호(遭連萬戶)가 되었고 다시 행성참정(行省參政)으로 승진되었다.

반란 상습자인 방국진은 말썽을 부릴 때마다 관직이 높아졌던 것이다.

이런 방국진과 비슷한 자가 또 한 명 나타나 원을 괴롭혔다.

장사성(張士誠)이다. 장사성은 어렸을 때의 이름은 구사(九四)로 태주(泰州) 백구장(白駒場) 출신이다.

그가 언제 태어났는지는 불명이다. 그러나 주원장보다는 연장이었

다.

　태주는 양자강 하구 부근으로 강북에 있다. 이 근처는 운하가 거미줄처럼 발달되어 있어 화물 수송은 수로를 이용한다.

　장사성은 인물도 잘났고 주먹도 세었으며 이른바 협객이었다.

　그의 고향 백구장은 바닷가로 주민들이 소금을 구워 생계를 꾸리고 있었다. 소금은 전매제로 원의 중요한 수입원(收入源)이었다. 방국진이 온주 일대에서 수천 명의 부하를 거느리며 해적 왕 노릇을 하고 있는 것도 이 소금과 쌀의 수송 루트를 장악하고 있기 때문이다.

　태주는 온주보다 북쪽에 있고 대도(북경)와 보다 가깝다. 게다가 소금이 생산되므로 원으로선 중요한 고장이었다.

　"돈벌이가 없을까?"

궁리하던 장사성은 이 점에 착안했다. 그는 동생인 사의(士義), 사덕(士德), 사신(士信) 등과 의논했다.

"돈벌이가 있다. 우리 4형제가 힘을 합하여 소금장사를 하는 것이다."

"소금장사를 말입니까?"

"그렇지. 소금은 국가의 전매로 아무나 팔고 사지를 못해. 그러나 우리라면 할 수 있다. 소금을 굽는 자들에게 웃돈을 조금 얹어 주어 관염을 사들인다. 그리고 이 소금을 배에 싣고 고우(高郵)나 양주(楊州)로 가져 가는 거야. 그리고 그곳 상인에게 넘겨 주면 된다."

설명을 듣고 보니 사성의 말이 그럴 듯싶었다. 주먹도 있고 배짱도 있는 자기들이 아니면 금지법을 어기면서까지 소금의 암거래는 할 수 없다.

또 장사성은 협객으로 다른 지방의 협객과 연락이 있다.

협객에 대해선 설명이 필요하다. 사전에는 보통 의협심이 많은 사람을 가리킨다고 되어 있다. 그것도 설명은 되지만, 협객은 조직을 가지고 있다는 점이 중요한 특성이다.

중국인 만큼 동향(同鄕) 의식이 강한 민족은 없다. 그들은 세계의 어디를 가나 한고향 사람끼리 똘똘 뭉친다.

협객도 그러한 연대의식 속에서 발생했다. 상부상조하는 것이다.

협객은 조직이니만큼 그 우두머리가 있다. 말하자면 장사성은 백구장의 협객 우두머리였다. 협객은 협객끼리 세력 다툼도 하지만 필요에 따라선 손도 잡는다. 사성이 동생들에게 말한 것은 그런 취지에서였다.

아직은 작은 백구장의 협객이지만, 돈벌이가 되는 소금을 고우나 양주의 대협객에 가져 가면 그들도 반갑게 맞아줄 것이고 무슨 일이 있을 때 의리를 지켜 도와주기 마련이다.

장사성의 이 계획은 들어맞아 돈벌이가 되었다. 돈이 생기자 그는 무술 도장을 차렸다. 각지에서 이름난 권법 사범을 초청하여 젊은이를 가르치게 했다.

하루는 동생 하나가 사성에게 말했다.

"형님은 소금장사로 돈을 벌어 무술 도장에 다 쏟아 넣을 작정입니까?"

동생의 불만은 도장에 무술을 배우러 오는 젊은이에게 왜 강습료를 받지 않느냐 하는 것이었다.

"투자야. 돈이란 굶어 죽지 않을 만큼 있으면 돼. 그러고도 남는 것이 있다면 투자를 해야 한다."

주먹만 세다 뿐이지 두뇌가 없는 동생들도 형의 행동을 어렴풋이 이해했다.

고장의 젊은이들에게 무술을 공짜로 가르치면 인심도 얻게 되고 부하도 그만큼 많아진다. 그것은 곧 그들 조직의 확대도 된다.

그런데 이해되지 않는 행동이 또 있었다. 장사성의 소금 밀매 조직은 더욱 커져 백구장뿐 아니라 태주 일대의 소금을 거의 전부 취급하게 되었다.

따라서 소금의 수익은 더욱 커졌고 전보다 많은 돈이 들어왔다. 그러자 사성은 가난한 선비, 화가 등에 돈을 아낌없이 주었다.

"형님, 그들은 우리를 가리켜 망나니라고 욕을 하는 자들입니다. 어째서 그런 자들에게 생활비를 대주고 비싼 책이나 종이를 사줍니까?"

"투자야."

"또 투자입니까?"

"그렇지, 투자다."

동생들은 이 말에 고개를 설레설레 흔들었다. 아무리 생각해도 그들에겐 이해가 되지 않았다.

장사성은 아주 무식하지는 않았다. 동생들과는 달리 일문(一門)의 장손(長孫)이라 하여 글도 배웠었다.

그래서인지 이번에는 고금의 명필, 명화 등을 사 모으기 시작했다.

"형님, 그런 것도 투자입니까?"

이번에는 동생들이 먼저 비꼬듯이 말했다.

"저희들은 도무지 형님의 생각을 모르겠습니다. 썩어빠진 선비를 도와 주는 일이며 명필이나 명화가 우리에게 무슨 이익이 있습니까? 유식한 말로 도락(道樂)입니까?"

"그렇지. 도락도 되며 투자가 된다. 이제 두고 보면 알 것이다."

장사성이 명필이나 명화를 구한다는 소문을 듣고 소주, 임안, 양주, 서주(徐州) 등지에서도 상인이 그를 찾아왔다.

"장대인(張大人), 이것은 진품인 구양수(歐陽修)의 글씨입니다. 만금을 주고도 구할 수 없는 것이지요."

구양수(1007~1072)는 송나라의 정치가·문인으로 「신당서」·「신오대사」를 편찬했었다. 그의 제자로 왕안석과 소식(蘇軾)이 있다.

구양수는 네 살때 아버지를 여의어 집이 가난했다. 붓과 종이를 살수 없어 물억새 줄기로 모래에 글씨를 써 공부했었다. 호는 육일거사(六一居士). 하나씩 여섯 가지가 있다는 뜻이다.

즉, 일만 권의 장서, 일천 권의 탐본, 한 개의 금(琴), 한 개의 바둑, 한 항아리의 술에 둘러싸여 한 명의 거사가 있다는 뜻이었다.

장사성이 지식은 조금 있다고 하지만 서화의 감정을 할 만큼 박식했던 것은 아니다. 그러나 그 나름의 감별법은 있었다.

"그래, 얼마면 되겠소?"

"만금으로도 살 수 없는 것이지만, 대인님께는 특별히 1천 금으로 드리겠습니다."

이때 사성은 절대로 물건이 비싸다, 혹은 싸다는 말을 일체 하지 않았다.

"그렇습니까. 그럼 생각도 할겸 며칠 천천히 묵도록 하십시오."

며칠 묵으라는 말에 숨겨진 속셈이 있었다. 상대편이 천금의 값을 불렀다면 10 일, 만금이라면 100 일을 머물게 하여 상대를 관찰했다.

만일 그 기간 동안 값을 스스로 내리거나 조금이라도 초조해 하는 빛이 있다면 당장 그자리에서 내쫓아 버렸다. 또 열흘이고 100 일이고 있는 동안 사성은 상인으로 하여금 이야기를 하도록 시켰다. 구양수에 관계되는 작품이나 행적(行蹟)을 아는 대로 들려달라고 한다. 그런 이야기도 밑천이 떨어지면 상인이 사는 고장의 인심, 최근의 일들, 협객의 동정에 이르기까지 세세하게 캐물었다. 일종의 정보 수집이었다.

어느 날 상인이 또 소식(1036~1101)의 서화를 가져 왔다. 사성은 값을 물은 다음 며칠 묵어 가라고 말했다.

"그래, 어제는 잘 쉬셨소? 오늘은 아무것도 모르는 나를 위해 소식 이야기를 들려주시구료."

"별 겸손의 말씀을 다 하십니다."

상인은 조금 콧대가 높아져 소식의 시를 하나 읊었다.

春宵一刻直千金
花有淸香月有陰
歌管樓臺聲寂寂
鞦韆院落夜沈沈

(봄의 초저녁은 덥지도 춥지도 않아 참으로 쾌적한 것이 일각 천금의 가치가 있다. 꽃은 상긋한 향기를 내뿜고 달빛은 어슴프레하다. 바로 조금 전까지 노래며 피리 소리가 화려했던 누대도 지금은 고요하기만 한데, 그네가 매어져 있는 중뜰엔 사람 그림자마저 없고 밤이 깊어 간다.)

"동파는 이렇듯 시를 잘 지어 당송 팔대가로 아버지 순(洵), 아우 철(轍)과 더불어 영예로운 이름을 남겼습니다. 그러나 동파는 동문인 왕안석의 신법에 반대하여 투옥도 되고 유배도 당했습니다."

"허허."

사성은 연신 감탄하며 열심히 귀기울였고, 마침내 말했다.

"당신 덕분에 좋은 글씨도 얻고 좋은 이야기도 들었소. 당신이 부른 값대로 1천 금을 주고 사리다."

"네, 고맙습니다."

"그런데 부탁이 있소. 소문(蘇門)의 네 학사라 불리는 인물 가운데 황정견(黃庭堅)의 글씨가 또한 이름 높다는 말을 들었지. 그의 글씨를 구할 수 있겠소?"

산곡(山谷) 황정견(1045~1105)은 서도의 천재로서 너무나 유명하다. 동파의 글씨는 천의무봉(天衣無縫)인 데가 있었지만, 산곡의 그것은 선인의 필적과 진지하게 맞붙어 닦고 닦은 필법으로 곧잘 가파른 언덕길을 올라가는 것으로 비유된다.

산곡 역시 구파의 인물로 유배를 갔었고 그곳에서 죽었다.

아무튼 장사성 같은 자가 산곡의 글씨를 탐했다는 것은 그 자신이 상당한 교양을 가지고 있다는 증거였다.

장사성은 소금장사로 큰 재산을 모았지만 그 돈을 잘 뿌렸다.

그는 색주집에서도 인기가 높았다. 돈을 잘 썼기 때문이다.

"너희들에게 돈을 뿌리는 것도 투자야!"

"어머나, 어째서요?"

"돈을 뿌려 주면 너희들이 기뻐할 것이 아니냐? 고맙게 생각하고 나를 정성껏 모셔 줄 테니 나도 재미보고 마음도 젊어진다. 내일의 활동을 위해 한껏 쌓인 피로도 풀 수 있다. 안 그러냐, 핫핫핫핫⋯⋯."

"그리고요?"

여자들은 사내와 함께 배를 잡아 가며 웃고 나자 또 물었다.

"저희들이 대인님을 정성껏 모시는 것은 당연하지요. 그 밖에 또 무엇이 있겠습니까?"

"아니야. 인간은 은혜를 알아야 하지. 그것을 모른다면 개만도 못한 거야. 내가 만일 쫄딱 망한다면 너희들이 나를 불쌍타 하고 기둥서방처럼 먹여 줄 게 아니겠어? 그러니 지금 있을 때 너희들에게 부지런히 투자하는 거다."

"호호호."

여자들은 또 까르르 웃었다.

"그렇게까지는 안되더라도 내가 무슨 일을 시작할 때 너희들이 진심으로 나를 도와줄 것이 아니겠어?"

"물론이지요."

"그러면 되었다. 그것으로 투자는 된 거야. 자, 술상을 새로 보고 흥청망청 놀자꾸나."

이런 장사성이었으나 그에게도 딱 질색인 것은 있었다.

관인이었다. 협객이라도 이 관인만은 경원(敬遠)한다.

당자를 두려워하는 것은 결코 아니다. 그 등 뒤에 있는 권력이 두려운 것이었다. 태주현의 구의(丘義)라는 자도 호랑이 위엄을 빌리는 여우 같은 자였다.

장사성은 그에게 정기적으로 뇌물을 주어 소금의 암거래를 묵인받고 있었다.

그런데도 욕심이 많아 3일에 이틀은 장사성의 소금배를 방해했다. 트집을 잡으면 잡을수록 돈이 생기기 때문이다.

"참, 이상해요. 감쪽같이 어둠 속을 지나가는데 구의가 어떻게 그것을 아는지 길목을 지키고 있다가 우리 소금배를 검문해요. 그러면 특별히 봐달라는 돈을 주지 않을 수 없습니다. 그 요구액도 엄청납니다."

사의가 말하자 사덕도 씩씩거리며 말했다.

"말하자면 구의란 놈이 이익을 몽땅 가져 가는 꼴이어요. 남은 죽어라고 밤잠도 제대로 자지 못하며 소금을 팔아 갖고 오면, 본전 정도만 남기고 모두 빼앗아 버리는 것입니다."

사신도 한마디 했다.

"그것이 그놈의 약은 수작이야. 밑천까지 빼앗게 되면 황금알을 낳는 오리마저 잡아먹는 셈이니까 조금은 남겨 주는 거야."

사성은 이를 가는 동생들의 말을 잠자코 듣고 있었다. 팔짱끼고 있는 그의 눈에서 불티가 튀는 것만 같았다. 그도 말은 없었지만 동생들 이상으로 분격하고 있었다.

이윽고 그는 말했다.

"우리의 움직임을 구의한테 알리는 놈이 있다."

"형님, 그게 누굽니까?"

"대개 짐작은 간다. 그러나 지금은 참아야 한다."

구의에게 밀고하는 것은 태주의 토호(土豪)들이었다. 이들 역시 소금의 밀매를 하고 있었다. 그리하여 소금의 양을 속이거나 값을 내리깎는 수법으로 사복(私腹)을 채우고 있었다.

그러나 장사성이 나타나자 사정은 달라졌다. 장사성은 협객답게 소금의 양을 속이거나 대금 지불을 끌거나 하지 않는다.

"이왕이면 그에게 소금을 팔자."

소금장수들은 너도나도 앞을 다투어 가며 사성에게 관염을 빼돌려 주었던 것이다. 그러므로 토호들이 구의에게 정보를 제공하여 사성의 사업을 방해하는 일은 충분히 있을 수 있었다.

"아무튼 나에게 맡겨라. 무슨 분풀이라도 하여 구의란 놈을 골탕먹일 테니."

장사성은 며칠 뒤 측실인 여도(餘桃)와 침실에서 포옹하고 있었다. 이 여인과 만난 것은 우연한 계기였다. 그가 양주에 갔을 때 역시 대협객 진옹(陳翁)이라는 자의 집에서 묵게 되었다.

진옹은 60살 가까운 노인으로 그의 애첩이 여도였다.

사성이 진옹에게 아침 문안을 드리자 진옹이 생각난 듯이 말했다.

"노형도 이곳 양주엔 몇 번 왔겠지만 한가롭게 구경을 다닌 적은 없겠지?"

"네."

"양주에 만경산(萬景山)이 있네. 그곳에 온천이 있지. 옛날 수양제가 궁녀를 데리고 자주 찾았다는 곳이라네. 그곳에 가 볼 생각이 없나? 사실은 부탁이 있어 말하는 것일세."

"노인장의 말씀이라면 가겠습니다만, 대체 무슨 부탁입니까?"

"내 첩으로 여도라는 여인이 있네. 내 집에 온 지 3년이 지났지만 아직 태기가 없네. 그래서 온천에 하루 이틀 보내게 할까 싶은데 자네가 호위를 해주었으면 해서……."

진옹의 속셈이 무엇인지 알 수는 없다. 그러나 어떤 일이든 꽁무니를 빼는 것은 사내로서 수치였다.

"알았습니다. 정성껏 모시겠습니다."

그래서 만경산 온천에 가서 어떤 객점에서 자게 되었다.

물론 침실은 가장 훌륭하고 조용한 방 두 개가 이어져 있는 곳을 따로따로 쓰기로 했다.

"함께 들어갈 수 있는 독탕입니다."

안내하는 하녀의 말에 여도는 얼굴이 빨개졌다.

"어머, 부부로 보이오?"

"아니었던가요? 그럼 실례했습니다."

"남매요."

하고 사성은 어색한 분위기를 수습했다.

"그래요. 그럼 먼저 오라버님부터 목욕하도록 하시지요."

하녀가 가고 난 뒤 사성은 사과했다.

"용서하십시오. 주종(主從)이라 할 것을 그랬습니다."

사성은 물론 진옹의 부하는 아니다. 다만 시골의 협객으로 양주 같은 큰 도시의 대협객이라 진옹을 존경하고 있을 뿐이었다.

"어머나, 무슨 말씀이셔요. 자, 오라버님부터 먼저."

두 사람은 소리를 내어 웃었다. 하지만 객점 사람들에 대한 체면도 있다. 여도는 오라버니이며 남자인 사성이 먼저 목욕하는 것이 순서라고 주장했다.

"그렇다면 내가 먼저 욕실에는 들어가지만 탈의장에 있겠습니다. 당신은 나중에 와서 먼저 목욕하십시오."

"아아뇨, 오라버님부터 먼저."

"정말 당신은 고집도 센 여인이군."

이래서 두 사람은 또 한바탕 웃었다.

어쨌든 전후하여 욕실로 갔고, 여도가 먼저 목욕했다. 측실이라 해도 대협객의 애첩이고 사성은 어디까지나 호위에 불과하다.

그러나 여도는 금방 탈의장으로 나왔다. 대충 뒷물을 하고 욕탕엔 첨벙 몸을 담그었을 뿐인 모양이다.

장사성은 욕탕에 들어가 오랫동안 몸을 담그고 있었다. 여도는 몸이 근질근질한 느낌을 가지며 방으로 돌아갔다. 젊은 청년과도 같은 사성의 나체를 홀끗 본 탓이었다.

이윽고 두 사람은 식탁에 마주앉아 저녁식사를 했다. 사성은 물론 술을 잘 마셨지만 여도도 결코 못 마시는 편은 아니었다. 그러나 두 사람은 별로 얘기도 나누지 않았다. 여도는 낯선 사내라는 점에서, 사성은 진옹의 속셈을 알 수 없어 화제가 생기지 않았던 것이다.

이윽고 여도는 먼저 침실로 갔다. 그녀의 침실은 안쪽이고 사성의 침실은 옆이었다. 외딴 건물로 침실에서 직접 복도로 나올 수 있게 되어 있었다.

삼경쯤, 변소에 갔다가 돌아온 여도가 문 밖에서 물었다.

"잠이 드셨어요? 예쁜 달님이 떠올라 있어요."

"그렇습니까? 오늘이 참, 열 아흐레 달이지요."

대꾸는 했지만 침상에서 일어나지 않았다. 그뿐, 여도는 자기 방에 들어가 자리에 눕는 모양이었다.

감고 있는 사성의 눈꺼풀 속에 선명한 나녀(裸女) 모습이 눈부실 만큼의 달빛을 받고 있다. 욕실의 탈의장에서 흘끗 보았던 그녀의 나신. 그리고 예쁜 달이 떠올랐어요 라고 말한 여도의 꾀꼬리 같은 목소리가 그의 머릿속에서 달빛을 비추게 하고 있었다.

장사성은 온천이라는 곳이 처음이었다. 따라서 온천물에 잠겨졌다가 나온 여인의 불그스름해진 살갗과 체취를 맡은 것도 이날 밤이 처음이었다.

그에게는 물론 아내가 있었다. 하지만 측실은 아직 없었다.

(양주 여자는 미인이 많다더니 정말 눈부실 만큼 아름다운 피부였어.)

벽 하나 사이에 둔 옆방에서도 여도의 감은 망막(網膜)에 사성의 젊은 나체가 낙인찍혀 있었다.

여도가 지금껏 경험한 이성(異性)의 나체와 체취라고 한다면 진옹 한 사람뿐이었다. 진옹의 육체는 결코 훌륭하지가 못하다. 늙었다. 그것도 젊어서부터의 지나친 다음(多淫) 때문에 추악하게 늙어 있다.

풋과일과도 같은 청년 사성의 육체였지만, 자못 사내다운 그 체취는 강렬하게 여도의 농익은 여성을 자극하고 있는 것이었다.

(이런 밤엔 온전하게 잘 수 없을 것 같다.)

이렇게 생각하며 여도는 몸을 뒤척였다. 잊어야지! 하고 생각했을 때 귀를 곤두세웠다. 뜰에 누군가 사람 소리가 났다고 생각된 것이다. 잘못 들었을까? 그러자 이번에는 저벅거리는 발소리였다. 여도의 가슴은 갑자기 방망이질쳤다.

그녀는 떨며 문을 조금 열고 불렀다.

"장사성님, 장사성님."

그러자 사성은 문을 열고 복도로 나왔다.

"무슨 일이 있었습니까?"

"뜰에서 발소리가…… 무서워요."

사성은 창문을 휙 열었다. 휘영청 밝은 객점의 뒤뜰엔 아무것도 없었다.

"아무것도 없습니다. 있더라도 옆방에 제가 있으니 안심하고 주무십시오."

사성은 조용히 창문을 닫았다.

그 순간이었다.

"장사성님! 전 무서워요!"

여도는 달려들며 사성의 허리를 끌어안았다.

"이제 염려없습니다."

"싫어요, 오늘 밤은 이곳에 있어 주셔요."

여도는 사성을 자기 침실로 끌어들였다.

"안됩니다. 당신은 진용님의……."

그러나 한창 무르익은 여도는 사성의 목을 끌어안고 입부터 찾았다. 격렬한 포옹이 이어졌다.

"큰 실수를 했다. 당신이…… 아니, 내가 나빴다. 의리 없는 짓을 해버렸어."

욕망의 불길이 꺼져 버리면 육의 쾌락도 허무한 것인가. 사성은 후회하고 있었으나 여인은 오히려 태연했다.

"서방님, 너무 염려 마셔요. 이것도 모두 그 영감의 음모였어요. 요즘 그는 새파란 아이를 동첩(童妾)으로 들어앉혔답니다. 그래서 당신과 저를……."

"그렇다 하더라도……."

사성은 무엇인가 어둠 속을 노려보고 있었다.

"아니면 서방님은 제가 싫은가요?"

"아니오! 사내답게 사실을 말하고 진옹님께 당신을 달라고 하겠소."

"어머나!"

여도는 외치며 눈물로 얼룩진 얼굴로 미친 듯이 사내에게 안겨 왔다.

그것이 1년 전 일이었다. 진옹은 장사성의 사내다운 고백을 듣자 겉으로는 몹시 못마땅한 표정이었다. 하지만 결국 못 이기는 척 몸값을 받고 여도를 넘겨 주었던 것이다.

지금도 여도는 옆얼굴을 사성의 가슴에 대며 눈을 감고 있다. 황홀한 느낌에 젖어 있으면서도 눈썹은 안스러운 듯이 일그러져 있었고 새빨간 꽃잎을 문 듯한 입술 사이로 잇몸이 새하얗게 내비친다.

사성은 두 팔로 여도의 허리를 끌어안고 달래고 있다. 그녀의 온몸이 성미 사나운 말처럼 부르르 떨고 있다.

"부탁이오, 부탁이오."

"싫어요, 싫어요."

몸부림은 더욱 심해졌다. 마침내 그녀는 광기(狂氣)마저 띠었다.

"글쎄 진정해요. 구의란 놈을 골탕먹이겠다는 것뿐이지 다른 뜻은 없소."

장사성은 여도에게 어떤 제의를 했던 것이다. 구의와 그 아내 소씨(邵氏)를 초대한다. 그때 사성이 소씨를 겁탈한다는 것이었다. 여도는 그때 구의를 되도록 붙잡아 두는 역할을 하고 — .

그것을 말했을 때 여도는 심한 거부 반응을 일으키듯 몸을 떨기 시작했다.

"그러니까 당신은 그놈의 얼을 빼며 적당히 농락하면 돼."

사성은 여도의 귓가에 속삭이면서 그녀의 귓볼을 살짝 깨물어 주었다.

"전……, 전……."

여도는 마침내 흐느끼면서 사성의 입술을 와락 깨물었다. 피가 흘렀다. 그런데도 격정을 못 이기는지 사내 목을 두 팔로 안고 사내의 무릎을 가로탔다.

그렇게 해서라도 몸의 떨림을 진정시키겠다는 몸부림인 것 같다.

사성도 차츰 여인의 박력에 끌려 들어갔다. 전당(殿堂)과도 같은 허리, 아름답고 사랑스러운 육체의 중심을 과시하는 자못 위대하다고도 한 둔부에 사성은 압도되고 말았다.

허리에서 두 다리로 갈라져 분류(奔流) 마냥 흘러내리는 자태의 악센트와 탄력은 그를 침몰시켰다.

"홋홋홋…… 사랑스런 당신."

여도는 이윽고 진정이 된 듯 뜨거운 입술로 사내의 온몸을 위 아래로 옮기며 쫓았다.

사성은 그대로의 자세로 침묵을 지켰다. 여도는 요염한 눈을 들어 웃었다.

"하겠어요. 당신의 말대로…… 어차피 저는 여도인 걸요, 뭐."

그녀는 자기 이름의 뜻을 안 모양이었다.

옛날, 위(衛)나라에 미자하(彌子暇)라는 미소년이 있었는데 위군(衛君)의 총애를 받았다. 언젠가 미자하는 어머니가 아프다는 소식을 듣고 주군의 허락을 받았다는 거짓말로 왕의 수레를 타고 병문안 갔다. 위나라 법률로선 허락 없이 왕의 수레를 탄 자는 월형(月刑＝발목의 심줄을 잘라 보행할 수 없게 함)에 처해졌다.

하지만 위군은 미자하가 자기 수레를 무단 사용했음을 알자 처벌은 커녕 오히려 칭찬했다.

"얼마나 효성스런 일인가. 어머니 병을 걱정한 나머지 월형조차 잊었다니."

또 언젠가는 미자하가 위군을 수행하여 도원(桃園)에서 놀았다. 그는 복숭아를 하나 따서 베어 물었는데 너무도 맛이 있어,

"꿀맛처럼 좋습니다. 잡숴 보셔요."

하고 자기가 베어 문 복숭아를 위군에게 내밀었다. 시종들이 허둥지둥 제거하자 위군은 그를 감싸며 말했다.

"얼마나 나를 사랑하고 있는가. 자기가 먹는 것도 잊고 나에게 먹이려 하다니!"

그런데 몇 년인가 지나 미자하의 용색(容色)이 쇠해짐에 따라 위군의 총애도 식었다. 마침내 궁중에서 쫓아냈다. 그때 위군은 미자하를 증오스럽게 바라보며 외쳤다.

"이놈은 거짓으로 내 수레를 사용하기도 했고 먹다 만 복숭아를 나에게 먹인 괘씸한 놈이다."

여기서 '여도(餘桃)의 죄'란 말이 생겼다. 사랑받았던 일이 오히려 죄의 원인이 된다는 뜻이다.

이런 고사도 시대가 달라지면 변질되는 모양이다. 손귀(孫貴)라는 상인이 있었다. 그는 어린 처녀를 늘그막에 얻어 사랑하고 있었는데 너무도 사랑하여 자기가 죽은 뒤 남의 손에 넘어가는 것이 아까웠다. 그래서 아들에게 아내로 삼으라는 유언을 남기고 죽었다.

아들은 아버지의 유언을 좇아 여자를 여도라 이름짓고 첩으로 삼았다. 여도는 아버지가 아까워 했던 만큼 맛이 그지없이 좋았고 게다가 선술의 방법도 알고 있어 남편을 조금도 피로케 하지 않았다. 게다가 상재(商才)도 있어 손가(孫家)는 거만의 갑부가 되었고 남편은 손대원외(孫大員外), 여도는 손대가(孫大家)라고 사람들의 존경을 받았다.

구의는 부부가 초대를 받자 기뻐하며 사성의 집에 왔다. 연회장은 사성의 집 후원에 있는 도원이었다. 구의의 마누라 소씨는 30대 후반으로 청초(淸楚)한 미녀는 아니었으나 풍만한 몸집의 기름진 요리를 연상시키는 여자였다.

여도는 사성의 눈짓을 받아 구의 옆에 앉아 사내를 살살 녹이는 교태로 술을 따라 주고 있다.

사성은 소씨 옆에 앉았다. 그는 자리에서 일어나 손님들에게 인사를 했다.

"오늘은 구의님 내외를 주빈으로 모시고 즐기는 영광스러운 자리입니다. 아무쪼록 마음껏 잡숫고 즐기도록 하십시오. 혹시 부인들 중 약주가 약하신 분은 잠시 동안의 휴식 장소도 마련했으니 그리 아십시오."

그러자 사내들은 껄껄 웃었고 여자들은 깔깔 교소(嬌笑)를 흘렸다. 소씨도 쥘부채로 입을 가려 가며 제법 점잖게 웃고 있다.

사성은 자리에 앉으며 술병을 잡자 은근히 말했다.

"부인, 제가 한 잔 따라 올리겠습니다."

"어머나! 전 별로 마시지 못해요."

"음식이 한결 맛있게 되므로 시늉만이라도……."

"그래요, 그럼."

사성은 의자에 얕게 엉덩이를 붙이고 상체를 기울이며 정중히 술을 따라 주었다. 이것은 이를테면 포석(布石)이었다. 틈을 엿보아 강제로 일을 만들려면, 먼저 자기에게 서먹서먹하지 않도록 해 두는 것이 정작 돌격할 때의 디딤돌이 된다.

"저의 집 후원의 도원이 어떻습니까? 꽃도 지금이 한창이죠."

"네, 정말로 이 술은 맛이 있네요."

"한 잔 더 드시겠습니까?"

"저보다도 장대인께서."

그러면서 눈 가장자리를 붉게 물들인 소씨는 물기 먹은 눈초리로 빤히 쳐다보며 그에게 미소지었다.

장사성은 주인으로 여러 손님을 공평하게 대접하고 유쾌하게 해줄 의무가 있다. 소씨가 따라 준 술을 마시고 다시 권한 뒤 자리에서 일어났다.

거기에는 다른 토호들과 그 부인들도 참석하고 있었다. 그들에게 술을 한 잔씩 따라 주고 받아 마시기도 하며 구의 자리쪽으로 갔다.

구의는 자기 옆의 또 다른 여인에게 허리를 굽히며 무엇인가 속삭이고 있다.

"저도 한 잔 따라 주셔요."

사성이 다가가자 여도가 말했다. 벌써 꽤나 취해 있었다.

술을 따라 주며 사성은 재빨리 속삭였다.

"너무 취한 게 아냐?"

"염려 마셔요. 실수는 않을 테니까."

사성은 술을 따라 주며 건너편을 보았더니 소씨의 모습이 보이지 않았다.

(옳지, 술이 약하다더니 방으로 쉬러 갔구나.)

그때 구의가 고개를 돌렸다.

"장대인, 당신 측실은 보기 드문 미인이오. 어떻소, 오늘 밤 하루 빌려 주지 않겠소?"

구의는 벌써 많이 취해 있었다. 혀꼬부라진 소리였다.

"글쎄요. 딴 분도 아니고…… 나리 처분대로 맡기겠습니다."

장사성은 왈칵 치미는 것이 있었으나 꾹 참았다.

"그럼, 허락도 받았으니……."

구의가 여도의 어깨에 한 팔을 거는 것을 보자 그는 그자리를 슬며시 피해 주었다.

그는 소변을 보러 가는 척하며 급히 별채로 갔다. 거기 막내 동생 사신이 지키고 있었다.

"구의 여편네는?"

"안쪽 끝방에 쉬러 들어갔어요."

"알았어. 너는 여기서 계속 지키고 있어라."

복도를 지나 제일 안쪽 방 앞에 이르렀다. 문을 살며시 열었다. 조심성 있는 여자라면 이런 때 문고리를 걸었으리라. 그렇다면 장사성의 계획도 실패했을지 모른다. 그러나 문은 쉽게 열렸다. 사성은 문 틈으로 소리나지 않게 몸을 들여밀었다.

방 안은 어둠침침했다. 소씨는 침상에서 벽쪽을 보고 돌아누워 있다. 침상의 발치에 겉옷이 벗어져 아무렇게나 흩어져 있었다.

병풍 뒤로 가자 사성은 숨을 죽여 가며 옷을 벗었다. 그리고 침상에 다가가더니 여인의 뒤로 몸을 미끄러뜨렸다.

"응, 응."

귀찮은 듯이 어깨에 걸쳐진 손을 밀어내려 한다. 그런 여인을 자기 쪽으로 돌아눕게 했다. 비좁은 침상이라 여인에게 밀려 사성은 엉덩이가 밖으로 내밀어졌다.

"언제 돌아오셨어요?"

소씨는 눈을 감은 채 버릇처럼 팔을 사내 목에 감았다. 말없는 그는 여자의 입술을 틀어막았다. 희미한 술냄새가 풍겼다. 그는 상체를 덮어가며 혓바닥을 더욱 깊이 넣었다. 여인이 눈을 떴다.

"어머 누구죠?"

"부인, 접니다. 이 집 주인입니다."

"네? 누, 누가 와줘요!"

"조용히 하십시오."

"아녜요, 놓아 줘요, 안됩니다!"

소씨는 공포의 표정으로 사성의 가슴을 확 떼밀었다. 그 바람에 장사성은 보기 흉하게도 침상에서 굴러 떨어졌다.

"부인, 저를 모르십니까? 이 집의 장사성입니다."

후원에서 남녀의 웃음소리가 멀리 들리고 있다. 여자가 돼지멱따는 비명 소리라도 지른다면 사태는 엉뚱한 방향으로 발전되리라.

"무슨 짓이지요!"

다행히 여자는 비명을 지르지 않았다. 그 대신 침상에 일어나 앉으며 옷깃을 여미고 무섭게 사성을 노려본다.

침상에서 굴러 떨어진 그는 빌었다.

"부인, 죄송합니다."

"이럴 수가……."

"하지만 부인, 저는 진심입니다."

"네?"

"진심입니다. 부인을 사랑합니다."

"하지만 그런 일은…… 우습지도 않아요."

"너무 하십니다, 부인. 이런 위험을 굳이 감행하겠다는 생각이 든 것도 첫눈에 부인을 보고 반했기 때문입니다. 거짓말이 아닙니다. 진정입니다!"

그러면서 사성은 조금씩 몸을 일으켜 뻔뻔스럽게도 소씨의 무릎에 손을 가져 갔다.

"부인, 저는 첫눈에 반했습니다. 거짓말이라 생각한다면 제 얼굴에 침을 뱉어 주십시오."

더욱 몸을 일으켜 여인의 두 무릎을 안았다. 그 순간 소씨의 넓적다리가 꿈틀하며 경련했다.

"아, 부인. 한 번만이라도 제 간절한 소원을 풀어 주십시오."

그러면서 사성은 눈을 치뜨며 얼굴을 보았다. 그랬더니 여인은 옷깃을 꼭 잡은 채 눈을 감고 있는 것이 아닌가.

"부인!"

외치자마자 사성은 확신을 갖고서 여인에게 덮쳤다.

침상에서 떨어지기도 하여 시간을 뜻하지 않게 허비하고 말았다. 여도가 잘하고 있을 테지만 만일의 경우란 것이 있다. 한가롭게 즐기고 있을 수만은 없었다. 사성은 여자의 아랫도리를 벗기자 중심을 맞추었다.

여인이 황급히 허리를 물렸다.

"왜 그러십니까?"

"아직 안돼요."

무엇인가 요긴한 것을 빠뜨리지 않았느냐고 비난하는 눈빛이었다.

"안되다뇨, 하지만……."

"서두를 것 없어요."

"염려 없겠습니까?"

"그이는 술욕심이 많지요. 그러니까 천천히."

목을 젖혀 가며 눈을 감고 소씨는 콧소리를 내었다.

사성은 고개를 끄덕이고 옆으로 누었다. 풀숲에 —— 그것은 감촉으로 꽤나 무성했지만, 손을 미끄러뜨렸다. 그랬더니 부인은 또 거부했다.

"그것은 나중에."

콧소리를 내며 안타깝다는 듯이 호소한다.

말하지 않더라도 사성은 알고 있다. 그러나 어떻게 하려나 보고 있으려니까,

"네, 이곳을……."

하며 사내의 손을 유방에 이끌었다. 듬뿍 애무해 달라는 몸짓이었다. 탐욕스러운 여인의 본능.

사성은 오른쪽을 두꺼운 쟁반만한 손으로 눌러 주며 자기에게 가까운 쪽에 입술을 대었다.

"으윽?"

그녀는 목줄기를 경직시켰다. 설흔 대여섯 쯤으로 생각되지 않는 유방은 탄력이 있었고 성감도 예민했다.

그는 천천히 혓바닥을 명치께로 굴려 갔다. 여인이 짧게 경련을 했다. 그리고 자기 쪽에서도 불타려고 열심이었고 느닷없이 손을 뻗치며 움켜잡는다.

"아아…… 이렇듯."

그녀는 이어지려는 말을 삼켜 버렸다. 사성의 흉물스러운 것이 거대하다는 뜻이었으리라. 그리고 그녀는 스스로 다리를 벌렸다. 그의 손이 지체 없이 여인의 곳집을 가려 주듯 덮어 버렸다.

이윽고 여인은 몸을 떨기 시작했다. 숨소리도 가빴다.

"어서요, 어서요."

오랫동안 그녀는 방심 상태로 축 늘어져 있었다. 사성이 몸을 일으키자 그녀는 눈을 뜨고 배시시 웃었다.

"벌써 가시겠어요?"

"응. 밖에 손님들이 있으니까."

"그렇지만."

"또 만나요."

"정말, 정말로 만나 주시겠어요?"

"정말이요. 나는 거짓말을 않소."

"그럼 또 한 번……."

"네?"

여인은 요염하게 웃었다.

"아아뇨, 입만 맞추어 줘요."

그제서야 안심하고 사성은 고개를 끄덕였다.

방에서 나와 뒤뜰로 가려 했을 때 누군지 어둠 속에서 나타나 그의 허벅다리를 힘껏 꼬집었다.

"누구야?"

"실컷 재미 보셨을 테죠?"

여도였다. 어둠 속에서도 그녀의 눈빛이 반짝반짝 고양이처럼 빛을 뿜었다.

"구의는?"

"곯아 떨어졌어요. 난 진드기 같은 그 인간을 달래느라고 얼마나 시달렸는지 아셔요?"

여자의 손이 또 엉뚱한 곳에 뻗쳐졌다.

"미안해. 그것도 계획의 일부였어. 큰 일을 위한 초석이었지."

"큰 일?"

그러고 있을 때 어디선가 처절한 비명 소리가 들렸다. 여도가 그 소리에 몸을 떨며 사성에게 바짝 안겼다.

"서두르자, 일은 벌써 시작되었다."

집안에 갑자기 살기가 가득 찼다. 사성은 후원으로 뛰어가며 검은 그림자를 향해 소리질렀다.

"구의란 놈을 해치웠느냐?"

"네, 형님! 그놈은 비명도 못 지르고 목이 잘렸습니다."

"그 밖의 토호들은?"

"모조리 죽여 버렸지요."

"잘했다. 그러나 여자와 아이는 죽여선 안된다."

이날 밤 장사성 4형제와 이백승(李伯昇), 방원명(方原明), 여진(呂珍) 등 18명이 면회를 빙자하여 구의와 토호들을 모조리 죽였던 것이다.

그리고 그날 밤으로 대주현을 습격하여 관가를 불사르고 군사를 모집했다.

이런 때를 위해 투자하고 인심을 사 둔 장사성이었다. 염부나 건달, 농민들이 그에게 가담했다. 꽃거리의 여자들마저 사성을 후원했으므로 그 인기는 대단했다.

장사성은 자기 재산을 모두 털어 말과 무기를 사들였고 모자라는 군자금은 그동안 사 둔 구양수·소식·황정견 등의 서화를 팔아 충당했다.

이리하여 그는 차례로 설흔 여섯 군데의 염장(鹽場)을 점령했고 고우(高郵)성마저 함락시켰다.

선(禪)

3년 만에 법해가 황각사에 돌아왔을 때 법소는 반갑게 그를 맞아 주었다.

"법산은?"

"그는 절을 나가 버렸어."

"그럼 너 혼자 절에 있냐?"

"아냐. 칠성전의 노스님이 아직도 살아 계셔."

법해는 사람 목숨이 모질다는 것을 이때만큼 절감한 일이 없었다.

"무엇을 그리 골똘히 생각하고 있지?"

법해는 옛날을 생각하고 있었다. 쥐고기를 구워 먹다가 노스님의 석장을 어깨에 맞은 아픔이 생각난다.

사람 목숨은 파리 목숨처럼 덧없기도 하다. 그런데 앞못보는 그 스님처럼 모질게 목숨을 이어 나가는 사람도 있다.

"아냐, 아무것도 아냐. 그저 사람 목숨이 끈질기다고 생각했을 뿐이야."

"그런데 참 이상한 일이야. 법산이나 법천 이야기는 통 하시지 않는데 너에 대해선 이따금 말씀이 계셔. 그녀석은 지금쯤 어디서 무엇을 하고 있을까 걱정하며. 자네가 돌아왔다는 것을 아신다면 몹시 기뻐하실 걸세."

"응, 나중에 인사를 하러 가겠다. 그런데 그것보다도 너는 참 용하다."

"무엇이?"

"절을 지키고 있는 것이 말이야."

법소도 모질다면 모질었다. 절의 부처님을 돌봐 주는 그 정성이 자기로선 도저히 따를 수 없는 일이었다.

법소는 법해의 말에 희미하게 웃었다.

"그것이 내 의무야. 또 천직(天職)이고."

"천직 ? "

법해는 그렇게 뇌까렸으나 깊이 생각하지는 않았다.

이윽고 법소는 새삼스러운 듯이 물었다.

"정말 잘 왔네. 이번에는 얼마쯤이나 있겠나 ? "

법소는 으레 떠날 사람으로 알고 그런 말을 한다.

"글쎄 나도 잘 모르겠어. 사흘일지 한 달일지."

"그야, 자네 마음이겠지만 나는 오래오래 있을수록 좋네."

법소는 진심이었다. 그의 얼굴은 검게 타고 있었으나 그동안 조금도 자라지 않은 것 같았다. 그리고 몹시 겉늙어 보였다. 말은 않고 있지만 그동안의 고생이 이만저만 아니었음을 나타내고 있다.

법해는 이 점에서도 그에게 절로 고개가 숙여진다고 느껴졌다.

"자아, 자네는 편히 누워 있게. 탁발은 나가야 하지만 오늘만은 쉬겠네. 그 대신 마을에 내려가 무엇인지 먹을 것을 구해 오겠네."

"아니야!"

법해가 강한 말투로 막았기 때문에 법소는 놀란 듯이 그를 쳐다보았다.

"그것보다 스님한테 인사를 가고 싶네. 함께 가 주지 않겠나?"

"그야 어렵지 않지."

두 사람은 법당을 나와 칠성전 쪽으로 갔다. 지금 보니 절은 전보다 더 황폐해 있었다.

칠성전은 조그만 암자로 산비탈에 외따로 떨어져 있었다. 거기까지 오는 동안 법소로부터 설명을 들었지만 노스님은 거의 햇볕을 보지 않고 당 안에만 있다고 한다.

아직도 한낮이었으나 그 안은 캄캄했다. 법해는 이 칠성전에 거의 와 본 기억이 없다. 고빈 화상이 아직 살아 있을 때 수계(受戒)를 마치고 인사하러 온 일은 기억난다. 그 뒤에도 두어 번 왔을까 ― 어쩐지 두렵고 싫었던 것이다.

그러나 법소는 그렇지가 않은 모양이다. 당의 문을 열고 들어서자 먼저 절부터 올렸다.

"담해(曇海)님, 법해가 돌아왔습니다."

대답이 없다. 컴컴해서 모습이 어렴풋이 보일 뿐이다. 법해도 절을 했다.

그러자 소리가 들렸다.

"네놈은 번뇌만 잔뜩 늘려갖고서 돌아왔구나."

법해는 깜짝 놀라 얼굴을 들었다. 눈이 어둠에 익자, 벽가로 돌아앉아 좌선을 하고 있는 담해 스님의 모습이 보였다. 눈도 보이지 않는데, 게다가 돌아앉아 있는데 법해의 마음속까지 꿰뚫어 볼 수 있는 것일까.

번뇌? 그러고 보니 그는 상심(傷心)에 빠져 있었다. 설설을 잊지 못하여 생긴 상심이었다.

처음에는 단지 욕망의 대상으로서의 여인이었다. 그러나 설설은 이미 자기의 손길이 닿지 않는 구름 위 여인이라고 생각되었을 때 욕망만이 아닌 무엇인가 또 있음을 느꼈다.

(그것이 사랑인가, 혹은 정인가!)

그는 혼자 자조(自嘲)하기도 했다. 그러나 도저히 잊을 수가 없었다. 미칠 것만 같았다. 그리하여 황각사로 돌아왔던 것이다.

"이녀석, 아직도 번뇌가 무엇인지 모르고 있구나. 법소야, 너는 번뇌가 무엇인지 알고 있겠지?"

"네, 스님. 인간이 가지고 있는 탐욕, 노여움, 어리석음, 이런 것이 모두 번뇌인 줄 알고 있습니다."

"맞았다. 그러면 번뇌를 이기자면?"

"지혜입니다."

법해는 스님과 법소의 대화를 남의 일처럼 듣고 있었다. 그러나 그도 바보는 아니다. 차츰 담해 스님의 속셈을 알 수 있었다. 담해와 법소와는 선문답(禪問答)을 나눔으로써 간접적으로 법해에게 가르치려 하고 있는 것 같았다.

"지혜는 위기도 구해 준다. 죽었던 목숨도 살아나게 해준다. 숲속에 한 무리의 사슴이 살고 있었다. 사슴 왕은 기품이 있는 생김과 뛰어난 지혜로 사슴 무리를 잘 다스리고 있었다. 사슴들은 그를 따르고 있는 한, 식량 걱정도 생명의 위험도 없었다. 모두들 안심하고 아무런 다툼도 없이 평화롭게 살았다."

담해 스님의 말에 법소는 무릎을 꿇고 경건하게 귀기울인다. 법해도 듣고는 있었으나 담해의 말은 거의 귀에 들어오지 않았다.

"하루는 사슴 왕 누이가 새끼 사슴을 데리고 와서 부탁했다. 오라버님, 이 아이는 천성적으로 영리하여 금년에 태어난 새끼 사슴 중에서 가장 뛰어났어요. 저는 오라버님처럼 훌륭한 사슴으로 키우고 싶습니다. 부디 오라버님의 지혜를 가르쳐 주셔요. 이리하여 다음날부터 새끼 사슴은 왕한테 와서 열심히 공부를 했다. 날이 갈수록 새끼 사슴의 눈은 지혜로 맑게 빛나기 시작했다."

법해는 갑자기 스님의 말이 중단되어 고개를 들었다. 그는 섬뜩했다. 언제 돌아앉았는지 담해 스님이 자기를 빤히 쳐다보고 있다. 눈꺼풀 아래 위가 달라붙어, 마치 해골에 가죽만 씌운 것 같았다.

그러나 그것은 착각이었다. 담해는 담담하게 말을 이어 나갔다.

"그러던 어느 날 새끼 사슴은 숲속에서 덫에 걸리고 말았다. 찰카닥 쇠덫의 발톱이 앞다리를 꽉 물었다. 버둥거릴수록 쇠발톱은 살을 파고 들었다. 친구들은 모두 놀라 도망치고 누구 하나 도와주는 자도 없었다. 새끼 사슴은 버둥거리던 짓을 중지하고 어떻게 하면 이 위기를 벗어날 수 있을까 조용히 생각했다."

법해는 지리하기만 했다. 빨리 이곳을 나갔으면 싶었다. 그래서 꾸벅꾸벅 졸았던 모양이다. 그러자 느닷없이,

"할(喝)!"

석장이 날아와 법해의 어깨를 후려쳤다.

법해는 눈물이 찔끔 나도록 아팠다. 물론 졸음 같은 것은 달아나 버리고 정신이 번쩍 들었다.

담해 스님은 다시 아무 일도 없었던 것처럼 이야기를 계속했다.

"한편 도망친 새끼 사슴들은 급히 어미 사슴에게 알려 주었다. 어미 사슴은 또 왕한테 가서 울며불며 애원했다. 오라버님, 우리 아이가 덫에 걸렸습니다. 부디 구해 주셔요. 서두르지 않으면 죽고 말 거예요. 하지만 사슴 왕은 타일렀다. 지혜로운 아이는 그 정도의 고난으로선 결코 죽지 않는다. 곧 원기 있는 모습으로 돌아온다며 누이의 애원을 들어주지 않았다."

이번에는 법해도 열심히 귀를 기울이고 있었다. 법소는 어떤가 하면 처음과 끝이 같았고 단정한 자세로 경청하고 있었다.

"새끼 사슴은 덫의 상태를 살폈다. 그리고 되도록 아프지 않은 위치로 몸을 드티고 그대로 발을 뻗으면서 옆으로 누웠다. 그리하여 뒷발굽으로 둘레의 흙을 파헤치고 괴로운 나머지 필사적으로 몸부림친 것처럼 꾸몄다. 게다가 똥 오줌을 질질 싸 놓았고 혓바닥을 축 늘어뜨리며 침을 흘렸다. 배에는 바람을 집어 넣어 부풀리고 눈은 허옇게 까뒤집었다. 그리고 몸을 빳빳하니 죽은 것처럼 꾸몄던 것이다."

담해 스님은 법화(法話)를 하는 것이 힘든지 자주 쉬어 가며 했다. 법해는 담해를 늘 졸고 있는 스님으로만 알고 있었는데 그것은 잘못된 생각이었다.

"이런 꼴을 보고 파리까지 속아 날아왔다. 까마귀도 모여들었다. 이윽고 사냥꾼이 나타났다. 사냥꾼은 기뻐하며 중얼거렸다. 새끼 사슴이 덫에 걸려 죽어 있구나. 아침 일찍부터 걸렸던 모양이지 하며 덫을 풀었다. 그리고 다리를 묶을 덩굴을 찾아 근처의 풀숲으로 들어갔다. 사냥꾼의 모습이 보이지 않게 되자 새끼 사슴은 천천히 일어났다. 그리고 몸을 두세 번 흔들고 나자 목을 꼿꼿이 세우며 바람처럼 숲속으로 달려갔다."

긴 이야기는 끝났다. 이제는 물러갈 때가 되었다고 생각되었다. 그런데 담해 스님은 이렇게 말했다.

"법해야, 이것이 지혜다. 너는 애욕이라는 번뇌의 덫에 걸려 있다. 하기야 번뇌는 누구나 있기 마련이지. 없다는 것이 오히려 이상할 정도다. 그러나 그것을 슬기롭게 이기는 것이 지혜다."

"네."

"그런데 법해야! 내가 너를 얼마나 기다렸는지 너는 몰랐을 테지?"

"저를 말입니까?"

뜻밖의 스님의 말이었다.

"놀랄 것은 없다. 잘 모르겠지만 네 법명(法名)인 법해는 내 글자를 하나 준 것이다."

아! 담해와 법해. 그것을 왜 진작 깨닫지 못했을까. 더욱이 자기의 이름자를 물려준다는 것은 스승과 제자로 법통(法統)을 물려준다는 의미도 있다. 법소도 눈을 둥그렇게 뜨고 있다. 지혜가 많은 그도 그 점만은 미처 깨닫지를 못하고 있었던 모양이다.

"그래서 보고 싶었던 거다. 그리고 네가 어떻게 변했는지도 궁금했지. 그랬더니 예상한 대로였어."

"예상한 대로라고 하시면?"

"네가 돌아와 반갑긴 하다만, 너는 역시 중놈이 아니란 것을 알았다. 말하자면 너는 염불보다 잿밥에 마음이 있는 놈이야. 연못에 있기보다는 바다에 나갈 놈. 언젠가는 이 절에서 영영 떠나고 말 것이다."

법해는 그 말이 수긍되면서도 잘 납득이 가지 않았다.

자기 자신도 앞일을 알기가 어려운데 담해 스님은 어떻게 내 장래를 잘라 말할 수 있단 말인가!

"하하하."

담해는 웃었다.

"네놈은 내가 눈도 멀었는데 어떻게 그런 것을 알겠느냐고 이상하게 여기겠지. 그러나 네놈의 숨소리, 몸의 움직임으로 알 수 있고 느낄 수 있단 말이다. 숨소리가 크다면 무엇인가 불만이 있거나 상심이 있겠지. 또 몸을 부스럭거린다면 마음이 차분하지 못하고 항상 들떠 있다는 증거야."

그러고 보니 그것도 일리가 있는 것 같았다. 맹인은 시각을 상실한 대신 촉각이나 청각 또는 후각이 발달돼 있다고 하지 않는가.

"그러나 법해야."

담해 스님의 말이 한결 부드러워졌다.

"네가 불문을 떠난다고 해서 내가 섭섭하다는 것은 아니다. 그것은 내 힘으로도 막을 수 없는 운명이니까. 인과응보이니까. 그러나 너는 내 자식과도 같다. 너에게 이것만은 신신 당부하고 싶구나."

"무엇입니까?"

"첫째로 살생을 하지 마라. 절대로 무익한 살생은 하지 말아야 한다. 둘째로 사음(邪淫)을 해서는 안된다. 그리고 너그러움을 가져라.

쓸데없이 화를 내서는 안되는 것이다. 이 세 가지만 잘 지킨다면 너는 내 제자로서 부끄럽지가 않은 것이다."

"네."

"끝으로 한 가지 부탁이 있다. 이곳을 떠나더라도 내가 죽은 다음 가도록 해라. 나는 내일부터 그 준비를 할 것이다. 알겠느냐?"

"네."

법해와 법소는 칠성전을 물러 나왔다. 벌써 바깥은 어두워져 있었다. 법당에 돌아오자 법해는 물었다.

"담해 스님이 내일부터 죽을 준비를 하겠다는 것은 무슨 뜻인가?"

"산 채로 입적(入寂)을 하시겠다는 걸세."

"산 채로!"

"이제 두고 보면 알게 되네."

법해는 또 자기 바랑에서 2정 남짓의 돈을 꺼내어 법소에게 주었다.

"이 돈이면 자네가 탁발행을 다니지 않더라도 우리 셋이 몇 달은 살 수 있겠지. 받아 주게."

"이렇게 많은 돈을?"

법소는 눈을 둥그렇게 떴다.

"응. 한때는 나에게 꼭 필요한 돈이었는데 지금은 필요없게 되었어. 그것보다 내가 이 절에 1년이고 2년이고 있는 동안의 밥값으로 생각해 주게."

법해는 설설을 아주 잊기로 결심했던 것이다. 그리고 좀더 불도 수행을 하리라 마음먹었다.

한편 담해 스님은 전에도 식사를 거의 하지 않았으나 요즈음에는 한 움큼의 깨나 콩으로 생식을 하고 있었다. 그것을 하루에 한 끼 아침에만 먹는다.

법해는 바쁜 법소 대신 담해 스님의 시중을 전적으로 들었다. 그렇게 열흘이 지났다. 그러자 담해는 말했다.

"이제 거의 갈 때가 되었다. 법소에게 일러 무덤을 파라고 해라."

"아직도 정정하신데요?"

"아니다, 내 몸은 내가 제일 잘 알고 있다. 너희들은 시키는 대로만 하면 된다."

무덤은 하루만에 팠다. 칠성당 옆 양지바른 곳, 땅이 메마른 데를 골라 8자쯤 땅을 팠다. 그곳은 사람이 들어가 앉아 있을 수 있는 넓이로 바닥에 짚을 깔고 법해가 스님을 안아 내렸다.

뼈와 가죽뿐인 스님은 너무도 가벼웠고 그러면서도 살아 있다는 것이 기적이었다.

구덩이 속에 스님을 앉히자 그 위에 나무 토막을 걸치고 흙을 덮었다. 이를테면 생매장이었다. 흙을 덮기 전에 법소가 속마디의 구멍을 뚫은 대나무를 가져 와 구덩이에 꽂고 흙을 덮어 나갔다.

뒤에 안 일이지만 그 대나무가 공기통이고 식량을 넣어 주는 생명통이기도 했다.

다 묻고 나자 법소는 대통에 대고 외쳤다.

"스님 제말이 들립니까?"

귀를 대자 땅 속에서 대답이 들려왔다.

"잘 들린다."

"이번에는 법해가 대통에 대고 외쳤다.

"법해입니다. 그 안이 어떻습니까?"

"춥지도 덥지도 않은 극락 세계라네. 아주 마음 편하다."

이날부터 법해와 법소는 번갈아가며 담해 스님의 생사를 확인하는 일을 했다. 새벽녘, 새들마저 잠들어 있을 때 하루 한 끼뿐인 깨 한 움큼을 대통으로 흘려 넣어 주고 안부를 묻는 일이었다.

담해 스님은 땅 속에서 1주일을 버티었다. 그동안 염불을 하는 소리가 은은히 들려오기도 했다.

엿새째 되는 날 아침 법해는 대통에 대고 외쳤다.

"스님, 안녕히 주무셨습니까? 저, 법해입니다."

그런데 아무리 귀를 기울여도 대답이 없었다.

"스님, 스님! 대답 좀 해주십시오!"

그러나 그의 목소리는 땅 속에 빨려 들어갈 뿐 메아리조차 없었다. 법소가 쫓아왔다.

"돌아가셨어. 대답이 없는 것을 보니 틀림없이 돌아가셨어."

법해는 울먹이는 목소리로 말했으나 법소는 침착하게 대통에 귀를 대고 있었다. 5분— 10분— 30분— 아마 현대의 시간으로 그 정도는 흘렀으리라.

법소가 마침내 말했다.

"희미하지만 아직도 심장이 뛰고 계셔. 조용한 마음으로 정신을 집중시켜 들어 보게."

과연 희미한 신음이 들리는 것 같다. 이레째 되는 날은 법소가 당법이었으나 이때는 이미 신음조차 들리지 않았다.

"완전히 천화하셨어."

그러자 법소는 황토를 물로 이겨 대통을 밀봉했다. 공기의 유입(流入)을 막은 것이다.

법해는 그것으로써 모든 것이 끝난 줄 알았다. 다시 사흘이 지난 날 아침 법소는 말했다.

"자, 스님을 다시 캐도록 하자."

"다시 캔다고?"

"스님께선 평소부터의 소원이 부처님이 되시겠다는 거였어. 남은 우리가 그분의 소원을 이루어 드려야 하네."

거의 두 시간이나 땀을 흘려 가며 무덤을 파헤쳤다. 담해 스님은 앉아 왕생하고 계셨다. 좌선한 그대로의 모습인 채 죽어 있었던 것이다.

법소보다는 법해가 기운이 세었기 때문에 구덩이 속에 들어가 스님을 땅 위로 모셨다. 생각 탓인지 스님의 신체는 전보다도 더 작아지고 가벼워진 것 같았다.

"이제부터가 어려워. 잘 되어야 할 텐데."

"부처님을 만드는 작업 말인가."

"응."

법소와 법해는 적당한 장소를 선택하여 통나무 걸대를 만들어 스님

302

의 신체를 매달았다. 그리고 청솔가지를 꺾어다가 연기로 그을렸다.

절대로 불길이 닿지 않고 연기만으로 훈증(薰蒸)하는 작업이기 때문에 정성과 오랜 시간이 걸렸다. 그들은 빠짐없이 훈증을 하기 위해 신체를 여러 번 바꾸어 달았다.

이 작업도 며칠 걸렸다. 그리고 다시 칠성전 뒤쪽 추녀 밑 햇살이 들지 않는 응달에서 건조시켰다.

"이제는 끝으로 스님을 모실 감실(龕室)을 만들어야 하네."

법소의 말에 법해는 제의했다.

"차라리 아미타불의 뒤쪽을 파내고 거기다 안치하는 것이 어떨까?"

아미타불은 목상(木像)이다. 그렇지만 그것을 파기란 오랜 정성이 필요하다.

"그렇게 해주겠나? 자네를 아들처럼 생각한 스님도 저 세상에서 기뻐하실 걸세."

이날부터 법해는 법소가 탁발행을 나간 사이 혼자 절에 남아 불상을 파냈다. 공덕(功德)을 쌓겠다는 뜻도 있었지만 그 자신의 참을성을 키워 주는 데 도움이 되었다.

어느 날 법해와 법소는 이런 말을 주고받았다.

"너는 우리 강남인으로는 누가 가장 훌륭한 분이라고 생각하니?"

"그야 물론 악비(岳飛) 장군이지."

법해는 서슴지 않고 대답했다.

"그렇다면 제일 미워하는 자는 진회(秦檜)이겠구나."

"물론이지."

악비(1103~1142)는 남송의 충신으로 강남인에게 우상적 존재였다.

여진족 완안부(完顔部)의 아골타(阿骨打)가 송나로 드읍 개봉을 함락시킨 것은 1126년이었다.

여진족은 초원의 유목민은 아니었다. 그들은 강에서 사금을 채취하고 사냥을 하는 한편 약용 인삼의 재배를 하였다. 전쟁에 강했던 것은 그들이 사냥을 하며 키운 실력이었다.

금은 송을 멸망시키자 황하 이남, 회하에서 강남에 이르기까지 직접 통치하기를 원하지 않았다. 강남인은 반항심이 강했고 여진족 또한 영토에는 그다지 애착심을 갖고 있지 않았던 것이다.

그래서 금은 괴뢰국을 만들기로 방침을 정했다. 송의 재상으로 포로가 되어 있는 장방창(張邦昌)에게 명했다.

"그대에게 황하 이남의 땅을 주겠으니 나라 이름을 초(楚)라 하고 도읍을 남릉에 정하라."

장방창은 마지못해 황제가 되었지만 소심한 인물이었다. 되도록 황제답지 않게 하려고 힘썼다.

이윽고 휘종(徽宗)의 아홉째 아들인 조구(趙構)가 금에서 탈출하여 응천부(應天府＝하남성 商丘)에서 스스로 제위에 올랐다. 이것이 남송의 고종(高宗)이다.

장방창은 응천부에 스스로 달려가 땅에 엎드려 통곡하고 죽음을 청했다. 고종은 그를 살려 주고 싶었지만 신하들의 주장에 밀려 사약을 내렸다.

금은 이것을 구실로 남송 토벌의 군을 일으켰던 것이다.

또 이때 한인들에게 여진족 풍속인 변발(辮髮)과 여진복을 강요했다. 만일 이것을 어기면 사형에 처했다.

금군의 공격에 남송의 고종은 각지로 쫓겨 다녔다. 양주(楊州), 진강(鎮江), 소주, 임안, 정해(定海), 온주, 명주(明州＝寧坡)까지 금군은 남하했다.

금군은 밀물처럼 강남 일대를 석권했지만 철수도 썰물처럼 물러갔다. 철수하는 금군에게 각처에서 근황병이 일어나 이들을 공격했다. 그런 근황군 중에는 악비도 있었다. 악비는 정안(靜安)에서 금군을 크게 무찔렀다.

"악비는 농군의 아들로 군졸에서 시작하여 장군이 되었네. 사대부들의 모략으로 비참하게 죽은 것은 정말로 애석한 일이었어."

고종은 월주(越州)에 임시로 행재소를 두며 1131년 소흥(紹興)이라고 개원했다. 또 월수를 소흥부라 개명했는데 명주로 유명한 소흥주의

산지는 이렇게 탄생했던 것이다. 그리고 이듬해 임안으로 옮겨 항구적인 남송 도읍이 된 것이다.

고종의 소원은 북으로 끌려간 휘종의 귀국이었다. 재상인 진회는 금나라와의 화친을 추진했고 악비는 무장으로 이를 적극 반대했다. 이리하여 악비는 투옥되었고 결국 죽임을 당했다. 악비가 죽자 진회는 1142년 금과 화친을 맺고 회하를 국경으로 정했던 것이다.

법해가 황각사로 돌아온 지 1년이 넘었다. 법소는 법해의 뜻이 어디에 있는지 대강 눈치를 챘다.

(법해도 악비처럼 군인으로 몸을 일으킬 생각이로구나.)

그리하여 법소는 어느 날 「십팔사략(十八史略)」을 구해다 법해에게 주었다. 「십팔사략」은 원의 증선지(曾先之)가 엮은 역사책이다.

"현성의 저잣거리를 지나가다 보니 이런 것을 팔고 있더군."

법소는 넌지시 책을 내밀며 말했다.

"고맙네."

그가 이 책을 통해 가장 매력을 느낀 인물은 한고조 유방이다. 유방역시 이름없는 농민의 아들로서 왕조를 연 인물이다.

또 금의 4대 황제인 해릉왕(海陵王)이 이상하게도 관심을 끌었다. 「십팔사략」에는 해릉왕이 드물게 보는 폭군이라고 기록되어 있었다. 재상이었던 완안량(完顔亮)은 자기의 사촌 형님 희종(熙宗)을 시해하고 제위에 올랐다. 그리고 황족이나 종실을 닥치는대로 죽였지만 그 아내와 딸은 모조리 후궁에 넣었던 것이다. 이를테면 그가 죽인 종민(宗敏)의 아내는 숙모뻘, 종망(宗望)의 딸, 종필(宗弼)의 두 딸, 종전(宗雋)의 딸은 같은 성의 종자매(從姉妹)였다. 해릉왕은 그런 관계를 무시하고 후궁으로 삼았다.

그는 정치적으로도 야심가였다.

"진시황제는 천하를 통일하자 글자를 통일시켰고 수레의 바퀴 폭을 통일시켰다. 지금 중국은 남북으로 갈라져 있는데 이는 짐이 통일해야 한다."

이때 금국은 진주·모피·인삼을 수출하고 남송에서 차·약재·향료 등을 수입하고 있었다. 특히 차의 수입은 엄청나 무역 적자가 해마다 늘었다.

또 회하는 중국의 보리와 벼농사의 경계선이었다. 회하 이북에선 쌀이 생산되지 않았는데 쌀 소비량은 막대했다.

해릉왕은 남송 토벌의 계획으로 도읍을 상경(上京) 회령부(會寧府＝하르빈 근처)에서 연경으로 옮겼다.

그리고 대대적인 징병과 마소의 징발을 감행했다. 이리하여 거란족이 요의 왕실 후손을 추대하여 반란을 일으켰다. 그러자 해릉왕은 요의 야율씨, 송의 조씨 후손 130여 명을 찾아내어 죽여 버렸다. 왕으로 추대될 만한 인물을 미리 없앴던 것이다.

또 황태후 도선씨(徒禪氏)가 이를 간하자 그녀와 그녀의 시녀 70여 명을 죽여 버리고 그것을 불살라 뼈와 재를 강물에 버렸다.

그리고 해릉왕은 스스로 대군을 이끌고 장강선까지 진출했다.

그때 후방에서 동경(東京＝遼陽) 유수로 있던 해릉왕의 사촌 완안옹(完顏雍)이 신하들의 추대를 받아 황제가 되었다. 해릉왕은 부하에게 살해되었고 폭군의 오명을 남기며 황제라는 칭호마저 박탈당한 것이다 (1161).

언제부터인지 모르게 법해는 사대부를 미워하고 있었다. 주전파인 악비를 좋아하고 화의파인 진회를 미워하는 것도 그런 점에서였다.

그리고 남송이 멸망한 것도 문신들 때문이라고 굳게 믿어 의심치 않았다.

다만 사대부일지라도 육유(陸游, 1125～1210)만은 그도 좋아했다. 육유는 회하의 배 안에서 태어났다. 아버지인 육재(陸宰)가 관의 임무를 띠고 남방의 물자를 개봉으로 운반하는 도중 태어난 것이다. 육재는 악비와 같은 주전파였다. 진회가 재상으로 있는 동안 그는 불우했고 많은 불평객들이 그의 집에 모였다. 육유 소년은 그러한 사람들의 나라를 근심하는 토론을 들어가며 성장했다.

그는 뒷날 남송 으뜸 시인으로 꼽혔지만 애국시를 남겼다. 아들에게 남긴 유언 시는 다음과 같다.

死去元知萬事空
但悲不見九州同
王師北定中原日
家祭無忘告乃翁

(죽어 버리면 일체가 공(空)으로 돌아감은 일찍부터 알고 있지만, 다만 슬픈 것은 나라의 통일을 볼 수 없는 일이다. 남송군이 중원을 평정하고 옛도읍을 수복하거든 조상들의 제사를 지내고 나에게도 그것을 알리는 것을 잊지 말아 다오.)

금에도 시인은 있었다. 태원(太元) 사람 원호문(元好問 1190~1257)이다.

원호문은 금은 물론이고 남송을 포함해서 동시대의 최고 시인이라는 평을 듣는다. 그가 대시인이 될 수 있었던 것은 몽고족 침략을 몸으로써 체험하고 난세를 읊었기 때문이다. 원호문은 한족이 아닌 선비족(鮮卑族) 척발씨(拓跋氏) 출신이었다.

칭기스칸이 금을 처음으로 공격한 것은 1211년으로 그가 22살 때였다. 3년 뒤 몽고군은 노도처럼 장성을 넘어 남하했다. 이때 원호문의 고향은 짓밟히고 형님이 전사했다.

그는 전쟁을 이렇게 묘사했다.

큰 수레가 연자매를 굴리듯이 굉음을 내며 달려오는데, 관문의 아군은 고작 활과 칼로 이를 막는다. 적진은 길게 이어지고 돌격해 오는 기마 군단의 티끌로 가려져 있는데, 허름한 옷의 피난민이 가는 길은 좁고 험했다.

전쟁에서 죽으면 인간이 모래나 벌레가 된다고 하지만, 이미 죽은 사람을 한탄할 필요가 없다. 오히려 살아 있는 인간이 더 불쌍하며 야수와 같은 군대를 피하여 어디로 달아나려 하는 것일까. 인간 세계가 지옥으로 바뀌고 있는데 푸른 하늘을 찌를 듯이 솟아 있는 동산(東山)만이 변함 없이 있는 것처럼 보인다.

이때 금은 도읍을 개봉으로 옮겼다. 몽고의 대군이 개봉을 포위한 것은 이로부터 20년 가까운 세월이 흐른 1232년이었다. 원호문은 좌사도사(左司都事)라는 관직에 있었다. 그는 이 무렵의 참상을 시로 읊었다.

鬱鬱圍城度兩年
愁腸飢火日相煎
焦頭移突無客知
曳足何人有共船
白骨兵死叉多鬼
青山元有地何山
西南三月絶音信
落日孤雲穿望眼

(답답할 만큼 성 포위는 두 해에 걸쳤고, 근심에 가득 찬 창자를 볶는 불길과도 같은 굶주림이 매일처럼 계속되었다. 초두, 화재가 났을 때 불을 낸 사람은 소화에 힘써 준 사람을 위로하는 잔치를 베푼다. 그때 화재로 머리에 화상을 입은 사람을 상석에 앉히는 것이 관습이다. 그런데 언젠가 이 집에 손님이 와서 장작 옆에 굴뚝이 곧장 서 있는 것을 보고 그것을 옮기라고 충고했건만 주인이 말을 듣지 않아 불을 내었던 것이다. 그런데 그 충고를 한 사람은 이 위로 잔치에 초대되지 않고 있다. 사실은 사전 충고가 훨씬 공적이 많은데…… 금 왕조도 긴 눈으로 사물을 보고 충고하는 사람이 없었다. 아니 있더라도 그것을 공적으로 인정해 주지 않았다. 그러기에 오늘과 같은 꼴을 당하고 있는 것이다. 예족(曳足)은 후한의 명장 마원(馬援)이 배로 적을 공격했을 때 고전을 했고 발을 질질 끌어가며 지휘했다는 고사. 금나라에 마원과 같은 명장이 없었던 것은 아니지만 배를 함께 타고 싸우려는 부하가 적었다.
싸우다가 죽은 병사의 백골이 들에 버려져 있고 망령들이 늘고 있는데, 푸릇푸릇한 산 속에는 아직도 큰 부자로 지상의 신선 마냥 주색에 빠져 있는 사람도 있다. 아아, 석 달이나 소식이 끊긴 가족들이 걱정된다. 해가 서산에 걸리고 한 조각 구름이 떠 있는데 그것을 너무나 바라보아 눈알이 도려 내어지는 것만 같다.)

이때 포위된 성안에선 필설로 표현할 수 없는 비극이 연출되고 있었다. 식량 부족에 의한 아사자, 나쁜 병에 의한 사자가 잇따라 몽고군과의 휴전이 성립되었을 때 90여만 명이나 시체가 성밖으로 반출되었다고 한다. 그런 대란이 머지 않아 다가오려 하고 있었다. 인간에게 세월의 발소리는 들리지 않는다. 그러나 세월은 어김없이 찾아오고 지나간다. 그와 마찬가지로 법해에게도 운명의 세월이 다가오고 있었다.

기의(起義)

지정 11년(1351), 이때 법해는 25살이었다. 앞서 가노(賈魯)가 시작한 황하의 치수 공사가 이해 4월 22일 완성을 보았다. 이것은 대공사로 7년 동안의 공사 끝에 280리나 되는 수로를 새로 굴착하여 황하의 물길을 크게 바꾸어 놓았다.

따라서 무리도 많이 뒤따랐다.

가노는 공부상서 겸 하방사(河防使)로써 인부 15만, 수비병 3만 명을 동원하여 공사를 추진했다. 이 때문에 막대한 공사비를 염출하기 위해 각종 세금을 부과했고 인부를 강제로 동원하여 백성들의 불만이 극에 달해 있었다.

기회를 노리고 있던 유복통은 죽은 한산동의 아들 임아(林兒)를 내세워 송왕(宋王)이라 했고 한산동의 아내 양씨(楊氏)를 황태후로 받들었다.

두준도와 운문성은 좌우 승상, 유복통과 나문소는 평장정사(平章政事)가 되어 구색을 갖추었다. 그러나 중심적인 인물은 유복통. 그는 모략을 썼다. 유언비어를 민중들 사이에 퍼뜨린 것이다.

돌사람의 눈은 하나이고
황하를 옮기면 천하가 배반한다.

철모르는 아이들이 어깨동무를 하며 마을에서 도시에서 노래를 불렀다. 복통은 이 노래를 퍼뜨림과 동시에 새로이 굴착되는 장소에 비밀

310

히 눈 하나뿐인 석인(石人)을 파묻어 두었던 것이다.

또 그는 명교 신도 수백 명을 공사 이부 속에 잠입시켰다.

"이제 머지 않아 암흑이 물러가고 광명이 찾아오네. 광명 세계를 비추어 줄 명왕은 이미 나타나셨다네."

이런 말이 퍼지고 앞서의 노래도 유행되고 있었는데 진짜로 눈 하나인 석인이 발굴되었으므로 사람들은 크게 동요하였다.

유복통은 이 틈을 타서 다시 기병했고 영주(潁州), 나산(羅山), 여녕(汝寧), 식주(息州)를 점령했다. 하천 인부와 각지의 농민들이 가세하여 그 무리는 무려 20만으로 불어났다. 그리하여 농사를 황폐케 하는 메뚜기 떼처럼 박주(亳州), 변양(卞凉=개봉)까지 점령해 버렸다.

기세가 당당해진 그들은 송암 임아의 이름으로 조서까지 내렸다.

'짐은 널리 백성에게 고하노라. 짐은 천명을 받아 옥새를 동해(황해)에서 얻었노라. 또한 정병(精兵)을 왜국에서 빌려 왔노라. 지금 가난은 강남에서 극에 이르렀고 부귀는 북쪽 변경에서 누리고 있다(貧極江南·富誇塞北). 돌이켜 보건대 남송의 광왕(廣王)이 애산(崖山)까지 달아났을 때 승상 진의중(陳宜中)은 왜국으로 건너갔던 것이다.'

이 조서는 그들 홍건적의 대의명분을 밝힌 선언문이었다. 실제로 진의중은 원병을 청하러 교지 지나(交趾支那)의 점성(占城)으로 갔었는데 끝내 돌아오지 않았다. 그가 도중에서 사망했는지 어쩐지는 아무도 모른다. 그것을 왜국으로 갔다고 조작했다. 왜국의 정병 어쩌고 들먹거린 것은 쿠빌라이 때 태풍으로 원정이 실패한 일이 있어 일반 무지한 백성들은 왜군이 강하여 원군을 물리쳤다고 믿고 있었기 때문이다.

또 왜구(倭寇)라 불리는 해적도 이 무렵 이미 나타나 고려와 중국 연안을 약탈하고 있었지만, 이들의 일부분이 홍건적에 가담했을 가능성도 있다.

어쨌든 유복통의 반란이 기폭제가 되어 원말의 난세가 시작되었다. 사방에서 군웅들이 나타나 앞을 다투어 왕이라 자칭했다.

밤낮 방중술에 몰두해 있었던 순제도 잇따라 올라오는 반란보고에 놀랐다. 그는 중신들을 소집하고 대책을 물었다.

원조에게 이때의 명신은 뭐니뭐니 해도 톡타가(托克托噶＝脫脫)였다. 그는 종이에 몇 자 적어 황제에게 올렸다.

"폐하, 먼저 그 종이에 적은 도둑들의 이름을 보아 주십시오. 그런 다음 중심이 되는 자를 쳐야 합니다."

순제가 받아 읽어 보았더니 난을 일으키고 왕을 자칭하고 있는 자가 14명이나 되었다.

영주(潁州) 유복통(柳福通)
태주(台州) 방국진(方國珍)
민중(閩中) 진우정(陳友定)
서주(徐州) 지마리(芝麻李)
맹주(孟州) 모 귀(毛 貴)

312

지주(池州) 조보승(趙普勝)

태주(泰州) 장사성(張士誠)

도주(道州) 주백안(周伯顔)

사천(四川) 명옥진(明玉珍)

기주(蘄州) 서수휘(徐壽輝)

동주(童州) 최 덕(崔 德)

여남(汝南) 이 무(李 武)

산동(山東) 전 풍(田 豊)

면주(沔州) 예문준(倪文俊)

순제는 입을 딱 벌렸다.

"이렇게도 반란의 무리가 많단 말인가. 어떻게 하면 좋은가?"

원조에선 먼저 톡타가의 동생 야센테무르에게 30만 병력을 주어 유복통을 치게 했다. 그리고 만일의 경우를 염려하여 남송의 항복한 황제 조완보(趙完普)를 멀리 몽고 고원에 보내어 감금했다. 각처에서 일어난 반란군 중에 이 황제를 다시 추대하겠다는 자가 있었기 때문이다.

야센테무르는 선봉장에 이슬람 교도 아련(阿連)을 임명했고 6천 명의 서역병과 한인을 주었다. 그리고 여녕을 향해 진군했다.

아련은 메뚜기떼처럼 많은 홍건적을 보자 그만 기가 질려 버렸다. 너무도 많은 병력이었다.

"저것은 군대가 아니라 인간들의 바다다. 아프, 아프!"

말머리를 돌리자 먼저 달아나기 시작했다. 아프란 그들 말로 뛰어라 하는 의미였다.

이렇게 되자 야센테무르도 말머리를 돌렸다. 부하 하나가 그의 말고삐를 잡고 외쳤다.

"총대장이 이러시면 안됩니다. 전군이 무너지고 맙니다."

"너는 시커먼 바다의 파도처럼 몰려오는 홍건적이 보이지 않느냐! 우선 목숨부터 살고 볼 일이다!"

원군은 이미 과거의 용맹한 전사가 아니었다. 그들은 오랫동안 도시에 살고 장교나 장군은 세습제라 전쟁 방법도 잊고 있었다. 더욱이 호의호식과 혹은 주색에 곯아 패기가 없었고 살이 너무 쪄서 말도 제대로 못 타는 자가 있을 정도였다.

야센테무르는 개봉까지 버리고 황하 이북으로 달아났다. 조정에선 그를 파면시켜 버렸다. 순제는 새삼 홍건적의 세력이 강대함에 놀라 우승상 톡타가를 불러 대책을 물었다.

"지금 도둑 가운데 유복통, 서수휘, 지마리, 장사성의 넷이 가장 강성합니다. 병법에 먼저 그 뿌리를 자르면 다른 가지는 저절로 시들어 말라 죽게 된다고 했습니다. 따라서 명장을 뽑아 이들을 먼저 치도록 하십시오."

순제는 이 말을 좇았다. 차한테무르, 이사제(李思齊), 해아(海牙), 장양필(張良弼)에 각각 5만 병력을 주어 4명의 반도를 치게 했다. 이리하여 그들은 용약 출발했으나 적에게 패하고 말았던 것이다.

이때 우승상 톡타가는 순제에게 상주했다.

"폐하, 신이 대대로 나라의 은혜를 입고도 나라의 도적을 치지 못한다면 이는 부끄러운 일입니다. 부디 저에게 수만의 군사를 내려 주십시오. 도적을 반드시 토멸하고, 만일 패한다면 살아 돌아오지 않겠습니다."

그러자 병부상서인 밀마함 등이 반대했다.

"그 대신 천자의 팔다리로 중서(中書)는 정치의 근원입니다. 이는 하루라도 조정을 떠나서는 안되는 것입니다. 그러므로 톡타가 승상은 조정에 머물러 있게 하고 다른 사람을 보내도록 하십시오."

그러나 톡타가는 자기의 뜻을 굽히지 않았다.

"폐하, 지금 천하가 크게 어지럽고 사직이 위태롭습니다. 설사 안이 다스려진다 해도 밖이 어지럽다면 아무런 소용이 없습니다."

순제도 마침내 결단을 내려 톡타가를 도원수로 삼고 공백수(孔伯遂)를 선봉으로 삼아 군사 10만을 주었다.

톡타가는 즉시 대도를 출발하여 남으로 내려갔다. 며칠 뒤 원군은 맹진에 이르렀다. 맹진은 낙양 근처에 있는 나루터로 홍건적의 일파인 모귀가 있는 곳이었다.

모귀는 관군을 보고 그 총대장이 명장 톡타가임을 알자 부하 5천을 이끌고 와서 항복했다. 톡타가는 크게 기뻐하고 모귀를 타일렀다.

"너희들이 순역(順逆)을 알고 항복해 오니 참으로 잘한 일이다. 앞으로 공을 세운다면 천자께 상주하여 반드시 높이 쓰겠다."

그러나 이들 만큼 믿을 수 없는 무리도 없는 것이다. 강하면 항복하고 약하면 배반하는 것을 식은 죽 먹기처럼 하기 때문이다.

톡타가도 그것을 모르는 것은 아니다. 부하가 그 점을 염려하자 이렇게 말했다.

"전쟁이란 세(勢)로 하는 것이다. 그들이 항복해 온 것은 아군의 세가 그만큼 강한 증거이다. 만일 이들을 받아들이지 않고 의심한다면 한이 없다."

원군은 맹진에서 황하를 건넜고 호로관(虎牢關)을 나가 변양서북에 진을 쳤다.

송왕 한임아는 톡타가의 대군이 이르자 유복통과 두준도 등을 모아 의논했다. 두준도가 큰소리쳤다.

"전하는 조금도 걱정하지 마십시오. 물이 오면 흙으로 막고 병이 이르면 장수로 맞는 것이 법입니다. 신은 비록 재주 없사오나 반드시 톡타가를 사로잡아 전하께 바치겠습니다."

두준도는 나문소, 운문성과 더불어 5만 병력을 이끌고 당당히 변양성에서 쳐나갔다.

그러나 두준도는 톡타가의 칼 아래 목이 달아났고 홍건적은 크게 무너졌다. 원군은 홍건적의 목을 1만 7천이나 베었고 생포도 1천 4백이라는 전과를 올렸다. 나문소 등은 패잔병을 이끌고 성안으로 도망치자 성문을 굳게 닫고 지켰다.

공백수가 승리에 취하여 톡타가에게 건의했다.

"도원수, 승리의 여세를 몰아 성을 포위하도록 하십시오. 이 기회에 도적을 한 놈도 남기지 않고 섬멸해야 합니다."

그러나 톡타가는 웃으며 말했다.

"그대는 병법을 모른다. 우리 군사는 멀리 왔고 오늘 싸움에 지쳐 있다. 다행히 첫싸움에 승리는 했지만 지금은 병사를 쉬게 하여 피로를 풀어 주어야 한다. 그리고 지금 우리가 성을 포위한다면 적은 궁한 쥐가 되어 결사적으로 싸우려 할 것이다. 그러니 차라리 버려 두고 나중에 천천히 공격하니만 못하다."

톡타가의 이 판단은 옳았다.

성 안에는 두준도가 죽고 군사도 많이 잃었기 때문에 전전긍긍하고 있었다. 이때 유복통이 말했다.

"톡타가는 명장으로 강적입니다. 지금은 그 예기를 피하여 달아나는 게 상책입니다."

그들은 밤중에 성문을 열고 박주로 달아났다.

이튿날 원군이 북문 앞에 이르자 성문이 크게 열리며 노인들이 나와 돼지와 술을 바쳤다. 톡타가는 그제야 홍건적이 밤중에 달아났음을 알고 성에 입성하여 며칠 동안 푹 쉬기로 했다.

이 무렵 각지에서 원군과 반란군 사이에 전투가 벌어지고 있었다. 강서(江西) 방면에서는 몽고 장수 심키(sim-ki)가 서수휘의 부장(部將) 조보승과 싸워 전사하였다. 조보승은 팽영옥의 신도가 중심인 부대로 몹시 강했고 군기도 엄했었다.

홍건적이 다 그랬던 것은 아니었지만 오합지졸이 많아 질서도 통제도 없었다. 따라서 그들은 어떤 현성을 습격하여 그 고을 총관이나 동지(현지사)를 죽였을 뿐 아니라 온갖 약탈과 행패를 일삼았다.

이 때문에 지방관이나 부호들은 스스로 의병이나 민병을 조직하여 홍건적과 맞서 싸웠다. 이들은 대개 푸른 옷을 입고 있었기 때문에 청군(靑軍)이라 불렸다.

그러나 팽영옥의 신도들로 뭉쳐진 조보승의 홍건적은 그런 살인과 약탈을 않는 부대로 이름이 있었던 것이다.

또 방국진은 여전히 각종 선박을 습격하여 남방 물자의 북상을 차단하고 대도에의 공급을 끊었다. 그를 토벌하러 갔던 태주로 다루가치타이보카(Taibouca)는 방국진과 상우춘 등의 교묘한 전술에 걸려 패하여 전사했다.

원조에선 이 방국진만은 토벌하기가 힘들다 판단하고 절강좌승(浙江左丞) 테리테누르(Tielitemour)를 시켜 화의 교섭을 했다. 이번에도 방국진과 그의 두 동생에게 5품의 벼슬을 주겠다는 조건이었다. 이리하여 화의는 성립되고 해적을 해산한다는 조건으로 절강의 휘주(徽州), 광덕(廣德), 신주(信州)의 삼로에서 3형제에게 각각 중주치주(中州治州)의 관직을 주었다.

하지만 방국진 등은 몽고군이 물러가고 한숨 돌리자, 다시 해적질을 시작했다.

한편 장사성은 이를 토벌하러 간 타체테무르(Tachetemour)의 군대를 격파하고 여전히 고의성에서 기세를 올리고 있었다.

사성은 앞에서도 말했던 것처럼 홍건적과는 달랐다. 그는 서화에 취미가 있었고 외교에도 능했다.

"형님은 어째서 더 쳐나가지를 않고 썩어 빠진 사대부와 더불어 술이나 마시고 그림이나 글씨를 사들이는 데 열을 올리십니까? 그런 것은 나중에 모아도 되지 않습니까?"

동생들은 그런 사성의 태도가 마땅치 않았다. 그러나 그는 미인의 무릎을 베고 누워 게슴츠레한 눈으로 말했다.

"너희들은 모르고 있으면 잠자코 있어. 전쟁은 무식한 홍건적과 몽고군들끼리 싸우도록 내버려 둬. 우리는 우아롭게 세상을 살며 힘을 기르는 것이다."

사성도 원호의 시와 글씨를 사랑했다.

금의 도읍 개봉이 함락되자 원호문은 포로가 되어 요성(聊城)이란 곳에 수용되었다. 그때 그는 전쟁에 진 백성의 비참함을 노래했다.

道傍僵臥滿纍囚
去過蔣車似流水
紅粉隨哭廻一馬

誰爲一模廻一頭

사성은 큰 소리로 시를 읊었다. 그러면서 그의 손은 여인의 은밀한 곳에 있었다.

"어떠냐, 뜻을 알만 하냐?"

여인은 온몸이 달아오르고 있었지만 몸도 움직이지 못했다.

"몽고병이 너희들처럼 아리따운 여자들을 약탈해 가는 광경이다. 그들에게 인간은 재물이지. 죽을 때까지 노예로 부려먹을 수가 있는 거야. 길가엔 끌려가던 포로가 수없이 쓰러져 있는데 전거(旃車)는 약탈한 재물을 싣고 물이 흐르듯 끊임이 없었다. 끌려가는 여인들은 울면서 위구르의 말을 따라가고 대체 누구를 위해 걸음마다 고개를 돌려보느냐는 것이었어."

"어머나!"

여인은 교성을 올렸다. 시에 감동해서인지 자극이 너무 강렬했기 때문인지 ─ .

사성은 더욱 신바람이 나서 몽고군에 끌려가는 자녀를 노래한 「속소낭가(續小娘歌)」를 또 읊었다.

太平婚家無離鄕
楚楚兒郎小小娘
三百年來出涵養
砂漠却將換牛羊

태평 시절의 시집 장가는 고향인 마을에서 떠나는 일도 없었고, 신랑도 신부도 산뜻한 것이 사랑스러웠다. 삼백 년을 내려온 문명에서 빚어진 우아로움인데 사막에 끌려가 이제는 소나 양과 교환되는 물건이 되었다는 뜻이다.

사성은 마치 덕분에 너희들은 그런 꼴을 당하지 않는다고 자랑하는 투였다.

원호문은 금이 멸망한 뒤 금에도 문학이 있었음을 후세에 알리기 위해 여생을 바쳤다. 그는 특히 많은 비문(碑文)을 썼는데 돌에 새긴 글자라면 길이길이 남으리라고 믿었던 것 같다.

톡타가는 다시 남하하여 서주의 서문 밖 20리 지점에 진을 쳤다. 서주의 지마리는 부하 장수들을 소집하고 대책을 논의했다. 부하들은 입을 모아 말했다.

"톡타가는 원의 명장으로 지혜와 용맹을 겸비하고 있으니 가벼이 생각해서는 안됩니다."

그러나 지마리는 일소에 붙였다.

"나도 그런 소문은 들었지만 적은 멀리 왔기 때문에 병사와 말이 모두 지쳐 있을 것이다. 내가 한번 나가 그의 실력을 시험해 보겠다."

지마리는 활을 잘 쏘았다. 그는 톡타가를 발견하자 백 보 거리에서 쇠 활촉의 강궁을 쏘아 보기좋게 말의 목을 맞추었다. 말은 슬피 울며 앞발을 높이 들었다가 그대로 쓰러졌다.

"됐다, 적장을 잡았다."

지마리는 기뻐했으나 다음 순간 톡타가의 모습이 불끈 솟아오르듯이 곁에 있던 말로 갈아타자 두려움마저 느꼈다.

톡타가는 지휘채를 높이 들어 보이며 전방을 향해 내리쳤다.

"와아!"

원병은 공격 지시에 함성을 질러 가며 돌진했다. 무서운 기세에 반군은 무기를 버리며 대열에서 벗어나 도망가기 바빴다.

"물러가지 말라, 물러가지 말라."

지마리는 목이 터져라고 외쳤지만 한 번 무너진 진은 다시 돌이킬 수 없었다. 그도 패군 속에 뒤섞여 성안으로 쫓겨 들어갔다. 원병은 성벽 부근까지 추격해 왔다가 함성을 몇 차례 올리고 썰물처럼 물러갔다. 서주성 바깥 들에는 반도들의 시체만이 수천 널려 있었다.

톡타가는 공백수와 하라탁의 두 부장을 불러 작전 지시를 했다.

"적은 우리가 피곤할 것으로 예측하고 오늘 밤 반드시 야습을 해 올

것이다. 너희들은 부하를 이끌고 매복하고 있다가 적이 오거든 협공하여 이를 섬멸하라. 나는 본대를 이끌고 적의 배후를 돌아 성을 점령할 것이다."

한편 지마리는 성안에 도망쳐 들어가자 부하 장수들을 불러 작전을 논의했다.

"톡타가는 과연 소문에 듣던 대로의 맹장이다. 그러나 나에게 계책이 있다. 그는 오늘의 승리에 교만해져 반드시 방비를 않고 있으리라. 그 허를 찔러 야습을 감행한다면 톡타가의 목을 얻는 것도 어렵지가 않으리라."

지마리는 5만의 정예를 뽑아 야습부대를 편성했다. 그리고 성안에는 동생 이통(李通)을 수비 장수로 하여 늙고 부상 입은 5천 병력만 남겨 두고 밤 이경을 기하여 출격했다.

지마리는 말에 재갈을 물리고 소리나지 않게 살금살금 적진에 접근했다. 그리고 거의 가까이 갔을 때 일제히 말에 올라타 돌진했다.

그런데 이것이 어찌된 일인가? 적진은 텅텅 비어 있었다.

지마리는 깜짝 놀라 외쳤다.

"함정에 빠졌다. 후퇴하라, 후퇴하라."

순식간에 야습대는 대혼란에 빠졌다. 그러나 양옆에서 공백수와 하라탁의 복병이 일어나며 협공했기 때문에 수습할 수 없는 지경에 빠졌다.

자기들끼리 어둠 속에서 부딪치고 말에 밟혀 죽고 원병의 화살과 창에 찔려 죽기도 했다. 지마리는 원병의 포위망을 가까스로 뚫고 서주성까지 돌아왔는데 거기서 또한 톡타가의 본대를 만났다.

톡타가는 성벽에서 이통의 목을 창 끝에 꿰어 들어 보이며 지마리를 꾸짖었다.

"천명을 모르는 역적놈아! 말에서 냉큼 내려 항복하지 못할까."

지마리는 이것을 보고 그만 얼이 빠져 버렸다. 성문을 열며 원군이 쏟아져 나왔다. 뒤에서도 관군이 추격해 왔다. 지마리는 필사적으로 싸웠지만 결국 톡타가의 칼 아래 놀란 혼이 되고 말았다.

지마리의 부장 팽대(彭大)와 조균용(趙均用)은 패잔병을 이끌고 남으로 달아났다.

톡타가는 서주에서 군을 휴양시키며 다음 번 공격 목표를 짰다. 그곳에 황하의 수로 공사를 지휘했던 가로가 찾아왔다. 톡타가는 반갑게 그를 맞았다.

"잘 오셨소, 장군. 그렇지 않아도 장군의 의견을 묻고 싶었던 참이오."

"무엇입니까?"

"다행히도 서주의 도둑 지마리를 격멸했소. 다음 번은 어느 도둑을 쳐야 좋겠소?"

"그야 당연히 장사성이겠지요."

가노의 말에 톡타가는 고개를 끄덕였다. 장사성이 점거한 태주에서 고우에 걸친 지방은 양주에서 북상하는 대운하를 끼고 있다. 강남의 소금과 쌀을 운반하자면 이 대운하를 이용해야 하는데 사성이 그것을 차단하고 있는 것이다.

"그러나 사성을 치자면 호주의 홍건적부터 없애야 합니다. 그것이 순서입니다."

해는 바뀌어 지정 12년(1352)이 되어 있었다. 이해 2월 호주에도 홍건적이 침입하여 현성을 점령했다. 유복통 계열의 곽자흥(郭子興), 손덕애(孫德崖) 등 5명의 두목이었다. 이들은 두준도가 죽기 전 기의(起義)하라는 지시를 받고 있었는데 절제 원수(節制元帥)라는 송국의 관직까지 받고 있었던 것이다.

이때 원의 장군 테리테무르는 호주성 남쪽 30리에 주둔하고 있었다. 방국진을 귀순시키려다가 실패한 인물이다.

그런데 어쩐 일인지 호주성을 공격해 보지 않았다. 그는 근처 마을의 젊은이들을 잡아 붉은 헝겊을 이마에 동이게 하고 포로라면서 상부에 보고하고 있었다.

이 때문에 호주 주변 마을의 젊은이들이 겁을 먹고 곽자흥에게 도망쳐 왔다. 그럭저럭 하는 사이 자흥의 무리는 수천 명으로 불어났다.

황각사에 있는 법해는 마음이 동요되었다.

(어떻게 하지? 홍건적에 가담할까?)

그러나 법해는 결정을 내리지 못하고 있었다.

(곽자홍과 손덕애는 서로 사이가 나쁘다고 한다. 그런 도적의 무리에 몸을 던졌다가 일생을 망치게 되는 것은 아닐까?)

그러던 어느 날 호주에서 편지가 왔다. 탕화가 보낸 편지였다.

"중팔아, 빨리 오너라. 난 지금 천호장(千戶長)이야. 내 밑에 부하가 몇이나 있는지 아니? 30명이나 있어. 너도 오게 되면 곧 나처럼될 것이야. 그리고 이곳에는 너의 아저씨 곽광경도 있어. 그도 나와똑같은 천호장이지. 그 밖에 등유, 서달, 화운, 화룡, 고시, 조계조등 모두 네가 오기만을 기다리고 있어."

그래도 법해는 결단을 내릴 수 없었다. 웬지 홍건적에는 들어가고싶지 않았던 것이다.

며칠이 또 지났다. 그러자 하루는 법소가 탁발을 하고 돌아와서 조심스러운 듯이 말했다.

"탕화로부터 너한테 온 편지를 알고 관가에 고발하겠다는 자가 있는모양이야. 홍건적을 밀고하면 상금이 나오니까 그것을 바라는 것이지.우선 이곳을 떠나 어딘가 숨어 있는 것이 어떻겠니?"

그는 마을로 내려갔다. 그러나 어렸을 때 친구로 임안에 가 있던 주덕흥이 돌아와 있었다. 법해는 덕흥과 의논을 했다.

"너는 대처에 살았기 때문에 세상 돌아가는 형편도 알고 있을 테지."

"음, 임안도 야단이야. 원나라가 곧 망한다는 사람과 그렇지 않을거라는 사람의 두 의견으로 크게 갈라져 있지. 그리고 원나라를 미워하는 것만큼 홍건적도 좋게 여기지 않고 있어."

그것은 당연한 일이었다. 홍건적은 어디까지나 살인과 약탈을 일삼는 무리로 부유한 도시에선 그들이 내습할까 전전긍긍하고 있었다.

"그렇지만 시골은 도시와 달라. 실제로 탕화가 보낸 편지 때문에 내처지가 몹시 곤란해."

주덕홍은 생각이 깊은 아이였다. 그동안 그는 몰라보리만큼 성장해 있었다.

그는 한참 생각하더니 마침내 말했다.

"홍건적에 몸을 던지는 것도 한 방법이겠지. 길흥은 부처님께 물어 보는 것이 어때?"

법해의 마음은 더욱 동요되었다. 그날은 마을에서 덕홍과 함께 자고 이튿날 산으로 올라갔다.

그런데 이것이 대체 어찌된 노릇일까? 절 동쪽은 깨진 기왓장이 널려 있고 서쪽은 연기가 아직도 오르고 있었는데 법당도 승방도 모두 불타 버렸다. 타다 남은 구리 불상만이 쓸쓸하게 서 있을 뿐 법소의 모습도 보이지 않는다.

"법소, 법소."

그는 큰소리로 불렀다.

"오! 법해냐. 난 여기 있어."

법소는 칠성전 옆 담해 스님을 묻었던 구덩이 속에 숨어 있었다.

보니까 튼튼해 보이는 쇠 궤가 하나, 그리고 훈증을 한 담해 스님의 미이라를 소중히 지키고 있다.

"무슨 일이 있었나?"

"어젯밤 몽고병이 와서 절에 불을 질렀다. 미륵불이 있는 절은 모두 홍건적의 앞잡이라는 것이야."

"음."

법해는 마침내 결단을 내렸다.

"난 홍건적에게 투신(投身)하겠다. 지금으로선 달리 방법이 없지 않냐? 어쩌면 이것도 부처님의 인도일 거야."

"그럴지도 모르지. 담해 스님도 말씀하셨지만 너는 승려가 될 사람이 아니야. 목표를 정했다면 한눈을 팔지 말고 나가도록 해."

"고마워."

"그리고 이것은 다시 돌려주겠네."

법소는 바랑에 든 것을 내밀었다.

받아보자 묵직한 것에 놀라 법해는 외쳤다.

"돈이 아닌가!"

"자네의 돈이야. 자네가 준 2정 가운데 1정은 이 쇠 궤 속의 물건을 마련하기 위해 썼지만 나머지는 고스란히 자네에게 돌려주겠네."

"하지만 이렇게 많이 필요하지는 않아. 반씩 나누어 가지세."

"아니야, 중은 몸을 가려 줄 옷 몇 벌과 바리때 하나만 있으면 충분해. 그러니 자네가 모두 가져 가게."

"알겠네. 그런데 1정의 돈을 써서 마련했다는 쇠 궤 안의 것은 무엇인가?"

"그것만은 가르쳐 줄 수가 없네. 앞으로 50년, 이 궤를 필요로 하는 사람이 나타나겠지. 그 사람의 운명이 그렇게 되어 있으니까. 따라서 자네도 나도 관계없는 일이므로 굳이 알 필요는 없다고 생각되네."

"그런가."

법해도 굳이 그 이상은 알려 하지 않았다. 그 대신 그는 다른 일을 물었다.

"나는 홍건적이 되겠지만 자네는 절도 타 버린 이곳에서 그대로 남아 있을 것인가?"

"남아 있겠어. 모두 떠나 버린다면 부처님도 고빈 화상도 담해 스님도 섭섭해 하실 게 아니겠어. 그래서 난 이곳에 죽을 때까지 남아 있을 작정일세."

"음, 이번에 헤어지면 우리는 영영 만날 수 없겠지."

법해도 조금은 감상적이었다.

주원장은 뒷날 「황릉비(皇陵碑)」 속에서 황건적에 투신하게 된 이유를 이렇게 썼다.

'황각사에 있은 지 3년, 웅자(雄者)가 날뛰기 시작했다. 처음엔 여녕, 영주에서 일어났고 이어 봉양(鳳陽)의 남쪽까지 파급되었다. 아직 몇몇 현이 떨어지기 전부터 원조에선 지키기를 거부하여 가지를 않고, 명령만이 어지러이 남발되고 있다는 것이었다. 친구에게서 편지가 전해지고 풍운이 바야흐로 급박하다고 알려졌지만 두려움과 걱정이 앞섰다. 가까이 있었던 선각자는 명성을 올리고 있었는데 아는 이에게 의논했더니 팔짱을 끼고 있다간 후회한다, 팔을 휘두르면 서로 죽이는 것이 된다, 다만 기도를 드려 길흉을 점치라고 한다. 그대로 했더니 신불께서 은밀히 경고를 해주셨다. 달아남도 지킴도 불길이라면 흉운(凶運)이라도 감연히 택함을 사양치 않겠다고 결심했으며 비로소 의기양양했다.'

뒷날 쓰여진 것이라 많이 수정되었겠지만 비교적 솔직하게 이때의 심경이 나타나 있다. 법해는 결코 과격 사상을 가지고 있었던 것은 아니다. 승려라는 신분이 그런 사고 방식을 키워 주었으리라.

그러면서 공명심은 있었다. 주위의 인물들이 출세한 것에 대해 새암 내고 부럽게 여겼다. 그러면서도 두려움이 있어 선뜻 참가하지 못하다가 마침내 결심했던 것이다.

법해는 찢어진 방갓에 너덕너덕 떨어진 장삼을 몸에 걸치고 백은 50냥이 든 바랑을 짊어지고 있었다.

그는 이때 25세로 호주성에 이른 것은 3월 1일이었다. 몸집이 크고 옷이 찢어져 정강이가 훤히 드러난 사내를 보고 개들이 짖어댔다. 아이들도 줄줄 따라오며 돌멩이를 던졌다.

그에게 이런 경험은 한두 번이 아니었다. 그는 걸음을 딱 멈추고 방갓을 들어올리며 눈을 흘겼다.

그러자 아이들은 울음을 터뜨리며 달아났고 개는 꼬리를 사타구니 사이로 감추며 뒷걸음질쳤다.

법해는 다시 뚜벅뚜벅 걸어 곽자홍의 본영을 찾아갔다. 본영은 현지 사가 일보던 건물이었다.

"누구냐!"

법해가 본영 안을 기웃거리자 홍건의 보초가 몇 사람 그를 둘러쌌다.

"네, 기의(起義) 소식을 듣고 가담하러 왔습니다. 곽 원수님을 뵙게 해주십시오."

법해는 방갓을 벗고 정중히 말했다. 그러자 홍건의 졸개들도 거리의 아이나 개처럼 섬칫하며 뒤로 물러선다.

너무나 험상궂게 생긴 얼굴이었다. 거구에 중대가리라 더욱 무섭게 여겨지고 수상스럽게 보인다.

"수상한 놈이다! 기의라니 대체 무슨 뜻이냐?"

무식한 자들이라 기의란 뜻도 모르는 것 같다.

"더욱이 원수님을 직접 만나 뵙겠다고? 건방진 녀석이다."

홍건의 졸개는 어느덧 10여 명으로 불어났다.

"결코 수상한 사람이 아닙니다. 여러분께서 몽고의 오랑캐를 쳐부수기 위해 일어났다는 소식을 듣고 저도 조그마한 힘이나마 도울 수 있을까 해서 찾아왔습니다."

"흥, 말도 잘하는구나. 잡아라!"

졸개들은 법해의 말을 들은 척도 않는다. 한 놈이 느닷없이 막대기로 정강이를 후려쳤다. 또 한 놈은 어깨를 내리쳤다.

법해에게 전법 기술이 없었다면 이때 맞아 죽었을지도 모른다. 타격을 가볍게 피하긴 했지만 워낙 여러 놈이라 더러는 맞아 비틀거렸다.

그래도 법해가 달아날 의사가 있었다면 그들을 주먹으로 치고 발길로 차서 넘어뜨릴 수는 있었으리라.

그러나 그는 그렇게 하지 않았다. 마침내 한놈의 죽창이 법해의 어깨를 호되게 때렸다. 그 바람에 등에 걸머졌던 바랑이 찢어지며 50냥의 백은이 우르르 쏟아졌다.

"야, 돈이다!"

"틀림없는 적의 세작(細作=첩자)이다."

졸개들은 더욱 사납게 달려들며 마침내 그를 때려눕혔다. 그리고 꽁꽁 묶어 곽자홍 앞으로 끌고갔다.

"곽원수님, 세작을 잡아 왔습니다."

곽자홍은 법해의 얼굴을 본 순간, 으음하고 신음했다.

(참 고약하게도 생겼다!)

턱이 뾰족하고 이마가 몹시 좁았는데 눈이 왕방울처럼 튀어나왔다. 코는 주먹을 하나 엎어 놓은 것 같았지만 콧날이 거의 없었다. 그리고 굵은 눈썹이 서로 붙다시피 가깝고 여덟 팔(八)자를 거꾸로 써 놓은 것처럼 뻗쳐 있었던 것이다.

입술은 윗입술이 유난스럽게 두텁고 크게 찢어져 있어 아주 각박한 인상을 준다.

(세상에 이런 생김의 사나이도 있담.)

홍건의 졸개들이 처음부터 그를 의심한 것도 이런 이유에서였다.

"게다가 이놈은 주제에 어울리지 않게 백은을 50냥이나 가지고 있었습니다. 적이 잠입시켜 우리의 내막을 알려고 보낸 자입니다."

그러나 자홍은 말없이 법해를 노려보고 있다. 법해도 맷돌 아래 꿇린 채 말끄러미 자홍을 올려다본다. 둥그스름한 얼굴의 수수하게 생긴 사내다. 돼지처럼 작은 눈이 반짝이고 있었다.

자홍은 이놈이 정말 도둑같구나 하고 감탄하는데, 법해는 저런 놈이 어떻게 홍건의 원수일까 생각하는 것이었다.

자홍으로 더욱 뜻밖이었던 것은 살려 달라고 애원하거나 비굴한 태도를 보이지 않는 점이었다.

목을 베려면 베라, 도전하는 것 같다.

"너는 첩자이냐?"

"아닙니다."

"하기야 제 입으로 첩자라고 하는 놈은 없겠지. 이름이 무엇이냐?"

자홍은 법해를 죽이고 싶지 않았다. 그가 평범한 얼굴이었다면 흘끗 쳐다보고 목을 베라고 호령했으리라.

그러나 험악한 얼굴을 본 순간 이용가치를 생각했다. 그래서 일부러 기회를 줄 셈으로 심문했다.

"법해라고 합니다. 속명은 주중팔입니다만."

"사는 곳은?"

"중이라 집이 없습니다. 부모님은 일찍 돌아가셨고 형제도 없어 사방을 떠돌아다니고 있었지요."

자홍은 고개를 끄덕였다.

"그런데 이 많은 돈은 어디서 생겼지?"

이것이 심문의 요점이다.

"탁발해서 모은 돈입니다."

설명하자면 길다. 그러나 그는 그런 설명을 하고 싶지가 않았다. 홍건당에 몸을 던지려 하자마자 억울한 오해를 받아 성미가 비틀렸을지도 모른다. 아니 그는 묘한 고집이었으나 스스로의 운명을 시험하고 싶었다.

(바보같은 놈!)

곽자홍은 혀를 차고 싶었다.

주위의 홍건들이 와아 하고 웃었다. 대답 같지가 않았기 때문이다. 세상에 누가 탁발하여 백은을 50냥이나 모을 수 있다고 믿겠는가.

자홍은 마침내 소리질렀다.

"이놈아, 거짓말을 하려면 똑똑히 해. 차라리 훔쳤다고 한다면 믿겠다."

홍건들이 또 웃었다. 법해도 이 문답이 중요하다는 것을 알고 있었다. 여기서 제대로 변명하지 못한다면 정말로 끌려 나가 목이 잘리고 말리라.

그러나 변명하기는 싫었다. 그의 자존심이 허락하지 않았다.

"정말입니다."

자홍은 기가 차다는 듯 그를 쳐다보았다. 홍건의 졸개들도 조용해졌다.

더 이상의 문답이 필요없는 것이다. 법해가 첩자이건 아니건 돈의 출처를 밝히지 않는 이상 스스로 죽겠다는 것과 같다.

"그만하면 되었어, 끌어내다 목을 자르도록 하시오."

곽자홍과는 견원(犬猿) 간처럼 서로 으르렁거리는 손덕애의 말이었다. 자홍도 더이상 버틸 수 없었다. 그는 법해의 꿋꿋한 태도를 보고 살려 주어 자기 심복(心腹)을 삼고 싶었던 것인데 묘책이 없었다. 세작 용의자를 이유 없이 용서할 수는 없는 일이다.

곽자홍은 마침내 부하에게 눈짓을 했다. 그를 묶어 끌고 왔던 장덕산(張德山)이 소리질렀다.

"일어나! 목을 매달아 줄까, 아니면 청룡도로 쳐 줄까!"

 법해는 말없이 일어섰다. 그에게 죽음에서 벗어나려는 비굴한 몸부림은 없었다. 눈동자에도 공포는 없는 듯했다. 다만 끌려 나가면서 곽자홍을 한 번 흘끗 돌아다 보았을 뿐이다. 간난(艱難)이 그에게 그런 담력을 준 것일까? 극도의 공포가 실가닥만한 생의 집착마저 앗은 것일까?

소설 주원장(朱元璋) 전 3 부를 쓰고

천하대란(天下大亂)이었다. 군웅들이 할거하고 날뛰는 혼미한 시대에 홀연히 나타난 〈초거인〉이 있었다. 운명을 기다리지 않는 사람, 운명을 찾아서 뚫고 나가는 사람이었다.

세계 역사상 기적의 인물 주원장이다. 주원장은 밑바닥에서 시작하여 입지전적으로 황제의 자리에 오른 사람이다. 처음에는 굶주림 속에서도 기지와 용기 그리고 근면성으로 일관했고 나중에는 직접 군사를 조직하고 영토를 확장해 나아갔다. 그는 무슨 일에든 목숨을 걸고 각고심혈(刻苦心血) 성심을 다해 일했으며 열정을 불태우고 뱃장으로 대처해 나아갔다.

주원장이 태어난 때는 원나라 기울어져 가는 1328년 9월 18일이다. 곳은 회서(淮西) 호주(濠州 ; 현 안후이성봉양〔安徽省鳳陽〕)에 가까운 시골, 생가는 빈농인데 여러 곳을 유랑하다가 정착했다는 극빈 유랑족이다. 아버지는 주오사(朱五四), 어머니는 진이양(陳二孃) 두 사람이 모두 문맹이다.

열일곱살 때 굶주림과 전염병으로 온가족이 차례로 죽었고 형 중육(重六)과 주원장만이 살아 남았다. 그의 아명은 중팔(重八)이다. 중국에서는 이름에 숫자가 들어 있다는 사실은 무식하다는 증거가 되는 것이다. 형제는 서로 헤어져서 저마다 살 길을 찾을 수밖에 없었다. 중팔은 황각사(皇覺寺)라는 절에 사미승으로 들어갔고 형과 헤어졌다. 이때 형과 헤어진 후 평생 다시는 형을 만나지 못했다. 그래서 그는 천애고아가 된 것이다. 이 절에도 먹을 것이 없어 곧 탁발동냥에 나설 수밖에 없었다.

만 4년 동안 거지행각을 했다. 이때에 그가 세상을 보는 눈이 생겼으리라고 본다. 고향 일대에서는 불온한 소문이 나돌기 시작했고 세상이 많이 바뀌었다. 굶주린 농민들 사이에서는 명교(明敎) 또는 미륵교(彌勒敎)라는 비밀종교가 번졌다. 세상이 악해지면 명왕(明王) 또는 미륵보살이 나타나서 세상을 바로잡는다는 혁명적 교리를 가진 종교였다.

1351년 마침내는 대규모의 반란이 일어났고 그들이 곧 동계홍군(東系紅軍) 또는 서계홍군(西系紅軍)이라고 부르는 명교의 군사들이었다. 회동에도 홍군이 나타났고 그들이 호주를 점령했다. 이 부대는 동계홍군의 말단부대였다. 중팔이는 할 수 없이 한 병사의 신분으로 그들에게 협력할 수밖에 없었고 이때의 그의 나이 25세였다.

홍군에 가담하게 된 그는 기지와 용기 그리고 성실성만으로 부대장이었던 곽자홍(郭子興)의 인정을 받게 되었고 그의 양녀 마씨(馬氏)와 혼인하기에 이르렀다.

그리고 그는 직접 고향에 내려가서 군사를 모집하는 신분이 되었다. 기근이 심한 난세에 군사를 모집하기란 매우 간단했다. 굶주린 유민들이 많아서 한마디만 외치면 수천수만이 모여들었다. 그는 기지를 발휘하여 궤계와 설득으로 지주들의 의병까지 모두 흡수하여 당장에 2만의 군사를 만들어 내친김에 저주(滁州)를 점령했다.

1356년말 강대해진 주원장은 집경(集慶 ; 살경)을 응천부(應天府)라 고치고 이곳을 본거지로 삼았다. 이때의 그의 영지가 사방 100km 정도에 불과했다. 여러 가지의 우여곡절과 사선을 넘으면서 마침내는 1386년 정월 4일 주원장은 황제의 자리에 올랐고 국호를 명(明), 연호를 홍무(洪武)라고 했다. 왕조의 창건자들은 대부분이 부모로부터 물려받거나 군벌, 황족, 그리고 유민의 족장들이 대부분이었다. 그러나 순전한 말단에서 몸을 일으켜 중국을 지배한 황제는 한고조 유방과 명태조 주원장뿐일 것이다.

세계사상 유례가 없는 〈초거인〉의 생애와 그 존재가 주위와 후세에 끼친 영향을 읽는다는 사실은 현대인에게 유익한 점이 얼마나 되는지 알 길이 없다. 그러나 그 이상으로 주요한 것이 현대의 중국을 알고 내일의 중국을 내다보기에 꼭 필요한 요소라는 사실이다. 중국의 역사는 오래 되었지만 문화와 정치무대가 그다지 바뀌지 않고 지속되었다는 점이 세계적으로 드문 나라이다. 2000년전의 춘추전국 시대부터 후세에 남긴 유적이 별로 없고 약간의 사적과 최근에 발굴된 유물이 있을 뿐이다.

우리가 중국을 견문해서 볼 수 있는 것이란 송대의 유물이 있기는 하지만 대부분이 명대 이후의 것들뿐이다. 만리장성도 지금 볼 수 있는 것은 명대에 축조한 것이고 북경의 고궁은 명나라 영락제(永樂帝)가 조영을 시작한 것이다. 주원장이 감행했던 잔학행위 그중에서도 〈문자의 옥〉이라는 것이 있다. 그는 자신의 과거를 비방하려는 의도가 있는 문장을 쓴 자는 용서없이 죽였다. 중머리를 〈광두(光頭)〉라고 하는데 〈광(光)〉자만 보면 자신이 중이었다는 사실을 빗댄 것이라하여 죽였다. 그뿐만이 아니다. 〈승(僧)〉자와 발음이 비슷한 〈생(生)〉자, 〈적(賊)〉자와 모양이 비슷한 〈칙(則)〉자를 쓴 자도 죽였다.

많은 문인들이 죽임을 당했고 명나라 초의 대시인 고계(高啓)도 그 가운데의 한 사람이다. 주원장은 청나라의 조익(趙翼)이 평했듯이 〈성현과 호걸 그리고 도적을 합친 인물〉인 것이다. 주원장의 정치사상은 그가 바랐던 만큼 철저하지 못했지만 명나라와 나아가서는 우리 나라와 일본에도 크게 영향을 끼쳤다.

이 사람은 모든 지위와 환경에서 최적의 인재였고 모든 요소를 활용할 능력을 가진 사람이다. 그리고 모든 것을 자신의 사상에 부합되도록 바꾸었고 자신의 권력으로 장악할 한량없는 에너지의 소유자였다.

더욱이 71세의 고령에 이르기까지 정력적으로 일을 했다. 질병과 외적의 침입

그리고 부하들의 반란, 세론과 친지들의 비난까지도 이 사람의 신념과 행동을 저해하지 못했다. 지도자로서 이만큼 강대한 지도력을 발휘한 인물이 사상에 유례가 없다.

이 작품은 오함(吳晗)의 사설(史說) 주원장(朱元璋)을 바탕으로 해 소설화했다.

오함(吳晗) 선생은 절강성(折江省) 의오현(義烏縣) 출신이고 아버지는 오성(吳聲) 어머니는 산음(山陰) 또는 삼영(三英)이라고 한다. 중학을 졸업한 뒤 소학교의 교사를 지냈다. 1927년 항주(杭州)의 지강대학(之江大學)에 입학했다가 28년 상해(上海)의 중국공학(中國公學) 대학부로 옮겼다. 이때의 교장이 호적(胡適)이어서 역사에 강한 영향을 받았다.

다시 청화대학(淸華大學)으로 옮긴후 명사(明史)를 전공하도록 권유받았다. 천진(天津) 《익세보(益世報)》에 〈명대(明代)의 농민〉과 〈명말의 사관계급(仕官階級)〉을 발표했다.

주원장을 한 권의 책으로 펴낸 것이 1944년이다. 중국정부가 수립되자 북경부시장 등 다방면으로 활동중이다. 저서에는 《주원장》 외에 《역사의 거울》, 《사사(史事)와 인물》, 《등화집(灯火集)》, 《춘천집(春天集)》 그리고 《학습집(學習集)》 등이 있다.

시대는·흘러도 사람들, 삶의 투쟁의 근원은 다름이 없다. 젊은이들이여 인내하고 극복하여 자기 인생을 살려가기 바란다.

1991년 만추 설악우거에서

정   철 씀

대하소설 **주원장(1)** (전3권)

2007년 4월 15일 인쇄
2007년 4월 20일 발행
2010년 11월 20일 재판
2021년 7월 1일 4판 발행

지은이 | 오   함
옮긴이 | 정   철
펴낸이 | 김 용 성
펴낸곳 | **지성문화사**
등 록 | 제5-14호(1976. 10. 21)
주 소 | 서울 동대문구 신설동 117-8 예일빌딩
전 화 | 02)2236-0654, 2952 , 2233-5554
팩 스 | 02)2236-0655, 2953 , 2238-4240

정가 15,000원